VALERIE KORTE

Aus allen Wolken fällt man auch mal weich

VALERIE KORTE

AUS ALLEN WOLKEN FÄLLT MAN AUCH MAL WEICH

ROMAN

lübbe

Dieser Titel ist auch als E-Book erschienen

FSC
www.fsc.org
MIX
Papier aus verantwortungsvollen Quellen
FSC® C014496

Originalausgabe

Textredaktion: Lena Schäfer, Köln
Umschlagmotive: © shutterstock: Photographee.eu | Oleksii2 | hee.eu | Klavdiya Krinichnaya | Zakharchuk
Umschlaggestaltung: Sandra Taufer, München
Satz: two-up, Düsseldorf
Gesetzt aus der Source Serif
Druck und Verarbeitung: GGP Media GmbH, Pößneck
Printed in Germany
ISBN 978-3-404-18059-2

1 3 5 4 2

Sie finden uns im Internet unter luebbe.de
Bitte beachten Sie auch: lesejury.de

Instagram-Post von **Julia Braceletta**

Auf dem geposteten Bild sitze ich, ~~Julia Brass alias~~ Julia Braceletta, ~~beim x-ten Versuch, ein brauchbares Foto zu produzieren, hysterisch~~ lachend am Frühstückstisch. Auf dem Tisch steht mein stilvolles Geschirr, ~~das ich extra für diesen Zweck auf eBay-Kleinanzeigen zusammengekauft habe. Mein Haar habe ich zur perfekten Out-of-bed-Frisur auftoupiert und mit Haarlack fixiert~~ ist noch ganz süß vom Schlaf zerstrubbelt. Ich trage ~~Camouflagecreme, Concealer, Puder, Highlighter, Lipgloss, Wimperntusche und Augenbrauenpuder~~ kein Make-up, schließlich bin ich gerade erst aufgestanden ~~schon seit 5 Stunden wach, um dieses Bild zu schießen~~. Mein Töchterchen ~~hat mir natürlich nicht das Frühstück gemacht, wo denkst du hin, sie ist fünf~~ hat mir Frühstück gemacht, die süße Kleine! Auf dem Bild ist sie von hinten zu sehen, ~~und das ist auch gut so, denn sie streckt mir gerade die Zunge heraus~~ denn ich achte als verantwortungsvolle Mama darauf, dass sie im Internet nicht zu erkennen ist. Gerade ~~schüttet sie mutwillig~~ schenkt sie den Orangensaft aus. Die leuchtende Farbe der Vitaminbombe entspricht der des Armbands, das mein Handgelenk ziert: #brightmorning habe ich das Orange werbewirksam getauft.

Gefällt 237 Mal

julia_braceletta Mein Engelchen hat den Göttergatten und mich heute schlafen lassen und heimlich den Tisch gedeckt. 😍
#nomakeup #töchterchenmachtfrühstück
#qualitytime #brightmorning

11 Kommentare

zwergenmami Wie süüüüß, auf die Idee würde meine ja nie kommen.

> **julia_braceletta** Meine auch nur gaaaaanz selten …

muddi_vom_dienst Wo kann ich deine wunderhübschen Armbänder kaufen?

> **julia_braceletta** Auf meiner Webseite www.braceletta.de. Und die Kölnerinnen unter euch bekommen sie auch in ausgewählten Boutiquen im Belgischen Viertel, die Münchnerinnen bei Glambam am Gärtnerplatz …

stylishe_sabine Ist das armband wasserfest ich mein kann ich damit auch spülen?

> **julia_braceletta** Ja, die ökologische Färbung ist resistent gegen gelegentliches Spritzwasser aus dem Spülbecken. Danke für die Anregung übrigens, ich zeig euch demnächst mal, wie ich mit einem Armband aus meiner Kollektion durch den Haushalt wirble!

minimaus1980 das wär ja genial welche farbe trägst denn dabei so?

julia_braceletta Lass dich überraschen! Vielleicht #juicygreen oder wie heute #bright-morning. Kommt drauf an, welche Farbe meine Geschirrtücher an dem Tag haben 😊

sonya_marshmallow So sweet!

julia_braceletta ❤❤❤

#TAGTRAUM

Ich saß mit dem vierten Kaffee an diesem Morgen im Hof hinter unserem Haus. Meine Freundin Elif war gerade gegangen, nachdem sie das Foto geschossen, anschließend professionell retuschiert und Kaffee Nummer drei mit mir getrunken hatte. Elif arbeitete als freie Grafikerin für diverse Kölner Werbeagenturen – und glücklicherweise für mich, zum Freundschaftspreis. Vom Doppelkinn bis zu den Flecken auf der Tischdecke gab es nach jedem Fotoshooting viele Details, die trotz raffinierten Make-ups und eines sorgfältig hergerichteten Sets wenig Instagram-tauglich waren.

Jetzt trudelten die ersten Kommentare zu meinem Bild ein, die ich als gute Netzwerkerin sofort vom Smartphone aus beantwortete. Auch drei Bestellungen des Armbands in der Farbe #brightmorning waren eingegangen – das mussten aber wirklich noch mehr werden.

Die Armbänder würde ich gleich in Stoffsäckchen packen, deren wunderschönes Blumenmuster dem Wandbehang in einem französischen Kloster nachempfunden war, in dem Elif und ich vor vielen Jahren bei einer Rucksacktour übernachtet hatten. Auf das Säckchen würde meine Tochter Fee einen Hauch Duftwasser sprühen, und dann käme das Ganze mit der Rechnung zusammen in einen Umschlag und zur Post.

Aber noch war mein Kaffee nicht leer. Ich wollte gerade

einen Schluck trinken, als einem Wolkenbruch gleich das Gießwasser von Herrn Erbslöh aus dem Dachgeschoss heruntertriefte. Wie jeden Morgen goss er seine Geranien – und heute auch meine Kaffeetasse und meine nackten Beine.

»Guten Morgen, Herr Erbslöh!«, rief ich hinauf.

»Ach, guten Morgen, Frau Brass! Ohne das Fräulein Fee bemerkt man Sie ja gar nicht, hoffentlich hab ich Sie nicht getroffen? Was macht denn die Kleine heute Morgen?«

»Sie ist in ihrem Zimmer und malt.«

Das stimmte, jedenfalls eben noch. Zum Glück musste ich nicht »Sie guckt schon seit drei Stunden YouTube-Videos« oder »Sie schneidert sich gerade aus meiner Bettwäsche ein Prinzessinnenkleid« über den Hof schreien. Herrn Erbslöhs Ohren waren nicht mehr die besten.

Ich nippte tapfer weiter an meinem vom Geraniendünger verdünnten Latte, fest entschlossen, mir die ruhigen Minuten nach dem stressigen Morgen nicht verleiden zu lassen. Es versprach ein warmer Sommertag zu werden, auch wenn unsere Veranda – die genau genommen nur ein Gemeinschaftshof war – zwischen den Häuserreihen auf der schattigen Nordseite lag.

Wenn doch jetzt bloß der Typ von gegenüber aus seinem Atelier auf die Terrasse treten und mir einen Blick auf seinen attraktiven Körper gönnen würde ... Erst befüllte er meistens sein Vogelhäuschen, was ich ganz süß fand, und bei schönem Wetter fing er danach im Freien an zu hämmern und zu schnitzen. Er arbeitete als Bildhauer, und ich beobachtete gern, wie sich mit jedem Mal, da er seinen Beitel oder das Messer ans Holz ansetzte, deutlicher eine Figur herausschälte. Manchmal sah ich nur einen Baumstamm dort stehen, ging dann das Bad putzen oder arbeitete drinnen am Rechner. Und wenn ich das nächste Mal nach draußen blickte, schaute mir mit einem Mal ein Gesicht aus dem Stamm entgegen. Oder die Skulptur, die dort stand, hatte nach einem bunten Anstrich eine vollkommen andere Anmutung bekommen.

Plötzlich wurde ich von einem Blitz geblendet.

Und als ich wieder sehen konnte, stand er tatsächlich da, in dunkelblauen Shorts, einem bekleckssten weißen T-Shirt und all seiner Pracht. Was war denn das jetzt gewesen? Eine Epiphanie, eine Göttererscheinung?

Nein, bei genauerer Betrachtung hatte sich wohl einfach nur die Sonne in seiner aufschwingenden Terrassentür gespiegelt. Dennoch passte der spektakuläre Auftritt, fand ich.

Mein Nachbar gähnte, streckte selbstvergessen seine etwas schlaksigen und dennoch wohlgeformten Arme und ging wieder ins Haus. Nacheinander trug er seinen Arbeitstisch, sein Werkzeug und eine halbfertige Statue ins Freie. Dann versorgte er die Vögel.

Vor meine gute Aussicht schob sich ein Blatt Papier. Fee war auf den Hof gestürmt und wedelte mit einer der Rechnungen, deren Bezahlung ich vor mir herschob. Sie hatte die Rückseite bemalt.

»Schau mal, Mama. Das bist du!«

Mein Ebenbild lächelte mir breit entgegen, mit einem sehr großen, unregelmäßigen Gebiss. Immerhin hatte ich üppiges Haar und trug eines meiner Armbänder. An der Hand hielt ich meine Tochter, wie diese mir jetzt erläuterte.

»Das bin ich, und hier in meinem Bauch ist Orangensaft.«

Fee war auf dem Bild ein Stück größer als ich, und tatsächlich – in ihren Bauch hatte sie einen orangefarbenen Klecks gemalt. Neben ihr stand mit etwas Abstand ihr Papa.

Er lächelte ebenso freundlich wie ich, mit genauso großen Zähnen, war aber deutlich kleiner als wir beide. Wir alle waren in einem braunen Filzstiftton gehalten, der zum Papa hin schon etwas den Geist aufgegeben hatte.

»Du kannst das jetzt posten«, sagte Fee.

»Äh, Maus ...«

Auf küchenpsychologische Deutungen der Kinderzeichnung durch meine Instagram-Follower konnte ich nun wirklich verzichten. Vor allem sollten die nicht wissen, dass der in meinem Posting erwähnte Göttergatte, der auf Fees Kunstwerk so auffällig im Abseits stand, schon seit einer Weile gar nicht mehr bei uns war. Unmöglich konnte nämlich die erfolgreiche Instagrammerin Julia Braceletta, Unternehmerin, Stilikone, Supermutter und sexy Ehefrau, offiziell zugeben, dass sie verlassen worden war. Das hätte unter Garantie empfindliche Umsatzeinbußen nach sich gezogen. Wer wollte schon ein Armband in der Farbe #lovingred tragen, dem der Makel der Betrogenen anhaftete? Niemand. Also führte meine Internetpersönlichkeit immer noch ein glückliches Leben an der Seite ihres Besserverdieners, während ich, Julia Brass, stets in der Angst lebte, dass dieser Schwindel aufflog.

»Maus, wir posten nur Fotos«, erklärte ich kategorisch. »Dein Bild brauchen wir am Kühlschrank, damit wir daran denken, uns hin und wieder einen Orangensaft zu pressen.«

Das leuchtete Fee glücklicherweise ein, und sie galoppierte mit ihrer Zeichnung wieder in die Wohnung.

Der Bildhauer hatte während unserer Unterhaltung nicht in unsere Richtung geschaut, so weit ich das aus den Augenwinkeln erkennen konnte. Und wenn, hätte er nicht viel gesehen. Denn erstens waren unsere beiden Innenhöfe ziemlich groß und durch eine Reihe wuchernder Brombeersträucher getrennt, zweitens saßen wir auf der Nordseite im ewigen Schatten verborgen. Für eine lichtdurchflutete Immobilie reichte das Geld leider nicht.

Aber die Distanz war mir nur recht. Einer realen Begegnung mit einem attraktiven Mann fühlte ich mich überhaupt nicht gewachsen. Nachdem mich Jörg, Fees Vater, letzten Herbst Knall auf Fall verlassen hatte – und zwar für eine Ältere! –, war mein Selbstbewusstsein völlig am Boden. Wobei ich schon vorher nicht der charmante Typ gewesen war, der sich mit einem verheißungsvollen Augenaufschlag oder einem glockenhellen Lachen – oder wie auch immer andere Frauen das machten – mühelos bei den Männern ins Spiel bringen konnte. Und mein Nachbar spielte sowieso in einer anderen Liga als ich. Ich sah zwar ganz in Ordnung aus, wenn ich perfekt geschminkt war und mein blondierter Pferdeschwanz in diesem ganz bestimmten Winkel vom Kopf abstand, der meine Gesichtsform so vorteilhaft betonte. Aber ohne diesen Aufwand war ich mit meinem aschblonden Haar und den dunklen Schatten unter den Augen leider der Typ graue Maus.

Kurz erwog ich, das Piratenfernglas aus dem Kinderzimmer zu holen, um das Spiel der bildhauerischen Armmuskulatur besser beobachten zu können. Aber ich pfiff mich zurück. Schließlich lagen rundherum zig Balkone, von denen aus wiederum ich gesehen werden konnte. Und ich wollte in der Nachbarschaft nicht als Spannerin gelten.

Ich würde mich an die Kraft meiner Vorstellung halten müssen. Das war in jeder Hinsicht ungefährlicher.

Also, dem Bildhauer würde sein Schnitzmesser stumpf. Daraufhin würde er sich suchend umschauen, mich schließlich entdecken und herüberrufen, ob ich einen Messerschärfer hätte. Jawohl, einen Messerschärfer. Ich war in Liebesdingen Realistin, spätestens seit Jörg. Daher konnte ich mir jetzt auch nicht einfach ausmalen, dass der Mann spontan seine Arbeit unterbrach und mit einem Satz über die Brombeeren sprang, um mich zu küssen. Ich brauchte eine einigermaßen glaubwürdige Story.

Der Bildhauer hätte also Bedarf an einem Messerschärfer, und ich wäre glücklicherweise gerade super gestylt und würde antworten, ja, er solle doch bitte herüberkommen ...

»Mama, das hält nicht!« Fees erboste Stimme riss mich aus meinem Tagtraum.

»Wahrscheinlich hängt schon zu viel an den Kühlschrankmagneten. Du musst irgendein anderes Bild dafür abnehmen. Guck sie dir doch alle noch mal an, und das älteste legst du mir auf den Küchentisch«, rief ich zurück, um meinen Fantasien noch ein paar Minuten zu verschaffen.

Zurück zum Nachbarn also. Er wäre in der Zeit einmal um den Block gelaufen, um an der Tür unseres Mehrfamilienhauses zu klingeln. Ich würde ihm öffnen, im Treppenhaus röche es nach dem Eintopf, den Frau Schmitz um diese Zeit immer kochte, und dann würde ich ihn in den Keller bitten, wo der Messerschärfer seit unserem Umzug vor einem halben Jahr in einem Pappkarton lag ...

»Maaamaaaaa!« Drinnen gab es offenbar ernsthafte Probleme. »Jetzt sind die Bilder alle runtergefallen!«

»Feechen, leg die Bilder auf den Küchentisch, ich trink kurz den Kaffee aus, und dann komm ich rein, und wir machen das zusammen.«

»Nein, JETZT!«

»Maus, lass mich bitte noch den Kaffee austrinken! Wir

machen gleich einen Ausflug mit dem Fahrrad zum Postkiosk und bringen die Lieferungen weg. Du kannst dir ja schon mal was Schönes zum Anziehen raussuchen.« Ich ging jetzt auf volles Risiko für eine weitere Minute mit dem Künstler auf der Terrasse.

Beziehungsweise in unserem vollgestopften Keller, wo er sich mir lächelnd zuwenden würde. Mit seinem von der Sonne und der körperlichen Arbeit erhitzten Körper stünde er dabei notgedrungen ganz dicht vor mir ...

Jetzt war es allerdings Fee, die wieder vor mir stand, obenrum nackig, unten mit ihrem pinkfarbenen Tüllrock bekleidet, der vorne Spuren von Tomatensoße aufwies und hinten nach dem letzten Fahrradsturz in Fetzen hing.

»Engel, der Rock ist kaputt, hol dir besser den grünen«, schlug ich vor.

»Nein, du hast gesagt, ich soll was Schönes anziehen. Der grüne ist nicht schön.«

»Dann der mit den Blumen.«

»Nicht schön.«

»Die lila Shorts.«

»NICHT SCHÖN!«

Nun denn, ich würde versuchen, die Flecken rauszureiben, und hoffen, dass uns niemand von hinten sah. »Dann zieh dir aber bitte noch ein T-Shirt an.«

»Ich hab keins, das dazu passt.«

Sie kam nach mir. Dennoch ...

»Maus, das sieht ja dann aus, als wären wir zu arm, um dir ein T-Shirt zu kaufen. Das gelbe passt gut, oder nimm doch das blaue mit dem Paillettenfisch.«

»Mama, das passt alles nicht dazu! Ich sag es dir doch! Ich zieh den Rock an – und meine Gummistiefel!«

»Fee, alle Leute werden uns angucken und sich wundern, warum das arme Kind nur einen alten Rock trägt.«

Verzweifelt überlegte ich, ob wir einfach zu Hause bleiben konnten und ich es wohl schaffen würde, morgen früh alle Bestellungen zusammen zu transportieren. Aber wir hatten kein Auto, und jetzt hatte ich auch schon den Fahrradausflug versprochen. Da kam ich nicht mehr raus.

»Mama, wenn die Leute gucken und sich wundern, können wir doch trotzdem zur Post fahren«, sagte mein Kind jetzt mit einer begütigenden Erklärstimme.

Und hatte ja eigentlich recht ...

Die einen kennen mich, die anderen können mich, hatte schon Konrad Adenauer gemeint. Nur war ich leider kein anerkannter Spitzenpolitiker, sondern eine jener alleinerziehenden Mütter, deren bemitleidendswerte Kinder in jeder Armutsstatistik ganz vorne mit dabei waren. Und ich war dazu erzogen worden, den Schein zu wahren.

Als Fee und ich streitend zusammen ins Haus gingen, warf ich bedauernd einen letzten Blick in Richtung Nachbargrundstück. Der Bildhauer war ganz in seinen Holzkopf vertieft.

#NOTALOVELETTER

Am nächsten Morgen stand ich früh auf, um weitere Bestellungen zu verpacken. Und Fee, die nachts in mein Bett gewandert war, mit mir. Ich brauchte daher doppelt so lang wie geplant und musste einige Armbänder für den Stummelschwanz von Rosalie, dem Hüpfepferdchen, opfern.

Nachdem ich Fee verspätet in der Kita und die Armbandpäckchen bei der Post abgeliefert hatte, öffnete ich zu Hause aus purer Gewohnheit den Briefkasten – und wunderte mich, dass tatsächlich etwas drin war. Montags war er sonst immer leer.

Als ich sah, dass der Brief von meinem Ex war, schwante mir Böses. Als ich ihn öffnete, traf mich der Schlag.

> *… fordere ich dich auf, den der Braceletta GbR gewährten Kredit in voller Höhe bis Ende dieses Jahres an mich zurückzuzahlen. Die erste Rate von € 3000,– wird fällig zum Ende des laufenden Monats …*

Kraftlos sank ich gegen die Wand neben den Briefkästen und drehte nervös den Brief in der Hand. In meinem Kopf rasten die Gedanken.

Gerade kamen wir so einigermaßen hin mit meinen Einkünften aus dem Armbandgeschäft und Jörgs bescheidener monatlicher Überweisung für Fee. Dank eigener Firma konnte er seine Einkünfte und damit die Unterhaltszahlungen ordentlich kleinrechnen. Aber in letzter Zeit hatte der Verkauf meiner Armbänder etwas angezogen und ich Licht am Ende des Tunnels gesehen, auch wenn wir immer noch hart am Rande des Dispos rangierten.

Jetzt aber stieg diese grässliche Existenzangst, die seit der Trennung mein ständiger Begleiter war, wieder in mir hoch.

Musste ich nun alles hinschmeißen, Privatinsolvenz anmelden, in einen Wohnblock in Köln-Chorweiler ziehen und dann dreihundert Bewerbungen schreiben, um irgendwann einen unterbezahlten Aushilfsjob zu ergattern? Auf dem Arbeitsmarkt war mein Profil nicht gerade gefragt, diese Erfahrung hatte ich früher schon machen müssen. Und meine aktuelle Situation als zeitlich unflexible alleinerziehende Mutter machte es sicher nicht besser.

Unterzeichnet war der Brief mit *Jörg Bierstedt, lic. oec. HSG*. Dieser Fatzke von einem Ex setzte in Ermangelung eines Doktortitels immer das Kürzel für seinen BWL-Abschluss an einer Schweizer Uni hinter seinen Namen. Seht alle her, ich habe superschick in St. Gallen studiert! Sogar wenn er sich daranmachte, meine Existenz zu vernichten und das kleine Pflänzchen der Zuversicht zu zertrampeln, das in den letzten Wochen nur ganz zart zu grünen begonnen hatte, grüßte freundlich der Herr Lizenziat.

Neben mir drehte sich knirschend ein Schlüssel in der Haustür. Quietschend öffnete sie sich. Ich richtete mich auf und sprang hinzu, um die Tür aufzuhalten, während Marie Schmitz aus dem Erdgeschoss ihr Rollwägelchen hereinhievte. Ich nahm mir vor, die Tür, die sicher noch original aus dem Baujahr des Hauses stammte, bei Gelegenheit mit etwas Kriechöl zu behandeln. Hier in unserem in einer

Bombenlücke errichteten Fünfzigerjahre-Bau lag so einiges im Argen. Der Vermieter versteckte sich hinter einer trägen Hausverwaltung, und meine Nachbarn im Erd- und Dachgeschoss waren zu alt, um noch selbst Hand anzulegen.

Aus Frau Schmitz' Einkaufstrolley duftete es wie immer nach Kräutern. Meine Tochter hielt sie daher, gestützt auf ihre Recherchen in diversen Kinderbüchern, für eine Hexe. Zwar sah die gepflegte Seniorin mit ihrer weißblonden, ondulierten Haarsprayfrisur und dem orangefarbenen Lippenstift nicht klassisch danach aus. Dennoch konnte es sein, dass Fee recht hatte. Denn ich hatte die alte Dame schon des Öfteren auf ihrem Balkon vor sich hin murmeln gehört, während seltsame Gerüche aus ihrer Wohnung drangen. Es war allerdings von unten nicht zu verstehen gewesen, ob sie dabei das Kölsche Grundgesetz herunterbetete, das Vaterunser oder tatsächlich einen Zauberspruch.

»Sie haben Sorjen.« Wie magisch und mit der ihr eigenen rheinischen Direktheit erfasste Frau Schmitz meine Verfassung, während sie vorsichtig ihren schief in den Angeln hängenden Briefkasten öffnete und einen Versandkatalog herausnahm. Wie viel lieber hätte ich heute auch einen Katalog im Briefkasten vorgefunden.

»Ja, die hab ich wohl«, musste ich zugeben.

»Dann kumme Se erst mal mit zu mir«, bestimmte meine Nachbarin. »Ich hab 'ne starke Suppe für Sie.«

Eine Suppe! Na dann ... Zwar war mir der Appetit ausnahmsweise vergangen, aber nichts zu essen würde meine Laune erfahrungsgemäß noch verschlechtern. Also trug ich der alten Dame den Trolley die Treppe hinauf und nahm auf ihre Weisung hin am Küchentisch Platz, der mit weißer Spitze eingedeckt war.

Ein heimeliger Duft nach deutscher Hausmannskost hing in der Luft, vermischt mit anderen, exotischeren Gewürzen. Das Licht fiel warm durch die gelben Gardinen, an den Wänden hingen Bündel verschiedener getrockneter Kräuter, und überall standen Marienikonen auf kleinen Deckchen herum. Marie Schmitz war eine katholische Hexe.

»Wat fehlt Ihnen denn?«, erkundigte sie sich mitfühlend, während sie aus einem großen Topf, den sie aus dem Kühlschrank geholt hatte, einige Kellen dickflüssige Suppe in einen kleineren Topf umfüllte, der auf dem Gasherd stand.

»Geld«, bekannte ich in meiner Erschöpfung freimütig. »Mein Ex will 12 000 Euro von mir haben. Er hat mir damals einen Kredit für mein Geschäft mit den Armbändern gegeben, den ich monatlich abzahle. Aber jetzt will er den Rest plötzlich bis zum Jahresende, die erste Rate schon in zwei Wochen.«

»Dat ist übel«, bestätigte Frau Schmitz, die natürlich auch schon eines meiner Armbänder trug, in #lovelylilac. »Ävver da fällt Ihnen schon wat ein. Sie haben doch schon so viel hinjekriescht.« Milde sah sie mich an.

In meinem Hals bildete sich ein Kloß, den ich hart herunterschlucken musste, und dann blinzelte ich ein paar Tränen weg. Frau Schmitz wandte sich diskret ihrem Herd zu. Sie kannte mich erst, seit ich nach der Trennung aus dem top sanierten Altbau im gediegenen Köln-Rodenkirchen ins rechtsrheinische Souterrain gezogen war, und wusste nur einige wenige Eckdaten meines Lebens. Vielleicht waren ihre Worte einfach nur eine Floskel, wie man sie halt so sagt, um jemanden aufzubauen. Dennoch rührten sie mich. Meine Mutter zum Beispiel wäre überhaupt nicht einverstanden mit dieser Sichtweise. Sie war der Meinung, dass ich gar nichts hingekriegt hatte – Studium, Job, Mann, alles versiebt. Meine eigene Einschätzung schwankte je nach Verfassung zwischen der von Marie Schmitz und der meiner Mutter. Und gerade war meine Verfassung nicht gut.

Nach einem geschmissenen BWL-Studium hatte ich eine Ausbildung zur Textilkauffrau gemacht und bis zu meiner Schwangerschaft bei einer großen Modefirma gearbeitet, zuletzt im Marketing. Als sich mein Bauch abzuzeichnen begann, zeichnete sich allerdings auch ab, dass mein Vertrag dort nicht verlängert würde. Also kümmerte ich mich erst mal zwei Jahre lang um unser Töchterchen und die Altbauwohnung – und flocht abends vor dem Fernseher aus den Resten der Paketkordeln, mit denen ich nach meinen Onlineshopping-Attacken die Rücksendungen verschnürte, eine Menge Armbänder. Breite und schmale, in verschiedenen Flechtarten, die ich mir teilweise selbst ausdachte. Nachdem ich mich, meine Freundinnen und schließlich auch alle Mütter im PEKiP-Kurs und bei den Musikmäusen damit versorgt hatte, fing ich an, darüber nachzudenken, ob daraus nicht finanzielles Kapital zu schlagen war. Ich experimentierte mit Naturfarben für die Kordel und beauftragte einen 3D-Druck-Service mit der Herstellung eines großen Schmuckdiamanten mit einem einzigartigen »Schliff«. Zusammen mit einer Gummischlaufe bildete er den Verschluss. Auf diese Weise konnte man, wenn man wollte, auch mehrere Armbänder kombinieren – je nach Farbzusammenstellung der Kleidung oder aber um verschiedene Stimmungen auszudrücken. Ich meldete ein Gewerbe an, erstellte einen Onlineshop, bat meine Social-Media-Kontakte, meine Seite zu verlinken – und bekam tatsächlich Bestellungen. Es gab Kundinnen, die die Bänder in allen Farben kauften und offenbar jeden Tag anders kombinierten. Als ich mit dem Färben und Flechten der Paketkordeln nicht mehr hinterherkam, hatte Jörg die Idee mit dem Kredit. Mit dem Geld beauftragte ich schließlich eine Sozialwerkstatt in Mecklenburg-Vorpommern, die Produktion zu übernehmen.

Jörg fand die Vorstellung, mit einer Schmuckdesignerin zusammen zu sein, damals total schick. Vielleicht dachte er, ich würde mich dadurch auch optisch in Alessandra Meyer-Wölden verwandeln. Jedenfalls unterstützte er meine Idee finanziell. Was ja auch das Mindeste war, schließlich hatte ich ihn auch hin und wieder unterstützt. Bei der Geburt unserer Tochter zum Beispiel und später bei ihrer Betreuung ...

»Ich koch Ihnen jetzt eine Jeldsuppe«, unterbrach Frau Schmitz meine verdrießlichen Gedanken.

»Eine Geldsuppe«, echote ich. Was sollte das denn sein? So was wie ein Zaubertrank, nur als Suppe?

Die alte Dame war jetzt in ihrem Element. In Windeseile nahm sie verschiedene Töpfchen aus ihrem riesigen Gewürzregal und streute jeweils eine Prise daraus in den Topf, dessen Inhalt inzwischen leicht zu köcheln begonnen hatte.

»Zimt, damit dat Konto stimmt. Irisch Moos, ohne is nix los. Nelken, Jeld dat tut nit welken. Und Piment, stets solvent.« Während sie alles umrührte, betete sie noch ein Ave-Maria, und dann wurde serviert.

»Et hätt noch immer jot jejange«, prophezeite sie, als sie mir einen Goldrandteller mit Suppe hinstellte.

Offensichtlich war ihr inhaltlicher Beitrag zu meinem Problem damit erschöpft, und das war mir auch sehr recht so. Das Thema hätte mir sonst den Appetit verdorben. So aber löffelte ich meinen Teller ayurvedisch-katholischer Geldsuppe leer, während wir über den Sonnenschein und die Hausverwaltung plauderten, die sich einfach tot stellte, wenn wir um eine Reparatur baten.

Mein Blick fiel auf ein rot glasiertes, verkorktes Tongefäß auf dem Küchenbuffet, das mit einem Post-it gekennzeichnet war. Darauf stand: *Pitter* ♥.

»Was ist denn in der *Pitter*-Amphore drin?«, wollte ich wissen.

Frau Schmitz' Gesichtsfarbe näherte sich prompt der des besagten Gefäßes an. Oh nein, das hatte ich nicht gewollt! Neugierig allerdings war ich jetzt erst recht.

»Ist das ein Zaubertrank?«

Jetzt lächelte Hexe Schmitz versonnen.

»Ein Aphrodisiakum?«, bohrte ich weiter.

»Um Jottes willen, nennen Sie dat nit so! Es jeht ums Jeföhl.«

»Okay, ums Gefühl also. Aber wer ist denn der Pitter?«

»Verraten Sie mich nit.«

Ich musste Pitter also kennen! Ich dachte nach. So viele gemeinsame Bekannte hatten wir nicht.

Frau Schmitz schien nach dem ersten Schrecken Gefallen daran zu finden, ihre Leidenschaft für den Pitter mit mir zu teilen. Jedenfalls sah sie mich in freudig-gespannter Erwartung an.

Da fiel es mir wie Schuppen von den Augen. »Peter Erbslöh aus dem Dachgeschoss!«

Ihr erneutes Erröten signalisierte mir, dass ich richtiglag.

»Der ist natürlich wirklich schick.« Das stimmte. Herr Erbslöh war immer wie aus dem Ei gepellt. Mit gestärkten Hemden, rahmengenähtem Schuhwerk, einem Gehstock aus poliertem Edelholz und nach Rasierwasser duftend. Außerdem zeichnete er sich durch Herzensbildung gepaart mit ausgesuchten Manieren aus. Und ich hatte die beiden schon des Öfteren beim angeregten Gespräch im Hausflur angetroffen. »Aber wie wollen Sie ihn dazu bringen, diesen Trank zu sich zu nehmen?«

»Dat is ein Kurzer mit ein paar einschläjigen Kräutern. Ich muss ihn eijentlich nur dazu einladen. Allerdings is dat schneller jesagt als jetan. Vielleicht haben Sie ja einen Tipp für mich? Ihr jungen Lück seid doch da so leischtblütig ...«

»Tja, nicht unbedingt.« Ich musste unwillkürlich an den Bildhauer denken. Selbst wenn ich hätte Kontakt mit ihm aufnehmen wollen, ich hätte nicht die geringste Idee gehabt, wie ich das anstellen sollte. Aber anderen Ratschläge zu erteilen war natürlich viel einfacher. »Sie müssten einen Anlass schaffen. Gibt es in nächster Zeit vielleicht etwas zu feiern?«

»Meinen Geburtstag.« Frau Schmitz lachte. »Nä, dat is in meinem Alter unattraktiv.«

»Aber Frau Schmitz, das ist die falsche Einstellung! Allerdings sind an Ihrem Geburtstag wahrscheinlich mehrere Gäste da.«

»Um Jottes willen, nit dat der Pitter sich den Kurzen jenehmigt und sich dann aus Versehen in Sie verliebt!« Sie kicherte bei dieser Vorstellung, und ich konnte mir in diesem Moment gut vorstellen, dass Herr Erbslöh vielleicht gar keinen Zauberschnaps brauchen würde, um ein »Jeföhl« für Frau Schmitz zu entwickeln.

»Ja, das wäre unpassend«, stimmte ich ihr zu. »Aber danke schon mal für die Einladung! Und den Pitter bitten Sie eben einfach mal spontan herein. Wenn Sie sich übers schöne Wetter unterhalten, fragen Sie ihn, ob Sie nicht zusammen die Abendsonne auf Ihrem Balkon genießen wollen. Oder Sie locken ihn in Ihre Wohnung, indem Sie ihm einen Ableger von Ihren schönen Lilien versprechen.«

Von der Küche ging Frau Schmitz' liebevoll bepflanzter Balkon ab. Kräuter sprossen zwischen ausufernd blühenden Gewächsen in verschiedenen Höhen, Farben und Formen – ein echtes Kunstwerk, gegen das meine Kübel mit dem Bambus und der Hortensie und die kleine Bienenweide, die ich zwischen den Pflastersteinen im Hof angelegt hatte, alt aussahen. Obwohl ich auch mein Arrangement schon ziemlich nett fand.

»Da komm ich mir ja vor wie 'ne Triebtäterin. Der arme Pitter! Na ja, Frau Brass, ich denk noch mal nach.«

»Sagen Sie mir auf jeden Fall Bescheid, wie es gelaufen ist«, bat ich, um mich danach mit Verweis auf meine geschäftlichen Probleme zu verabschieden.

»Reden Se noch mal mit Fees Papa«, rief mir Frau Schmitz hinterher.

Die Realität holte mich nach diesem zauberhaften Ausflug in Frau Schmitzens duftende Hexenküche wieder ein, kaum dass ich die Wohnungstür – eine typische Kellerstahltür, wie man sie in jedem Baumarkt kaufen kann – hinter mir geschlossen hatte. Der Flur umfing mich eng, still und dunkel. Ich atmete ein paar Mal tief durch und zwang mich zum nächsten Schritt. Er führte mich ins Schlafzimmer, zu Fees ehemaligem Wickeltisch, den ich durch Absägen seiner geschwungenen Beine etwas tiefergelegt und so zum Schreibtisch umfunktioniert hatte.

Als ich damals mit Jörg zusammen nach Rodenkirchen gezogen war, hatte ich all meine alten Möbel schweren Herzens weggegeben. Das Fünfzigerjahre-Sofa von meiner

Oma, mein 1,40er-Lattenrost mit der Aldi-Matratze und das restaurierte Küchenbuffet im Shabby Chic, das Elif und ich einst vom Sperrmüll in unsere WG geschleppt hatten – das alles wollte Jörg auf dem frisch abgeschliffenen Fischgrätparkett nicht stehen haben. Und ich hatte es eingesehen, ja, sogar auf eine Art toll gefunden. Wir hatten uns dann mit Jörgs Geld neu eingerichtet, lauter skandinavische und französische Designermöbel. Dumm nur, dass nichts davon mir gehörte – schließlich waren wir nicht verheiratet. So konnte ich bei meinem Auszug, oder besser gesagt Rauswurf, nur Fees Wickeltisch und ihre Kinderzimmermöbel sowie Tisch und Bett mitnehmen. Die wollte meine Nachfolgerin wohl nicht behalten, weil Jörg die Sachen vorher mit mir geteilt hatte.

Na ja, viel passte ohnehin nicht rein in unsere neue Bleibe, und der weiße Esstisch von Philippe Starck sowie das Boxspringbett hatten sich schon des Öfteren als die Rettung für meine Glaubwürdigkeit auf Instagram erwiesen: Geschickt ausgeleuchtet und dank Elifs Retuschekünsten, die Raufasertapete in ein geöffnetes Flügelfenster verwandeln konnten, präsentierte ich meine Armbänder immer noch in einem Umfeld, das ihnen gebührte.

Ich nahm einen Stapel Papier aus der ehemaligen Windelschublade und zog den Kreditvertrag hervor, den Jörg und ich abgeschlossen hatten. Schnell fand ich den gesuchten Passus. Er besagte, dass ich das Recht hätte, den Kredit jederzeit abzulösen, und Jörg umgekehrt, das Geld jederzeit zurückzufordern. Hätte mich auch gewundert, wenn es anders gewesen wäre. Trotzdem knallte ich die Schublade entmutigt wieder zu, dann wählte ich Elifs Nummer.

»Der Hurensohn!« Wenn es die Situation erforderte,

konnte Elif herrlich mit den Klischees ihres Herkunftsmilieus spielen. »Fahr zu ihm und hau ihm aufs Maul!«

»Dann hab ich demnächst neben dem Vollstreckungsbescheid noch eine Anzeige wegen Körperverletzung am Hals.«

»Jaja, schon gut. Aber lass dich jetzt bloß nicht bremsen! Du bist so kurz vor dem großen Durchbruch. Die Fashion- und Mami-Blogs lieben deine Armbänder, und hast du gesehen, dass Oliver Pocher im Dschungelcamp das Herrenarmband in #koolkhaki getragen hat?«

»Nein, echt? Krass! Seine Neue muss einkaufen gewesen sein. Äh, aber Oliver Pocher ...«

Elif war nicht aus dem Konzept zu bringen. »Das bringt Umsatz, Umsatz, Umsatz! Du musst ihn gleich verlinken. Und dann schmeiß dich an Sonya Marshmallow ran. Wenn du die weichkochst, hast du ausgesorgt.«

Sonya Marshmallow war ein sogenanntes It-Girl und die aktuelle Freundin von Ángel Zapatero, dem göttlichen Stürmer aus Uruguay, der den 1. FC Köln an die Spitze der Bundesliga geschossen hatte. Darüber hinaus war sie Youtuberin, die sich mit ihrem Beauty- und Lifestyle-Kanal an Damen von circa Ende zwanzig bis fünfundvierzig richtete und damit in eine Marktlücke gestoßen war. Ich kannte sie noch aus der Uni und wusste daher, dass sie älter und intelligenter war, als sie offiziell zugab. Sie hatte in der Schule zwei Klassen übersprungen und in Steuerlehre, Finanzierung und Controlling immer die besten Klausuren geschrieben. Das Studium allerdings hatte sie ebenso wenig abgeschlossen wie ich, wenn auch aus anderen Gründen. Wir hatten damals hin und wieder zusammen einen Automatenkaffee getrunken und waren später lose über die sozialen Netzwerke in Kontakt geblieben – so im Rahmen eines jährlichen Geburtstagsgrußes auf Facebook. Natürlich hatte ich Sonya, als einer der begehrtesten Influencerinnen Deutschlands, meine Armbänder in allen Farben, Flechtarten und Kombinationen zugeschickt. Und tatsächlich hatten sie und Ángel einmal bei einem Spiel gegen den TSG Hoffenheim eine Kombi in den Vereinsfarben getragen. In den nächsten Tagen waren die Arbeiter in Meck-Pomm aus dem Flechten des rot-weißen Traums nicht mehr rausgekommen.

Aber das hatte sich nicht wiederholt. Was wir brauchten, war ein Deal. Nur hatte ich Sonya leider nichts anzubieten.

»Elif, ich muss weitermachen. Wir hören uns, meine Liebe.«

»Sag Bescheid, wenn du mehr Zeit brauchst und ich Fee mal abholen soll.«

Elif war Fees inoffizielle Patentante und ein wahrer Kindermagnet. Für meine Tochter war es das Größte, einen Nachmittag bei ihr zu verbringen, obwohl die beiden dann meist einfach zu Hause rumhingen oder spazieren gingen und sich dabei unterhielten. Aber Elif war wirklich interessiert daran, was andere Menschen bewegte, und machte dabei keinen Unterschied zwischen Erwachsenen und Kindern.

»Und vergiss nicht, Jörg aufs Maul zu hauen!«, ergänzte meine Freundin und bewies damit wiederum ihre pragmatische Seite. Mit Jörg war sie nie ganz warm geworden.

Tatsächlich hätte ich nicht übel Lust gehabt, Elifs Ratschlag zu befolgen. Aber was hatte Frau Schmitz gesagt? Ich sollte noch mal mit Jörg reden. Ich würde ihn nachher, wenn er Fee abholte, zur Rede stellen.

Fee verbrachte jedes zweite Wochenende bei Jörg, und

zusätzlich hatte er sich bei der Trennung vehement einen allwöchentlichen Vaternachmittag auserbeten. Großspurig hatte er damals betont, dass er dank seiner Position ja gewisse Freiheiten bei der Zeiteinteilung hätte. Fast immer sah es jetzt allerdings so aus, dass er Fee in der Mittagspause von der Kita abholte, sie zu seiner Mutter brachte und selbst wieder ins Büro fuhr.

Bis zur Konfrontation mit meinem Ex blieb mir aber noch ein bisschen Zeit. Ich beschloss, mich erst mal um Oliver Pocher zu kümmern. Auf seinem Instagram-Account hatte er heute ein Foto gepostet, auf dem er tatsächlich mein Armband trug. Ich tippte einen Kommentar darunter:

> ♥ Dich kriegt man erst unter, wenn die Hölle gefriert. Nicht von ungefähr hast du immer die attraktivsten Frauen. Wenn RTL mich nähme, würde ich auch ins Dschungelcamp gehen, jetzt, nachdem du dort hoffentlich König wirst!
>
> PS: Das Armband passt super zu deinem Teint. Für alle anderen: Man bekommt es unter www.braceletta.de/shop/koolkhaki

Hm, ich war schon mal besser gewesen. Aber vielleicht reichte es ja. Mein Ziel in solchen Fällen war es, einen positiven Kommentar abzugeben, der in kurzer Zeit so viele Likes beziehungsweise Herzen sammelte, dass er nicht gelöscht wurde, auch wenn er Werbung enthielt. Bei einer Bildagentur investierte ich in die Fotorechte an Oliver Pochers Handgelenk und postete es meinerseits auf Instagram.

Sonja Speck alias Sonya Marshmallow indessen hatte ein

YouTube-Video zum Thema »Wimpern für Office und Alltag« veröffentlicht, in dem sie vorführte, wie man den günstigen Klebewimpern aus der Drogerie durch geschicktes Bearbeiten mit einer Nagelschere zu einem natürlichen Look verhelfen konnte, um dann ohne Weiteres auch bei Meetings oder bei Rewe damit klimpern zu können. Zwar ging ich inzwischen nicht mehr zu Rewe, sondern zum Discounter, und ich konnte mich gerade noch beherrschen, mir dafür Wimpern anzukleben. Dennoch fiel es mir leicht, einen wohlwollenden Kommentar zu diesem brauchbaren Ansatz zu hinterlassen.

Danach verwandte ich fünfzehn Minuten auf ein unantastbares Äußeres, packte meine Lieferungen in die Satteltaschen meines Hollandrads und radelte los.

Schon auf dem Weg zur Post ging ich mögliche Dialoge mit meinem Ex durch, in denen ich würdevoll hinterfragte, warum er mir diesen unerfreulichen Brief geschickt hatte. »Jörg, du, ich will dich nicht lang aufhalten, aber ich bin etwas erstaunt über deinen Brief. Der trägt doch so gar nicht deine Handschrift.« Ich wollte ihn stottern und sich winden sehen. Und ein ganz, ganz kleines bisschen hoffte ich wohl auch, er würde etwas antworten wie: »Du hast recht. Leocadia hat mich dazu gedrängt. Sie ist einfach eifersüchtig auf dich. Ich hab noch mal drüber geschlafen – zerreiß den Brief. Wir bleiben bei der monatlichen Tilgung.« Oder, noch besser: »Was für ein Brief? Ich hab nichts dergleichen geschrieben. Das muss Leocadia gewesen sein, aus Rache, weil ich ihr gesagt hab, dass ich dich zurückwill.«

Eigentlich war ich zwar davon überzeugt, dass ich Jörg nicht zurücknehmen würde, selbst wenn er es gewollt hätte. Aber ganz ausschließen konnte ich nicht, dass mich eine solche Wendung in Versuchung geführt hätte. Und sei es nur, weil mein derzeitiges Leben oft so unglaublich anstrengend war.

Als ich in die Straße einbog, in der die Kita lag, fiel mir als Erstes ein riesenhafter SUV ins Auge. Direkt vor dem Gebäude im absoluten Halteverbot, dort, wo man auf keinen Fall parken sollte, um die Kinder auf ihren Laufrädern nicht zu gefährden – immer wieder Thema auf den Elternabenden. Rein optisch schien das Fahrzeug eher für den Straßenkampf in Kunduz geeignet als für den Kölner Stadtverkehr. Als ich es fast erreicht hatte, öffnete sich die Fahrertür, und ich setzte schon mal einen verachtenden Blick auf.

Als ich dann aber sah, wer ausstieg, nämlich Jörg Bierstedt, nicht Dr., aber dafür lic. oec. HSG, konnte ich nicht mehr an mich halten.

»Ach, hast du neuerdings als Chauffeur des Königs von Saudi-Arabien angeheuert? Und besteht der Monarch darauf, dass direkt vor der Kita geparkt wird, damit auch alle sein neues Auto bewundern können?«

»Äh ... nein, was willst du?«

»Ach, ich wüsste einfach nur gern, ob du das Geld, das ich dringend brauche, um meine Lebensgrundlage und die deiner Tochter zu sichern, in dieses eitle Stück Prollkultur investiert hast?«

»Ach, daher weht der Wind. Komm mal runter und steh auf eigenen Beinen. Dann kannst du dir bald vielleicht auch ein Auto leisten.«

Das saß. Zwar sah auch er immerhin gekränkt aus, aber noch bevor ich mir eine passende Antwort überlegen konnte, ließ er mich einfach stehen und ging ins Gebäude.

»Hoffentlich fährt dir jemand den 12 000-Euro-Außenspiegel ab, während du unsere Tochter bei deiner Mutter parkst«, rief ich ihm hinterher. Und dann trat ich der Scheißkarre, die unter Garantie tatsächlich der Grund für seinen Scheißbrief war – so einen Panzer im Wert von drei durchschnittlichen Jahresgehältern zahlte auch ein Jörg Bierstedt nicht aus der Portokasse –, mit voller Wucht gegen den Hinterreifen.

Der Tritt tat in meinen Sandalen natürlich total weh. Fluchend setzte ich mich wieder aufs Rad, sprintete zurück nach Hause und schmiss mich atemlos auf das beschissene Boxspringbett, das viel zu groß für mein Schlafzimmer war, und dann fing ich an zu weinen. Mein Fuß schmerzte, und ich war so entsetzlich wütend. Weil Jörg offenbar davon überzeugt war, dass diese fette Karre ihn zu einem VIP machte, für den ein lächerliches Parkverbot nicht galt. Weil seine Worte mich so verletzten. Weil er Geld hatte und ich nicht. Weil er mich so derart und auf ganzer Linie abserviert hatte. Ich fühlte mich erniedrigt, und zu allem Überfluss würde mein Zeh mich sicher noch eine ganze Weile an meinen kümmerlichen Auftritt erinnern.

Das Allerschlimmste aber war: Wenn ich ganz ehrlich zu mir selbst war, dann hatten Jörgs Anblick, seine selbstgewisse Art, aus dem Auto zu steigen, und der Hauch seines Aftershaves, der zu mir herübergeweht war, noch etwas anderes in mir ausgelöst. Wider besseres Wissen hatte ich tief in mir für einen Moment den Wunsch verspürt, hoch über der Straße neben ihm auf dem Beifahrersitz zu thronen. Und für diese Dummheit hasste ich mich am meisten.

Damit der Tag wenigstens für irgendetwas gut war, raffte ich mich nach einiger Zeit auf, Frau Schmitz' Briefkasten zu reparieren. Er war verbogen und mit der Last des Katalogs fast überfordert gewesen.

Ich holte einen Hammer und besserte mit einer gewissen Befriedigung die Dellen aus. Herr Erbslöh, aufgescheucht durch die Geräusche im Treppenhaus, kam vorsichtig die Treppe herunter, um nach dem Rechten zu sehen.

»Ach, Sie sind es, Frau Brass. Das freut mich, Sie zu sehen! Helfen Sie Frau Schmitz mit ihrem Briefkasten? Das hätte ich auch gern getan, aber ich kann ja nicht, mir fehlt das Gleichgewicht.« Zum Beweis hob er seinen Mahagonistock an und schwankte unmittelbar ein bisschen.

»Ja, ich bin jetzt hier der Hausmeister«, versuchte ich mich an einem Scherz.

»Das ist ja wunderbar!« Herrn Erbslöhs Augen leuchteten auf. »Hat die Hausverwaltung also doch ein Einsehen gehabt, dass sich hier endlich mal jemand kümmern muss. Ich hab schon so viele Briefe deswegen geschrieben, aber es hat nie jemand geantwortet.«

Ich stellte mir vor, wie der alte Herr auf einer Adler-Schreibmaschine im Zweifingersystem sehr höfliche, mit »Hochachtungsvoll« unterschriebene Briefe getippt hatte, die niemand las ... und brachte es nicht übers Herz, richtigzustellen, dass ich nur einen Witz gemacht hatte. Mit einem Anflug von Stolz rührte ich stattdessen den Blitzzement an und schmierte ihn in das Loch in der Wand, um einen neuen Dübel zu befestigen. Bald hing der Briefkasten wieder wie eine Eins, und ich sonnte mich ein wenig in Herrn Erbslöhs Anerkennung, die ich gerade so dringend gebrauchen konnte.

Als mein Nachbar sich schließlich daranmachte, die Treppe zu seiner Wohnung zu erklimmen, rief er mir fröhlich zu: »Ich komme dann demnächst noch mal auf Sie zu. Einen schönen Tag noch, Frau Brass!«

Und ich sah Arbeit auf mich zukommen. Wo ich schon mal dabei war, ölte ich gleich noch die Haustür.

Nachdem ich wieder zurück in meine Wohnung gehumpelt war, saß ich grübelnd am Esstisch und dachte mit zunehmender Verzweiflung darüber nach, wie ich innerhalb von vier Monaten an 12 000 Euro kommen sollte – zusätzlich zu dem, was wir für unseren Lebensunterhalt brauchten. Bei den Banken hatte ich es bei der Gründung schon probiert. Das konnte ich vergessen, mein Geschäftsmodell war denen zu unsicher. Meine Mutter würde ich erst fragen, wenn Fee und ich kurz vor dem Umzug in die U-Bahn-Station am Ebertplatz stünden. Freunde, die ich um 12 000 oder auch nur die ersten 3000 Euro bitten konnte, hatte ich nicht. Ich musste irgendwie meinen Umsatz erhöhen. Aber daran arbeitete ich ja sowieso schon …

Ratlos strich ich über die von unseren Fettfingern marmorierte Glasplatte des Philippe-Starck-Tischs – und wusste plötzlich, woher die erste Rate kommen würde.

Beherzt wischte ich die Krümel meiner Diätchips vom Tisch. Dann versuchte ich, das Einhornschloss, das Fee heute Morgen aus Holzbausteinen darauf errichtet hatte, nach bestem Wissen in ihrem Zimmer wieder aufzubauen. Denn für ein Donnerwetter meiner Tochter war ich heute nicht gewappnet. Schließlich stellte ich das Beleuchtungsequipment auf und knipste ein paar Fotos von meinem wertvollsten Möbelstück. Mit einer jubelnden Beschreibung versehen bot ich es in einem Internetportal für gebrauchte Designmöbel zum Verkauf an. Schade, dass das Boxspringbett wegen seiner vielen Kakaoflecken nicht den gleichen Weg gehen konnte.

Nachdem ich Fee bei ihrer Omi abgeholt und in ebenjenes Bett verfrachtet hatte – als Kompromiss, sonst wäre sie gar nicht schlafen gegangen –, sah ich, dass ich ein paar Bestellungen für das Herrenarmband in der Ausführung #koolkhaki und zwei Anfragen für den Tisch bekommen hatte. Davon etwas ermutigt postete ich zum Tagesabschluss noch ein Foto.

Instagram-Post von **Julia Braceletta**

Ich sitze mit ~~der goldenen Handy-Attrappe, die mir der Besitzer des Telefonshops nebenan überlassen hat,~~ meinem Luxus-Smartphone ~~im Hof hinter unserem heruntergekommenen Mehrfamilienhaus. Im Nachbarhof stehen glücklicherweise zwei Bäume, die in den Bildrand hineinragen und die Illusion erlauben, ich säße~~ in unserem parkähnlichen Garten und fotografiere den rosa Abendhimmel. Mein Handgelenk ziert ein Duo-Bracelet, das Bänder in den Farben #epicevening (ein sehr dunkles Blau) und #dawn (ein sattes Violett) kombiniert. Aufgenommen hat das Bild ~~meine Linke mit dem Vorvorvorjahres-Smartphone~~ augenscheinlich der beste Ehemann von allen mit seinem Businesshandy.

Gefällt 527 Mal

julia_braceletta Beim Nichtstun erwischt vom Göttergatten. 🙂 Der Abend ist aber auch zu schön …
#husbandandme #afterwork #gartenglück
#iphonepics #epicevening #braceletta #dawn

4 Kommentare

schokojunkie Genieß es! Was für ein riesiger Garten!

julia_braceletta Ja, ist aber auch manchmal echt viel Arbeit. 😅 Man will ja auch nicht für alles gleich den Gärtner holen …

elif_rocks Küss den Göttergatten. Auf sein Honigmaul 🙂

julia_braceletta Immer wacker drauf … ❤❤❤

#UMSTAENDEHALBERABZUGEBEN

Am nächsten Abend warteten Fee und ich auf die ersten Interessenten an unserem Tisch. Sie wollten sich das gute Stück anschauen und dann entscheiden. Ich trug extra ein Ensemble gehobener Freizeitmarkenkleidung aus Jörgzeiten und ein Paar Perlohrringe, um nicht zu armselig zu wirken. Die Haare hatte ich zu einer Banane aufgesteckt. Mir war die ganze Aktion ziemlich unangenehm. Nicht dass die Käufer noch dachten, der teure Tisch in unserer beengten Wohnung sei Hehlerware oder eine Fälschung aus Fernost. Außerdem befürchtete ich grundsätzlich bei jeder neuen Begegnung, es könnte sich um eine meiner Instagram-Followerinnen handeln, die anschließend öffentlich verriet, dass Julia Braceletta ihre Existenz zu Marketingzwecken etwas, nun ja, geschönt hatte.

Gegen sieben verdunkelte ein Schatten Fees Zimmer, wo wir gerade Pony und Gendarm spielten. Zwar lag das Kinderzimmer nach vorne raus und genoss als einziges in unserer Wohnung direkte Sonneneinstrahlung. Aber sobald ein größeres Auto vor dem Haus parkte, war es damit auch vorbei. Wir schauten also aus dem bodentiefen Fenster (hier in der Bedeutung eines vergitterten Souterrainfensters, das von außen auf Bodenhöhe lag), um zu sehen, ob unsere Käufer eingetroffen waren. Und tatsächlich: Da stand ein Transporter, aus dem zwei nackte Frauenbeine ausstiegen. Dann klingelte es, und ich humpelte mit meinem angeschlagenen Zeh nach oben zur Haustür.

Als ich öffnete, stand eine schwangere Frau im geblümten Sommerkleid und Segelschuhen vor mir und lächelte.

»Guten Abend, Sie sind Frau Peltzer? Kommen Sie doch rein!«, sagte ich und ließ die Frau an mir vorbei ins Haus. Automatisch wandte sie sich in Richtung der Wohnungstür im Erdgeschoss, und ich musste korrigieren: »Da geht's runter.«

»Ach so, verstehe, du hast den Tisch schon im Keller stehen.« Ich hatte sie gesiezt, sie duzte mich. Ich kam mir gleich noch verspannter vor.

»Nein, wir wohnen da«, erklärte ich möglichst selbstverständlich. Die Frau ging mir voran nach unten.

Dort entkrampfte Fee die Situation, indem sie unsere Kundin mit der Stimme meiner Mutter anwies: »Du möchtest dir bitte die Schuhe ausziehen, bevor du reinkommst.« In einem meiner Kleider, das sie sich zwischenzeitlich übergezogen haben musste, blockierte sie den Türrahmen.

Die Schwangere lachte und trat sich die Schuhe von den Füßen. »Die musst du mir aber dann gleich wieder anziehen«, meinte sie an Fee gewandt. »Ich komm wegen des Bauchs so schlecht dran.« Dann erklärte sie mir: »Ich stecke gerade mitten im Umzug zum Vater der kleinen Fußballerin hier drin.« Sie tätschelte ihren Bauch. »Daher bin ich gleich mit dem Sprinter gekommen. Mein Freund konnte sich noch nicht aus dem Büro befreien, aber wir haben euer Tischmodell schon länger im Auge. Da wäre es ja dumm, jetzt nicht zuzugreifen. Vorausgesetzt, wir werden uns über den Preis einig und der Tisch hat auch noch keine Schäden?«

Irgendwie erinnerte sie mich an mich selbst vor fünf Jahren – nur in glücklich. Auch ich hatte mich damals zwar auf unser Baby gefreut, obwohl Fee nicht geplant gewesen war. Aber ansonsten hatte ich, ohne dass es mir wirklich bewusst gewesen wäre, im falschen Film festgesteckt. Im Film meiner Mutter und in dem von Jörg.

Fee pries der Frau unterdessen den Tisch an: »Hier sind die Beine, guck mal, du, guck mal hier, sehr schöne Beine, mit ein bisschen Gold sogar, hier! Und da oben kannst du dein Essen draufstellen. Nur malen darfst du da drauf nicht!«

Ich indes schämte mich für die Enge der Wohnung und das sonstige Mobiliar, das ich auf dem Sperrmüll, auf Flohmärkten und in Kleinanzeigen zusammengesucht hatte. Eigentlich hatte ich es uns durchaus nett eingerichtet, die alten Möbel neu lackiert, sodass sie als Shabby Chic durchgingen, und Lampen aufgestellt, die ein gemütliches indirektes Licht spendeten, wo es an Sonneneinstrahlung fehlte. Meinem Schlafsofa aus Jugendzeiten, das jetzt in der Küche stand, hatte ich mit vielen Kissen und einem bunten Überwurf, den Elif mir zur Trennung geschenkt hatte, zu etwas Boho-Flair verholfen. Und heute hatte ich extra gründlich aufgeräumt. Aber als mein Blick über Fees Kinderzeichnungen in den Ikea-Rahmen und das Sammelsurium an Geschirr schweifte, das mangels ordentlicher Einbauküche in offenen Regalen herumstand, fand ich doch leider, dass es nach dem aussah, was es eben war: die Wohnung einer Frau ohne Geld, die sich Mühe gegeben hatte.

Ich wusste, dass das keine Schande war und ich drüberstehen sollte. Tat ich aber leider nicht.

»Ich würde ihn gern nehmen. Sagen wir, 2800 Euro? Hab ich gleich bar dabei«, unterbrach die glückliche, jüngere Version meiner selbst meine frustrierten Gedanken.

Das waren zwar zweihundert Euro weniger, als ich angesetzt hatte, aber damit hatte ich gerechnet. Und bar dabei hörte sich sehr gut an, also stimmte ich zu.

Ich schob die Scheine lässig in die hintere Hosentasche meiner Jeans und informierte Frau Peltzer, dass der Tisch zu groß war fürs Treppenhaus. Er musste zur Terrassentür raus und über die Höfe zum Sprinter gebracht werden. Eine halbe Runde um den Block gab es eine Einfahrt, die sie ansteuern sollte, wir würden den Tisch dann dort hinbringen.

»Ihr beide, du und die Kleine? Da du immer von ›wir‹ gesprochen hast, dachte ich, du hättest einen Mann, der beim Schleppen helfen könnte …«

Sie sprach das nicht gern an, die Gute, das sah ich ihr an. Warum wurde man ohne Mann eigentlich immer bemitleidet?

»Ich würde ja auch helfen, aber …« Sie sah auf ihren runden Bauch hinunter.

»Nein, ›wir‹ sind Fee und ich. Aber wir schaffen das, oder Fee?«, gab ich mit Blick auf meine Tochter entschlossen zurück, und diese nickte stolz. »Komm du einfach mit dem Auto zur Einfahrt.«

Während Frau Peltzer zu ihrem Wagen ging, zog ich Fee mein Kleid aus und holte einen Transportroller sowie mein Skateboard aus Teenagertagen aus dem Kellerraum, der unserer Wohnung direkt gegenüberlag. Die Tischbeine umwickelte ich schnell mit etwas Zeitungspapier und hievte sie paarweise über die Schwelle der Terrassentür. Dann stellte ich die Vorderbeine der wertvollen Ware je auf einen der fahrbaren Untersätze, hob die andere Seite an und schob. Fee sollte vorne aufpassen und mir Bescheid geben, wenn eines der Tischbeine drohte, von seinem Gefährt zu rutschen. So rollten wir hochkonzentriert über den Innenhof.

Als wir in den schmalen Weg einbiegen mussten, der zu besagter Einfahrt führte, hob ich den Blick – und erschrak.

Nur wenige Meter von uns entfernt, direkt hinter der Brombeerhecke, stand der Bildhauer und sah zu Fee und mir herüber. Ich fand es zwar grundsätzlich interessant, ihn mal von Nahem zu sehen. Aber doch bitte durch ein Fernrohr oder meinetwegen eine verspiegelte Scheibe!

Unser seltsames Gespann war allerdings kaum zu übersehen beziehungsweise zu überhören, denn Fee ging in ihrer Rolle als Möbelträgerin total auf. Mit überschnappender Stimme rief sie mir die ganze Zeit über Dinge zu wie: »Ja, Kollegin, gut so! Die Beine stehen bombenfest. Weiter so, Kollegin! Gute Arbeit!«

Ich lächelte schief zu dem Bildhauer hinüber, und in diesem Moment verlor das rechte Tischbein das Gleichgewicht, dessen ich innerlich schon längst verlustig gegangen war. Das Skateboard schoss hervor und rollte den Weg entlang.

Da bahnte der Typ sich seinen Weg durch die Brombeeren – wie bei Dornröschen, schoss es mir durch den Kopf, und ich wurde sicher so rot wie Schneewittchens Apfel. Er lief dem Skateboard hinterher, klemmte es sich in schönster Skatermanier unter den Arm und kam auf mich zu. Spätestens jetzt fühlte ich mich wieder wie ein Teenie. Und reagierte auch so.

»Schönes Board«, sagte er und lächelte.

»Hab ich beim *Made In* am Rudolfplatz gekauft«, antwortete ich, als ob das hier von Interesse und nicht schon zwanzig Jahre her gewesen wäre.

Er lachte kurz auf und sah mir dabei direkt ins Gesicht.

Prompt schämte ich mich für mein tailliertes zartrosa Polohemd, die Perlohrringe und die spießige Frisur. Wie man es machte, machte man es verkehrt. Der Bildhauer trug wieder Shorts und T-Shirt.

»Soll ich euch helfen, Kolleginnen?«, wandte er sich nun an Fee. »Hier sind viele Schlaglöcher auf dem Weg, da könnt ihr sicher noch einen dritten Mann gebrauchen. Komm, wir fassen zusammen an.«

Fee und er hoben die vordere Tischseite an und gingen rückwärts den Weg zur Einfahrt entlang, wo hinter dem Gittertor schon das Auto meiner Käuferin wartete. Während er mit Fee über ihre schwere Möbelträgerarbeit fachsimpelte, hatte ich Gelegenheit, ihn genauer zu betrachten. Um seine runden Augen hatte er ein paar attraktive Fältchen. Und aus irgendeinem Grund – vielleicht war es seine Art, sich zu bewegen oder zu reden oder beides – strahlte er in seiner fleckigen Arbeitskleidung viel mehr Eleganz aus als Jörg und seine Freunde mit ihren Ralph-Lauren-Shirts und Champagnergläsern.

Wir hatten das Tor erreicht und stellten den Tisch ab. Während ich aufschloss, erklärte ich, dass das Möbelstück nun in das wartende Auto gehoben werden müsse. »Wollen wir das auch noch zusammen machen?«, fragte ich minimal flirtig. Den Satz hatte ich mir eben zurechtgelegt.

»Allerdings«, gab der Bildhauer zurück. Dann grüßte er freundlich die erstaunt dreinblickende Frau Peltzer und stellte sich ihr als unser Kollege vor. Er ahnte ja gar nicht, wie gut mir das tat!

Frau Peltzer öffnete den Kofferraum ihres Transporters, und ich wandte mich erneut an unseren Helfer: »Soll ich oben stehen oder von unten anheben?«

Obwohl das weder anzüglich gemeint war noch danach klang, fühlte ich wieder die Röte in meinen Kopf steigen. Echt unpassend, besonders zu dem rosa Polohemd.

Er entschied sich für die erste Variante, stemmte mir ziemlich mühelos den Tisch entgegen, und ich zog ihn ins Wageninnere.

Fee kommentierte derweil mit tiefer Stimme: »Noch ein bisschen nach rechts und rein da, Kollegen! Yo, wir schaffen das!« Sie hatte wohl in letzter Zeit zu viel *Bob der Baumeister* geguckt.

Nachdem wir den Tisch verstaut und uns von Frau Peltzer verabschiedet hatten, schlenderten wir zu dritt in Fees Tempo den kurzen Weg zurück. Ich versuchte, mein Humpeln zu unterdrücken, und wünschte, mir würde etwas Geistreiches zu sagen einfallen. Aber unser Nachbar sah jetzt ohnehin aus, als wäre er in Gedanken ganz weit weg. Sein Blick ging in die Ferne. Und ich war dankbar, dass er keine Fragen zum Hintergrund unserer Verladeaktion stellte. Fee erklärte, dass sie jetzt einen neuen Esstisch für uns aussuchen dürfe, und er meinte, sie habe sicher einen guten Geschmack. Dazu äußerte ich mich besser nicht …

Fee plapperte weiter vor sich hin, in der für sie typischen Weise, die keine Antwort, sondern nur ein Publikum verlangte – und schon waren wir an der Brombeerhecke angekommen, wo sich unsere Wege trennten.

»Wenn ihr Hilfe braucht, um euren neuen Tisch in die Wohnung zu bekommen, sagt Bescheid.« Mit diesen Worten gab der Bildhauer mir flüchtig die Hand, sie hatte exakt die gleiche Temperatur wie meine. Für den Augenblick, in der meine Rechte in seiner lag, fühlte sie sich daher seltsam schwerelos an.

Später im Bett versuchte ich zu ergründen, ob der Nachbar mich wohl freundlicher gegrüßt hatte als Frau Peltzer. Außerdem überlegte ich, ob er sich wohl nach unserem Abschied noch mal umgedreht hatte. Und wenn ja, ob die unvorteilhafte Ausbeulung durch die Geldscheine in meiner Gesäßtasche sein Urteil über meinen ohnehin nicht unbedingt formvollendeten Po beeinflusst hatte. Ich verwünschte das Polohemd und die Perlohrringe. Hätte ich doch etwas Cooleres angezogen, ein Oversize-T-Shirt, nur vorn an einer Stelle locker in die Jeans gesteckt. Dann wären auch die Geldscheinbeule und mein Po nicht zu sehen gewesen.

In meiner Fantasie antwortete ich auf die »Schönes Board«-Bemerkung des Nachbarn mit einem neckischen »Kannst gern mal fahren«, und ich sah ihm in die Augen, anstatt verklemmt an ihm vorbei.

So drehten sich meine Gedanken weiter, bis mir irgendwann wieder einfiel, dass ich mit meinen 9200 Euro Schulden eigentlich andere Probleme hatte als eine Zufallsbegegnung mit einem Mann, der vermutlich seit Jahren glücklich mit seiner Jugendliebe zusammen war.

#DIEKUNSTDESSTILVOLLENVERZICHTS

Als am nächsten Morgen der Wecker klingelte, fiel das Licht grau in mein Schlafzimmer. Über Nacht hatte sich der Himmel zugezogen, und es war deutlich abgekühlt. Auch meine Frühlingsgefühle waren gänzlich verflogen, stattdessen hatte mich das Geldproblem wieder fest im Griff. Für den komplizierten Kriminalfall, der sich unter Fees Stofftieren ereignet hatte, konnte ich mich daher nicht wirklich begeistern. Mein gelegentliches mechanisches »Mmh« stellte meine Tochter leider überhaupt nicht zufrieden. So war ich erleichtert, als ich sie schließlich in der Kita abgeliefert hatte.

Mein nächster Weg führte zur Bank. Die 2800 Euro, die der Tisch mir eingebracht hatte, steckten nicht mehr lässig in meiner Hosentasche, sondern paranoid in meiner Stiefelette. Sicher ist sicher. Erst im Foyer zog ich die Scheine hervor, legte sie in die dafür vorgesehene Klappe des Automaten und ließ den Betrag ratternd meinem Konto gutschreiben. Dann betrat ich die Filiale und füllte von Hand einen Überweisungsschein über 3000 Euro an *Dr. Jörg Bierstedt* aus. Verwendungszweck: *Panzerlieferung an König Jörg, den Stillosen.* Sicher hatte er nicht damit gerechnet, dass ich die erste Rate sofort zahlte, dachte ich mit dem Anflug eines Triumphgefühls. Von wegen: nicht auf eigenen Beinen stehen können! Ein Wermutstropfen war allerdings, dass ich schon für die

Aufstockung auf den vollen Tausender mein Konto überziehen musste …

Anschließend stellte ich mich in die Warteschlange vor dem Schalter, um mich doch noch mal nach den Bedingungen für einen Kredit zu erkundigen. Ich wollte nichts unversucht lassen.

Während der dezent manikürte Finger der eben noch sehr freundlichen Mitarbeiterin die Computermaus bediente, nahm ihr Gesicht einen reservierten Ausdruck an.

»Sie führen offensichtlich ein selbstständiges Gewerbe«, stellte sie schließlich fest. »Da bräuchten wir von Ihnen die Einkommensteuerbescheide der letzten Jahre, einen Überblick über Ihre Lebenshaltungskosten, außerdem einen Businessplan, aus dem sehr konkret und nachweislich eine positive Gewinn- und Verlustrechnung hervorgeht. Soll ich Ihnen einen Termin bei dem zuständigen Kundenbetreuer buchen?«

Ich lehnte dankend ab und verließ wie ein geprügelter Hund die Bankfiliale. Nur ungern erinnerte ich mich daran, wie ich vor wenigen Monaten während eines akuten Engpasses um die Erhöhung meines Dispos gebettelt hatte. Obwohl doch die Bank horrende Zinsen für die Kontoüberziehung nahm, war mir meine Bitte verweigert worden.

Konkret und nachweislich konnte ich jedenfalls nicht bieten. Ich hatte nur meinen Fleiß, den Mut der Verzweiflung und das Prinzip Hoffnung. Was ich brauchte, war ein Plan.

Wieder zu Hause kochte ich mir einen Kaffee, setzte mich an meinen Wickelschreibtisch und klappte den Laptop auf. Unter der Überschrift **9000 Euro in vier Monaten** listete ich die einzelnen Maßnahmen auf, die mich vor dem Bankrott und dem Versagen auf ganzer Linie bewahren sollten.

Einsparpotenzial

- Lebensmittel: Planvoll einkaufen! Hauptsächlich Kartoffeln und saisonales Gemüse, jeweils vergünstigt kurz vor Abbau auf dem Markt!
- Kein Eis unterwegs am Büdchen, kein Teilchen beim Bäcker, kein Coffee to go!
- Für mich KEINE neue Kleidung! Für Fee, wenn nötig, secondhand.
- Accessoires für Instagram- und Pinterest-Bilder nur noch mit Umtauschrecht kaufen und ausnahmslos wieder zurückgeben.

→ **ca. 150 Euro monatlich = 600 Euro insgesamt**

Verkaufen

- Chanel- und Vera-Wang-Kleid
- Skateboard
- Küchenmaschine

→ **ca. 800 Euro insgesamt**

Mehr von Wert hatten wir nicht, wenn ich nicht Fees Kinderzimmermöbel verticken wollte. Ich würde versuchen, das Ganze als Herausforderung zu betrachten. Als Erdung, als Besinnung auf das Wesentliche, besonders passend später in der Adventszeit, die ja kurz vor der Deadline lag ... Nun, jetzt wurde es unglaubwürdig. Immerhin aber wären die Einsparungen bei den Lebensmitteln förderlich für Figur und Gesundheit, tröstete ich mich. Und das Thema Minimalismus ließ sich womöglich für eine Fotoserie ausschlachten. Ich sah das Bild schon vor mir. Ich in existenzialistischem Schwarz mit dem Armband #blackbeauty in der weitgehend leer geräumten Wohnküche – der Tisch war ja praktischerweise schon weg: #minimalism, #purechic, #bestthingsinlifearefree.

Leider war ich, selbst wenn alles so klappen sollte, wie ich es hier in meinem Word-Dokument festgehalten hatte, immer noch bei 7600 Euro Schulden.

Ich musste meine Einnahmen erhöhen.

Umsatzerhöhung, tippte ich.

Weiter kam ich nicht. Für die Ablösung des Kredits würde ich jeden Monat um die Hälfte mehr Armbänder verkaufen müssen als bisher. Dabei konnte ich mich schon jetzt nicht darauf verlassen, regelmäßig genug zu verkaufen. Nur durch gelegentliche Spitzen konnte ich das ausgleichen. Einmal zum Beispiel war ein Bild von mir sehr häufig auf Facebook geteilt worden, was auch den Verkauf des entsprechenden Armbands angekurbelt hatte. Einen weiteren Höhenflug hatten mir dann Ángel Zapatero und Sonya mit dem rot-weißen Vereinsarmband beschert. Leider hatte der FC-Fanshop es nicht ins Sortiment aufnehmen wollen.

An einem Ausbau des Boutiquenvertriebs arbeitete ich gerade. Aber das war keine Maßnahme, die mir auf die Schnelle die Rückzahlung des Kredits sichern konnte. Sosehr ich auch nachdachte, mir fiel immer nur der erhoffte Deal mit Sonya Marshmallow ein, um meine Umsätze kurzfristig und nennenswert voranzubringen. Aber da trat ich auf der Stelle.

Ich sah auf die Uhr und beschloss, dass es spät genug war, um Elif zu einer Mittagspause zu verleiten. Sie wohnte gleich um die Ecke und werkelte als eingefleischte Frühaufsteherin bestimmt schon seit sieben Uhr an irgendeiner Modestrecke oder bügelte einem Star das Gesicht glatt.

Zehn Minuten später betrat ich mit einem Ausdruck meines dürftigen Maßnahmenkatalogs Elifs Arbeitszimmer. Das kleine Sofa, auf das ich mich plumpsen ließ, war mit einem bunten Kelimstoff bezogen. Hier in diesem Raum fühlte ich mich immer gleich etwas jünger und unbeschwerter, denn schließlich hatte ich früher mal hier gewohnt – in einer WG mit Elif als Mitbewohnerin. Auch wenn jetzt alles viel aufgeräumter war als zu meinen Zeiten.

Elif hatte unsere Studentenbude behalten und über die Jahre in eine raffinierte Designerwohnung verwandelt, durch die ein Hauch Orient wehte, der sich unter anderem in den kunstfertig platzierten Mosaikfliesen in Küche und Bad und den schönen Teppichen niederschlug.

»Schatz, sag nicht einfach, du hast Sonya nichts anzubieten. Denk nach«, ermunterte meine Freundin mich mit mütterlicher Strenge, stellte zwei Gläser mit ihrem Lebenselixier, dem türkischen Schwarztee, auf den Tisch und ließ sich auf dem Sitzpuff neben mir nieder.

»Es ist eine Tatsache, Elif. Sonya braucht mich nicht«, antwortete ich deprimiert. »Aber ich sie, sonst kann ich einpacken.«

»Dann überzeug sie davon, dass sie dich braucht. Wenn du nicht den ultimativen Superdeal für Sonya anzubieten hast, dann musst du eben all die Kleinigkeiten bündeln, die du für sie tun kannst.«

Ich nahm einen Schluck des heißen, süßen Gebräus und sagte zaghaft: »Ich kann ihre Videos in blumigen Kommentaren über den grünen Klee loben. Das mach ich ja schon oft.«

»Sehr gut«, bestärkte mich Elif. »Was noch?«

»Ich könnte sie gegen Angriffe verteidigen und bei Shitstorms in der Kommentarspalte die Gegenbewegung anführen.«

»Regelmäßige ausführliche Positivkommentierung und bedarfsweise Unterstützung im Shitstorm-Management also. Schreib auf! Und weiter?« Elifs dicke dunkelbraune Locken wippten dynamisch, während sie sich zu ihrem Schreibtisch hinüberlehnte, um mir einen Stift zu reichen.

Gehorsam kritzelte ich die Punkte auf die Rückseite meiner Liste und überlegte weiter. »Die Verbindung mit meinen fair, nachhaltig und ökologisch hergestellten Armbändern verbessert ihr Bild in der Öffentlichkeit.«

»Imagepflege. Prima! Trink noch 'nen Schluck.«

Ich schrieb, trank und ergänzte dann: »Ich würde sie natürlich am Absatz der über sie verkauften Armbänder beteiligen.«

»Perfekt! Noch was?«

Ich guckte aus dem Fenster und betrachtete die Häuserreihe gegenüber. Elif verschwand hinter ihrem Computer und ließ mich nachdenken. Einer der Balkone diente offenbar als Altglascontainer, der daneben war akkurat bepflanzt, auf einem anderen flatterte Kinderwäsche. Dann sah ich auf meine Hand, die den Stift hielt. Eine Ader auf dem Handrücken trat hervor. Das war neu, ich wurde wohl alt. Ob Sonya solche Gedanken auch hatte? Bestimmt, denn ihr Aussehen war ja ihr wichtigstes Kapital. Die leichte Bräunung meiner Haut machte sich allerdings gut zu dem orangefarbenen Armband ... Mir fiel etwas ein.

»Ich könnte ihr anbieten, mit meiner Hilfe ein eigenes Sonya-Marshmallow-Bracelet zu kreieren, das dann unter ihrem Namen vermarktet wird.«

»Großartig!« Begeistert kam Elif wieder hinter ihren zwei

riesigen Bildschirmen hervor, nahm ihr Teeglas zur Hand und prostete mir zu. »Auf den rettenden Deal!«

Ich prostete nicht zurück, das wäre mir wie ein schlechtes Omen vorgekommen, lächelte Elif aber dankbar an. Aus den besprochenen Punkten konnte ich immerhin ein respektables Angebotspaket schnüren. Wenn Sonya darauf einging, hatte ich eine reelle Chance, mein Umsatzziel zu erreichen. Wenn nicht, dann ...

Sollte mein Plan nicht fruchten, musste ich tatsächlich überlegen, mein Geschäft aufzugeben und mir einen Job zu suchen. Der Gedanke brach mir das Herz, ich traute mich kaum, ihn zu denken. Braceletta war so etwas wie ein zweites Kind für mich. Von der Idee bis zur Umsetzung hatte ich mir alles selbst erarbeitet, mit viel Mühe und schlaflosen Nächten – und es lief ja gar nicht schlecht. Ganz zu schweigen davon, dass es als alleinerziehende Mutter einfach praktisch war, sich die Arbeit selbst einteilen zu können.

»Schatz, du musst jetzt mal wieder gehen, mein Päuschen ist vorbei. Trink den letzten Schluck noch auf Jörg Weinstedt und sein schönes neues Auto, und dann lass mich weiterarbeiten«, sagte Elif in meine Gedanken hinein.

Ich musste lachen. Meine Freundin hatte viele Talente, und eines davon war es, mich immer wieder aufzuheitern. Mit »Jörg Weinstedt« spielte sie auf eine Anekdote an, die man sich im Bürgeramt von Köln-Rodenkirchen wahrscheinlich immer noch erzählte. Oder gar mit Jörgs biometrischem Passfoto illustriert ans Schwarze Brett im Frühstücksraum gepinnt hatte. Mein Ex-Freund nämlich hatte seinen Nachnamen Bierstedt als nicht fein genug empfunden und einen Antrag auf Änderung gestellt. Jörg Weinstedt hätte er fortan standesgemäßer heißen wollen. Leider aber war sein Anliegen abschlägig beschieden worden – und so brauchte er jetzt wohl als Ausgleich den dicken SUV.

»Ich danke dir für Tee und Coaching, meine Liebe«, sagte ich und drückte Elif fest. »Aber jetzt haben wir die ganze Zeit nur über meinen Kram geredet. Wie geht's dir?«

Ein Schatten huschte über ihr flächiges, ebenmäßiges Gesicht. »Ach, ganz okay, Schatz. Ich muss nachher meinen Auftrag abschicken. Reden wir beim nächsten Mal drüber, du läufst mir ja nicht weg.«

»Ganz bestimmt nicht. Wie auch, so ohne Geld?« Ich küsste sie auf die Wange und machte mich auf den Heimweg.

Was mochte bloß los sein bei Elif? Das klang gar nicht gut. Normalerweise besprachen wir Probleme aller Art immer sofort.

In den folgenden Tagen aßen Fee und ich auf dem Fußboden. Ich will nicht verschweigen, dass es dabei auch mal Backofenpommes gab oder wir mit Spaghetti und Ketchup auf dem hässlichen Fliesenboden herumsauten. Aber manche Abende stellte ich auch unter ein Motto, das unserem Mangel einen pädagogischen Wert verlieh. Wir saßen wie die Indianer ums Lagerfeuer oder lagen wie die Römer seitlich auf unseren Gartenstuhlkissen und pflückten zu unseren Butterbroten Weintrauben direkt von der Rebe in den Mund. Ein anderes Mal deckte ich den nicht vorhandenen Tisch wie die Japaner auf dem Boden, nachdem wir uns vegetarisches Sushi selbst gerollt hatten – optisch leider völlig misslungen. Ursprünglich hatte ich ja ein paar Fotos von unserer internationalen Esskultur posten wollen, aber daraus wurde nichts. Fee immerhin gefiel das Spektakel, und das war schließlich die Hauptsache.

Sonya Marshmallow hatte mein Angebot in einer Zeitspanne beantwortet, die für mich kaum ausgereicht hätte, um den Text zu lesen: gestochen scharf formuliert, tippfehlerfrei und mit einer Tabelle im Anhang, die ihre Vorstellungen zu ihrer finanziellen Beteiligung verdeutlichte. Ich solle das noch nicht als Zusage auffassen, aber sie wolle mich im nächsten Monat treffen. Euphorisch klang das zwar nicht gerade, aber Sonya bekam sicher täglich zwanzig solcher Anfragen. Ich konnte also schon mal ganz zufrieden sein.

Draußen war es weiterhin regnerisch und die Terrassentür des Bildhauers dementsprechend geschlossen. Hin und wieder ging ich auf den Hof, um ein paar welke Blätter von meiner Hortensie abzuzupfen oder aus meiner Bienenweide die verblühten Blumen zu entfernen und neue zu säen. Dabei versuchte ich dann unauffällig, einen Blick ins Innere des Ateliers zu erhaschen. Doch ohne Erfolg, die Fensterfront spiegelte immer in meine Richtung. Und abends war alles dunkel.

Eines Nachmittags klingelte es an der Tür.

Es war aber leider nicht der Bildhauer auf der Suche nach einem Messerschärfer, sondern meine Mutter. Seit wir esstischlos waren, hatte ich mich nicht mehr bei ihr gemeldet. Ich wollte der Diskussion darum gern aus dem Weg gehen, wenigstens bis ich wusste, wie wir an einen neuen Tisch kommen sollten. Die Kleinanzeigen hatte ich schon durchstöbert, aber innerhalb meines Budgets im Umkreis nur indiskutable Modelle gefunden.

»Hallo, ihr beiden!«, rief meine Mutter fröhlich und reichte mir zwei große bunte Plastiktüten, die überhaupt nicht zu ihrem in dezenten Senftönen karierten Kostüm passten. »Ich komm gerade aus dem Büro, und Sieglinde hat mir Johannisbeeren aus ihrem Garten mitgebracht. Ich geb sie euch!«

Toll, bekanntlich hatte ich ja nichts anderes zu tun, als stundenlang verlauste Johannisbeeren von den Strünken zu zupfen und dann zu Kompott oder was weiß ich was zu verarbeiten.

Sieglinde und meine Mutter führten seit Jahrzehnten nicht nur das Vorzimmer eines Mittelständlers zusammen, sondern – so hatte ich den Eindruck – mittlerweile eigentlich die ganze Firma. Die beiden verband eine Art Hassliebe, und auch angesichts dieser Menge an Johannisbeeren war ich mir nicht sicher, ob Sieglinde meiner Mutter damit wirklich eine Freude machen oder aber sie auf subtile Weise ärgern wollte.

Fee sprang hinzu und reichte unserem Überraschungsbesuch höflich die Hand. »Guten Tag, Omi!« Mein Werk war das nicht, Omi musste mit Bestechung gearbeitet haben.

»Hallo, Mama«, stimmte ich ein. »Und danke schön. Ich bringe die Beeren mal in ...« – die Küche, hatte ich schon sagen wollen, aber da fehlte ja der Tisch – »... in unseren Keller. Da halten sie sich länger.«

»Ich will gleich welche haben!«, forderte Fee.

Ich holte eine Rispe aus der Tüte, und Fee verzog wie erwartet das Gesicht, als sie das saure Obst probierte.

»Deine Mami macht sicher eine köstliche Marmelade daraus. Oder sogar einen Curd!« Meine Mutter liebte die englische Lebensart. Oder besser gesagt die viktorianische. Den Landhausstil, die zurückhaltende Eleganz, den Fünfuhrtee und die dazugehörigen Brotaufstriche. Leider auch das feine Unter-den-Teppich-Kehren und die Doppelmoral.

»Ja, sicher«, sagte ich ironisch. Obwohl, so ein schöner zartrosa Johannisbeer-Curd ... Vor meinem inneren Auge stieg ein Bild auf, das zusammen mit dem Rezept vielleicht für Traffic auf meiner Homepage sorgen könnte.

»Wollt ihr mich nicht hereinbitten?«, fragte meine Mutter nun.

»Aber sicher«, antwortete Fee an meiner Stelle. »Vorsicht auf der Treppe, Omi!«

Nun denn. Schicksalsergeben folgte ich den beiden mit meinen zwei Tüten nach unten.

»Julia! Wo ist denn euer schöner Esstisch?«, hörte ich meine Mutter da schon empört ausrufen.

»Den haben wir verkauft.«

»Verkauft? Aber warum das denn? Der war doch von Philippe Starck!«

»Mama, du redest, als hätte der Philippe ihn für mich persönlich angefertigt. Das war nur ein überteuertes Statussymbol. Das passt nicht mehr zu uns.«

»Um Gottes willen, Kind!« Wahrscheinlich hätte sie jetzt gern ihr Riechfläschchen dabeigehabt.

»Setz dich, Mama. Ein paar Stühle haben wir ja noch.«

Ich wusste, das war alles sehr hart für sie. Für mich ja auch. Und sie trauerte Jörg womöglich mehr hinterher als ich – beziehungsweise der Idee, die sie von ihm gehabt hatte. Als der guten Partie ihrer Tochter. Auch sie – Kind aus besserem Hause – hatte nämlich dereinst eine gute Partie gemacht und war dann verlassen worden. Insofern wiederholte sich bei mir ihre Geschichte. Sie war damals gezwungen gewesen, arbeiten zu gehen, und hatte als Fremdsprachenkorrespondentin ohne Berufserfahrung erst einmal sehr klein anfangen müssen. Außerdem war es in ihren

Kreisen damals ziemlich unüblich, dass eine Mutter überhaupt arbeitete. So war sie vor ihren Freunden immer mit einem riesigen Minderwertigkeitskomplex herumgelaufen. Stets hatte sie versucht zu verbergen, was nicht zu verbergen war: dass bei uns beiden alles drei Nummern kleiner ausfallen musste. Über die Jahre war ihr dieses Schönreden und Scheinwahren zur zweiten Natur geworden. Und womöglich war das auch an mir nicht spurlos vorübergegangen.

Sie setzte sich. »Aber was machst du denn jetzt? Ihr braucht doch einen Tisch!«

»Brauchen wir nicht«, erklärte Fee. »Wir essen jetzt auf dem Boden wie die Indianer.«

»Und demnächst schafft ihr dann den Herd ab und macht ein offenes Feuer in der Küche? Ehrlich, Julia, das sind unhaltbare Zustände, in denen das Kind hier aufwachsen muss.«

»Wir bauen uns einen neuen Tisch«, behauptete ich schnell und präsentierte damit eine Idee, die bisher nur schemenhaft durch meinen Hinterkopf gegeistert war, als festen Plan. Der Vorwurf meiner Mutter verletzte mich sehr, aber ich versuchte ruhig zu bleiben. Es war fast immer sinnlos, mit ihr zu diskutieren.

»Wie wollt ihr denn einen Tisch bauen?«

»Aus Europaletten.«

»Das wird ja immer schöner! Ich für meinen Teil möchte jedenfalls nicht an einem Tisch aus splittrigen Holzabfällen tafeln. Na ja, ich gehe dann mal wieder.« Sie stand auf, ich bekam ein Küsschen rechts und eins links, Fee einen Kuss auf die Stirn. »Macht's gut, Kinder!«

Und weg war sie. Sie hatte ihre Meinung kundgetan, jetzt war es an mir, damit klarzukommen.

Ich schüttelte mich, um das schlechte Gefühl loszuwerden, als Erziehungsberechtigte und Haushaltsvorstand eine Zumutung zu sein. Die sauren Johannisbeeren brachte ich erst mal in unseren Kellerraum.

Instagram-Post von **Julia Braceletta**

Auf der ~~sonst immer mit Küchenkram total vollgestellten~~ geräumigen Anrichte liegen in einer Porzellanschale ~~die schönsten unter Sieglindes lausigen Beeren~~ die üppigen Johannisbeerrispen aus unserem Garten. Daneben steht in einem kleinen Glas die ~~zu einem unverschämten Preis erworbene~~ Kamelie, einfach so, wie ich das eben so habe. Den bereitliegenden Leinenservietten mit dem roséfarbenen Paisleymuster sieht man gar nicht an, dass sie ~~aus Papier sind und ich sie gerade im Ein-Euro-Shop gekauft habe~~ schon von den Hausangestellten meiner Großmutter zigfach gewaschen und gemangelt wurden. Dass der Curd ~~ziemlich klumpig geworden ist, kann man auf dem Bild zum Glück auch nicht erkennen~~ so gut geworden ist, liegt wohl daran, dass mir einfach alles gelingt im Leben.
Ich, ~~in Bauchwegunterhose und~~ mit Sommerkleid verschwommen von der Seite zu sehen, richte ihn gerade sehr niedlich in drei kleinen Teetassen an. Eine für Fee, eine für mich und eine für ~~Nachbars-Katze vielleicht~~ den Göttergatten. Das Armband in der Farbe #poshberry ist fokussiert im Bild.

Gefällt 453 Mal

julia_braceletta Der Garten meint es gerade mal wieder besonders gut mit uns – Johannisbeerernte! Das Rezept für die kreative Abwandlung des traditionellen britischen Lemon Curd findet ihr auf meiner Homepage www.braceletta.de. Da gibt es auch mein Armband 🙂
#summertime #currantcurd #rezept #gartenliebe #whattodowitharainythursday #verybritish #braceletta #poshberry

7 Kommentare

stylishe_sabine Das sieht köstlich aus. Wo hast du denn die tollen Servietten her, wenn ich fragen darf? Poste doch mal den Link.

> **julia_braceletta** Sorry, die sind schon fast 100 Jahre alt, gehörten zur Aussteuer meiner Großmutter 🙂

muddi_vom_dienst Wie lange hält sich der Curd?

> **julia_braceletta** Im Kühlschrank im 0-Grad-Fach sicher anderthalb Wochen. Muss er auch, mein Mann ist gerade auf Dienstreise und würde sehr schimpfen, wenn er nichts davon abbekäme 🙂

dirndllisa Sieht toll aus, aber net gerad nach leichter Küche. Na, du kannst es dir ja leisten.

julia_braceletta Hast schon recht, die Creme ist eine Sünde. Ich nehm dann mal noch ’nen Löffel 😉

dirndllisa I kauf mir dann besser nur das Bracelet …

#DOITYOURSELF

In ähnlicher Manier hatte ich einige Fotos von den einzelnen Herstellungsschritten des Curds geschossen und als bebildertes Rezept auf meinen Blog gestellt. Die folgenden Tage bescherten mir viele Besucherinnen, die offenbar auch gerade nach einem Weg suchten, ihre Johannisbeeren zu verwerten. Ein paar ließen sich dazu verleiten, mein hochsommerlich schickes Armband zu bestellen, zumal ich gegen ein Foto vom selbst gemachten Curd einen Rabattcode fürs Bracelet ausgab.

Ich selbst konnte die Früchte nicht mehr sehen und brachte die zweite Tüte hoch zu Frau Schmitz. Herr Erbslöh würde sich sicher über ein von ihr eingekochtes Glas Marmelade freuen, regte ich an.

Frau Schmitz fand die Idee großartig. »Aber wat soll ich dann aufs Etikett schreiben? Irjendwat Bedeutsames?«, fragte sie mich in verliebter Überschätzung von Herrn Erbslöhs scharfen Ohren im Flüsterton.

Ich überlegte und gab dann ebenfalls mit leiser Stimme zurück: »Wie wär's mit: *Für meinen Lieblingsnachbarn Peter?* Damit zeigen Sie ihm, dass Sie ihn mögen, und bieten ihm gleichzeitig auf charmante Weise das Du an. Das wäre doch ein Einstieg.«

»Aber dat muss er doch mir anbieten. Er ist der Ältere, soweit ich weiß.«

»Aber Sie sind die Dame. Und verschenken Marmelade. Vielleicht mit einem Schuss von Ihrem Liebestrank darin?«

»Dat wär in der Tat ein Einstieg!« Frau Schmitz war jetzt offenbar überzeugt.

Und Herr Erbslöh vermutlich fällig.

Wenn Frau Schmitz nicht so nett gewesen wäre, hätte ich ein schlechtes Gewissen gehabt.

Auf dem Rückweg von der Kita machten Fee und ich bei einem Verpackungsgroßhandel in der Nachbarschaft halt. Auf dessen Einfahrt standen immer eine Menge Europaletten herum. Tatsächlich waren die Mitarbeiter gern bereit, uns vier gut erhaltene Paletten abzutreten. Ich konnte sie gerade noch davon abhalten, sie uns direkt nach Hause zu tragen. Schließlich hatte sich unser Nachbar zum Tischtragen angeboten. Das war doch ein willkommener Vorwand, um noch einmal in seine freundlichen runden Augen zu blicken. Außerdem wollte ich meinen spießigen, spröden Auftritt vom letzten Mal etwas geraderücken.

Ich kündigte daher an, in den kommenden Tagen wiederzukommen und die Paletten abzuholen. Den Arbeitern hinterließ ich zum Dankeschön einige schwer verkäufliche Herrenarmbänder in einem schlammigen Grün namens #militarymud. Sie witzelten ein bisschen herum, als sie ihre Säckchen öffneten, legten die Armbänder dann aber brav an. Vielleicht hatte ich mir ja eine neue Käuferschicht erschlossen.

Am nächsten Morgen zog ich mir eine Jeans und das legere weiße T-Shirt an, das ich schon bei der letzten Begegnung mit meinem Schwarm von gegenüber hätte tragen wollen.

Ich brachte Fee in den Kindergarten und werkelte zu Hause noch einmal an meiner Frisur herum. Mir war plötzlich etwas unbehaglich zumute.

Was, wenn der Bildhauer sein Angebot, mir beim Tragen zu helfen, schon vergessen hatte? Oder wenn er mich gar nicht erkannte, so ohne Fee als Markenzeichen? Schließlich war es jetzt schon zehn Tage her, dass wir uns gesehen hatten. Für ihn war ich ja nur irgendeine Mutti, der er mal kurz einen Tisch getragen hatte. So wie man in der Bahn einer Mutter beim Aussteigen den Kinderwagen anhebt. Oder einer alten Dame über die Straße hilft.

Andererseits brauchte ich ihn jetzt wirklich zum Tragen. So schloss ich also unsere Terrassentür hinter mir und ging gemessenen Schrittes auf die Brombeeren zu.

Ich pflückte eine der süßen Früchte. Sehr lecker. Es kam mir allerdings vor, als beobachteten mich von den umliegenden Balkonen hundert Augenpaare.

Vorsichtig ergriff ich an einer nicht ganz so dichten Stelle mit den Fingerspitzen einen der dornigen Zweige, bog ihn zur Seite und stand kurz darauf auf des Bildhauers Terrasse. Keine Gartenmöbel, und die Randbepflanzung sah ziemlich vertrocknet aus. Im Vogelhäuschen lagen nur ein paar alte Spelzen. Ich trat an die Fensterscheibe: Der Raum dahinter war groß, hell, mit einem Steinboden ausgelegt – und vollkommen leer.

Wie bitte? Im ersten Moment verspürte ich sogar einen Anflug von Erleichterung. Dann aber gewann Enttäuschung die Oberhand.

Dafür jetzt der ganze Aufriss vor dem Spiegel und die anstrengenden Gedanken im Vorfeld? Schnell trat ich den Rückzug an und riss mir dabei an der stacheligen Grenze das

T-Shirt auf. »Scheiße!«, murmelte ich, während mir Tränen in die Augen traten. Wir mussten doch sparen.

Ich sah mich selbst durch die Balkonaugen, wie ich mit meinem sorgfältig arrangierten Messy-Dutt und dem Nude-Make-up durch die Brombeeren stapfte, mir dann die Nase an der Scheibe plattdrückte, schließlich mit enttäuschtem Gesicht wieder von dannen zog und mir das blütenweiße T-Shirt zerriss. Echt lächerlich.

Zu allem Überfluss musste ich nunmehr ganz alleine die Paletten nach Hause schleppen. Wäre ich mal vernünftig geblieben und hätte mir die Dinger gleich von den Mitarbeitern der Verpackungsfirma bis vor die Wohnungstür tragen lassen. Jetzt konnte ich sehen, wie ich das hinbekam.

Und zwar am besten gleich, beschloss ich. Mein T-Shirt war ohnehin hinüber. Verbissen marschierte ich durch meine Wohnung, vorn zur Haustür hinaus und zwei Mal um die Ecke. Dort angekommen traf ich ausgerechnet den Mann an, der sich beim letzten Mal ziemlich aufgespielt hatte, wahrscheinlich der Vorgesetzte der anderen Arbeiter. Immerhin trug er zu seinem Dieter-Bohlen-Style mein Armband.

»Ich hab direkt um die Ecke geparkt«, log ich. »Ich zieh die Paletten jetzt erst mal auf die Straße, hole den Wagen und lade sie dann ein.«

Auf keinen Fall wollte ich riskieren, dass der Mann, der heute offenbar allein hier war, sich bemüßigt fühlte, vier Mal mit einer Palette auf dem Rücken den Weg von der Firma bis zu unserer Wohnung zurückzulegen. Da musste ich jetzt schon allein durch.

»Madame, ich helf dir«, meinte der Typ jedoch und zwinkerte mir zu.

»Das ist wirklich nicht nötig. Es kann auch länger dauern, bis ich ausgeparkt hab«, versuchte ich zu scherzen. »So lange können Sie gar nicht Pause machen.«

»Ich bin hier der Chef«, beruhigte er mich großspurig und legte mir eine Hand auf die Schulter. »Keine Sorge, ich helf dir.«

»Hören Sie, das kann ich wirklich nicht verlangen. Sie sind schon so großzügig und überlassen mir vier Europaletten …«

»Ich überlasse sie dir nicht nur, ich bring sie auch für dich auf die Straße.« Wieder zwinkerte er mir zu. Dann nahm er betont schwungvoll eine Palette und ging voran.

Da ich ihn nicht daran hindern konnte, nahm ich ebenfalls eine Palette und schleifte sie hinter mir her. Amüsiert betrachtete mein Helfer, der mir auf der Einfahrt wieder entgegenkam, wie ich mich abmühte. Er griff sich die dritte Palette, und die vierte wiederum schleppte ich selbst, das ließ ich mir nicht nehmen.

»Ich danke Ihnen ganz, ganz herzlich für Ihre Hilfe. Ich hole jetzt das Auto, aber wie gesagt, ich bin schrecklich zugeparkt. Widmen Sie sich am besten einfach Ihrer Arbeit, es kann dauern, und ich schaff das dann schon.« Mit diesen Worten verabschiedete ich mich und ging eilig die Straße hinunter in Richtung meines imaginären Autos.

Am Kiosk um die Ecke kaufte ich mir ein Eis, auch wenn das gegen meine selbst auferlegten Sparmaßnahmen verstieß. Gegen meine ständigen Diätregeln ohnehin. Aber ich brauchte jetzt was für meine Nerven und musste Zeit schinden, um den Mann auszuhungern. Irgendwie hatte ich das Gefühl, dass er als Gegenleistung für seine Hilfe mindestens nach meiner Nummer fragen würde. Und dafür war er mir deutlich zu alt und zu plump.

Zehn Minuten später wagte ich einen Blick um die Ecke. Niemand zu sehen, die Paletten standen noch an die Hauswand gelehnt. Schnell spurtete ich hin und war schon fast da, als der Typ aus der Einfahrt kam. Ich blieb stehen, setzte ein künstliches Lächeln auf, drehte ein fiktives Lenkrad in der Luft und machte Motorengeräusche dazu.

Der Mann war unempfänglich für meinen Galgenhumor. »Ich hab aufgepasst, dass keiner die Paletten klaut. Schlechte Gegend hier, würd hier nicht wohnen wollen. Wo ist dein Auto?«

»Ich ... äh ... hab offenbar den Schlüssel verloren.«

»Nanana«, sagte er und wedelte scherzhaft tadelnd mit dem Zeigefinger. »Das hast du dir doch ausgedacht.« Er pikte seinen Finger neckisch gegen meine Schulter. »Willst wohl mal Gabelstapler fahren? Warte, ich hol ihn.«

Ich war sprachlos. Während ich noch konsterniert versuchte, mir trotz allem eine der Paletten auf den Rücken zu hieven, hörte ich hinter mir schon ein Surren. Um die Ecke bog der Gabelstapler, der Mitarbeiter lud mit großen Gesten die Paletten darauf und bedeutete mir dann, zu ihm ins Führerhaus zu klettern.

Ich saß in der Falle.

»Das ist schon okay. Bin der Chef«, wiederholte er.

Na, so ein Glück. Ich seufzte resigniert und quetschte mich neben meinen Gönner, wobei ich versuchte, möglichst viel Abstand zwischen unseren Beinen zu halten.

»Zwei Mal links bitte, und dann die Hausnummer zehn«, wies ich ihn an.

»Bist auch 'ne Zehn«, meinte er und legte seinen Arm hinter mir auf die Lehne. »Müsstest dir nur mal was Nettes anziehen.«

Ich wollte mir gar nicht ausmalen, was er sich darunter vorstellte.

Wir schwirrten los. Hoffentlich kam jetzt kein Polizeiwagen vorbei, bestimmt war das hier nicht erlaubt, und hoffentlich waren wir einfach schnell da, damit ich den Typ los wäre.

Aber ich hatte mir ganz umsonst Sorgen gemacht. Denn als wir schließlich vor unserer Haustür hielten, bekam ich eine Abfuhr.

»Hier muss unsere gemeinsame Reise leider enden«, meinte mein Freund und Helfer bedauernd. »Das war ganz mutig von dir, mit dem Armband und allem. Aber ich bin verheiratet.« Er hielt mir seinen großen Goldring vor die Nase. »Nicht traurig sein, okay? Bist eigentlich echt 'ne Süße.« Er lächelte mir aufmunternd zu. »Aber jetzt steig ich mal lieber aus und bring dir noch die Paletten rein, bevor ...«

Er ließ offen, was er meinte, aber sein anzüglicher Blick gab mir zu verstehen, dass er sich schnell in Sicherheit bringen wollte, ehe ich doch noch über ihn herfallen konnte.

Ich war baff. »Ihre Selbstwahrnehmung möchte ich mal haben«, sagte ich ironisch, als ich die Haustür aufschloss.

»Ja, daran kann man arbeiten. Schönheit kommt auch von innen.« Noch ein letztes Zwinkern, und die Paletten standen alle in unserem Hausflur.

In dem Moment kam uns Herr Erbslöh entgegen. Freundlich grüßte er den Mann und wandte sich dann strahlend an mich. »Ein Kollege?«

»Ja«, antwortete ich ergeben. »Auch vom Hausmeisterservice.«

»Wo wir gerade dabei sind, verehrte Frau Brass. An meiner Balkontür ist von außen an einigen Stellen der Lack abgeplatzt. Das sieht nicht schön aus, und auf die Dauer greift das Wetter auch das Holz an. Würden Sie sich gelegentlich darum kümmern? Außerdem macht mein Boiler immer so seltsame Geräusche. Wenn Sie danach auch mal schauen würden?«

»Natürlich«, erwiderte ich, und Herr Erbslöh verschwand auf seinen Stock gestützt in Richtung Supermarkt.

Der Typ kletterte wieder in seinen Gabelstapler, winkte und rief mir noch ein »Nichts für ungut« zu, als er von dannen schwirrte.

Während ich wieder ins Haus ging und mit den Paletten die Treppe hinunterpolterte, dachte ich darüber nach, wie frustrierend der Tag verlaufen war. So ganz anders, als ich mir das vorgestellt hatte.

Beim Händewaschen sah ich im Spiegel ein abgekämpftes Gesicht, von dem der Hausmeisterinnenschweiß das Make-up heruntergewaschen hatte.

Immerhin standen jedoch die Paletten vor meiner Wohnungstür und hatten nichts gekostet. Also bitte keine Müdigkeit vorschützen. Bevor Fee aus der Kita kam, musste ich alles, was mit Säge, Hammer und Nagel zu tun hatte, erledigt haben. Sie würde sonst mitmachen wollen.

Hektisch baute ich also das Fotolicht auf, das für künstlichen Sonnenschein im Hof sorgen sollte, während die in letzter Zeit so sorgfältig gezupften Blumentöpfe für das Flair zuständig waren. Vor dieser Kulisse begann ich mit dem Bau unseres neuen Esstischs aus Europaletten und dokumentierte jeden Schritt mit einem Bild.

Nach dem vierten Foto forderte der nervenaufreibende Vormittag allerdings seinen Tribut, und meine Handgriffe wurden immer langsamer. Fast fühlte ich mich ein bisschen krank. Irgendwann sah ich ein, dass es keinen Zweck mehr hatte. Ich legte mich ins Bett und stellte mir den Wecker auf Fees Abholzeit.

Trübe dämmerte ich unter meiner Decke in dem halbdunklen Raum vor mich hin und verglich wie in einem Fiebertraum immer wieder Wunsch und Wirklichkeit: Ausgemalt hatte ich mir, wie der sexy Bildhauer an der einen und die perfekt gestylte Version meiner selbst an der anderen Seite die Europaletten packen und ganz mühelos bis zu unserem Haus tragen würden. Dabei hätten wir uns über Gott und die Welt unterhalten und super verstanden. Am Ende hätte ich ihm vielleicht zum Dank noch einen Kaffee gekocht.

Bekommen hatte ich den aufdringlichen Mitarbeiter der Verpackungsfirma, eine Fahrt im Gabelstapler und am Ende sogar noch einen Korb von jemandem, den ich selbst für indiskutabel erachtet hätte.

Welcome to my life, wie es so schön hieß. Denn diese Diskrepanz zog sich wirklich durch mein Leben. Gewollt hatte ich eine glanzvolle Karriere als Betriebswirtin. Bekommen hatte ich einen befristeten Vertrag als Textilkauffrau, der im entscheidenden Moment nicht verlängert worden war. Gewollt hatte ich eine gleichberechtigte Partnerschaft in Wohlstand und Liebe und später eine heile Familie. Bekommen hatte ich eine demütigende Trennung, einen Haufen Schulden und die alleinige Verantwortung fürs Kind.

Und jetzt konnte ich noch nicht mal einschlafen. Der Tisch war nicht fertig. Die Schulden waren immer noch da. Sonya Marshmallow war mein einziger Rettungsanker.

Verdrossen und womöglich noch erschöpfter als vorher quälte ich mich wieder aus dem Bett, noch bevor der Wecker klingelte, um wenigstens meinen unguten Gedankenspiralen zu entkommen.

Drei Tage später war der Tisch dann schließlich doch fertig. Einmal abgeschmirgelt, der Sockel mit Fees Hilfe zitronengelb, die Platte weiß lackiert und mit Epoxidharz widerstandsfähig gemacht. Die Bauanleitung war online auf meinem Blog, und auf Instagram hatte ich einige Videoschnipsel vom Zusammenbau eingestellt und behauptet, ich hätte den Tisch eigens für mein Armband-Designatelier hergestellt. Ein selbst gebautes Möbelstück würde meiner Kreativität ganz bestimmt weitere Flügel verleihen.

Mit den Lackresten, etwas Schleifpapier und Fee, deren Kita-Ferien inzwischen begonnen hatten, ging ich anschließend hoch zu Herrn Erbslöh, um sein Küchenfenster zu bearbeiten. Auch den Boiler in seiner blitzeblanken Küche sah ich mir an und machte mit dem Handy eine Tonaufnahme von seinem seltsamen Klacken. Ich versprach, mit meinem Kollegen über das Problem zu sprechen und dann wiederzukommen.

Im Regal fiel mir ein handbeschriftetes Glas Johannisbeergelee auf, das jedoch noch unangebrochen wirkte …

Am nächsten Abend, als Fee im Bett war, kam Elif zu Besuch. Ich hatte sie an unseren neuen Küchentisch eingeladen. Er gefiel mir richtig gut und verlieh dem Raum ein freundlich-robustes Flair. Eigentlich fügte er sich sogar viel harmonischer ein als das Designermodell zuvor, das fand auch Elif.

»So, und jetzt raus mit der Sprache. Was hat dich letztens so traurig gucken lassen?«, wollte ich von ihr wissen, nachdem ich ihr ein Kölsch hingestellt hatte.

»Ach, Julchen, eigentlich nichts Neues. Wo soll ich anfangen?« Gequält schaute sie auf die neue Tischplatte.

»Ganz vorne am besten«, riet ich. »Oder ich frage. Hat es was mit der Arbeit zu tun?«

»Nein.«

»Mit einem Mann etwa?«

»Nein, eben nicht.«

»Dich belastet also dein Single-Dasein?«, mutmaßte ich und prostete ihr solidarisch zu.

»Ja, das auch. Aber nicht mehr als sonst. Es ist nur ... Ich möchte ein Kind.« Jetzt sah sie mir in die Augen.

Ich stand auf der Leitung. »Das weiß ich doch ... Aber dafür brauchst du doch theoretisch einen Mann?«

»Auf den will ich nicht warten.«

Jetzt verstand ich langsam. »Du brauchst also einen Erzeuger.«

»Genau. Dazu hab ich mich in den letzten Wochen kundig gemacht. Übers Internet kann man an eine private Samenspende kommen. Aber die Motive der Männer sind mir oft unklar und die Rechtslage auch, und ich fand das alles sehr deprimierend.«

»Wahrscheinlich will der eine oder andere ganz persönlich zum Spenden vorbeikommen ... Aber du klingst, als gäbe es eine andere Möglichkeit?«

»Ja, die zweite Möglichkeit ist eine Samenspende über eine Samenbank. In Deutschland ist das in den meisten Bundesländern gar nicht erlaubt, oder aber man hat erst viele Hürden zu überwinden. In Dänemark kann man das aber machen. Die Spenden sind meistens anonym, man erfährt nur Haar- und Augenfarbe, Größe und Gewicht des Spenders, und was er studiert zum Beispiel. Von einigen kann man sich ein Kinderfoto anschauen. Und manche sind auch bereit, später, wenn das Kind erwachsen ist und das möchte, ihre Identität preiszugeben. Das Modell gefällt mir ganz gut.«

»Dann such dir aber einen dunkelhaarigen Dänen aus, sonst fragen immer alle: ›Hach, woher hat dat Kind denn die Goldlöckchen?‹«

»Du findest das also nicht total gaga und verantwortungslos?« Forschend sah Elif mich an.

»Nein, wieso? Ich bin nur überrascht. Ich wusste, dass du toll mit Kindern kannst und gerne eigene Kinder hättest, aber nicht, dass du das Thema so entschlossen angehen willst. Davon abgesehen besteht ja immer die Möglichkeit, dass man irgendwann allein mit dem Kind dasteht. Wie man an mir sieht. Und sogar ich komme allein mit Fee irgendwie zurecht. Deinem Kind hingegen würde der Trennungsstress und das ständige Hin und Her zwischen Mama und Papa erspart bleiben. Du wirst dir das gut überlegt haben, wie ich dich kenne.«

»Hab ich. Ich verdiene gut, in meiner Wohnung ist noch Platz, und als Freiberuflerin kann ich flexibel mehr oder weniger Aufträge annehmen.«

»Und ganz wichtig: Du hast ein Herz aus Gold und Familie in der Stadt, die dich unterstützen kann. Die wissen aber vermutlich noch nichts von deinem Plan?«

»Nein, natürlich nicht. Zunächst werden sie geschockt sein. Aber sie hätten ja neun Monate Zeit, sich an den Gedanken zu gewöhnen. Und wenn das Kind erst mal da wäre, dann würden sie es lieben, das kann ich mir nicht anders vorstellen.«

»Na dann: Auf die kleine Elif oder den kleinen Sören oder

wie auch immer die Dänen heißen!« Ich hob mein Kölschglas, und Elif sah sehr erleichtert aus.

Anstatt wie früher über die Profile ihrer Online-Dating-Bekanntschaften zu fachsimpeln, schauten wir uns an diesem Abend die Profile geeigneter Spender an, die Elif schon in die nähere Auswahl genommen hatte – unbestechliche Gesundheitszeugnisse anstatt gefälschter Altersangaben und Kinder- anstatt Muskelfotos ...

#GROSSEÜBERRASCHUNGAUFKLEINEMSOFA

Während der drei Wochen, in denen die Kita geschlossen war, fuhr ich mit Fee mehrmals zum Badesee und einmal ins Museum, wir trafen uns mit Elif, gingen viel auf den Spielplatz und täglich zur Post, um die Bestellungen zu verschicken. Das Geschäft lief okay, aber nicht gut genug. Ich versuchte, diesen Umstand so gut es ging zu verdrängen und optimistisch zu bleiben. Der Vertrag mit Sonya würde mich retten. Musste er einfach.

Zum Arbeiten kam ich fast nur abends. Bis auf die zwei Tage, an denen meine Mutter Fee zu sich nahm. Sie hatte sich in Bezug auf unseren Esstisch wieder eingekriegt, mir jedoch sicherheitshalber eine Laura-Ashley-Tischdecke für unser neues Konstrukt geschenkt. An zwei weiteren Tagen ging Fee zu ihrer Großmutter väterlicherseits, an einem Wochenende zu Jörg. Das war für mich jeweils dicht gefüllte Arbeitszeit.

Ich experimentierte in der Dusche mit neuen Kordel-Färbungen und telefonierte die Inhaberinnen einiger Boutiquen ab, denen ich in der letzten Zeit meine Kollektion zur Ansicht geschickt hatte. Außerdem entwarf ich ein goldenes Armband in opulenter Flechtung mit einem geschlungenen S für Sonya, das in den Diamantverschluss eingearbeitet war. Das wollte ich ihr als Beispiel für ein Sonya-Marshmallow-Luxury-Bracelet anbieten. In Mecklenburg-Vorpommern und beim 3D-Drucker forderte ich schon mal die Preise dafür an.

Anfang September öffnete dann der Kindergarten wieder seine Türen. Fee und ich freuten uns beide darüber. Allerdings hatten wir uns in den Ferien daran gewöhnt, immer etwas länger zu schlafen und dann ganz gemächlich aufzustehen. So fiel es uns am ersten Tag schwer, wieder in unsere morgendliche Routine hineinzufinden. Zu spät verließen wir das Haus, Fee mit dem Laufrad, ich rannte hinterher. Als wir fast da waren, musste Fee Pipi. Sofort und unaufschieblich.

»Jetzt warte eben, wir sind doch in drei Minuten da!«

»Ich muss aber so dringend. Ich mach mir sonst ins Kleid!« Sie trat nervös von einem Bein aufs andere.

»So was Blödes, wir kommen viel zu spät und holen uns gleich am ersten Tag wieder einen Rüffel von Frau Ponanski«, meckerte ich.

»Jammer nicht rum, Mama!«, ermahnte mich Fee. »Es ist jetzt einfach so.«

»Ich hab dich doch zu Hause mehrfach daran erinnert, aufs Klo zu gehen.« Ich konnte nicht aufhören, denn ich ärgerte mich über mich selbst, dass ich das nicht überwacht hatte. Außerdem über Fee, weil ich alles drei Mal sagen musste und sie trotzdem nicht auf mich hörte. »Dann komm, los, ich trag dein Laufrad, und wir gehen da vorn hinter den Busch.«

Genervt stapfte ich los, und Fee folgte mir.

»Zieh das Kleid hoch, und hock dich da hin. Pass auf, dass du dir nicht auf die Unterhose pieselst.«

»Nein, Mama, ich kann das nicht, du musst mich hochheben«, quengelte Fee.

»Ich hab doch schon das Laufrad – und du bist mir zu schwer«, gab ich zurück.

»Aber das ist mir zu eklig, einfach auf den Boden zu pieseln. Du musst mich hochheben!« Fee hibbelte immer stärker.

Ich gab nach. Dass sie sich jetzt das Kleid nassmachte, fehlte gerade noch. Ich hob sie also hoch und hielt sie ein gutes Stück über den Boden.

»Wasser marsch!«, kommandierte ich im Feuerwehrmann-Sam-Stil.

Das ließ Fee sich nicht zwei Mal sagen.

Sie blieb trocken, ich leider nicht. Bei meinem Aufschrei war es schon zu spät. Der Löschtank entlud sich auf meine hellgraue Schlabberhose und färbte sie dunkel. Ich sah aus, als wäre ich es gewesen, die zu Hause vergessen hatte, aufs Klo zu gehen.

»Entschuldigung«, sagte Fee zerknirscht, hatte aber gleich eine Ausrede parat: »Als du ›Wasser marsch‹ gesagt hast, dachte ich, du hast dich entzündet. Deshalb hab ich dich gelöscht.«

»Ach so«, sagte ich resigniert. »Das hätte natürlich auch sein können.«

»Soll ich dir mein Kleid leihen?«, bot Fee hilfsbereit an.

Ich seufzte. »Nein, Maus, lass uns einfach schnell weiter zur Kita gehen.«

Dort angekommen wollte ich Fee in der Garderobe rasch ihre Hausschuhe anziehen, sie unauffällig in den Gruppenraum schieben und wieder verschwinden. Der Plan schien aufzugehen. Meine Tochter lief in Frau Ponanskis Arme, und ich war schon fast in der Tür, als ich Fee aufgeregt rufen hörte:

»Bleib stehen, Mama! Guck mal, Frau Ponanski, das ist Pipi da auf der Hose!« Sie schien auch noch stolz darauf zu sein.

»Ja, deswegen möchte ich jetzt auch schnell nach Hause«, meinte ich.

»Guten Morgen, Frau Brass«, begrüßte mich Fees Gruppenleiterin. »Da ist der Name ja wieder mal Programm.«

Ich zwang mich zu einem müden Lächeln. Diese Anspielung auf meinen Nachnamen, der im Rheinischen für Stress, Hektik oder Ungemach steht, hatten schon meine Lehrer in der Schule geliebt.

Frau Ponanski war eine Koryphäe auf ihrem Gebiet, top organisiert und superherzlich zu den Kindern, mit denen sie die tollsten Experimente und Aktionen machte. Von Eltern hielt sie allerdings wenig, oder jedenfalls kam es mir immer so vor.

»Würden Sie Fees Wechselsachen jetzt nach dem Sommer bitte einmal durchschauen, ob alles noch passt? Es passiert ja immer schneller was, als man denkt«, sagte sie mit Blick auf meine Hose.

»Das mache ich gern heute Nachmittag, wenn ich Fee wieder …«

Die Erzieherin ließ mich nicht ausreden, sondern wandte sich an meine Tochter: »Fee, magst du dich heute ein bisschen um Julius kümmern? Der hat heute seinen ersten Tag und ist mit seinem Papa zur Eingewöhnung da. Du könntest ihm zeigen, wo alles ist.«

»Ich komme gleich«, antwortete Fee und verschwand erst mal im Nebenraum.

Jetzt erst bemerkte ich den Mann in der Kuschelecke. Auf seinem Schoß saß an ihn geschmiegt ein kleiner Junge –

Julius offenbar. Der Vater sah mit amüsiertem Gesicht aufmerksam in meine Richtung und fühlte sich offensichtlich bestens unterhalten. Ich dagegen fühlte, wie sich hektische Flecken in meinem Gesicht ausbreiteten.

Denn bei Julius' Vater handelte es sich um keinen anderen als meinen unbekannt verzogenen Bildhauer. Wieder in Shorts, Sneakers und einem verwaschenen Polohemd saß er sehr entspannt, die Beine von sich gestreckt, auf dem durchgesessenen kleinen Sofa mit dem schäbigen Neunzigerjahre-Bezug und verlieh ihm fast ein bisschen Glamour.

Na toll, jetzt werde ich sicher bald auch die Mutter des niedlichen, blond gelockten Julius kennenlernen, war mein erster Gedanke. Der zweite, dass ich gern mit dem kleinen Jungen auf dem väterlichen Schoß getauscht hätte. Einfach anschmiegen und sich trösten lassen. Bemüht, wieder Herrin der Lage zu werden, trat ich beherzt auf das Sofa zu. Doch zwei Schrittlängen davor blieb ich abrupt stehen, weil mir einfiel, dass Fees Morgenurin auf meiner Hose womöglich inzwischen zu riechen begonnen hatte.

»Gestatten, ich bin Julia Brass, und der Name ist Programm«, sagte ich.

Mein Gegenüber lachte mich an. »Du sprichst sicher von deinem Vornamen. Julia, die Göttliche, aus dem römischen Geschlecht der Julier.«

Ich war geschmeichelt. Er kannte Herkunft und Bedeutung meines Vornamens! »Woher weißt du das so genau?«, fragte ich erstaunt.

»Na ja, mein Sohn heißt Julius ...«

Ach so, natürlich, was hatte ich denn geglaubt?

»Und wie heißt du?«, wollte ich wissen.

»Alex.«

»Ah. Wie der Zar«, konnte ich beitragen. Vor ein paar Tagen hatte ich im Spätprogramm in einen Film mit Curd Jürgens und Romy Schneider über Alexander II. reingeschaltet.

»Ganz genau«, antwortete Alex. »Nach dem wurde ich benannt.«

Meinte er das jetzt ernst, war er einfach höflich, oder veräppelte er mich? Ich konnte es nicht deuten. Irgendwie war es einfacher gewesen, als ich ihn noch anonym von Weitem bewundern konnte. Hilfesuchend sah ich mich nach Fee um. Sie sollte sich doch um den kleinen Julius kümmern. Ich wollte jetzt wirklich mal nach Hause, meine Klamotten wechseln, und morgen mit etwas Schminke im Gesicht wiederkommen. Und mit Kontaktlinsen statt Brille.

»Ich hab das Gefühl, wir kennen uns irgendwie«, sagte Alex in diesem Moment vom Sofa her.

»Ja, stimmt. Wir wohnen gegenüber von deinem Atelier.« Ich wollte nicht zugeben, dass ich seinen Auszug schon bemerkt hatte.

Er musterte mich jetzt sehr intensiv, wahrscheinlich um seinem Gedächtnis auf die Sprünge zu helfen. Die hektischen Flecken in meinem Gesicht blühten vermutlich noch mal so richtig auf.

»Ah! Jetzt erinnere ich mich. Du bist die Frau mit dem Skateboard. Sorry, irgendwie sahst du da anders aus.«

»Ich war geschminkt«, half ich ihm auf die Sprünge.

»Und du hattest eine trockene Hose an«, ergänzte er grinsend.

Ich überlegte, ob ich aufklären sollte, dass das Pipi nicht meines war, oder ob sich das von selbst verstand, entschied mich dann aber kurzerhand für ein betont künstliches Lächeln.

»Habt ihr denn inzwischen einen neuen Tisch?«, wechselte der Bildhauer das Thema. »Ich bin mit meinem Atelier übrigens in meine Garage umgezogen, die Miete war ein bisschen teuer.«

»Ja …« Ich wollte gerade ansetzen, mit unserem erfolgreichen Europaletten-Projekt anzugeben, da kam Fee in einem Feuerwehranzug herein. In der Hand hielt sie eine zweite Uniform, mit der sie vor Julius' Näschen herumwedelte. Sie würde ihm helfen, den Anzug anzuziehen, erklärte sie, und er könne mitspielen. Julius verbarg seinen Kopf ängstlich an der Schulter seines Vaters.

Alex erklärte Fee, dass es sehr freundlich von ihr sei, sich um Julius zu kümmern, und auch eine gute Idee von Frau Ponanski. Sein Sohn gewöhne sich aber gerade erst an die neue Umgebung und würde vielleicht lieber zugucken? Er schaute den Kleinen an, der fast unmerklich nickte.

Daraufhin stand Alex auf und streckte sich zu seiner vollen Größe. Mit einem Nicken in meine Richtung folgte er Fee in den Nebenraum und sprach dabei leise mit seinem verschüchterten Sohn, der sich fest an seine Hand klammerte.

So ein feinfühliger Vater – Sohn und Frau konnten sich glücklich schätzen.

Ich zwang mich, den Blick loszureißen, bevor Frau Ponanski eine weitere spitze Bemerkung machen konnte, rief Fee ein »Bis später« zu und machte mich auf den Heimweg.

Am nächsten Morgen stand das Treffen mit Sonya an, und ich war entsprechend aufgeregt. Meine geschäftliche Existenz hing davon ab und damit ein großes Stück meines Selbstwertgefühls. Außerdem hatte ich meine ehemalige Kommilitonin seit Jahren nicht mehr persönlich getroffen, bestimmt hatte das Promileben sie verändert. In der Luxusabteilung eines Kaufhauses hatte ich mir einen hellblauen Hosenanzug aus luftigem Leinen gekauft. Zusammen mit einem ebenso neuen, gestreiften Seiden-T-Shirt, einer großformatigen Designertasche und einem Paar flacher Sandalen fand ich ihn gleichermaßen business- wie straßentauglich. Ich wollte elegant, aber nicht bemüht rüberkommen. Die Preisetiketten an den Klamotten und der Tasche hatte ich drangelassen und nach innen gesteckt, damit ich die Sachen nach dem Termin und einmal Drüberbügeln wieder zurückgeben konnte.

Als ich Fee in der Kita ablieferte, hoffte ich, dass mein Ex-Nachbar auch heute wieder da wäre. Zwar kam er als glücklicher Familienvater für mich nicht infrage, und das entspannte mich deutlich. Aber mein Stolz verlangte es dennoch, ihm nach der peinlichen Szene von gestern zu zeigen, dass ich durchaus passabel aussehen konnte.

Auf dem Sofa saß jedoch nicht er, sondern eine hübsche Jugendliche, die etwas leiernd zwei kleinen Jungs ein Bilderbuch vorlas – vermutlich eine neue Praktikantin.

An Julius' Garderobenhaken, den Frau Ponanski bereits ordentlich beschriftet hatte, hing ein grünes Kapuzenjäckchen, und darunter stand ein Paar blauer Sandalen in Dreijährigengröße. Alex – oder aber seine Frau – musste also mit dem Kleinen im Bauraum oder im Tobezimmer sein.

Fee war auch schon irgendwo verschwunden. Um Zeit zu schinden, sah ich sehr ausführlich ihre Wechselsachen durch, begutachtete sorgsam jedes einzelne Teil, während ich immer wieder in den Gruppenraum schielte. Es wäre doch zu schade, wenn dieser Alex mich heute nicht sehen würde. So einen Aufwand konnte ich schließlich nicht jeden Morgen betreiben. Deshalb las ich alle Aushänge am Schwarzen Brett durch. Ich erfuhr, dass die neue Praktikantin Celine hieß, achtzehn Jahre jung war und zu ihren Hobbys Hiphop-Dance und Chillen zählten. Ich studierte die Anweisungen zum Eincremen der Kinder an sonnigen Tagen und für das Verhalten bei verspätetem Eintreffen nach neun Uhr.

Als ich gerade dabei war, die Termine für das Kita-Jahr in den Kalender meines Smartphones zu übertragen, kam Alex aus dem Tobezimmer. Er hatte wieder diesen seltsam verhangenen, abwesenden Blick, der mir schon damals im Hof aufgefallen war. Julius lief an seiner Hand und sah heute recht aufgeräumt aus.

Ich tippte weiter geschäftig auf meinem Telefon herum. Als ich kurz aufsah, schaute Alex in meine Richtung, lächelte, was einen kurzen Herzstolperer bei mir auslöste, und hob die Hand zum Gruß. Dann wurden er und sein Sohn von der engagierten Celine in Beschlag genommen, die mit dem Vorlesen inzwischen fertig war und auf die beiden zukam.

Nun, immerhin hatte er mich gesehen und heute sogar wiedererkannt. Mission erfüllt. Als ich mich zum Gehen wandte, hörte ich Celine und Alex lachen und war ein bisschen neidisch.

Sonya war noch nicht da, als ich das Café im Belgischen Viertel erreichte, wo wir uns verabredet hatten. Ich wählte einen Tisch draußen in der Sonne und bestellte schon mal eine Flasche Wasser für uns beide. Der Partymüll kündete von dem Ausgehvolk, das hier nachts unterwegs war – wie vor Jahren Elif und ich. Jetzt am Vormittag war es ruhig auf dem baumbestandenen Platz. Das Straßenbild beherrschten die wohlhabenden, mittelalten Edelhipster, die in den umliegenden Concept Stores einkauften und sich zum Lunch in einem der individuell gestalteten Crossover-Restaurants trafen.

Nachdem ich nervös das erste Glas Wasser hinuntergekippt hatte, sah ich Sonya von Weitem herannahen. Sehr aufrecht bahnte sie sich ihren Weg zwischen den Tischen hindurch. Ob Mann oder Frau, aller Augen ruhten auf ihr. Selbst denen, die sie nicht von YouTube oder in ihrer Eigenschaft als Spielerfrau kannten, konnte nicht entgehen, dass sie hier einen Star vor sich hatten. Sonya hatte diese äußerliche Perfektion, wie Menschen sie haben, die von ihrem Aussehen leben – und dazu eine ungeheure Präsenz. Die hatte sie früher schon gehabt. Jetzt war sie allerdings dünner und durchtrainierter als damals. Ihre langen, sorgfältig weizenblond gesträhnten Haare hatten diese prominente Welle, und sie trug ein dünnes weißes Kleid mit einem glockigen Rock, dazu hohe Sandalen. Als sie näher kam, sah ich, dass ihre perfekt manikürten Fingernägel in einem extravaganten Violett lackiert waren.

Nach einem Küsschen rechts und links setzte sie sich mit schwungvoll übereinandergeschlagenen Beinen zu mir an den Tisch, und ich registrierte nicht ohne Genugtuung, dass immerhin ihre Füße etwas malträtiert aussahen. Vermutlich von dem unbequemen Schuhwerk, das sie dauernd tragen musste. Dennoch fühlte ich mich ihr gegenüber gleich einige Kilos schwerer.

»Toll siehst du aus, Süße!«, begrüßte Sonya mich indes, während sie den Rock unterm Po glatt strich.

»Das kann ich nur zurückgeben. Geht's dir gut?«

»Klar. Wir leben nicht schlecht.« Sie lachte. »Und bei dir?

Der Typ ist immer noch der gleiche, oder? Und wie ist es so mit Kind?«

Ich überlegte, ob ich vor ihr zugeben konnte, dass ich zwar ein Kind, aber keinen Mann mehr hatte, und entschied mich am Ende dagegen. Schließlich waren wir ja demnächst Geschäftspartnerinnen, wenn alles gut lief, und keine Freundinnen. Wirklich eng waren wir auch früher nicht gewesen.

»Fee kennst du ja von Instagram, sie ist supersüß und schlau, aber auch oft sehr anstrengend. Der dazugehörige Vater arbeitet viel, das hat Vor- und Nachteile.« Ich probierte mich an einem möglichst ungekünstelten Lachen. Immerhin hatte ich nicht direkt gelogen.

»Wie schön«, meinte Sonya desinteressiert. »Zeig ihn doch mal wieder bei Instagram, deinen Mann, er war lange nicht mehr zu sehen, oder? Ich hab immer das Gefühl, die Follower lieben diese Einblicke ins Privatleben. Und gerade du bist ja als Internetpersönlichkeit so ein etablierter Familienmensch.«

»Äh … ja.« Wäre ich gerne.

Sonya fuhr fort: »Womit wir auch beim Thema wären. Mir passt dein Image gut, dieses leicht Oberschichtige, und dann der Wohltätigkeitsaspekt deiner Armbänder, aber mit Chic.«

»Das freut mich, und ich glaube das auch. Daher hab ich schon mal einen Entwurf für ein Armband mitgebracht, das ich für dich unter deinem Namen vertreiben könnte.« Ich zog meine Zeichnungen und die 3D-Simulationen, die mein Dienstleister für den Verschlussdiamanten angefertigt hatte, aus der Tasche, außerdem ein goldfarben eingefärbtes Kordelmuster.

Sonya sah zufrieden aus, wollte die Kordel aber gern etwas dunkler. »Gold ist prinzipiell gut, es sollte aber etwas mehr ins Bräunliche, Kupferfarbene gehen. Edel ja, aber auf die dezente Art. Und tu mir den Gefallen und lass bei dem S in dem Plastikdiamanten die Serifen weg. Das muss schnörkelloser daherkommen.«

»Das lässt sich leicht umsetzen«, versprach ich.

»Und wie sehen die Zahlen dazu aus?«

Ich las von meinem Blatt ab, welchen Preis und welche Beteiligungsstaffel ich für das Sonya-Marshmallow-Bracelet errechnet hatte.

Sie nahm einen Schluck von dem Wasser, das ich ihr eingeschenkt hatte, und begann dann, derart mit den Zahlen zu jonglieren, dass mir fast schwindlig wurde. In einem Affenzahn rechnete sie im Kopf verschiedene Szenarien durch. Am Ende präsentierte sie mir wie für Dumme noch mal ganz langsam das Ergebnis, zu dem sie gekommen war. Glücklicherweise lag ihr Vorschlag für eine Staffelung und prozentuale Verkaufsbeteiligung nicht allzu weit unter dem, was ich angesetzt hatte. Und ich hatte natürlich etwas Puffer einkalkuliert.

»Das wäre für mich in Ordnung«, stimmte ich also zu. »Wenn du dann deinen Teil beiträgst?«

Wir besprachen, wie Sonyas Promotion für meinen Shop und ihr Sondermodell aussehen würden. Außerdem gingen wir die anderen Punkte meines Angebots durch. Dann kündigte sie an, dass ihr Anwalt aus den besprochenen Eckdaten einen Vertrag aufsetzen würde, der mir zur Prüfung zuginge.

Und weg war sie, auf zum nächsten Termin. Ich übernahm die Rechnung für das Wasser, zu einer weiteren Bestellung waren wir gar nicht gekommen.

Auf dem Rückweg machte ich noch halt bei zwei Modeboutiquen, deren Besitzerinnen ich schon länger als Vertriebspartnerinnen ins Auge gefasst hatte. Bei einer stand tatsächlich die Inhaberin selbst im Ladengeschäft und sah sich meine Kollektion wohlwollend an.

Mein aufwendig zusammengeliehenes Outfit schien sich heute zu lohnen. Ich beschloss, es auch noch für ein Bild zu nutzen.

Instagram-Post von **Julia Braceletta**

Das Foto zeigt die Ausbeute meines Vormittags im Belgischen Viertel, die ich sehr urban auf einem angesprühten Stromkasten abgestellt habe: fünf hochwertige Papptüten mit verschiedenen Logos im Gold- oder Prägedruck und Henkeln aus dickem gedrehten Tau. ~~Dank meiner edlen Erscheinung heute war es kein Problem, sie von den Verkäuferinnen zu bekommen, auch wenn ich nichts gekauft habe. Damit die Tüten nicht so leer aussehen, bin ich noch eben bei Netto reingesprungen, um sie mit unserem Wocheneinkauf zu füllen.~~ Mit im Bild sind mein Unterarm mit einem Bracelet in der Farbe #bluesky und meine ~~selbst~~ manikürte Hand, die einen hübsch designten Coffee-to-go-Becher hält. Der hat sicher über fünf Euro gekostet, genau weiß ich das nicht, denn ~~ich habe ihn aus dem Müll gefischt~~ auf so was muss ich natürlich nicht achten.

Gefällt 565 Mal

julia_braceletta Oh, ich wollte das gar nicht 😱 Eigentlich hab ich mich nur mit einer alten Freundin im Belgischen Viertel getroffen, wo kommen jetzt diese Tüten her?

#fashionvictim #shoppingaddict #chicbelgique #braceletta #bluesky

#LAUSCHERANDERWAND

Am folgenden Tag radelte ich schon mittags wieder zur Kita. Meine Mutter hatte ein paar Tage Urlaub und wollte nachher bei uns vorbeikommen, um ihre Enkelin zu einem Ausflug ins Bergische Land mitzunehmen.

Die Kinder schienen größtenteils im Garten zu sein, denn in der Garderobe war es erstaunlich ruhig. Aus der Küche drang Geschirrklappern, vermutlich wurden die schmutzigen Teller vom Mittagessen in die Spülmaschine geräumt. Ich sortierte gerade ein passendes T-Shirt und ein paar neue Söckchen in Fees Fach mit den Wechselsachen ein, weil sie tatsächlich schon wieder gewachsen war, als ich hörte, wie im Gruppenraum ein Gespräch geführt wurde, das mich die Ohren spitzen ließ.

»Bei Julius nehmen wir uns viel Zeit für die Eingewöhnung, der Kleine hat ja einiges hinter sich, wie du weißt.«

Das war Frau Ponanskis Stimme. Was mochte Julius denn hinter sich haben? War er vielleicht krank gewesen? Eigentlich sah er ziemlich rosig und gesund aus.

»Schau du also besonders nach Julius, er traut sich ja noch nicht viel, und es kann sein, dass am Anfang noch oft eine Eins-zu-eins-Betreuung nötig sein wird. Das geht uns ja eigentlich nichts an, aber gerüchteweise wurde der Vater vor Kurzem von seiner Galeristin rausgeschmissen und muss finanziell kürzertreten. Die beiden haben es also gerade wirklich nicht leicht.«

»Okay, Frau Ponanski, Sie können sich auf mich verlassen, ich kümmere mich«, antwortete eine etwas quäkige Stimme beflissen.

Als ich durch den Gruppenraum in den großen Garten ging, sah ich, dass es Celine war, die mit Frau Ponanski zusammen über eine Liste gebeugt am Esstisch saß.

Draußen entdeckte ich Fee im Sandkasten. Sie füllte völlig versunken immer wieder einen Eimer an der Wasserpumpe und ließ das Wasser in einer Art Burggrabensystem versickern. Ich ging zu ihr, um ihr mitzuteilen, dass ich da war, um sie abzuholen. Damit war sie allerdings überhaupt nicht einverstanden, und wir einigten uns darauf, dass sie noch fünf Minuten zu Ende spielen durfte.

Aus den Augenwinkeln hatte ich derweil Julius' Vater erspäht, der auf einer kleinen Bank neben den Schaukeln saß. Sein Sohn hockte vor ihm auf dem Boden und belud einen Plastiklaster mit Zweigen und Blättern. Suchend schaute ich mich um, aber alle Sitzplätze waren von den Aufsicht führenden Erzieherinnen belegt. Alle, bis auf den Platz neben Alex auf der Bank. Jetzt grüßte er freundlich herüber. Ich grüßte zurück und stand dann unentschlossen da und knetete meine Fäuste, während ich verkrampft wieder in Fees Richtung schaute.

Als ich wie zufällig wieder zu den Schaukeln blickte, bedeutete Alex mir, mich doch neben ihn zu setzen. Um Himmels willen, die Bank sah wirklich klein aus! Außerdem fühlte ich mich angesichts der Informationen über seine berufliche Situation, die ich gerade unbefugt mitgehört hatte, ziemlich beklommen. Aber sein Angebot zu ignorieren und hier stehen zu bleiben wie bestellt und nicht abgeholt war auch keine Lösung. Also ging ich zu ihm hinüber.

»Hi«, sagte ich, als ich mich vorsichtig neben ihn setzte, um ihn möglichst nicht zu berühren.

»Hi«, gab er zurück. »Deine Tochter muss noch arbeiten?«

»Ja«, antwortete ich unspritzig und erkundigte mich dann, wie Julius' Eingewöhnung denn so lief. Alex saß eindeutig viel zu dicht neben mir, als dass ich eine geistreiche Gesprächspartnerin hätte abgeben können.

»Ach, bisher ganz okay. Die Erzieherinnen geben sich große Mühe. Aber ich hab die Kita auch noch nicht verlassen. Wir werden sehen. Übermorgen soll ich mich außer Sichtweite in die Küche setzen.«

»Ja«, sagte ich erneut, um dann schnell eine Frage nach seinem Umzug anzuschließen.

»Den Umzug meines Ateliers meinst du?«

»Mmh.« Er roch gut, irgendwie weich, und ein bisschen nach Waschmittel.

»Das war unkompliziert. Ich habe einen alten Caddy, so eine Art kleiner Lieferwagen, mit dem ich meine Statuen transportieren kann. Damit bin ich mit einem Freund ein paar Mal hin- und hergefahren.«

»Tut mir ja sehr leid, dass du dein Atelier aufgeben musstest.«

»Ja? Warum denn?« Überrascht sah er mich an.

Jetzt brachte er mich schon zum wiederholten Male zum Erröten. Der aufmerksame Blick seiner runden braunen Augen machte mich ganz konfus. Und ich konnte ihm ja schlecht sagen, dass er den ganzen Sommer über mein persönlicher Pin-up-Boy gewesen war und mir in dieser Hinsicht jetzt fehlte.

»Äh, das ist doch bestimmt ein schwerer Rückschritt

für dich und deine Arbeit?«, antwortete ich stattdessen und ärgerte mich schon, während ich ihn aussprach, über den plumpen Satz. Ich konnte doch einen Mann nicht auf seinen beruflichen Misserfolg ansprechen. Das kränkte ihn in seiner Männlichkeit, und Männer mochten keine Frauen, die ihre Männlichkeit kränkten.

Verstohlen sah ich zu Alex auf, aber er wirkte eigentlich ganz entspannt, als er antwortete: »Na ja, meine Galeristin hat mich aus ihrem Programm genommen, weil sie Platz brauchte für andere Künstler, die besser zu vermarkten sind. Das war der Anstoß für den Umzug.«

So weit war ich ja schon informiert. Sagte ich ihm aber natürlich nicht, sondern nickte nur und setzte dabei ein mitfühlendes Gesicht auf.

»Du brauchst nicht so bedröppelt zu gucken«, meinte er freundlich, mit einem Anflug von Spott. »Ich kann ja nicht nur dann als Künstler arbeiten, wenn ich erfolgreich am Markt bin. Der brotlose Künstler ist zwar etwas aus der Mode gekommen, aber es gab ihn zu allen Zeiten. Jedenfalls kann ich auch in den Garagen im Hof ganz gut werkeln, und es ist viel günstiger.«

Wieder sah er mich ganz unverkrampft an. Was für ein souveräner Typ.

Ich dachte an Jörg, der noch auf jedem Grillnachmittag allen neuen und alten Bekanntschaften zu verstehen geben musste, wie viel er sich leisten konnte (»Mehr als drei Urlaube im Jahr finde ich stressig, man will ja auch mal zu Hause auf der Dachterrasse den Weber-Grill genießen …«), wie viele Leute er unter sich hatte (»Ich habe ja jetzt innerhalb der letzten drei Jahre über 25 Leute eingestellt, und …«) oder welche Wirtschaftspromis er kannte (»Kürzlich hatte ich Carsten Spohr in der Leitung, und er fragte mich doch tatsächlich ...«). Und dann hatte er immer so dümmlich jovial gelacht. Zugegebenermaßen hatte mich seine Angeberei am Anfang beeindruckt, mit der Zeit aber war sie mir zunehmend peinlich gewesen, auch wenn ich manchmal verwundert feststellen musste, dass viele Leute diese Art von Gerede völlig normal zu finden schienen. Seit der Trennung erlaubte ich mir jedenfalls, ihn und andere Menschen seines Schlages ausgiebig zu verachten.

Die Besprechung von Celine und Frau Ponanski war wohl zu Ende, denn die Praktikantin kam jetzt auf uns zu und fragte Julius, ob er schaukeln wolle. Julius nickte. Sie hob ihn auf den Schaukelsitz und wies ihn an, sich gut festzuhalten.

Celine stand mit der Seite zu uns. Jedes Mal, wenn sie sich bei einem Schubs ein wenig nach vorn lehnte, rutschte ihr kurzes Oberteil etwas nach oben, und ein Streifen zarter, makelloser Haut kam zum Vorschein. Julius auf der Schaukel juchzte, und ich versuchte mit einem schnellen Seitenblick herauszufinden, ob Alex auch so fasziniert von Celines jugendlicher Figur war wie ich. Es war nicht sicher auszumachen.

»Ihr könnt ja noch nicht allzu lange da wohnen, sonst wären wir uns wohl vorher schon mal über den Weg gelaufen«, sagte er in diesem Moment.

»Äh, wir sind letzten Herbst eingezogen«, antwortete ich.

Vor weiteren Erklärungen bewahrte mich meine Tochter, die angerannt kam und mich ermahnte: »Die fünf Minuten sind jetzt aber vorbei.«

Alex lachte. Ich fühlte mich ertappt und guckte vermutlich erst mal peinlich berührt, bis ich ebenfalls grinsen musste. Schließlich wandten Fee und ich uns zum Gehen und winkten zum Abschied. Alex, Celine und sogar Julius winkten zurück.

Obwohl ich alles andere als zufrieden war mit meinem Smalltalk, fühlte ich mich irgendwie beschwingt durch die Begegnung. Auf dem Rückweg machten Fee und ich einen Umweg durch den Park, lieferten uns auf unseren Rädern ein Wettrennen, wobei ich Fee gewinnen ließ und uns beiden als Pokal am Kiosk ein Eis kaufte. Nur so ein kleines Wasserquetscheis für je fünfzig Cent. Das musste ja wohl erlaubt sein.

#NEUEAUFGABEN

Am nächsten Morgen beantwortete ich noch vor dem Kindergarten ein paar geschäftliche E-Mails, verpackte Lieferungen – und schaffte es dann nicht mehr, mich hübsch zu machen. Meine Haare sahen unmöglich aus, und das bisschen getönte Tagescreme, das ich noch schnell auftrug, war nur ein Tropfen auf den heißen beziehungsweise in diesem Fall grauen Stein. Als mir aus einem der Schaufenster auf dem Weg in die Kita mein gestresstes Spiegelbild entgegenblickte, schnitt ich ihm frustriert eine Grimasse – und vermied für den Rest der Strecke den Blick zur Seite.

Gerade noch pünktlich trafen wir in der Kita ein, und ich war heilfroh, weder Julius noch seinen Vater oder dessen sicher stylische und wunderhübsche Künstlergattin im Gruppenraum zu sehen. Hastig verabschiedete ich mich von Fee und ging wieder nach Hause, jedoch nicht ohne zuvor einen Abstecher zur Post und zum Baumarkt zu unternehmen.

Ich musste nämlich dringend Herrn Erbslöhs Boiler zu Leibe rücken. Zwar hatte Kollege Google mich beruhigt, dass wohl nur eine Entkalkung notwendig war, aber Herr Erbslöh wartete ja sicher schon auf meinen Einsatz. Auf dem Handy in meiner Hosentasche hatte ich die Seite mit den notwendigen Arbeitsschritten aufgerufen. Mit zwei von Fees Spielzeugeimern, die einen Kochlöffel, ein Stück Gartenschlauch und eine Flasche Kesselsteinentferner enthielten, in der einen Hand und meinem Staubsauger in der anderen ächzte ich hinauf ins Dachgeschoss.

Es dauerte eine Weile, bis Herr Erbslöh mir öffnete. In einem hellblauen Hemd mit farblich passendem kleingemustertem Einstecktuch stand er auf dem Perserläufer in seinem Flur, und sein strahlendes Begrüßungslächeln legte sein Gesicht in hundert Falten. Umständlich nahm er den Knauf des Gehstocks von der rechten in die linke Hand, um mir etwas schwächlich, aber sehr herzlich die Hand zu schütteln.

»Darf ich kurz stören? Ich komme, um Ihren Boiler zu warten«, sagte ich.

»Aber selbstverständlich, Frau Brass, Sie sind mir immer willkommen! Wollen Sie vielleicht mit uns frühstücken?«

»Ach, Sie haben Besuch? Dann komme ich doch besser ein anderes Mal wieder«, meinte ich, obwohl ich das hier jetzt eigentlich gern durchgezogen hätte.

»Ich bitte Sie. Schauen Sie doch erst einmal, wer da ist«, meinte er verschmitzt, und mir schien, er war ein bisschen stolz auf seinen ominösen Gast. »Wir sitzen auf dem Balkon.«

Er führte mich in die Küche, wo der Boiler vor sich hin klackerte. Die Balkontür war geöffnet, und draußen standen zwei Gartenstühle sehr nah nebeneinander an einem kleinen, liebevoll mit Silberbesteck gedeckten Tisch. Auf einem davon saß mit geröteten Wangen Marie Schmitz und zwinkerte mir verschwörerisch zu, als ich sie begrüßte.

»Wir sind ein bisschen aneinandergerückt, damit meine werte Frau Nachbarin mir besser in mein gutes Ohr sprechen kann«, erklärte der Gastgeber und kicherte ein bisschen. »So kriegen wir Sie jedenfalls auch noch untergebracht auf meinem Balkönchen.«

»Für mich nur einen Kaffee, gern mit Zucker, und dann fange ich auch gleich an zu arbeiten. Ich hab leider unten am Schreibtisch auch noch viel zu tun …«

Offenbar war ich hier in ein Date geplatzt!

Während der alte Herr zur Kaffeemaschine ging, raunte Frau Schmitz mir beruhigend zu: »Es ist schon alles erledigt.«

Mein Blick fiel auf die angebrochene Zaubertrankmarmelade auf dem Tisch, und ich verstand.

»Er hat mich zum Frühstück einjeladen, um sich für die Marmelade zu bedanken, und hat schon ein damit bestrichenes Brötchen intus.«

Jetzt nahte der verzauberte Peter Erbslöh vorsichtig mit dem Kaffee heran. Ich eilte zu ihm, um ihm die randvolle Tasse abzunehmen, und versicherte mich dann, dass in den nächsten zwei Stunden in der Küche nicht zwingend heißes Wasser gebraucht würde.

Ich zog den Stecker des Boilers, einem Modell aus der Nachkriegszeit, das geradezu kultig aussah, drehte den Haupthahn zu, schloss den Gartenschlauch an den Ablasshahn an und stellte Fees gelbes Eimerchen darunter. Während das Wasser aus dem Boiler langsam abfloss, hörte ich, wie sich meine beiden Nachbarn auf dem Balkon angeregt unterhielten. Hin und wieder lachten sie zusammen. Als das leise Plätschern versiegte, konnte ich auch verstehen, worüber sie sprachen. Frau Schmitz versuchte ihren Schwarm offenbar gerade davon zu überzeugen, sich ein Hörgerät anzuschaffen.

»Meine Teure, mein Sohn hat das ja auch schon oft gesagt. Ich verstehe ihn am Telefon manchmal ganz schlecht.« Herrn Erbslöhs einziger Sohn hatte in den USA geheiratet, sodass sich der Kontakt auf gelegentliche Telefonate beschränkte. »Aber es ist doch auch schön, wenn Sie hier so nah neben meinem Ohr sitzen müssen.«

Des Pitters Hörvermögen mochte vielleicht eingeschränkt sein, aber er hatte es ja faustdick hinter den alten Ohren!

»Ich verspreche, dass ich kein bisschen von Ihnen abrücke, auch wenn Sie ein Hörjerät tragen«, antwortete Frau Schmitz nicht minder forsch.

»Schick ist so ein Kistchen am Ohr ja nun nicht gerade.«

»Schöne Minsche entstellt nichts, Herr Erbslöh, und es gibt heutzutage janz winzige, unauffällige Modelle. Schauen Sie doch mal hinter mingem Ohr nach!«

Ich hörte Stühlerücken und ein Rascheln. Dann wieder Herrn Erbslöhs jetzt etwas belegte Stimme: »Tatsächlich, Sie haben ja auch eins!«

Mir wurde es immer genierlicher, die beiden zu belauschen. Aber jetzt musste ich meine Arbeit auch zu Ende bringen.

Draußen auf dem Balkon versuchte Herr Erbslöh noch einen letzten Widerspruch: »Bekannte meinten ja, man höre mit so einem Gerät auch so einiges, was man gar nicht hören will ...«

»Da machen Sie sich mal keine Sorjen, ich kümmer mich höchstpersönlich um die Anpassung«, versprach Frau Schmitz sanft – und brachte Herrn Erbslöhs Gegenwehr damit endgültig zum Erliegen.

»Das sind allerdings wunderbare Aussichten. Geradezu sträflich wäre es da, mich nicht um einen Termin beim HNO-Arzt zu bemühen. Ebenso sträflich übrigens, wie auch nur eines Ihrer klugen Worte zu verpassen«, hörte ich ihn sagen.

»Wo wir gerade dabei sind und ich hier den Jeraniendünger stehen sehe. Nehmen Se doch einfach Ihren Kaffeesatz. Dat is jünstiger und ökologischer.«

Und schmeckt besser, wenn es mal wieder von oben in meine Kaffeetasse tropft, fügte ich in Gedanken hinzu.

Herr Erbslöh stellte eine interessierte Rückfrage, und ich entschied, dass ich es an dieser Stelle wohl verantworten konnte, etwas Lärm zu machen.

Ich zog den Flansch und klopfte mit dem Kochlöffel von allen Seiten auf den Boiler, um die größeren Kalkstücke zu lösen. Die losen Brocken saugte ich aus der Öffnung, füllte den Boiler wieder mit Wasser und fügte, nach einem Blick auf die Anleitung auf meinem Handy, den Kesselsteinentferner hinzu. Der musste nun zwei Stunden einwirken, sodass ich mich fürs Erste verabschiedete und zurück in den Keller ging, zu meinem Nebenjob als Schmuckdesignerin.

Als ich nach zwei Stunden zurückkam, um mein Werk zu vollenden, war Frau Schmitz offenbar gerade erst gegangen. Im Flur hing noch der Duft ihres Rosenparfums. Während ich den Heißwasserspeicher erneut entleerte und dann mehrmals ausspülte, räumte Herr Erbslöh die Spülmaschine ein. Dabei summte er leise, etwas schief, aber sehr beschwingt ein Lied vor sich hin. Ich kannte es nicht, er offensichtlich auch nicht vollständig, denn nur hin und wieder sang er eine Textzeile mit. »Wenn ich in deine Augen seh', so schwindet all mein Leid und Weh.« So viel verstand ich.

Einträchtig arbeiteten wir Seite an Seite, und bald sah Herrn Erbslöhs Küche wieder blitzsauber aus, während der Boiler immerhin wesentlich seltener und leiser klackerte als vorher. Erst wenn mein Nachbar sein perfekt eingestelltes Hörgerät hätte, würde er es wieder wahrnehmen können.

Für den nächsten Morgen setzte ich Prioritäten, und zwar zuungunsten des Schlafs. Ich stand extra früh auf und hatte genug Zeit, meine Haare zu waschen und sie so oft auf- und wieder zuzumachen, bis sie gut saßen. Dann setzte ich die Kontaktlinsen ein und trug Wimperntusche, Rouge und Puder auf. Mehr traute ich mich nicht, schließlich kannten mich die anderen Eltern überwiegend abgekämpft und gestresst. Nach der Trennung und dem Umzug hatte ich noch eine Weile an meinem perfekt gestylten Alter Ego festgehalten – bis ich es einfach nicht mehr geschafft hatte. Und jetzt sollte bitte keiner auf die Idee kommen, ich wäre hier auf irgendeinen Vater scharf …

So war es ja auch gar nicht. Ich wollte nur ein bisschen – ja, was eigentlich? Mehr Spannung im Leben? Davon hatte ich eigentlich genug. Allerdings nicht immer von der positiven Sorte. Positive Spannung also vielleicht. Ich fühlte mich auf eine flattrige Art und Weise wohl in Alex' Gegenwart. Und der etwas aufgekratzte Zustand, in den er mich versetzte, gefiel mir besser als das dumpfe Brüten über meinen Pflichten und Problemen, das sonst oft meinen Alltag bestimmte.

Wir erreichten die Kita deutlich vor neun, doch ein schneller Seitenblick auf Julius' Garderobenhaken verriet mir, dass er schon da war.

Prompt wurde mir etwas flau.

Glücklicherweise spielte Fee mir in die Hände, indem sie mir eine Bastelei aus ihrer Schatzschublade zeigen wollte. Wir gingen nach allen Seiten hin grüßend durch den Gruppenraum hindurch, wo Julius mit Celine am Maltisch saß. In der Faust hielt er einen orangefarbenen Wachsmalstift, den er unbeholfen übers Blatt führte, wofür Celine ihn in den höchsten Tönen lobte. Im angrenzenden Flur stand die große Kommode mit den vielen kleinen Schatzschubladen. Während Fee die ihre herauszog, erkennbar an einem Aufkleber mit einer bunt geflügelten Fee mit Zauberstab, warf ich einen verstohlenen Blick in die Küche, deren Tür offen stand.

Alex saß mit einer Tasse Kaffee auf der Eckbank vor der in Schwammtechnik gelb getünchten Wand und las Zeitung. Die Eingewöhnung des kleinen Julius hatte also das nächste Stadium erreicht. Mein Magen quittierte Alex' Anblick mit einer spontanen Umdrehung, und gleichzeitig merkte ich, wie erleichtert ich war, dass wieder er dort saß – und keine filigrane Schönheit, die aussah wie Julius als Frau.

Schnell guckte ich wieder weg und gab vor, Fees Erklärungen zu ihrem Kreuzfahrtdampfer zu folgen. Sie hatte ihn aus dem Schmierpapier gebastelt, das die Mutter ihrer Freundin Maja, Studienrätin mit den Fächern Sozialkunde und Biologie, immer hier im Kindergarten ablieferte. *Das Vier-Säulen-Modell der Altersvorsorge* stand auf dem Schiffsrumpf, wie um mich zusätzlich unter Druck zu setzen. Mit meiner Altersvorsorge war es nämlich nicht weit her, es gelang mir aber im Allgemeinen, den Gedanken daran zu verdrängen.

»Mit so einem Schiff sind Papi und Leocadia zu den Pyramiden gefahren«, erklärte Fee mir in diesem Moment.

Natürlich hatte ich einige Ratgeber zum Umgang mit Trennungskindern gelesen und wusste, dass viele offene, wohlwollende Gespräche über die veränderte Situation und etwaige neue Partner das A und O zur Vermeidung eines Traumas waren. Aber bitte nicht jetzt, nicht hier vor der offenen Küchentür.

»Schau mal, was da steht«, lenkte ich daher ab und las

vor: *»Die vier Säulen der Altersvorsorge sind die gesetzliche Rente, die betriebliche Rente, die private Geldrente und das Wohneigentum.«*

Fee sah mich misstrauisch an. »Was ist denn ein Wohnei – ein Ei zum drin Wohnen?«, fragte sie.

»Nein, Wohneigentum bedeutet, dass einem eine Wohnung oder ein Haus selbst gehört. Das ist besonders später mal gut, wenn man zu alt ist, um Geld zu verdienen. Dann hat man eine Wohnung, in der man wohnen kann, ohne dafür Miete zu bezahlen.«

»Gehört uns unsere Wohnung?«

»Nein.«

»Gehört Papi seine Wohnung?«

»Ja.«

»Vielleicht können wir ja dann mit Papi und Leocadia in seiner Wohnung mitwohnen, wenn wir alt sind.«

»Du vielleicht schon, Maus«, beendete ich das Thema höchst wohlwollend. »Ich mach mir jetzt mal in der Küche einen Kaffee. Geh du doch Maja suchen.«

Bis halb zehn durften alle Eltern in der Küche immer noch auf einen Plausch zusammensitzen – ein Angebot, das ich allerdings bisher wegen chronischen Zeitmangels nie in Anspruch genommen hatte. Ich hoffte, dass Fee dieses Detail nicht kommentieren würde.

Und ich hatte Glück. Sie entdeckte irgendwas oder irgendwen im Gruppenraum, drückte mir ihr papiernes Traumschiff in die Hand und lief den von Ahnenreihen vergangener Vorschulkinder gesäumten Flur hinunter. Ich sah ihr nach, um mich zu sammeln, bevor ich gleich zu Alex in die Küche treten würde. Die ganze Zeit über hatte ich meinen Blick verkrampft auf Fee und ihr Schiff fokussiert und daher keine Ahnung, ob er immer noch ins Feuilleton vertieft war oder aber uns womöglich zugehört hatte.

Fee war bereits an der Tür zum Gruppenraum angelangt, als sie sich noch mal umdrehte und mir zurief: »Wenn ich groß bin, bau ich ein eigenes Haus für dich!«

Eine Welle von Mutterstolz und -liebe ob dieses kindlichen Vorhabens erfasste mich. Für zwei Sekunden vergaß ich sogar Alex' Anwesenheit, und so wandte ich, mein gerührtes Lächeln noch auf den Lippen, aus Versehen den Kopf in Richtung Küche.

Alex blickte mir von der Eckbank aus freundlich entgegen. »Hi«, sagte er.

»Hi«, erwiderte ich und machte einen Schritt in seine Richtung. »Und, wie sieht's mit deiner Altersvorsorge aus?«

Himmel, was sagte ich da? Zur Erklärung stellte ich schnell Fees Schiffchen auf den Tisch vor ihn und zeigte auf das darauf abgedruckte Vier-Säulen-Modell.

Falls Alex sich über meine Frage wunderte, ließ er es sich nicht anmerken. »Ganz okay, hoffe ich. Ich lebe in einer Eigentumswohnung und bin über die Künstlersozialkasse rentenversichert. Außerdem versuche ich mich am langfristigen Fondsparen, wenn es gerade möglich ist«, gab er bereitwillig Auskunft, als hätte ich ihn nach dem Nudelsalatrezept vom Kita-Sommerfest gefragt. Seine strahlenden braunen Knopfaugen sahen mich interessiert an, als wäre er gespannt, wohin diese Unterhaltung führen würde. »Und mit deiner?«

»Bedenklich. Ich bin selbstständig, und es bleibt selten was übrig«, antwortete ich leicht beschönigt.

»Ach, was machst du denn?«

»Erst mal einen Kaffee«, gab ich zurück. Ich stand hier

so linkisch vor dem Küchentisch und brauchte dringend eine Tasse, um mich daran festzuhalten. Am liebsten hätte ich mir eine Zigarette angemacht. Dabei rauchte ich seit der Schwangerschaft nicht mehr.

In der Kanne auf der Warmhalteplatte war noch ein Kaffeerest, den ich mir einschenkte. Aus meiner Hosentasche kramte ich eine Münze, die ich extra geräuschvoll in die Spendendose neben der Maschine fallen ließ. Alex sollte schließlich, Altersvorsorge hin oder her, auch nicht denken, ich sei arm. Dann wandte ich mich um, ging zurück zum Küchentisch und setzte mich auf die äußerste Kante der Eckbank.

»Also, was ich mache: Social-Media-Marketing und Armbänder verkaufen«, sagte ich und warf zwei Zuckerstücke aus der Dose auf dem Tisch in meinen Kaffee.

»Die, die du immer anhast?«

Etwas durchzuckte mich. Dass er das bemerkt hatte …

»Äh – sehr aufmerksam. Ja, genau«, stotterte ich.

Angestrengt rührte ich in der angekatschten Tasse mit der Aufschrift *Ich habe keine Macken, das sind Special Effects* und starrte hinein, als bedürfe der Auflösungsprozess der beiden Zuckerstücke einer engmaschigen Kontrolle. Bestimmt fand Alex die Armbänder billig und einfallslos, schließlich war er Künstler.

»Schön«, meinte er jedoch. »Und wo verkaufst du sie?«

»Über einige Boutiquen, außerdem hab ich einen Webshop, der hauptsächlich über Instagram und andere Soziale Medien gefeatured wird. Ich komme aus dem Marketing.« Wie sich das anhörte. Als ob das Marketing eine Region in Deutschland wäre. Wie der Taunus oder der Harz. Aber man sagte das ja so.

»Verstehe. Meine ehemalige Galeristin hatte so einen Dienstleister, der als Selbstständiger für sie die Werbung im Internet übernommen hat. Machst du so was auch?«

»Ja, ich hab auch ein paar Kunden.«

Das stimmte nur so halb. Zwar hatte ich einer der Boutiquenbesitzerinnen, die meine Armbänder vertrieben, schon mal ein paar Tipps gegeben, wie sie im Netz auf sich aufmerksam machen könnte, und Elifs professionellen Facebook-Account betreute ich auch. Aber Geld hatte ich dafür bisher nicht genommen. Mir war bloß ganz plötzlich eine kühne Idee gekommen, wie sich das Angenehme mit dem Nützlichen, das Geldverdienen mit ein bisschen Herzklopfen verbinden ließe. Zwei Fliegen mit einer Klappe sozusagen.

»Könntest du Hilfe gebrauchen?«, fragte ich also, bevor ich noch weiter darüber nachdenken konnte, und hoffte, dass das Zittern meiner Stimme nicht zu hören war.

»Du meinst bei meinem Social-Media-Marketing?« Alex lachte. »Ja, allerdings! Da müsste man ganz von vorn anfangen. Ich hab bisher lediglich eine schlecht gepflegte Homepage, deren Zugangsdaten noch bei meiner alten Galeristin liegen. Ihre Assistentin hat sich bisher darum gekümmert.«

»Aber das ist doch toll!«, erwiderte ich etwas zu schrill. »Ich meine ... dann gibt es da ja noch ganz viel Potenzial auszuschöpfen.«

»Na, wenn du meinst ...« Etwas skeptisch schaute er mir auf seine sehr direkte Weise ins Gesicht.

Ich spürte, wie mir das Blut in den Kopf stieg, und bereute, nicht doch eine dicke Schicht Make-up aufgetragen zu haben.

»Was würdest du mir denn empfehlen?«, fragte er nun

verbindlicher weiter, als habe er gemerkt, dass ich mich unwohl fühlte.

»Erst mal klein anzufangen.«

»Das käme mir entgegen. Denn eigentlich hoffe ich ja, bald wieder eine neue Galerie zu haben, die sich um die Vermarktung kümmert.«

»Absolut verständlich. Aber bis es so weit ist, könnten wir ja einfach mal ein Kunstwerk von dir auf einem meiner Social-Media-Accounts in Szene setzen und gucken, was passiert – ob Reaktionen kommen und welche. Es sind nämlich durchaus reiche Kundinnen unter meinen Followern.«

»Das hört sich ja schaurig-schön an«, meinte Alex und grinste schief. »Ich kann mir allerdings unter all dem gar nichts vorstellen.«

»Dann such doch nachher einfach mal bei Instagram nach Julia Braceletta und guck dir an, was sie so macht. Und dann sprechen wir weiter.«

Ich wollte den Sack jetzt gern zumachen und von hier verschwinden. Denn mir war angst und bange vor der Courage, die ich gerade unter Beweis gestellt hatte. Eigentlich vermied ich es, Bekannten aus dem echten Leben zu sagen, wie ich auf Instagram hieß – wegen der Sache mit Jörg und meiner retuschierten Wohnung. Und inzwischen plagten mich auch leichte Gewissensbisse in Bezug auf Alex' etwaige Partnerin. Selbst wenn ich mir sagte, dass jemand wie ich nun sicher keine Gefahr für jemanden wie Alex' Frau darstellte.

Außerdem fürchtete ich, dass Frau Ponanski mich gleich mit einem dummen Spruch aus der Küche werfen würde. Bestimmt war es bald halb zehn.

Als ich Alex der Vollständigkeit halber noch meine Nummer geben wollte, hob er mit einer geschmeidigen Bewegung seinen Jeans-Hintern von der hölzernen Bank – und zog aus der hinteren Hosentasche ein uraltes, kleines Nokia-Handy hervor.

»Oh«, stieß ich überrascht hervor. »Das ist aber nicht internetfähig, oder?«

»Nein, aber ich kann deine Nummer darin speichern. Die Instagram-Seite muss ich mir dann zu Hause am Computer angucken. Geht das auch?«

»Ja, einfach nach Julia Braceletta suchen, bracelet wie englisch Armband«, sagte ich und diktierte ihm dann meine Nummer.

Und so wurde an diesem Vormittag tatsächlich meine nichtswürdige Mobilfunknummer von Alex' sensibler Künstlerhand in seinem Milleniumsmodell von Handy gespeichert.

»Schau, es ist zwar alt, aber es funktioniert noch«, sagte er, nachdem er fertig war, und ließ es zum Beweis kurz bei mir klingeln.

»Die Adresse deiner Homepage würde mich auch noch interessieren. Dann kann ich mir die schon mal ansehen«, erwiderte ich.

Doch in diesem Moment kam Celine um die Ecke, neben ihr Julius mit seinem Bild in der Hand. »Das wollte er Ihnen unbedingt zeigen«, sagte sie mit ihrer lauten, stets etwas übermotivierten Stimme zu Alex. Sie hob Julius' Ärmchen mit dem Bild in die Höhe. »Ich finde ja, die künstlerische Begabung hat er ganz vom Papa!« Dabei zwinkerte sie Alex zu.

Alex verdrehte an dieser Stelle leider nicht die Augen, wie ich es angebracht gefunden hätte, sondern wandte seinen freundlich interessierten Blick Celine zu. Auch Julius schien deren Verhalten keineswegs übertrieben zu finden. Mit einem Ausdruck der Gewissheit, Großes geleistet zu haben, sah er seinen Vater erwartungsvoll an, als er das Blatt vor ihm auf den Tisch legte.

Alex schaute sich das orangefarbene Krikelkrakel – als etwas anderes hätte ich es beim besten Willen nicht bezeichnen können – lange und aufmerksam an. Dann sagte er zu Julius: »So, hast du dich also heute für ein leuchtendes Orange entschieden, mein Süßer«, und gab ihm einen Kuss auf die Nasenspitze.

Julius nickte stolz, Celine hingegen guckte etwas unzufrieden, setzte sich dann aber neben Alex auf die Eckbank und begann, ihm mit gewichtiger Miene zu berichten, wie die letzte halbe Stunde ohne ihn mit Julius verlaufen war.

Ich fühlte mich überflüssig und wandte mich zum Gehen. Tschüss, wir sehen uns, wollte ich gerade sagen, da rief Alex mir hinterher: »Ich weiß die Adresse von meiner Homepage gerade nicht, aber google einfach nach Alexander Merckheimer. Dann müsstest du die Seite finden. Bis bald, Julia!«

»Bis bald, Julia!«, echote Celine.

»Bald, Lulia«, schaltete sich sogar Julius überraschend ein. Und das klang in meinen Ohren ein bisschen wie ein Versprechen.

Den Besuch von Alex' Homepage hatte ich mir für den Abend aufgehoben. Fee war im Bett, die Wohnung still, ich schenkte mir ein Glas Rotwein ein und machte es mir mit dem Laptop auf dem Sofa gemütlich. Ein bisschen fühlte ich mich, als hätte ich ein Date – bloß ganz entspannt, ohne den Stress, dabei gut aussehen zu müssen. Während der Computer hochfuhr, war mir dann aber doch ein bisschen mulmig zumute. Was, wenn Alex irgendwelchen Altherrenschweinkram herstellte? Akte junger Frauen in allen erdenklichen Posen – brünstige Wollust, schlecht getarnt als Gesellschaftskritik? Nicht dass ich mir das bei ihm vorstellen konnte, aber man wusste ja nie …

Erwartungsvoll gab ich *Alexander Merckheimer* in die Suchmaschine ein, klickte auf die angezeigte Webseite – und musste erst einmal verdauen, was ich sah.

Die Startseite zeigte einen ausgezehrten Mann im Schneidersitz, Beton, lackiert in schreienden Neonfarben. Der Rücken gramgebeugt, die Augen in ihren Höhlen aufgerissen in verzweifelter Überraschung. Mit einer Hand raufte er sich das steinerne Haar, die Fingerspitzen der anderen berührten ganz sacht die Stirn des Babys in seinem Schoß, auf das auch sein Blick gerichtet war. Ahnungslos schlafend lag es auf den Beinen des Mannes wie in einer Wiege, auf dem Gesicht ein naives Engelslächeln. Trotz des rohen Werkstoffs wirkte das Baby weich und samtig, vielleicht war hier die Oberfläche anders behandelt, und auch die Farben waren pastelliger. Die Züge des Mannes erinnerten an Alex' eigenes Gesicht, das hier von unendlichem Schmerz erzählte. *Schmerz und Liebe* war die Skulptur dann auch schlicht untertitelt. Tränen traten mir in die Augen.

War das Baby in Alex' Schoß unheilbar krank? War das Julius? Oder hatte er etwa noch ein weiteres Kind gehabt?

Die Darstellung des Babys war jedoch weder ausgezehrt noch blass. Alex selbst hingegen sah furchtbar aus. Womöglich war er es, der schwer erkrankt gewesen war. Ich spürte, wie mein Herz sich zusammenzog. Obwohl es nur das Bild einer Statue auf einer Homepage war, rief der Anblick in mir das Bedürfnis hervor, diesen Mann in den Arm zu nehmen und etwas von seinem in Beton gegossenen Schmerz mitzutragen.

Eine Weile kreisten meine Gedanken um die beiden, und ich versuchte zu ergründen, was geschehen war. Dann schluckte ich die Tränen herunter, nahm einen Schluck aus meinem Weinglas und bemühte mich um einen professionellen Blick. *Schmerz und Liebe* war nun wirklich keine Schickimicki-Wohnzimmerkunst, dafür war die Skulptur viel zu verstörend. Ich klickte auf »Werke«, um mehr zu sehen, und fand zwei Skulpturen, die sich vielleicht für eine Inszenierung auf Instagram eignen würden. Bei der einen handelte es sich um einen erstaunlich filigranen mintgrünen Schmetterling, laut Beschreibung auch aus Beton, der auf einer zarten weißen Blüte gelandet war. Einfach nur wunderschön und perfekt für die geschmackvolle Deko einer großzügigen Fensterbank oder auch einer Vitrine. Das andere war ein wiederum in Neonfarben lackiertes, fast lebensgroßes Betonfigurenduo: zwei Herren, beide auf ihr Golfbag gestützt und konspirativ miteinander ins Gespräch vertieft. Ihre Gesichter waren zwar menschlich, erinnerten mit den vorspringenden Nasen und den höhnisch verzogenen Mündern aber dennoch irgendwie an Hyänen. Vielleicht würde ja die eine oder andere Kundin darin ihr Alphatier von Ehemann wiedererkennen und ihm das Werk zum Geburtstag schenken, dachte ich schadenfroh. Es hieß *Getting shit done*.

Ich klickte mich weiter zu Alex' Vita. Sie war kurz gehalten. Er hatte an der Kunstakademie in Düsseldorf studiert, mehrere Einzelausstellungen gehabt, einige davon im Ausland, zwei mit Stipendien verbundene Preise gewonnen.

Ich musste an den Lebenslauf auf Jörgs Homepage denken, bei dem man Gefahr lief, sich eine Sehnenscheidenentzündung zu holen, so lange musste man nach unten scrollen. Er hatte all seinen zahlreichen Verdiensten einen eigenen Abschnitt gewidmet. Die Ehrung, die er vor Jahrzehnten für seine Diplomarbeit erhalten hatte (eine Schmuckausgabe von Thomas Manns *Buddenbrooks*), der dritte Platz beim Wettbewerb *Entrepreneur of the Year*, den er selbst mitfinanzierte, und so weiter, und so fort. Nur mit Mühe hatte ich ihn damals davon abhalten können, seinen historischen fünften Platz auf der Tennis-Jugendrangliste des Landes NRW aufzuführen.

Plötzlich stach mir ein Banner am unteren Rand des Bildschirms ins Auge. *Vertreten durch Galerie Leocadia Lämmle*, stand da. Ach nee! Den Namen kannte ich doch! Das passte ja. Die Frau, die sozusagen mich aus Jörgs Wohnung geworfen hatte, hatte auch Alex aus ihrer Galerie geworfen. Aus purer Habgier. Wenn das mal kein Schicksal war …

Obwohl mir eigentlich klar war, dass diese Entdeckung gar nichts bedeutete, außer dass wir alle in derselben Stadt wohnten und die Welt eben klein war, erfasste mich eine seltsame Erregung. Ich fragte mich, ob ich daraus wohl am Ende noch schließen musste, dass ich in Alex verknallt war. Denn Verliebte neigen ja bekanntlich dazu, alles schicksalhaft zu überhöhen und jedem Zufall eine Bedeutung zuzuschreiben, sodass alles auf das eine hinausläuft: dass man füreinander bestimmt ist.

Dieses Phänomen hatte ich auch schon des Öfteren an mir selbst beobachtet. Damals, als ich Jörg in einer Bar kennenlernte, nachdem ich gerade meine Buchhaltungsklausur vergeigt hatte, war es mir wie ein Wink des Schicksals erschienen, dass er mir von seinem BWL-Abschluss und der mit den *Buddenbrooks* prämierten Diplomarbeit über irgendein Bilanzierungsthema erzählte. Außerdem begann das Kennzeichen des Sportwagens, mit dem er mich an jenem Abend nach Hause fuhr, mit K-JB – was schließlich meine Initialen waren. Allerdings genauso die von Jörg Bierstedt, wie mir später klar wurde …

Ja, ich war in Jörg tatsächlich verliebt gewesen. Er war eben damals die Verkörperung all dessen, was ich für meine Ziele im Leben gehalten hatte.

Aber war ich jetzt in Alex verknallt? Nachdem ich – ich zählte nach – vier Mal kurz mit ihm gesprochen hatte? Hoffentlich nicht, sonst würde unsere geplante Zusammenarbeit sicher ordentlich kompliziert werden. Und ich am Ende sehr unglücklich.

Ich traf ihn am nächsten Tag beim Abholen an der Kita. Als ich kam, wollte er gerade gehen. Julius saß auf seinen Schultern und spielte mit seinem Schopf. Wenn seine Haare länger wären, würden sie sich vermutlich locken, dachte ich. Nach Julius' Bearbeitung standen sie etwas mehr ab als sonst. Gut sah das aus.

»Hast du dir meinen Instagram-Account mal angesehen?«, fragte ich.

»Ja, flüchtig, Julius kam dazwischen. Aber die Fotos sind schön komponiert, mit einem guten Blick fürs Detail, finde ich. Wer ist denn die Frau, die darauf immer zu sehen ist?«

»Wie – die Frau?« Ich freute mich über das Kompliment, verstand aber nicht, wovon er sprach.

»Ich dachte, das mit den Armbändern wäre dein Geschäft?«

Worauf wollte er wohl hinaus?

»Da ist immer so eine Frau auf den Bildern, wer ist denn das?«, verdeutlichte er seine Frage.

»Auf welchem Bild denn zum Beispiel?«, forschte ich nach.

Er überlegte, während Julius im Takt auf seinen Kopf haute. »Auf einem kocht sie beispielsweise einen Johannisbeer-Curd.«

»Äh …« Oh Gott, das war jetzt aber unangenehm!

Angesichts meines peinlich berührten Schweigens schien Alex langsam auch zu dämmern, wer die ominöse Frau war, die da Werbung für meine Armbänder machte. Verlegen rieb er sich die Schläfe und gab dafür eines von Julius' Beinen frei, das er bisher festgehalten hatte. Der Kleine begann, rhythmisch mit dem Fuß gegen Alex' Schlüsselbein zu treten, während dieser stotterte: »Das … bist du? Also … du bist ja wirklich sehr wandelbar.«

»So kann man es auch nennen«, meinte ich trocken.

Ich war ziemlich getroffen. Mein Instagram-Account war zwar von dem gepflegten Garten über meinen flachen Bauch bis hin zu dem liebenden Göttergatten ein einziger Fake, das war mir ja völlig klar. Trotzdem war er für mich etwas Persönliches, mein ganz persönlicher Fake eben. Der, wenn man ihn zu lesen wusste, auch so einiges über mich offenbarte. Meine geheimen Wünsche zum Beispiel …

Da war es dann schon hart zu hören, dass die Julia auf den Fotos offenbar nicht das Geringste, also wirklich so überhaupt gar nichts, mit mir zu tun hatte, damit, wie andere mich im Alltag sahen. Wie kam ich denn wohl rüber, fragte ich mich. Wie ein frustrierter, verarmter Single, garantiert ohne Garten, vermutlich noch nicht einmal mit Balkon?

»Ehrlich, ähm, ich wollte damit nicht sagen, dass … Du

bist auf den Fotos nur ... ein vollkommen anderer Typ.« Verzweifelt versuchte Alex, aus dem Fettnäpfchen wieder rauszukommen.

»Und was für ein Typ bin ich dann so in echt?« Jetzt wollte ich es auch wissen.

»So ein ganz äh ...« Julius hampelte immer mehr herum und rutschte schließlich seitlich von Alex' Schultern herunter. Alex griff blitzschnell zu und konnte ihn gerade noch vor dem Absturz retten. »So ein ... normalerer, äh, ich mein, natürlicherer ...«, sagte er stockend, während Julius versuchte, sich aus dem Griff seines Vaters zu befreien. Der war offensichtlich völlig überfordert von dem Multitasking, das die Situation ihm abverlangte. »Ein natürlicher, bodenständiger ...«

Das wurde ja immer schlimmer. Aber ich war zu neugierig – oder sollte ich besser sagen masochistisch veranlagt –, um Alex jetzt aus dieser Situation zu erlösen. Mit erwartungsvollem Entsetzen sah ich ihn weiter an.

Alex setzte Julius auf dem Boden ab, woraufhin der Kleine zu weinen begann. Also nahm er ihn wieder hoch. »Ein natürlicher, bodenständiger ... witziger Typ«, beendete er endlich seinen Satz. »Besser krieg ich das jetzt gerade nicht hin«, setzte er mit einem erschöpften Lächeln hinzu.

Natürlich, bodenständig und witzig. Das klang in meinen Ohren leider nach einer Ulknudel mit Übergewicht in Funktionskleidung. Außerdem hatte ich jetzt das Gefühl, mich verteidigen zu müssen. Irgendwie zu erklären, warum ich mir so offensichtlich viel Mühe gab, im Internet ganz anders zu wirken, als ich in Wirklichkeit war.

»So funktioniert das eben in den Sozialen Medien«, erklärte ich etwas trotzig. »Ich verkaufe, wenn man es nüchtern zusammenfasst, Armbänder aus Paketkordel mit einem Plastikanhänger. Ihren Wert bekommen sie erst durch meine Inszenierung. Ich muss sie so präsentieren, dass klar ist: An diesem Handgelenk könnte auch ein Tiffany-Armband baumeln. Die Trägerin entscheidet sich jedoch in lässigem Understatement für ein Braceletta-Bändchen. Natürlich könnten sich nicht alle meine Käuferinnen wirklich ein Tiffany-Armband leisten, aber dank einem Braceletta-Bändchen können sie sich ein bisschen so fühlen, als ob. Dafür muss ich auf meinen Bildern aber diese wohlhabende Perfektion transportieren, die mir offenbar so gar nicht ähnlich sieht.«

Alex grinste. Ich fand nicht, dass es da etwas zu grinsen gab.

»Das funktioniert auf dem Kunstmarkt ja ähnlich«, meinte er dann beschwichtigend. »Die Werke verkaufen sich da auch ganz oft über die Person des Künstlers. Meine Galeristin wollte deswegen immer, dass ich bei den Ausstellungseröffnungen einen Smoking trage. Sie hat mir selbst einen ausgesucht. Und den horrenden Preis dann von meinem Gewinn abgezogen.«

»Das kann ich mir vorstellen«, meinte ich.

»Ach ja?«

»Zufälligerweise kenn ich sie. Leocadia Lämmle. Sie ist mit Fees Vater zusammen. Der ist jetzt auch besser angezogen als vorher.«

Früher hatte Jörg mangels persönlichem Geschmack einfach ausnahmslos alle Freizeitkleidung im Onlineshop von Ralph Lauren bestellt, alle seine Anzüge bei Armani gekauft. Wenn ich ihn jetzt traf, war sein Outfit bestimmt nicht weniger teuer, aber wesentlich variabler, und ich musste zugeben: ziemlich edel und schön.

»Ach, Zufälle gibt's!« Alex schien weniger beeindruckt von der kleinen Gemeinsamkeit als ich. Aber er war ja auch nicht verliebt. »Was wirst du denn für einen Typen aus mir machen?«, fragte er dann. »Ich war mir ja nie so sicher mit dem Smoking.«

Unwillkürlich erschien vor meinem inneren Auge ein Alex im Smoking, der mir mit einem Champagnerglas zuprostete. Ein Bild, das mich durchaus beeindruckte. Allerdings wollte ich ganz bestimmt nicht nahtlos an die Arbeit von Leocadia Lämmle anknüpfen.

»Bei mir wirst du so ein Muskelprotz, der mit grobem Werkzeug und roher männlicher Gewalt auf den Stein eindrischt«, antwortete ich daher. »Ich hab vom Straßenkarneval noch einen wattierten Anzug mit integriertem Schaumstoff-Sixpack. Den wirst du tragen. Er ist ziemlich warm, daher wird dir sehr schnell der Schweiß in Strömen herunterlaufen. Das verleiht dir ganz viel Ursprünglichkeit. Auf so was stehen meine Kundinnen.«

»Tolle Idee. Ich hab vom Geisterzug noch so eine Gesichtsmodelliermasse. Damit werde ich mir den Kiefer etwas verbreitern und einen kernigen Spalt ins Kinn machen.«

»Jetzt verstehen wir uns endlich.« Nun grinsten wir beide. »Nein, Quatsch. Du kannst bleiben, wie du bist«, meinte ich dann. »Das reicht vollkommen.«

Und das stimmte. Wie angenehm musste es sein, als gut aussehender Mann durch die Welt zu wandeln. Zudem so zeitsparend. In den vielen Stunden, die ich in meinem Leben vor dem Spiegel und beim Hadern mit meinem Po verbracht hatte, hätte ich vermutlich auch Physik studieren können.

»Und was hast du von dem Ganzen?«, fragte Alex in diesem Moment.

Nachdem ich ja jetzt wusste, wie bodenständig er mich fand, war ich mir nicht mehr so sicher, ob ich überhaupt etwas davon haben würde. Dennoch stieg mir bei seiner Frage natürlich erneut die Hitze zu Kopf, gerade so, als hätte er mich bei etwas ertappt. Wenn ich Glück hatte, hielt er das Rot inzwischen für meine natürliche Hautfarbe.

Inhaltlich war ich auf seine Frage aber vorbereitet. »Eine Provision. Wenn infolge meines Marketings eins deiner Werke verkauft wird, bekomme ich fünfzehn Prozent vom Verkaufspreis.«

»Deal«, sagte er, und wir verabredeten uns für Samstag zu einem ersten Foto- und Besprechungstermin.

Julius auf Alex' Arm war über unsere Unterhaltung eingeschlafen. Sein rundes kleines Kinn ruhte auf seiner Brust, und er sah sehr süß aus. Man könnte sich einen schlimmeren Stiefsohn vorstellen, dachte ich, einfach unverbesserlich, als ich die Kita betrat.

#HASHTAGFÜRDICH

Auf dem Nachhauseweg kam uns Frau Schmitz mit ihrem Rollwägelchen entgegen, offenbar auf dem Weg zum Einkauf.

»Frau Brass, isch versuch schon seit Tagen, wegen meiner Nebenkostenabrechnung die Hausverwaltung zu erreichen. Sie arbeiten doch jetzt für die. Können Sie mir vielleicht weiterhelfen?«

»Äh. Nein, leider nicht. Ich müsste selbst mit der Hausverwaltung sprechen, erreich aber auch keinen.«

»Wenn ich die Terrassentür aufmachen will, muss Mama sie immer festhalten, sonst fällt sie raus«, erklärte Fee, die angesichts dieses Problems immer mein Geschimpfe auf die Vermieter ertragen musste.

»Jaja, der Schuster und die eijenen Schuhe ...«, meinte Frau Schmitz.

»Der Schuster?«

»Na, dat is so 'n Spruch. Weil Sie doch jetzt als Hausmeisterin arbeiten und dem Pitter schon seinen Boiler entkalkt haben. Aber die eijene Terrassentür hängt noch schief in den Angeln.«

»Ähm, ach so, ja«, sagte ich ausweichend.

»Dat muss Ihnen nit peinlich sein. Sie haben ja auch so viel um die Ohren. Aber vielleicht haben Sie eine Nummer von jemandem aus der Personalabteilung, der misch dann weiterverbinden könnte?«

Ich musste wohl raus mit der Sprache.

»Nein, es ist so ... ähm ... dass das alles ein Missverständnis ist. Ich bin weder Hausmeisterin, noch kenne ich jemanden aus der Personalabteilung, leider.«

Und dann erzählte ich ihr, wie ich an meinen Nebenjob gekommen war, dass die Hausverwaltung davon nichts ahnte und ich leider auch kein Geld dafür bekam. Ich formulierte meinen Bericht etwas verklausuliert, damit Fee nicht so genau verstand, worum es ging, und sich bei Herrn Erbslöh nicht verplappern konnte.

Frau Schmitz hörte amüsiert zu und meinte dann: »Dat freut mich ja fast für Sie. Ich dachte schon: Die Arme, jetzt auch noch Hausmeisterin in unserem morschen Verschlag.« Sehr entschieden stimmte sie jedoch mit mir darin überein, dass ich Herrn Erbslöh auf gar keinen Fall die Wahrheit sagen konnte. »Er is ja so eine feine Seele. Dat wär ihm furchtbar unanjenehm, Ihnen so zur Last jefallen zu sein. Da könnte er über Nacht drüber ergrauen, wenn er dat hörte.«

Ich sah davon ab, sie darauf hinzuweisen, dass Herrn Erbslöhs verbliebene Haare längst schlohweiß waren.

»Aber nu stellen Se sich vor, der Pitter hätt 'ne Wasserrohrbruch. Oder dat Klo is verstopft ...« Jetzt kicherte sie. »Dat wird dann janz schön unanjenehm für Sie!«

»Da darf ich gar nicht dran denken! Ich kann nur hoffen, dass es nicht so weit kommt.«

»Glaube, Liebe, Hoffnung, diese drei. Die Liebe aber ist die größte unter ihnen«, zitierte Frau Schmitz statt einer Antwort aus der Bibel. »Auf die Hoffnung würde ich mich dagegen nit verlassen. Ich sprech besser mal mit unserem Hausjeist, damit der ein Auge drupp hat, dat nix passiert, wat Sie oder den Pitter in die Bredouille bringen könnte.«

»Herzlichen Dank, ich hoffe, er hört Ihnen gut zu! Das mit der Liebe scheint ja dank der aphrodisierenden Marmelade schon mal gut zu laufen. Wenigstens hatte ich diesen Eindruck während meiner Arbeit letztens am Boiler ...?«

»Nicht aphrodisierend, Frau Brass, keinesfalls aphrodisierend! Es geht ums Jeföhl. Aber ja. Ich sach's Ihnen. Nicht auszudenken, wenn der Pitter und ich uns zwanzig Johr früher begegnet wären ... Da hätt mein Heinz, Gott hab ihn selig, sich vorsehen müssen. Heute Nachmittag fahren wir mit dem Taxi in die Flora zum Kaffeetrinken. Und jetzt muss ich zum Friseur.«

Mit einem zufriedenen Lächeln verabschiedete sie sich, rollte raschen Schrittes mit ihrem Wägelchen davon und ließ Fee und mich in ihrer Wolke aus Rosenduft stehen.

Leider fiel mir beim besten Willen kein Vorwand ein, unter dem ich Alex zu unserem Fototermin ein Gläschen Liebesmarmelade mitbringen konnte. Und so würde ich wohl die bodenständige Marketing-Dienstleisterin aus der Kita bleiben müssen.

Trotzdem machte ich mich am Samstag hübsch – nur fürs Foto selbstverständlich. Ich spielte etwaige Dialoge durch, die sich zwischen Alex und mir ergeben konnten – natürlich nur, um bei meinem ersten Auftrag als Social-Media-Beraterin ein professionelles Auftreten garantieren zu können. Ich rasierte mir sogar die Beine – dafür fiel mir allerdings wirklich keine Erklärung ein. Es war nicht mehr so warm, dass ich irgendwas Kurzes hätte anziehen können. Vielleicht würde ich mich aber mit rasierten Beinen einfach selbstsicherer fühlen. Leocadia hatte bestimmt auch immer rasierte Beine, wenn sie ihre millionenschweren Geschäftsabschlüsse in die Wege leitete. Ach was, ihre waren vermutlich für Tausende von Euros gelasert, oder aber sie war evolutionär so weit fortgeschritten, dass ihr von Natur aus keine Haare auf den Schenkeln wuchsen.

Jörg und sie waren am Vormittag gekommen, um Fee mitzunehmen. Leocadia war dabei wie immer mit angewidertem Gesicht im Türrahmen stehen geblieben, bis Fee so weit war. Sie sagte nie viel, hielt sich von meiner Tochter möglichst fern und behandelte mich mit angestrengter, künstlicher Höflichkeit. Wahrscheinlich war es ihr schwer erträglich, durch ihren neuen Familienanschluss den Niederungen der notleidenden Bevölkerung ausgesetzt zu sein. Wenn die drei die steile Treppe wieder hochgingen, konnte ich immer beobachten, wie sie mit spitzen Fingern das Geländer anfasste, als sei es infektiös. Vermutlich holte sie, wenn sie oben im SUV in Sicherheit war, ein Desinfektionsmittel aus ihrer Hermès-Tasche. Dabei machte ich schon jedes Mal extra sauber, bevor Jörg und sie kamen.

Wenn ich Fee vorsichtig fragte, wie Leocadia sich an den Wochenenden ihr gegenüber verhielt, antwortete sie immer begeistert etwas wie »Sie lässt mich ganz in Ruhe!« oder »Sie hat überhaupt gar nicht mit mir gesprochen! Und sie schimpft nie«.

Es wunderte mich zwar, dass Fee sich offenbar nicht daran störte, von Leocadia so gekonnt ignoriert zu werden, aber so war es. Im Allgemeinen hatte sie jedenfalls nichts gegen die Wochenenden bei ihrem Vater einzuwenden und ging gern mit den beiden mit. Also konnte wohl auch ich froh sein, dass Leocadia immerhin »nicht schimpfte«. Und dass es keinen Grund gab, auf die Beziehung zwischen ihr und meiner Tochter eifersüchtig zu sein.

Des Öfteren gingen die drei am Wochenende in den Tennisclub, wo Fee schon einige Kinder kannte. Manchmal waren sie bei Freunden auf irgendwelchen Festen mit organisierter Kinderbetreuung durch Clowns oder Zauberer eingeladen, und wenn die Feierlichkeiten ohne den Nachwuchs stattfinden sollten, wurde Fee zu Jörgs Mutter gebracht. Bisweilen hatte ich auch den Eindruck, dass Fee das Wochenende über ziemlich viel Fernsehen guckte. Aber insgesamt hätte es sicher schlimmer kommen können.

Das galt jedoch kaum für mein Verhältnis zu Jörg. Seit seinem Brief vermied ich bei den Übergaben jedes überflüssige Wort und bedachte ihn dafür mit verachtenden Blicken, sobald Fee nicht hinsah. Heute Vormittag allerdings hatte er spöttisch das Wort an mich gerichtet: »Ich hab gesehen, du hast mir schon vor einiger Zeit eine Rate überwiesen. Wie kommt's – hast du jemanden kennengelernt?«

Wie bitte? Da setzte er mich so unter Druck, und dann merkte er erst einen Monat später, dass das Geld schon eingegangen war? Und die einzige Erklärung, die ihm für meine pünktliche Rückzahlung einfiel, war, dass ich einen Mann kennengelernt hatte, der für mich bezahlte? Das war so ekelhaft und sexistisch! Wut und Hilflosigkeit hatten mir heiße Tränen in die Augen getrieben und leider auch verhindert, dass mir eine passende Antwort eingefallen wäre.

Wie gut, dass ich die Tür zur Küche in letzter Zeit geschlossen hielt, wenn Jörg hierherkam. Keinesfalls wollte ich, dass er das Fehlen unseres alten Küchentischs bemerkte und am Ende noch einen Zusammenhang zwischen seinem Verschwinden und der ersten Rate herstellte. Bestimmt hätte er mich dann mit einem weiteren ätzenden Kommentar bedacht.

Leocadia hatte während der hässlichen kleinen Szene wie üblich im Türrahmen gestanden und keine Miene verzogen. Ob sie Jörg wohl insgeheim auch manchmal unmöglich fand? Ach nein, womöglich hatte sie ihn sogar selbst auf die Idee gebracht, dass er sich sein Geld von mir zurückholen konnte. Bestimmt gehörte sie zu der Sorte Mensch, die – selbst in einen Geldspeicher hineingeboren – der Überzeugung war, dass jede so lebte, wie sie es verdient hatte.

Der Dialog mit Jörg hing mir noch nach, während ich vor dem Spiegel stand und nacheinander verschiedene Outfits anprobierte. Meist versuchte ich, mir die Sache einfach zu machen und mir einzureden, er wäre einfach ein Arsch und deshalb hätten wir nicht zusammengepasst. Und dass ich ihn los sei, wäre das Beste, was mir hätte passieren können. Aber manchmal überkam mich jenseits der Wut, die ich auf ihn hatte, auch eine tiefe Traurigkeit. Wir hatten doch immerhin eine lange Zeit unser Leben miteinander geteilt. Hatten uns damals gerngehabt, miteinander gelacht und gekuschelt. Nachts im Schlaf war er immer hinter mir hergerückt, bis ich halb auf den Nachttisch rollte. Ich hatte es trotzdem geliebt. Wenn ich, frisch fertig gemacht für eine Einladung, aus dem Badezimmer getreten war und mich für ihn einmal um die eigene Achse gedreht hatte, hatte er immer dieses Leuchten in den Augen gehabt. Überhaupt, seine kindliche Begeisterungsfähigkeit für neue Anschaffungen, für Unternehmungen und neue Projekte. Wie er sich gefreut hatte, als ich ungeplant schwanger geworden war …

Es war eben doch niemand einfach nur Arsch, sondern vor allem Mensch. Ein Mensch, in dem immer noch das Kind mit den vielen guten Anlagen steckte, das er einmal gewesen war. Und diesen Einblick in das Wesen eines Menschen, den konnte niemand nachempfinden, der ihn nicht richtig gut kannte. Vermutlich war das einer der Gründe, warum manche Frauen (wenigstens in meinem Umfeld waren es meist die Frauen) so lange an Beziehungen festhielten, über die alle anderen nur noch die Augen verdrehten und dachten, um Himmels willen, wann schießt sie ihn endlich ab? Auch Elif hatte das bei mir und Jörg schon lange gedacht. Das hatte sie mir im Nachhinein gestanden, nachdem Jörg schließlich mich abgeschossen hatte.

Und es war ja auch wirklich gut, dass wir nicht mehr zusammen waren. Nur so hatte ich eine Chance, herauszufinden, wer ich wirklich war und sein wollte. Noch war ich auf der Suche, das fühlte ich, aber immerhin verstellte mir Jörg dabei nicht mehr den Blick.

Traurig fand ich allerdings, dass die Entwicklung, die unsere Beziehung gerade nahm, im Nachhinein die ganzen letzten Jahre mit in den Dreck zog. An all die schönen Momente würde ich mich nie mehr ohne das unwürdige Ende des Ganzen erinnern können. Zum Beispiel an diesen milden Frühlingstag auf Schloss Burg, einen unserer ersten Ausflüge mit Baby Fee. Jörg hatte sie andauernd aus dem Kinderwagen gehoben, um ihr, die vermutlich noch gar nicht so weit gucken konnte, die wunderbare Aussicht durch diese oder jene Schießscharte vorzuführen. Damals hatte er mir immer wieder verliebte Küsschen aufgedrückt, er war über Mauern balanciert und hatte geschwärmt, wie toll unser Leben doch sei. Ich hatte einfach still genossen, und seine Hochstimmung hatte mich wenigstens an diesem Tag mit einem heiligen Familienglück erfüllt. Aber wie sollte ich jemals wieder daran denken, ohne dass mir gleichzeitig einfiel, dass er jetzt, wenn er Fee abholte, nicht mehr als eine hämische Bemerkung und einen kalten Blick für mich übrig hatte? Was war dieser Tag, was waren die ganzen Jahre wert gewesen, wenn am Ende des Liebesliedes ein *Fuck you* stand?

Aber na ja, es war ja müßig. Jetzt war er eben Mensch bei Leocadia und Arsch bei mir. Punkt, aus.

Um nicht länger an Jörg zu denken, ging ich noch mal die Begrüßungsszene durch, die mich gleich erwartete. Ich wollte auf jeden Fall verhindern, dass wir einen missglückten Start hatten. Nicht ganz einfach bei einem so beängstigend attraktiven Geschäftspartner, den ich auch noch in einer Kurzschlusshandlung, die ich mir immer noch nicht ganz erklären konnte, kalt akquiriert hatte. Ich stand also auch professionell unter erheblichem Erfolgsdruck.

Stell dir vor, er wär 'ne Frau.

Um cool zu bleiben, hatte ich mir diesen Leitsatz zurechtgelegt, den ich mir zur Not in Erinnerung rufen wollte. Ich würde mir vorstellen, er wäre einfach eine nette Mutter aus der Kita, der ich versprochen hätte, ihr beim Marketing ein bisschen unter die Arme zu greifen. Damit hätte ich schließlich überhaupt kein Problem gehabt.

Eine Frau hätte ich an der Tür vermutlich locker kurz umarmt. Wenn ich mir diese Szene aber mit Alex vorstellte, bekam ich sofort Herzklopfen. Also würde ich ihm wohl doch besser nur die Hand reichen. Dann würde ich mich umschauen und dabei – egal, wie es in seiner Garage aussah – bewundernd gucken. Ein ungezwungenes »Ah, this is where the magic happens …« würde meinen Blick begleiten. Oder war das vielleicht zu flapsig angesichts seiner ernsthaften Kunst?

Und was, wenn Alex mich mit Küsschen rechts, Küsschen links begrüßen wollte? Bestimmt war er das aus der Kunstszene so gewohnt. Oder war es Küsschen links, Küsschen rechts? Oder gar nur eines? Nicht dass wir zusammenstießen.

Google ergab, dass der Knigge sogar einen Namen für diese Form der Begrüßung kannte: Akkolade. Im beruflichen Kontext galt sie als nicht angebracht. Hoffentlich wusste Alex das. Ansonsten wurde hierzulande zwei Mal geküsst, links zuerst. Ich hauchte dem Badezimmerspiegel probeweise zwei Küsschen zu.

Dann ging ich mit meinem Taschenspiegel auf die Terrasse, um mein Make-up im Tageslicht zu überprüfen. Unser Badezimmer war nicht besonders gut beleuchtet, und ich wollte nicht mit irgendwelchen sichtbaren Rändern im Gesicht herumlaufen.

Ich packte das Fotolicht, das Stativ und meine digitale Spiegelreflexkamera ein. Eigentlich fotografierte ich sonst gern einfach mit dem Handy, aber das schien mir heute zu profan.

Dafür schlug es jetzt Alarm. Ich hatte mir unnötigerweise eine Erinnerung eingestellt. Mir blieb noch eine Viertelstunde, in der ich noch zwei Mal aufs Klo ging, dann musste ich los.

Stell dir vor, er wär 'ne Frau, sagte ich mir immer wieder, während ich mich nervös der Garage näherte, in der Alex' neues Atelier untergebracht war. Alles ganz easy. Du hast nichts versprochen und bekommst nur bei Erfolg Geld. Es besteht kein Grund, dich unter Druck zu setzen.

Allerdings war mir auch klar, dass ich hier ziemlich viel Zeit in ein riskantes Unterfangen investierte. Allein die Vorbereitung des Termins hatte so einige Stunden beansprucht, die ich auch mit nützlichem Networking hätte verbringen können.

Gerade in meiner Situation muss ich was Neues wagen, redete ich mir dann wieder ein. Raus aus der Komfortzone, wer weiß, was mir der Einstieg in den Kunstmarkt bringt.

Der Einstieg in den Kunstmarkt, ja klar ... Ich verplempere nur meine wertvolle Zeit, um einem gebundenen Typen hinterherzurennen, der mir schon ins Gesicht gesagt hat, wie unattraktiv er mich findet.

Und dann war ich angekommen. Ein Schild wies mir den Weg zu den Häusern mit den Nummern 18 bis 26. In der gleichen Seitenstraße waren dann ja sicherlich auch die Garagen zu finden. Ich bog ab und blieb mit flattrigem Herzen stehen. Ich wusste sofort, dass ich richtig war.

Drei der alten, dunkelgrün gestrichenen Garagentüren standen offen, und an einem der Wandstreifen dazwischen hing ein Nistkasten. An einem Strauch in der Nähe baumelten zwei kleine Futtersäulen. Hier war eindeutig ein Vogelfreund am Werk.

Ich trat ein und stellte meine große Tasche mit dem Fotoequipment auf dem Boden ab. Alex war nirgends zu sehen.

Die Trennwände zwischen den einzelnen Garagen waren entfernt worden, und der große Raum erinnerte kaum noch an einen Platz zum Autoabstellen.

Dank der Oberlichter, die einen großen Teil der Decke ausmachten und durch die heute eine freundliche Spätsommersonne hereinschien, war es taghell. Der Boden war an einigen Stellen vollgekleckst mit Farben, und in der Mitte der rückwärtigen Wand stand auf einem Teppich mit Aztekenmuster ein sehr stilvolles, wenn auch abgewetztes braunes

Wildledersofa. Darüber hing eine großformatige Leinwand, auf der nur ein paar rote Striche zu sehen waren. Moderne Kunst, mit der ich zwar nichts anfangen konnte, die sich hier aber sehr gut einfügte. In Regalen und auf dem Boden standen, in einer geheimen Ordnung sortiert, Kunstbände, Farbdosen, Holz, Tuben und Säcke mit irgendwelchem Arbeitsmaterial. Rechts von mir entdeckte ich auf einem weiteren Teppich eine Spielküche und ein sicher selbst gebautes Holzparkhaus sowie zwei Kisten mit Autos und anderem Kinderkram – Julius' Reich.

Dann fiel mein Blick auf ein Brett an der Wand, an das verschiedene Skizzen und Fotos gepinnt waren. Insbesondere die Fotos zogen mich magisch an, aber ich traute mich nicht, hinzugehen und sie mir genauer anzusehen. Wenn Alex in dem Moment reinkam ...

Also ließ ich meinen Blick weiter schweifen, während ich mich vorsichtig an die große Werkbank aus grobem Holz lehnte, die das Zentrum des Raumes bildete. Darauf stand ein Holzblock, aus dem sich an einer Seite schon eine menschliche Statur herausschälte. Darüber hing eine Art Kran, der vermutlich dazu gedacht war, schwerere Stücke anzuheben.

In der Luft hing ein Geruch von Kaffee, Holz und etwas Scharfem, Chemischem, wahrscheinlich Terpentin.

Der mintgrüne Schmetterling auf seiner Blüte, den ich schon von der Homepage kannte, stand in einer Ecke, darüber hingen an Seilen einige in ähnlichem Stil gestaltete Vögel, ebenfalls sehr gut für unsere Zwecke. Die gramgebeugte Alex-Skulptur mit Baby konnte ich nirgends entdecken, und ich war ehrlich gesagt ein wenig froh darüber. Darauf angemessen zu reagieren hätte mich heute sicher überfordert.

Wirklich sehr erleichternd aber war: Ich würde hier überhaupt nichts groß inszenieren oder eigens für das Foto umdekorieren müssen. Obwohl Alex, wie es aussah, nur einige für ihn praktische Möbel in seine Garagen gestellt hatte, wirkte alles zusammen unglaublich stimmig. Diese Werkstatt atmete den gleichen zweckmäßigen Stil und die gleiche natürliche Eleganz wie ihr Besitzer.

Aber wo war der eigentlich? Ich hatte es genossen, mich erst mal in Ruhe und fast ein bisschen andächtig umzusehen, aber nun wurde ich unruhig und sah auf die Uhr. Es war schon ein paar Minuten nach zwei. Ich trat wieder auf den Hof.

In diesem Moment kam Alex aus einem der nebenstehenden Altbauten. In derselben Jeans und dem T-Shirt, die er neulich im Kindergarten angehabt hatte. Weder war er frisch rasiert, noch hatte er in irgendeiner Weise seine Haare gestylt. Er sah umwerfend aus.

Stell dir vor, er wär 'ne Frau.

Nein, das funktionierte nicht, undenkbar.

»Hi«, sagte ich lächelnd von Weitem und schaute ihm dabei in die Augen, wie ich es mir vorgenommen hatte. Allerdings hatte ich das Gefühl, schon mit diesem Blickkontakt meine ganze angespannte Gefühlslage zu offenbaren. Wie lange guckte man jemandem eigentlich natürlicherweise in die Augen? Wenn man es sich nicht extra vornahm, wenn der andere wirklich nur ein Geschäftspartner für einen war? Ich hatte nie darauf geachtet. Wie auch, sobald man darauf achtete, war es ja kein natürlicher Blickkontakt mehr.

Alex kam auf mich zu und umarmte mich locker. Es wirkte nicht, als müsste er sich dafür vorstellen, ich wäre ein Mann.

»Schön, dass du da bist. Gut siehst du aus«, meinte er und grinste ein bisschen. Vermutlich dachte er an unser letztes Zusammentreffen.

»Nicht bodenständig?«, fragte ich.

»Nein, heute total luftig. Als würdest du gleich abheben.« Er lächelte.

Ich musste auch ein bisschen lachen. »Wo ist denn Julius?«, wollte ich wissen.

»Bei meinen Eltern. Hast du dich schon umgesehen?«

»Ja, ich bin schon ein paar Minuten hier. It's magic!«, wandelte ich meinen ursprünglich geplanten Satz ab. Julius war bei Oma und Opa, nicht oben in der Wohnung bei seiner Mutter!

Zusammen traten wir wieder in die Garagen.

»Bist du zufrieden hier in deinem neuen Atelier? Ich find's ganz toll. Das alte kann doch gar nicht besser gewesen sein.«

»Nein, war es auch nicht. Ich hatte eigentlich auch schon länger vor, mir hier eine Werkstatt einzurichten. Mir fehlte nur immer der Antrieb, es wirklich durchzuziehen. Leocadias Kündigung hat mich schließlich dazu gebracht. Jetzt bin ich froh, dass es so gekommen ist. Ich spar mir den Weg und außerdem viel Geld.«

»Der Einbau der Lichtkuppeln war bestimmt nicht ohne«, vermutete ich.

»Nein, aber dabei hatte ich Unterstützung von gegenüber. Die Jungs da können nicht nur Autos, sondern auch Oberlicht.« Alex drehte sich um und deutete etwas weiter in die Sackgasse hinein.

Jetzt erst fiel mir die Autowerkstatt auf, eine etwas größere Garage, neben der zwei ausgeweidete Karosserien und noch einige weitere Fahrzeuge abgestellt waren. Auch dort stand das Tor offen, und ich konnte eine Hebebühne erkennen. Und vor einem Nebeneingang mit der Aufschrift *Büro* prangte, sozusagen als Maskottchen, ein ziemlich originalgetreues Abbild eines silbernen BMW-Oldtimers. Aus welchem Material es gefertigt war, konnte ich von hier aus nicht erkennen, aber aus seinem offenen Verdeck schaute die Figur eines Mannes heraus, der sich während der Fahrt hingestellt hatte. Er winkte, als hieße er die ankommenden Werkstattkunden willkommen. Das wehende Haar und die flatternde Kleidung verliehen dem Ganzen Dynamik. Das Werk, die Neonfarben, das alles trug eindeutig Alex' Handschrift.

Jetzt trat ein junger Mann in einem ölverschmierten Blaumann vor das Tor, zündete sich eine Zigarette an, rief ein erfreutes »Alex« herüber und winkte. Alex winkte zurück.

»Mit dem BMW-Kunstwerk hast du dich dann für die Oberlichter revanchiert?«, fragte ich.

»So ungefähr. Ein bisschen was musste ich noch drauflegen. Die Nachbarn sind nicht ganz so kunstsinnig.«

Ich stellte mir vor, wie die Männer bei schönem Wetter wie heute alle bei geöffneten Toren arbeiteten. Morgens riefen sie sich einen Gruß zu, manchmal machten sie auf einer Mauer sitzend gemeinsam Pause. Rauchten zusammen und tauschten männliche Belanglosigkeiten über Autos, Frauen oder die Arbeit aus, die ihnen allen ein Gefühl der Zugehörigkeit vermittelten.

»Rauchst du?«, fragte ich.

»Schon lange nicht mehr«, antwortete Alex etwas erstaunt. »Wieso? Willst du eine rauchen? Ich könnte drüben fragen, ob sie eine Zigarette für dich haben.«

»Nein, nein, seit der Schwangerschaft rauche ich nicht mehr. War nur so eine Frage … Und was entsteht hier?« Ich deutete auf den Klotz auf Alex' Arbeitstisch.

»Ein Selbstbildnis.« Er guckte etwas verlegen. »Tschuldigung, das klingt so ichbezogen.«

»Ist schon okay, du weißt ja, ich bin die mit dem Instagram-Account, die alle paar Tage ein Selfie von sich postet, auf dem sie viel besser aussieht als in Wirklichkeit.«

»Stimmt. Beziehungsweise stimmt natürlich nicht. Aber jetzt fühl ich mich gleich besser, danke.«

»Job ist Job, und wir tun eben beide, was dazugehört«, meinte ich.

»Damit wären wir ja dann beim Thema. Was haben wir denn nun heute vor?« Er lehnte sich an seinen Arbeitstisch und sah mich auffordernd an.

Ich suchte meinerseits Halt an der Wand zwischen zwei der Garagentore. »Also, ich hab mir das folgendermaßen gedacht: Du erzählst mir erst mal ein bisschen was über deine Arbeit, und dann entscheiden wir uns zusammen für ein oder zwei deiner Stücke, die sich für einen Testlauf auf Instagram eignen. Wir denken uns einen Hashtag für dich aus und schießen ein Foto. Anschließend stimmen wir den Text dazu ab. Dann gehe ich zu meiner Freundin Elif, die das Bild noch etwas bearbeitet, und poste es später von zu Hause aus.«

»Ich krieg einen eigenen Hashtag?«

»Ja, deine zukünftigen Fans können diesen Hashtag dann abonnieren, um nichts von dir zu verpassen, und auch selbst etwas dazu posten.«

»Aha.«

»Äh, optimalerweise funktioniert das so: Eine meiner

Followerinnen kauft deine Statue und findet, dass sie sich in ihrem Wintergarten einfach großartig macht. Sie will den Anblick mit ihren Freundinnen teilen und postet ein Bild davon. Wenn sie auf Zack ist, wird sie dabei auch den Hashtag verwenden, den wir uns für dich ausgedacht haben. Einer ihrer Follower sieht das, will auch was von dir haben, postet wieder und so weiter. So weit die Theorie. Ein Schneeballeffekt.«

Alex' Blick verriet zwar leichte Zweifel, aber dann sagte er in etwas bemüht motiviertem Tonfall: »Na schön, dann wollen wir den Schneeball mal ins Rollen bringen.«

»Als Erstes würde ich gern wissen, wie du vorgehst«, antwortete ich, ganz Profi. »Ich hab dich ja damals, als du noch bei uns gegenüber gearbeitet hast, beim Schnitzen gesehen. Aber die Tiere, die zum Beispiel hier in der Ecke stehen, sind größtenteils aus Beton, oder?«

»Ach echt, du hast mich gesehen? Wann denn?«

»Wenn du draußen gearbeitet hast.« Fast jeden Tag, den ganzen Sommer über, aber das sagte ich lieber nicht.

»Wieso hab ich dich dann nicht gesehen?«

Ich widerstand der Versuchung, anzumerken, dass das vermutlich an meiner bodenständigen Unauffälligkeit lag. »Ich saß im Schatten hinter den Brombeeren«, erklärte ich stattdessen.

Ein forschender Blick aus seinen warmen Augen.

Und mir wurde plötzlich bewusst, dass das jetzt der Moment war, um den meine Gedanken seit Tagen gekreist waren. Alex stand hier leibhaftig vor mir. Das Bewusstsein seiner Nähe und der Umstand, dass wir einen ganzen Nachmittag allein miteinander verbringen würden, ließen mich kurz schwindeln. Ich sah zu Boden, um mich zu sammeln.

»Was hat es denn nun mit den verschiedenen Materialien auf sich?«, griff ich dann meine Frage erneut auf.

»Also ... erst mal arbeite ich die Figuren aus dem Holz heraus«, antwortete Alex etwas stockend und hielt jetzt seinerseits den Blick zu Boden gesenkt. »Dann bestreiche ich die Holzskulptur mit einer Latexmasse. So erhalte ich eine Form, die ich wiederum mit Beton ausgieße. Die Figur, die daraus entsteht, pinsele ich an. Und fertig.« Er schien erleichtert.

»Tatsächlich, so einfach«, bemerkte ich leicht ironisch.

»Eigentlich schon.«

»Und diese kleine Zusatzaufgabe mit dem Latexabguss und dem Beton hast du dir gestellt, damit du nicht so schnell fertig wirst? Ich meine, eigentlich könntest du ja auch aufhören, wenn die Holzfigur geschnitzt ist.«

Er lachte. Schön.

»Nein, das hat schon seinen Sinn. Zum einen sind die Betonfiguren noch mal haltbarer als die aus Holz. Ich meine ... äh ... wenn man in größeren zeitlichen Dimensionen denkt.« Er schaute peinlich berührt an mir vorbei.

»Und zum anderen?«

»Zum anderen ergibt diese Vorgehensweise eine interessante Oberfläche, also, ähm ... das finde ich wenigstens. Das Endergebnis trägt die Spuren einer längeren Entstehungsgeschichte. Besonders wenn ich Menschen darstelle, finde ich das passend. Weil wir im Laufe unseres Lebens auch so vieles durchmachen, was uns prägt.«

Jetzt lag wieder dieser melancholische Schleier auf seinem Gesicht, während er ins Nichts starrte. Er schien weiter um Worte zu ringen. Vielleicht war er aber auch mit den Gedanken ganz woanders? Zu gern hätte ich gewusst, was hinter seiner Stirn vorging. Allerdings – ob es mir gefallen hätte?

»Die einzelnen Arbeitsschritte«, setzte Alex wieder an, »also der Prototyp aus Holz und auch die Latexform, sind aber nicht nur Zwischenschritte, sondern eigentlich eigenständige Kunstwerke.« Er stockte wieder und sah mich an, als wollte er herausfinden, ob ich das wohl alles für ausgemachten Unsinn hielt.

Tat ich nicht, ich hing an seinen Lippen. Und zwar deutlich über mein Kunstinteresse hinaus.

Er fuhr fort: »Ich mag auch den Nachhaltigkeitsaspekt, das heißt, den Umstand, dass jeder Arbeitsschritt ein eigenes Ergebnis hinterlässt und kaum etwas zum Wegwerfen anfällt. Der Weg ist das Ziel, in der Kunst wie im Leben, könnte man sagen. Äh, wenn man so was formulieren will.«

»Du redest wohl nicht gern über deine Arbeit?«

»Nein, ich hasse es«, gab er unumwunden zu. »Ich will gestalten und mir vielleicht sogar meinen Teil dabei denken, aber nicht darüber reden. Ich meine, ich verstehe, warum du wissen willst, wie ich arbeite. Aber ich spreche nicht gern drüber. Ich möchte auch gar nicht die Deutungshoheit über mein Werk behalten, sondern freue mich, zu erfahren, was andere darin sehen. Und wenn sie gar nichts sehen, ist es auch in Ordnung.«

Es war rührend, wie dieser große, schöne Mann hier vor mir stand und sich wand, weil er von seiner Arbeit erzählen sollte. Wieder drängte sich mir der Vergleich mit Jörg auf, der keine Gelegenheit ausließ, seine weltbewegenden Tätigkeiten ins rechte Licht zu rücken. Außerdem führte Alex' Unsicherheit dazu, dass ich mich zunehmend sicherer in meiner Rolle fühlte.

»Dann lässt du mir bestimmt freie Hand beim Text zu dem Bild, das wir machen werden?«, fragte ich.

»Absolut, du bist die Fachfrau.«

»Zu deinem Selbstbildnis, das hier gerade entsteht, willst du mir vermutlich auch nichts sagen?«

»Nein. Du wirst es ja irgendwann sehen.«

Das klang vielversprechend, er plante offenbar weitere Treffen mit mir. Wenn auch rein beruflich.

Ziemlich souverän bestimmte ich, dass er mir jetzt erst mal einen Kaffee machen sollte und wir dann ein Foto schießen würden, auf dem wir wie nebenbei den Schmetterling und einen der Vögel in Szene setzen würden. Diese Figuren kamen dem Geschmack meiner Follower sicher am nächsten.

Gehorsam ging Alex zur Kaffeemaschine, die neben einem Waschbecken auf einem Regal aus gelbem Drahtgeflecht stand. Ich setzte mich auf sein Wildledersofa und beobachtete fasziniert, wie seine sensiblen Hände an den gleichzeitig schlaksigen und muskulösen Armen Wasser erst in die Kanne und dann in die Maschine gossen, anschließend die Kaffeedose öffneten, einen Filter nahmen und Pulver einfüllten.

Jetzt findest du schon toll, dass er in der Lage ist, Kaffee zu machen, ermahnte ich mich.

Während die Maschine lief, wusch Alex die Pinsel aus, die noch im Waschbecken gelegen hatten, und räumte einige große, halb gefüllte Papptüten mit Aufschriften, die mir nichts sagten, in ein Regal. Wir schwiegen.

Ohne mich danach zu fragen, füllte er meinen Becher schließlich mit Kaffee und etwas Zucker – erinnerte er sich von unserer Begegnung in der Kita-Küche daran? – und kam damit herüber. Dann holte er den mintgrünen Schmetterling und einen hellgelben Vogel, stellte sie vor mir auf dem kleinen Couchtisch ab und sah mich fragend an.

»Der Schmetterling steht da gut, aber kannst du den Vogel vielleicht irgendwie aufhängen, sodass er über dem Sofa schwebt?«

Alex überlegte. »Ich könnte den Portalkran verschieben und den Vogel daran befestigen.«

»Ja, das wäre toll. Das gibt einen wunderbaren Kontrast zwischen dem filigranen Werk und diesem massiven Ding. Dem Portalkran.«

»Hilfst du mir?«, fragte er.

Ich erhob mich, folgte ihm, und gemeinsam schoben wir das mit Rollen versehene Gestell in Richtung Sofa. Ich dachte an die Europaletten, die ich mit ihm zusammen hatte tragen wollen. War es nicht genauso schön oder sogar noch schöner, jetzt hier in seinem Atelier den Kran gemeinsam zu schieben?

Vielleicht hatte ich mich dieses eine Mal zu früh über mein Leben beschwert. Man sollte den Tag wirklich nicht vor dem Abend verdammen.

Alex holte aus einem Regal ein dünnes Seil und befestigte es an dem Haken, der oben in den Körper des Vogels eingelassen war. Um an die Querstrebe des Krans heranzukommen, stieg er auf einen Stuhl und brachte damit seine Hüfte auf meine Kopfhöhe. Ich sah schnell weg und dann wieder hin.

Der Vogel hing, und Alex stieg wieder vom Stuhl.

»Jetzt brauchen wir noch den Hashtag für dich«, sagte ich und ließ mich aufs Sofa fallen. Er tat es mir nach.

»Welche Kriterien muss der denn erfüllen?«, fragte er.

»Er muss einzigartig sein, wiedererkennbar, leicht zu

merken, selbsterklärend und emotional. Und er muss der Zielgruppe entsprechen«, zählte ich auf.

»Hashtag: Bildhauer braucht Geld«, schlug er vor. »Hochemotional, selbsterklärend und eindeutig.«

»Äh ja. Aber leider würde das nicht wirklich die Zielgruppe ansprechen. Die will natürlich von einem Erfolgstypen kaufen.«

»Hashtag: Sponsor einen Sieger«, witzelte er.

»Auch schön. Aber auf Deutsch wirkt das ein wenig plump. Lieber Hashtag: sponsoring a winner. Und Hashtag: Alex Merckheimer«, stieg ich ein.

»Hashtag: sculptures for happiness«, sagte er.

»Hashtag: Betonglück. Und Hashtag: best investment ever«, erwiderte ich.

»Hashtag: Stilvoll wohnen mit Alex«, ergänzte er.

»Wie wäre es mit Hashtag: sculpting beauty? Jetzt im Ernst. Hashtag: sculpting beauty. Und dann Hashtag: Alex Merckheimer.«

»Hm, Schönheit formen ... nicht schlecht, klassisch. Allerdings könnte man das auch so verstehen, als ob ich die Schönheit wäre. Die bildhauernde Schönheit – so wie Sleeping Beauty, die schlafende Schönheit.« Alex verzog das Gesicht.

»Ähm ... ja, stimmt, das wäre ungünstig«, beeilte ich mich zuzustimmen, obwohl ich gerade diese Doppeldeutigkeit ganz reizvoll und treffend fand. »Hashtag: sculpting love«, schlug ich dann weiter vor.

»Ja, manchmal«, stimmte er zu. »Aber oft auch Hashtag: sculpting pain.«

Ich dachte an das Selbstbildnis auf seiner Homepage, traute mich aber nicht, danach zu fragen.

Nach einigen Augenblicken des unverwandten Schweigens sah Alex auf und meinte leichthin: »Hashtag: sculpting love and pain. Und Hashtag: Alex Merckheimer?«

»Mögen die Spiele beginnen«, sagte ich und hielt ihm meine Gettofaust hin.

Als das Foto schließlich im Kasten war, trug ich Alex auf, baldmöglichst das *Vertreten durch Leocadia Lämmle* von seiner Homepage herunternehmen zu lassen. Schließlich sollten etwaige Anfragen jetzt an ihn gehen. Sobald das erledigt war, würde ich das Bild posten.

Er wollte sich sofort darum kümmern und war zuversichtlich, dass Leocadias Assistentin auch an einem Samstag im Büro zu erreichen war. Typisch Leocadia, diese Sklaventreiberin, dachte ich.

Noch während ich mein Equipment wieder einpackte, griff Alex zum Telefon. Zunehmend eifersüchtig musste ich mit anhören, wie er mehrmals lachte und schließlich sagte: »Ja, ich find's auch sehr schade, aber bestimmt sehen wir uns trotzdem bald wieder, auf der ein oder anderen Vernissage.«

Lebhaft unterhielten er und die Assistentin sich weiter, und ich dachte ernüchtert: Na ja, der ist eben nicht nur zu dir charmant …

Zum Abschied gab es – Alex immer noch am Telefon – wieder eine lockere Umarmung und ein freundliches Lächeln, das ich trotz allem sehr genoss. Mit einem Daumen hoch bedeutete er mir, dass die Dame am anderen Ende der Leitung den Auftrag bereits erledigt hatte.

Zum Glück war ich jetzt mit Elif verabredet, die das Foto noch etwas bearbeiten sollte, bevor es online ging. Ich musste unbedingt mit ihr über den Nachmittag sprechen und meine Gefühle sortieren.

Elif stand die Neugier schon ins Gesicht geschrieben, als sie mir öffnete. Sie winkte mich durch, und ich ließ mich auf meinen Stammplatz auf dem Sofa in meinem ehemaligen WG-Zimmer sinken.

»So, dann schieß mal los!«, forderte Elif. »Wie war's? 'nen Tee dazu?«

»Nein, es gab schon Kaffee bei Alex. Und ich bin sowieso ganz hibbelig. Zu deiner Frage, wie es war – bitte sehr, schau selbst!« Ich reichte ihr die Kamera mit dem Übertragungskabel. »Und dann such ein Foto aus, du hast da den unabhängigeren Blick.«

»Oh, hallihallo!«, rief Elif aus, als die Bilder bei ihr auf dem Bildschirm erschienen. »Das ist ja wirklich ein Zuckertörtchen, dein Alex. Dieses Lächeln ist ja zum Steinerweichen!«

»Allerdings. Zum Stein- und Knieerweichen. Aber leider ist sein Lächeln nicht für mich reserviert. Er zeigt es genauso Frau Ponanski und der neuen Praktikantin in der Kita. Und auch zu Leocadias Assistentin, die er eben am Telefon hatte, scheint er ein gaaaanz herzliches Verhältnis zu haben ...« Ich erzählte, was ich gehört und dass Alex noch nicht einmal aufgelegt hatte, als ich mich verabschiedete.

Elif meinte, er habe vielleicht einfach nur meinem Wunsch entsprechen wollen, die Sache mit der Kontaktadresse auf der Webseite sofort zu regeln. Das hörte ich natürlich gern.

»Ihr seht wirklich toll zusammen aus«, meinte Elif, als sie sich weiter durch die Fotos klickte. »Hast du denn irgendwas über seinen Familienstand in Erfahrung bringen können?«

»Nicht wirklich. Es hingen einige Fotos da, ich glaub, es waren Familienfotos, ich hab mich nicht getraut, näher ranzugehen. Aber er erwähnt nie eine Frau oder Freundin. Als wir fürs Shooting zusammen auf dem Sofa saßen, hab ich ihm erklärt, dass das Bild so rüberkommen muss, als wäre er ein alter Freund. Da hat er sich ganz nah neben mich gesetzt und einen Arm um mich gelegt.«

»Oh! Mein! Gott!!! Und dann, Julchen?«

»Ich bin vor Schreck total erstarrt und hab gesagt, dass ich aus Image-Gründen für die Online-Öffentlichkeit ein bisschen so tue, als wäre ich noch mit Jörg zusammen, auch wenn er natürlich nicht mehr persönlich auf meinen Fotos zu sehen ist. Dass das mit dem Arm daher nicht geht.«

Elif lachte. »Das ist hart. Und wie hat er darauf reagiert?«

»Er hat komisch geguckt. Ist ja auch komisch.«

»Tja ... Und wie ging's dann weiter?«

»Er hat gesagt, er wäre in dieser Hinsicht unabhängig.«

»Der hat ja mit dir geflirtet!«

»Echt, meinst du?«, fragte ich und schöpfte Hoffnung. So hatte ich das noch gar nicht gesehen. »Aber das war kein Ich-bin-in-dieser-Hinsicht-unabhängig-und-schau-dir-dabei-tief-in-die-Augen-zwinker-zwinker, sondern einfach ein sachlich-erklärendes Ich-bin-in-dieser-Hinsicht-unabhängig.«

»Was heißt, dass er Single ist.«

»Vielleicht. Vielleicht bedeutet es aber auch, dass er auf so einem Foto sitzen kann, neben wem er will, weil er es im Gegensatz zu mir nicht nötig hat, krampfhaft ein gefaktes Image aufrechtzuerhalten. Oder es könnte auch heißen, dass seine vielbeschäftigte Freundin viel zu souverän ist, um sich darum zu kümmern, wenn er zu Werbezwecken seinen

Arm um irgendein Mauerblümchen legt.« Wie gesagt, ich war Realistin.

Elif lachte ihr herzliches, dunkles Lachen. »Sehr viel naheliegender ist aber schon meine Variante«, beharrte sie, und ich wünschte mir, dass sie recht hatte.

»Aber sag mal, ist Jörg eigentlich immer noch einverstanden, dass deine Bilder den Eindruck erwecken, ihr wärt noch zusammen?«, fragte Elif.

»Er hat zumindest nichts Gegenteiliges gesagt. Wird er wahrscheinlich auch nicht, solange er noch finanzielle Anteile an meinem Geschäft hält. Außerdem bin ich mir gar nicht sicher, ob er meinen Account verfolgt. Und wie sieht's mit deinem Date in Dänemark aus?«

»Ganz gut, ich hab mich für einen Kandidaten entschieden. Mein neuer Freund ist ein 32-jähriger Däne, 1,78 groß, hat dunkle Haare und braune Augen, als Beruf hat er Manager angegeben. Er hat einen Bachelor-Abschluss in Betriebswirtschaft und erfreut sich tadelloser Gesundheit.«

»Das klingt doch solide. Hast du ein Kinderfoto von ihm?«

»Nein, leider keins freigegeben. Wie meinst du das – solide?«, fragte Elif verunsichert.

»Na, so wie ich es sage. Nach solidem Genmaterial für dein internationales Baby.«

Das stimmte nicht so ganz, aber das wollte ich ihr nicht sagen. Ich hätte es auch nicht so recht begründen können. Ich fragte mich nur, warum ein erfolgreicher Manager zum anonymen Samenspender werden wollte. Unwillkürlich stellte ich ihn mir als Narzissten mit fiesem Gesichtsausdruck vor. Ich hielt jedoch den Mund und versuchte, mich für meine Freundin zu freuen. War ja auch super, dass jetzt Bewegung in die Sache kam.

»Das denk ich auch«, sagte Elif, warf mir aber noch einen irritierten Blick zu. »Freitag in drei Wochen ist der Termin, vorausgesetzt mein Fruchtbarkeitstest schlägt wie geplant Alarm. Ich ... hab mich gefragt, ob ihr vielleicht mitkommen wollt? Du und Fee? Ich würde dann Flug und Unterkunft in Kopenhagen für uns drei buchen. Ihr seid natürlich eingeladen, die Flüge sind jetzt im Herbst auch ziemlich günstig.«

Überrascht sah ich meine Freundin an. »Gar keine Frage, na klar kommen wir mit, vielen herzlichen Dank für die Einladung! Fee wird ausflippen, geflogen ist sie bisher nur als Baby. An dem Wochenende ist auch noch nichts, glaub ich – und sonst würde ich es verschieben. Und wenn ich es mir auch nur ansatzweise leisten könnte, würde ich auch darauf bestehen, selber für die Reise zu zahlen.«

Das stimmte. Wenn Elif sich so sicher mit ihrer Entscheidung fühlte, wollte ich sie unterstützen. Außerdem fiel mir plötzlich ein, dass ich ja selbst ein Kind von einem fiesen Kerl hatte. Und dieses Kind war zwar gelegentlich zum Haareraufen, aber zweifellos wunderbar. Also war doch eigentlich alles gut.

Ich lächelte Elif an und sagte: »Ich find's schön, dass wir das gemeinsam erleben werden. Das schweißt uns noch stärker zusammen.« Das meinte ich wirklich ehrlich.

Elifs Augen begannen zu schwimmen. Ich wusste inzwischen ja, welche inneren Kämpfe die ganze Sache für sie bedeutete. Wir hatten in den letzten Wochen oft darüber gesprochen. Und die Auseinandersetzung mit ihrer Familie, die ihr noch bevorstand, war eine weitere schwere Bürde.

»Das bedeutet mir alles sehr viel, weißt du ... dass ihr mitkommt und so ...«

Ich ging zu ihr, stellte mich hinter ihren Schreibtischstuhl, umarmte sie eine Weile fest und drückte ihr dann einen Kuss auf die Wange.

Als ich den Kopf schließlich hob, prangte auf ihrem großen Monitor in zigfacher Vergrößerung der abgedeckte Pickel an meinem Nasenflügel.

»Oh nein!«, schrie ich entsetzt auf. »Ich dachte, den hätte man nicht gesehen.«

»Ruhig Blut, Julchen! Mir ist er in echt nicht aufgefallen. Mister Unabhängig sicher erst recht nicht. Nur in der Vergrößerung sieht man ihn. Ist reiner Perfektionismus, dass ich den wegretuschiere.«

Ihr Wort in Gottes Ohr.

»Um mal zu den wesentlichen Dingen zurückzukommen, meine Liebe«, sagte Elif jetzt in strengem Tonfall. »Wie sieht es denn mit deinen Finanzen aus? Wann steht noch mal die nächste Rate für Jörg an? Ich hab darüber verdächtig lange nichts gehört.«

Ich hielt mir die Ohren zu. »Lalalalalala«, sang ich laut, wie Fee, wenn sie etwas nicht hören wollte, und ging wieder zu meinem Sofaplatz zurück.

»Also, wann?«

»Lalalalala, am fünfzehnten Oktober, lalalalala.«

»Und wann hörst du von Sonya?«

»Weiß ich nicht, ihr Anwalt macht jetzt den Vertrag, mündlich hat sie mir aber zugesagt.«

»Willst du vielleicht mal nachhaken?«, regte Elif an, während sie mit Blick auf den Monitor weiter an meinem Bild herumretuschierte.

»Nee ... Ich hab Angst vor der Antwort.«

Elif seufzte. »Julchen, nicht dass ich Jörg sein Geld gönnen würde, du kannst ihn auch ruhig ein bisschen zappeln lassen, aber grundsätzlich musst du dich dem Problem schon stellen, ist dir klar, ne?«

»Ich weiß«, meinte ich zerknirscht und fügte leise hinzu: »Vielleicht kommt ja was dabei rum, wenn Alex eine seiner Skulpturen verkauft.«

»Wie viel wäre das denn dann für dich?«

»Weiß ich nicht, ich hab nicht gefragt, was die kosten.«

»Julia, so was fragt man aber normalerweise, wenn man miteinander Geschäfte macht. Du musst doch wissen, was für dich drin ist, gerade in deiner derzeitigen Situation. Ich find es auch nicht unhöflich, danach zu fragen, sondern geradezu unprofessionell, es nicht zu tun.« Meine Freundin sprach jetzt mit sehr sanfter Stimme.

»Du hast ja vollkommen recht. Ich hab nur nicht dran gedacht, wenn ich mit ihm in einem Raum war.«

Elif lachte. »Das wiederum kann ich verstehen. So ...« Ich hörte noch drei Mausklicks. »Er ist jetzt auch fertig, dein Adonis. Und du siehst gleichfalls makellos aus. Komm her und sieh selbst!«

Ich stand auf. Zum ersten Mal sah ich das Bild als Ganzes auf dem großen Monitor, und es gefiel mir ausnehmend gut. Ich versuchte, Alex' Gesichtsausdruck zu deuten. Mir schien sein Lachen echt und in diesem Moment von Herzen zu kommen. Nach dem kurzen Augenblick der Irritation wegen des Arms, der nicht auf meiner Schulter liegen durfte, obwohl er sich sehr warm und aufregend dort angefühlt hatte, hatten wir schnell zu unserem Flachston zurückgefunden, und diese Leichtigkeit strahlte das Bild auch aus. Aber ich kannte Alex ja kaum und konnte nicht einschätzen, was er wirklich dachte und empfand. Wie ein echtes Lachen von ihm aussah und wie ein Fotolachen.

Jedenfalls war ich sehr gespannt, was meine Follower dazu sagen würden.

»Aber frag ihn echt mal, was seine Werke so kosten«, nahm Elif jetzt ihren Gedankengang wieder auf. »Damit du einschätzen kannst, ob die Zusammenarbeit mit ihm auch finanziell eine Chance bietet, oder ob du das als Privatvergnügen verbuchen solltest. Also, nicht dass du die Sache nicht weiterverfolgen sollst. Im Gegenteil, ich bin heilfroh, dass du dich mal wieder für jemanden interessierst. Und ich brenne darauf, noch weitere Körperteile von ihm ins rechte Licht zu rücken. Sagtest du nicht, er habe im Sommer oft mit nacktem Oberkörper auf der Terrasse gearbeitet? Das solltest du noch mal für ein Foto anregen ... würde bestimmt nicht nur den Skulpturenverkauf ankurbeln, sondern auch meinen Eisprung. Und du weißt ja, ich brauch in drei Wochen einen Bombeneisprung.«

Lachend warf ich eins der Sofakissen nach Elif. »Ich träume ja heimlich schon von einem Video für Instagram und Facebook, vielleicht auch YouTube, das ihn bei der Arbeit zeigt. Hoffentlich macht er mit. Vielleicht, wenn das Foto heute gut läuft.«

»Willst du es jetzt gleich raushauen?«

Ich sah auf die Uhr und nickte. Ja, das passte.

Elif schickte mir das Bild per Mail auf mein Handy, und ich schickte es in die Welt hinaus.

Instagram-Post von **Julia Braceletta**

Ich sitze neben meinem alten Freund Alexander Merckheimer auf dem Sofa in seinem Atelier. Der Abstand zwischen uns ist so klein, dass er verrät, wie gut wir beide uns kennen, aber immer noch so groß, dass klar ist, dass wir natürlich nichts miteinander haben. Vor uns auf dem Couchtisch landet gerade ein mintgrüner Schmetterling anmutig auf einer Blüte ~~und in meinem eingezogenen Bauch flattern noch einige mehr davon~~. Im Vordergrund sieht man unscharf Alex' Arbeitstisch mit dem groben Holzstück, aus dem gerade das neue Selbstbildnis entsteht. Der Tisch, die stählernen Seitenstützen des Portalkrans und Alex' ~~von Elif mit Licht und Schatten noch einmal herausgearbeitete~~ Armmuskeln bilden einen interessanten Kontrast zu den filigranen Figuren und mir, der zarten ~~haha~~ Frau zu Alex' Linken, die ein einfaches Bracelet in der Farbe #artyacid trägt. Während ich mit meiner Kaffeetasse ~~dem Stativ, auf dem meine Kamera steht,~~ meinem geliebten Jörg, der hier mal wieder bescheiden als Fotograf in den Hintergrund tritt, zuproste, lachen der Künstler und ich an diesem faulen Samstag entspannt in die Kamera. ~~Yin und Yang, Mann und Frau, Lingam und Yoni – könnte es nicht immer so sein?, denke ich, während der Selbstauslöser knipst und knipst.~~

Gefällt 2750 Mal

Werbung // Wir sind heute bei einem Freund im Atelier vorbeigeschneit. Sind seine Naturarbeiten nicht wunderschön? Ich kann kaum glauben, dass aus Beton etwas so Filigranes entstehen kann. Check out www.alexandermerckheimer.com #lazysaturday #ourfriendisanartist #sculptingloveandpain #artyacid #alexmerckheimer

75 Kommentare

karlottavonschlick Musthave!

> **julia_braceletta** Greif zu 🙂

dirndllisa So schee des Vogerl und des Mansbuid …

zwergenmami Ich vermisse in letzter Zeit den Göttergatten?

> **julia_braceletta** Ich nicht 🙂 Vielleicht steht er ja hinter der Kamera? 😉

sonya_marshmallow 😚

minimaus1980 ich weiß das die bildschirmfarbe unzuverlässig ist aber das bracelet ist interessant für mich wie sieht die farbe aus wie würdest du sie kombinieren?????

julia_braceletta Das ist ein sehr existenzialistisches Grün. Zurückgenommen, dunkel. In Kombination mit schwarz, taupe, beige und allen Grautönen superfancy!!

minimaus1980 danke dir wo ist eigentlich dein männe?

julia_braceletta Der lässt mir vor der Kamera gern den Vortritt 😉

gastroenterologische_schwerpunktpraxis_koeln Das hat viel Stil.

...

...

Undsoweiterundsofort. Alex, ich und unsere Produkte hatten viel Zuspruch bekommen, als ich zwei Stunden später zu Hause den Stand der Dinge kontrollierte. Auf Facebook war das Bild oft geteilt worden, und so zahlreiche Likes hatte ich auch auf Instagram nicht alle Tage. Sonyas Knutschsmiley wertete ich als Hinweis darauf, dass sie zu ihrem Wort stehen und der Vertrag bald kommen würde.

Mich beunruhigte allerdings, dass gleich zwei Kommentatorinnen sich nach Jörg erkundigten. Es schien langsam aufzufallen, dass er auf meinen Fotos nicht mehr wie früher zu sehen war. Ich hoffte, dass meine vagen Antworten erst mal genügten. Auch Sonya hatte ja bei unserem Treffen noch mal herausgestellt, wie wichtig sie mein etabliertes Image für mein Geschäft fand.

Unangenehm war es mir außerdem, wenn gemeinsame Bekannte aus meiner Zeit mit Jörg die Kommentare lasen, die suggerierten, wir wären noch zusammen. Bisher hatte zwar noch nie jemand danach gefragt – ob aus Pietät, Desinteresse oder weil noch nicht alle mitbekommen hatten, dass Jörg mich abgesägt hatte, wusste ich nicht. Aber der Gedanke daran trübte meine Freude über das wirklich toll angelaufene Skulpturenmarketing doch ziemlich.

Ansonsten ließen mich auch am heimischen Schreibtisch die Eindrücke des Nachmittags bei Alex nicht los. Ich sah mir alle Fotos unserer Serie noch mal an, versuchte mich zu erinnern, worüber wir vor oder nach dieser und jener Aufnahme gesprochen hatten, um dann Alex' Gesichtsausdruck zu deuten. Wieder und wieder rief ich mir in Erinnerung, wie für wenige Sekunden sein Arm um meine Schulter gelegen hatte, und spielte genussvoll durch, wie es gewesen wäre, diese Wärme nur ein kleines Weilchen länger zuzulassen ...

Warum er das wohl gemacht hatte? Vielleicht hatte er einfach nur Spaß am Schauspielern. Ich hatte ja schließlich erklärt, dass das Foto so rüberkommen müsse, als wären wir alte Freunde. Oder hatte er damit mehr bezweckt? Nur was? Hatte er mir – ich wagte es kaum zu denken, so vermessen schien es mir – vielleicht tatsächlich nahe sein wollen? Andererseits hatte er dabei total spontan und locker gewirkt. War das bei selbstbewussten Menschen so? Ging er womöglich mit allen Frauen so um, weil er ein Aufreißer war?

Wenn ich es realistisch betrachtete, war das gar nicht so unwahrscheinlich. Vielleicht wurde man, wenn man so aussah wie er, automatisch zum Aufreißer – einfach, weil es so leicht war? Vielleicht hatte Julius' Mutter ihn deshalb verlassen?

Leocadias Assistentin fiel mir wieder ein. Sicherheitshalber wollte ich sie mal in Augenschein nehmen und besuchte dazu die Webseite der Galerie. Das Foto, das ich dort fand, übertraf meine schlimmsten Befürchtungen. Es hätte aus der Sedcard für die Bewerbung bei einer Modelagentur stammen können. Die junge Dame – sie konnte noch nicht lange aus der Uni raus sein – saß in einem sehr hippen Hosenanzug und weißen Edel-Sneakern geradezu lasziv auf ihrem Designer-Schreibtischstuhl in dem Loft, das offenbar

Leocadias Galerie war. Die langen, grazilen Beine übereinandergeschlagen schaute sie mir – mit rotem Lippenstift auf Schmollmund – diensteifrig entgegen.

Auf der Suche nach weiteren Bildern öffnete ich die Facebook-Seite der Galerie Lämmle. Als ich die Timeline nach unten scrollte, stieß ich dort plötzlich auf Alex. Alex im Smoking, im Gespräch mit mehreren Personen, unter anderem mit Leocadia und ihrer Assistentin. Der Anblick versetzte mir einen Stich. Alex schaute die beiden Frauen mit dem gleichen freundlichen Lächeln an, mit dem er auch mich heute Nachmittag des Häufigeren bedacht hatte. Die Assistentin mit den stelzenartigen Beinen schaute zu ihm auf, Leocadia sagte gerade etwas. Das Bild war bei der Ausstellungseröffnung einer Künstlerin entstanden, die ebenfalls von der Galerie vertreten wurde. Die würde ich mir gleich auch noch angucken. Die Assistentin erinnerte mich in ihrer jugendlichen Frische irgendwie an Celine, die Praktikantin in der Kita. Beide waren so der Typ hochbeiniges Fohlen – allerdings Fohlen mit ziemlich großer Oberweite. Meine Brüste dagegen …

An diesem Punkt rief ich mich zur Raison. Bis auf die Beantwortung einiger Kommentare unter unserem Foto hatte ich noch nichts Sinnvolles geschafft, seit ich zu Hause war. Ich würde jetzt erst mal die Bestellungen abarbeiten, von denen heute schon erfreulich viele eingegangen waren, und noch mal um den Block zum Postkiosk radeln. Dann würde ich mich mit hoffentlich etwas freierem Kopf an die Bewertung meiner aktuellen Finanzlage machen. Elif hatte recht, ich durfte nicht einfach alles auf mich zukommen lassen.

Drei Stunden später hatte ich meine finanzielle Situation schwarz auf weiß vor Augen. Das Endergebnis war leider niederschmetternd: Bis ich die zweite Rate des Kredits abbezahlen konnte, war es noch ein weiter Weg. Und bei der dritten Rate würde es noch schwieriger werden, denn dafür würde ich nichts mehr von meinem Hausstand zu verkaufen haben.

Hoffentlich lief der Deal mit Sonya schnell genug an. Wenn sie sich bis zum Ende des Monats nicht meldete, würde ich nachhaken, das nahm ich mir ganz fest vor. Und wenn aus dem Vertrag nichts wurde, sofort Bewerbungen schreiben. Mit Braceletta würde es dann schnell zu Ende gehen. Wenn ich mein gesamtes Geld Jörg überwies anstatt meinen Lieferanten, würde die Sozialwerkstatt die Produktion einstellen, ebenso der Hersteller der Diamantverschlüsse. Vor meinem inneren Auge sah ich schon ein hässliches grellrotes Banner mit der Aufschrift *Sale – alles muss raus!!!* über meine wunderhübsche, mit Tapetenmustern aus dem 19. Jahrhundert gestaltete Webseite laufen, und das Herz wurde mir unendlich schwer.

Als ich schließlich schlafen ging, vermisste ich Fee. Ich wünschte mir, sie wäre hier bei mir und nicht bei Jörg und hätte heute Abend darauf bestanden, zu mir ins Bett zu kriechen. Dann könnte ich mich jetzt an sie kuscheln, an ihren weichen Kinderhaaren riechen und mir versichern, dass doch eigentlich alles gut war, solange wir gesund und beisammen waren.

Die nächsten zwei Wochen boten mir dann wieder reichlich Gelegenheiten zur Ablenkung von meinen existenziellen Sorgen.

Innerhalb von vierundzwanzig Stunden hatte ich eine Anfrage zu Alex' Schmetterling und eine zu dem Vogel bekommen. Letztere stammte von einer Gastroenterologengattin, und ich fragte mich, ob sie sich privat für das Kunstwerk interessierte oder ob Alex' Vogel demnächst ein paar Darmspiegelungen mit ansehen musste. Die Interessentin für den Schmetterling wollte gleich kaufen, ohne sich überhaupt nach dem Preis zu erkundigen.

Ich war mächtig stolz und erleichtert, dass ich nicht zu viel versprochen hatte, und gab den beiden Frauen Alex' Telefonnummer. Hoffentlich riefen sie ihn auch wirklich an.

Alex selbst traf ich zunächst nicht. Da Fee das Wochenende ja bei Jörg verbracht hatte, lieferte der sie am Montagmorgen auch in der Kita ab. Und als ich sie nachmittags abholte, war Julius offenbar schon weg, jedenfalls war sein Garderobenhaken verwaist. Am nächsten Tag wiederum waren wir früh dran und Familie Merckheimer noch nicht da.

Dafür fand ich überraschend eine Nachricht von Alex, als ich am Mittag noch mal mein Konto überprüfte. Unter dem Verwendungszweck *Hashtag: Honorarfuerdich* hatte er mir 360 Euro überwiesen.

»Wow!«, rief ich vor meinem Bildschirm überrascht aus und wurde sicher wieder rot, auch wenn ich ganz allein war. Jetzt wusste ich also, was beim Verkauf von Alex' Skulpturen für mich rumkam.

Ich schrieb Elif sofort eine Mail – sie saß um diese Uhrzeit sicher am Rechner. 360 Euro waren zwar keine Lösung für mein Problem, aber vielleicht ein Anfang. Ein zartes zusätzliches Standbein, das den großen Deal mit Sonya ergänzen konnte. Ausbaufähig, wenn wir uns an die größeren Stücke heranwagten. Oder wenn Alex seine Vogel- und Insektenproduktion richtig anwarf. Er hatte doch diese Latexformen, damit konnte er ja weitere Exemplare in Serie gießen.

Als der Signalton für eine neue Mail im Posteingang ertönte, dachte ich im ersten Moment, Elif hätte schon geantwortet. Aber die Nachricht lautete:

> Du schlampe du verlogenes drecksstück lebst in saus und BRaus und denkst nicht mehr an deinen armen Papa der soviel für dich getan hat. Er braucht 8000 euro sonst geht es ihm schlecht

Absender war eine pocahontas4@gmx.de. Obwohl es sich dabei nur um eine Verwechslung handeln konnte, wurde mir ein bisschen mulmig zumute, wie immer, wenn ich komische Nachrichten von Fremden bekam. Das kam leider hin und wieder vor, schließlich hatte ich auf meiner Homepage natürlich eine E-Mail-Adresse angegeben. Meistens handelte es sich um plumpe Anmachen, die auf eins meiner Fotos Bezug nahmen.

Aber diese Nachricht traf mich besonders, weil sie den vermeintlichen Vater erwähnte, den ich nie gehabt hatte. Als mein Erzeuger meine Mutter auf Nimmerwiedersehen verlassen hatte, war ich noch ein Kleinkind gewesen. Von wegen, so viel für mich getan. Und dann diese hasserfüllten Beschimpfungen.

Ich löschte die Nachricht.

Am nächsten Morgen trank ich zu Hause extra keinen Kaffee, damit ich einen guten Grund hatte, das wieder in der Kita-Küche zu tun. Obwohl ich ja eigentlich gar keinen Vorwand mehr brauchte, um mit Alex in Kontakt zu treten, jetzt, da wir geschäftlich miteinander zu tun hatten. Trotzdem, mit Vorwand fühlte ich mich wohler.

Alex war aber leider noch nicht da. Vielleicht würde er ja gleich kommen. Ich kochte eine Kanne Kaffee, setzte mich mit meinem Becher an den Tisch, beantwortete vom Smartphone aus einige Nachrichten, während ich den Kaffee schlürfte und wartete. Ich kam mir reichlich blöd vor. Einen normalen Geschäftspartner hätte ich einfach angerufen.

Ich stand wieder auf, schüttete den Rest Kaffee in die Spüle und verließ den Raum. Alex traf ich dann in der Garderobe. Er saß auf der Bank unter den Haken für die Jacken und sah geduldig zu, wie Julius umständlich seine Pantoffeln überzog.

Ich setzte mich neben ihn und erfuhr, dass es der Schmetterling war, der schon verkauft worden war, und dass sich am Tag darauf noch ein weiterer Interessent dafür gemeldet hatte. Er habe ihm als Alternative den Prototyp aus Holz angeboten, erzählte Alex, aber den habe er nicht gewollt.

»Aber du könntest ihm doch einen neuen Schmetterling machen«, meinte ich.

»Nein«, antwortete Alex nur, und in diesem Moment kam Celine und stürzte sich auf Julius und seine Hausschuhe.

Julius wäre sicher stolz gewesen, wenn er allein mit seinen Schuhen fertiggeworden wäre – hilf mir, es selbst zu tun, so lautete doch die populäre Montessori-Maxime. Ich sah Alex an, um herauszufinden, ob er wohl dasselbe dachte. Der aber blickte lächelnd auf seinen Sohn und die Praktikantin hinunter und wusste offenbar Celines guten Willen zu schätzen. Oder schätzte er vielmehr das Minikleid, das sie trug?

Eifersucht stieg in mir auf, während mir mein Po, der auf

der viel zu kleinen Bank saß, sehr groß und schwer vorkam. Hoffentlich hatte das Bänkchen nicht gewackelt, als ich mich eben neben Alex niedergelassen hatte.

»Und, wie läuft die Eingewöhnung?«, fragte ich, als Celine mit Julius an der Hand im Gruppenraum verschwunden war.

Alex antwortete, alle seien sehr lieb zu Julius, Celine lege sich sehr ins Zeug, erstaunlich, wie zupackend sie sei, obwohl sie ja gerade erst mit ihrem Praktikum angefangen habe. Und sie habe in ihrer jugendlichen Art einen guten Draht zu Julius, der sonst oft zurückhaltend gegenüber Fremden sei. Allerdings checke Julius so langsam, dass das Ziel des Ganzen war, dass er allein hierblieb, und so versichere er sich morgens immer mehrere Male, ob sein Vater auch heute mit im Kindergarten bliebe. Wenn das irgendwann mal nicht mehr der Fall wäre, würde es bestimmt noch schwierig.

Ich äußerte mein Verständnis und wünschte weiterhin gutes Gelingen. Dann erzählte ich Alex von meinem Plan, ein kurzes Video davon zu drehen, wie er arbeitete.

»Okay, wenn ich nichts sagen muss«, stimmte er zu, und wir verabredeten uns für Samstag in seinem Atelier. Aber dieses Mal würden die Kinder dabei sein.

Fee war an dem bewussten Morgen schon vor sechs Uhr wach und nicht dazu zu bewegen, sich noch mal hinzulegen. Ich schenkte ihr ein Glas Apfelschorle ein und startete auf YouTube eine Sammlung von pädagogisch hochwertigen Wissenssendungen für Kinder. Dann ging ich zurück ins Bett, um noch etwas vor mich hinzudämmern.

Als ich anderthalb Stunden später wieder aufwachte,

guckte Fee gerade *Die 100 geilsten Spielerfrauen*. Nun, es hätte schlimmer kommen können. Als ich das Video dennoch stoppte, beschimpfte Fee mich als »Kackmama« und verweigerte sich vehement dem gemeinsamen Frühstück. Stattdessen holte sie ihr Lego aus ihrem Zimmer und machte sich an die Erbauung eines Fußballstadions in Rosa und Lila. Immer wenn ihr dabei etwas nicht gelang, Steine sich nicht direkt befestigen ließen oder schon errichtete Mauern und Treppen wieder in sich zusammenfielen, brach sie in erbostes Wutgeheul aus.

Ich hatte eigentlich gemütlich frühstücken und ganz entspannt in den Tag starten wollen, der ja später noch aufregend genug für mich werden würde. Aber mit der schimpfenden Fee zu meinen Füßen wurde da nichts draus. Also schlang ich mein Aufbackbrötchen herunter und kippte den Kaffee hinterher, um im Schlafzimmer verschwinden zu können und die Zimmertür hinter mir zu schließen. Schnell machte ich mich daran, einige Bestellungen zu verpacken und ein paar Kommentare und E-Mails zu beantworten, bevor Fee ihre Baumaßnahmen wutentbrannt einstellen würde.

Irgendwann kam sie jedoch rein, verkündete, das Stadion sei fertig, wir könnten jetzt spielen. Sie teilte mir den Lego-Zoowärter zu und erklärte, das sei meine Spielerfrau. Eigentlich hatte ich dazu jetzt keinen Nerv. Aber wenn ich ablehnte, konnte die Situation eskalieren, das sagte mir mein mütterlicher Instinkt.

Gehorsam setzte ich mich also auf den Küchenboden und gab mir Mühe, mit meinem Männchen eine gute Spielerfrau abzugeben. Dabei orientierte ich mich an der einzigen Spielerfrau, die ich kannte: Sonya Marshmallow. Ich berichtete meiner Sitznachbarin auf der Tribüne – der Lego-Prinzessin, die von Fee gespielt wurde – von meinen beruflichen Erfolgen: Bald hätte ich eine eigene Armbandedition und würde noch mehr Geld verdienen als ohnehin schon mit meinen Werbeverträgen und dem YouTube-Kanal! Und ich hatte BWL studiert!

»Meine hohe Intelligenz hat bei all dem sicher nicht gerade geschadet«, gab meine Spielerfrau an, während sie auf ihrem harten Legositz hin und her hibbelte. Schließlich wollte ich nicht, dass Fee auf die Idee kam, es sei erstrebenswert, einfach nur die Frau von irgendwem zu sein, und sei es auch ein Fußballspieler.

»Du spielst blöd, Mama«, befand Fee unzufrieden, ließ ihre Lego-Prinzessin aufstehen und die Tribüne hinunterhopsen. »Ich bin jetzt dran!«, rief sie.

»Womit denn?«

»Mit Spielen.« Die kleine Plastikfrau rannte los, zickzack übers Feld, hob ihr steifes Bein und ... »TOOOOR!!!«, schrie Fee.

»TOOOR, TOOOR, TOOOR!« Erleichtert fiel ich in den Jubel mit ein, und meine Spielerfrau sprang hinter der Prinzessin her. Was auch sonst? Sagte ja schließlich schon der Name, dass es sich bei einer Spielerfrau um eine spielende Frau handelte.

Als der Zoowärter dann aber sehr bald auch ein Tor schoss, wurde Fee sauer. »Du sollst kein Tor schießen!«, schrie sie aufgebracht. »Du spielst echt blöd!«

»Dann hör ich eben auf zu spielen«, ergriff ich die Gelegenheit beim Schopfe und erhob mich.

»Nein, du sollst hierbleiben!«

»Ich denk, ich spiel blöd.«

»Ja! Kackmami!«

Wut stieg in mir hoch, aber ich beschloss, dass Ignorieren hier das Erziehungsmittel der Wahl war. »Ich mach mich jetzt mal fertig, wir müssen gleich einkaufen und zur Post. Und nachher sind wir mit Julius und seinem Papa verabredet.«

»Ich hab keine Lust!«

»Du wirst aber trotzdem mitkommen.«

Und dann flüchtete ich ins Bad. Lieber wollte ich mich jetzt schon mal etwas aufmotzen. Nicht dass am Ende die Zeit dafür fehlte. Fee kam hinter mir her, stellte sich mit bösem Blick neben mich und fummelte an dem Seifenspender herum, der auf dem Waschbeckenrand stand.

»Lass den Seifenspender in Ruhe, du willst dir doch gar nicht die Hände waschen.«

Offenbar war das Ignorieren jetzt auch Fees Mittel der Wahl. Mit provozierender Miene sah sie zu mir auf und fuhr fort, die Seife ins Waschbecken laufen zu lassen.

Ich schob die widerstrebende Fee aus dem winzigen Bad. »Das ist hier zu eng für uns beide«, sagte ich.

Sobald ich sie losgelassen hatte, wuselte sie jedoch zurück ins Badezimmer, schlug mir die Tür vor der Nase zu und lehnte sich von innen dagegen. Nachdem ich es endlich geschafft hatte, sie erneut hinauszubugsieren, machte ich ihr entnervt wieder *Die 100 geilsten Spielerfrauen* an.

Damit war Ruhe, und zwanzig Minuten später war ich fertig für den Einkauf und auch fast schon ausreichend herausgeputzt für den Besuch bei Alex.

Als wir schließlich auf dem Weg ins Atelier waren, sagte Fee plötzlich: »Ich hab Hunger.«

Ich wollte schon losmeckern, dass wir dafür jetzt keine Zeit hätten, da fiel mir ein, dass meine Tochter ja heute noch gar nichts gegessen hatte. Das erklärte vielleicht auch ihr unleidliches Verhalten den Vormittag über.

Wir steuerten eine Bäckerei an, und ich kaufte Fee ein Rosinen- und ein Käsebrötchen. Sie wollte sofort anfangen zu essen, und das konnte ich ihr ja nun schlecht versagen. Also trug ich ihren Roller, dessen harte, scharfe Kante immer wieder gegen meinen Oberschenkel bollerte, während Fee zufrieden mampfend neben mir herschlenderte. Mit etwas Verspätung kamen wir bei Alex an.

Offenbar hatte er uns schon gehört, jedenfalls trat er durch eines der Tore und erwartete uns auf dem Hof. Julius hing an seinem Bein. Auch wenn ich Alex in den letzten Wochen regelmäßig gesehen hatte, hatte ich mich noch immer nicht daran gewöhnt, wie gut er aussah. Jedes Mal aufs Neue war ich ziemlich geflasht davon. Wie er dastand und uns mit seinen freundlichen Augen entgegenlachte, die Haare etwas in Unordnung, das Sweatshirt mit Spuren von Beton, eine Hand liebevoll auf dem Kopf seines Sohnes. Er strahlte etwas so Warmherziges aus, und gleichzeitig bewegte er sich so unglaublich ... sexy.

Leider fiel die Begrüßungsumarmung dieses Mal besonders knapp aus, weil Julius Alex' Bein nicht freigeben wollte. Und als ich mich zu dem Kleinen hinunterbeugte, um auch ihm ordentlich Hallo zu sagen, drehte er den Kopf weg und klammerte sich noch fester an Alex' Jeans. So einen tollen jugendlichen Draht wie Celine hatte ich schon mal nicht zu ihm.

Fee ihrerseits begrüßte überhaupt niemanden, sondern düste zielstrebig auf den Portalkran zu und hängte sich an die davon herabhängende Kette. Ich rannte hinterher und hob sie wieder herunter. Fehlte gerade noch, dass wir uns später mit der Haftpflichtversicherung herumschlagen mussten. Deren fälligen Beitrag hatte ich nämlich erst mal zurückgestellt, bis ich die nächste Rate für Jörg beisammenhatte.

»Soll ich dir erst mal die Werkstatt zeigen?«, fragte Alex diplomatisch in Fees Richtung.

»Ich guck selber«, lehnte sie wenig entgegenkommend ab.

»Alles klar, dann sieh dich in Ruhe um. Wenn du Fragen hast, kannst du aber gern zu mir kommen.« Er lächelte mich an und schien das Verhalten meiner Tochter zum Glück längst nicht so unmöglich zu finden wie ich. Er wirkte eher belustigt.

Ich beobachtete Fees Streifzug durch das Atelier aus den Augenwinkeln, um notfalls einschreiten zu können. Bald blieb sie an Julius' Spielküche hängen, wo sie anfing, alle Türen aufzureißen, den Inhalt herauszunehmen und zu begutachten.

Julius stand daneben und merkte zunehmend weinerlich immer wieder an, dass das alles seins sei. »Meins ... Auch meins ... Ist meins ... Meins.«

»Ja, weiß ich«, meinte Fee genervt. »Ich muss aber was kochen. Ich hab heute noch fast nichts gegessen.«

Hoffentlich hatte Alex das nicht gehört oder nahm es zumindest nicht ernst.

Alex und ich hatten uns vorher darauf verständigt, dass es ein spannender Ausschnitt für das Video wäre, wenn er gerade eine der Latexformen mit Beton ausgoss. Daher schlug ich erneut vor, er könne ja einfach die Form des Schmetterlings noch mal nehmen, dafür habe es doch ohnehin einen weiteren Kaufinteressenten gegeben.

»Nein«, meinte Alex aber wiederum, und ich traute mich nicht, nachzufragen, was denn dabei das Problem wäre. Ich hätte natürlich gern von dem Verkauf profitiert. Aber gut, meine kleine Marketingaktion gab mir natürlich nicht das Recht, ihm in seine Arbeit reinzureden.

»Ich habe gerade die Büste fertig, die du beim letzten Mal schon gesehen hast, die könnten wir nehmen«, schlug Alex vor.

»Ja, auch gut«, sagte ich und fügte in Gedanken hinzu: Bestimmt ist die viel teurer als der Vogel und der Schmetterling.

Ich mochte diese Überlegung nicht, hätte unsere Beziehung lieber völlig unabhängig von solchen finanziellen Erwägungen gesehen. Aber das war natürlich nicht möglich, schließlich handelte es sich um eine Geschäftsbeziehung. Und zwar nur um eine Geschäftsbeziehung. Und sowieso überschlug ich in diesen Tagen permanent gedanklich meinen Kontostand. Einfach unbeschwert verknallt zu sein, das musste man sich eben auch leisten können.

Alex hatte in der Zwischenzeit die Büste aus einem der Regale geholt und vor mir auf seinem Arbeitstisch abgestellt. Nun stand er in etwas verlegener Erwartung davor, die Hände in den Hosentaschen vergraben. Er sah auf sein Werk, dann einmal kurz zu mir und wieder weg.

Ich hätte ihn gern in den Arm genommen. Stattdessen musste ich aber etwas Kluges und, wie es aussah, am besten auch Sensibles zu seinem Selbstbildnis sagen. Sicher war es angemessen, wenn ich es erst mal eingehend betrachtete: Der Rumpf war aus dem Holz geschlagen wie ein Fels, das

Gesicht entsprach, wie es sich für ein Selbstbildnis gehörte, dem von Alex. Es schaute mich recht optimistisch an und war wirklich gut getroffen. Wie ich das jetzt kommentieren sollte, wusste ich allerdings nicht so recht. Was wollte der Künstler mir damit sagen? Ich bin der Fels in der Brandung, vielleicht?

Um Zeit zu gewinnen, ging ich einmal um Kunstwerk und Tisch herum, aber anstatt wie erwartet eine geschickt geschnitzte Frisur zu sehen, blickte mir plötzlich ein zweites Gesicht entgegen.

»Ups!«, entfuhr es mir, und ich blieb stehen.

Alex' zweites hölzernes Augenpaar sah mich nicht an, sondern fixierte irgendetwas in der Ferne. Dieses Antlitz des Januskopfes war zwar nicht ganz so schmerzverzerrt wie das der Skulptur auf der Homepage, aber glücklich wirkte es auch nicht gerade. Am ehesten erinnerte mich der Gesichtsausdruck an den, den ich beim echten Alex schon hin und wieder gesehen hatte, wenn er so melancholisch und ganz weit weg wirkte.

Alex stand jetzt relativ dicht neben mir. Ich hätte nicht mehr sagen können, ob ich mich neben ihn gestellt hatte oder aber er zu mir aufgerückt war, um sein Werk aus meiner Perspektive zu betrachten. Die Stelle, an der unsere Arme sich leicht berührten, wurde zum Mittelpunkt meiner Wahrnehmung. Das Schweigen zog sich in die Länge.

»Das ist ergreifend«, brachte ich hervor. »Wenn du mir mehr darüber erzählen willst ...«

»Früher oder später vielleicht«, meinte er unbestimmt und ging dann schnell zu Julius hinüber.

Denn nachdem der Kleine sich zwischenzeitlich mit dem Eindringling in seiner Küche abgefunden zu haben schien, hatte er jetzt angefangen zu weinen. Fee stand etwas ratlos daneben und versicherte Alex, dass sie auch für Julius den Tisch gedeckt habe.

Alex tröstete seinen Sohn und aß parallel dessen imaginäre Mahlzeit auf. Er schlug vor, dass die beiden Kinder doch eine Leinwand bemalen könnten. Jeder eine eigene natürlich. Er würde später zwei Rahmen dafür bauen. Das Angebot kam gut an.

Ich schlenderte indes unauffällig in die Nähe der Pinnwand, an der die Fotos hingen. Ich hatte mir vorgenommen, heute einen genaueren Blick darauf zu werfen, um endlich Klarheit über Alex' Beziehungsstatus zu gewinnen. Näher als drei, vier Meter traute ich mich jedoch nicht heran. Aus dieser Entfernung versuchte ich zu erspähen, wer auf den Bildern zu sehen war. Ich sah ein ziemlich aktuelles Selfie von Alex und Julius hier aus dem Atelier, dann einen etwas jüngeren Julius auf dem Laufrad mit zwei gut situierten älteren Herrschaften, wahrscheinlich den Großeltern. Daneben hing ein Foto von einem lachenden Alex mit einer charismatischen Frau, die aussah wie der Prototyp einer exzentrischen Malerin aus einem ZDF-Film. Die roten Haare mit einem bunten Tuch zurückgebunden, das vollgekleckste Herrenhemd vorn zugeknotet, darunter ein großer Busen. Ob das wohl Alex' Frau war? Eine berühmte Künstlerin?

Außerdem war da noch eine junge, blonde Frau mit einem haarlosen Baby im Arm. Zumindest auf die Entfernung sehr ungeschminkt, eine ganz natürliche Amanda Seyfried. Also nicht auf die Art natürlich, wie ich im Alltag aussah, sondern im Sinne von natürlicher Schönheit. Ich versuchte zu ergründen, ob es sich bei dem Baby um Julius handeln könnte, aber das war aus einigen Metern Entfernung schwierig auszumachen, vor allem wenn man nicht wollte, dass jemand mitbekam, wie man das Foto anstarrte.

Alex hatte inzwischen zwei Leinwände geholt, außerdem Pinsel und Wassergläser. Er kleckste einige Farben auf zwei Teller und richtete damit jedem Kind einen eigenen Arbeitsplatz auf dem Boden ein.

Julius kommentierte das Geschehen mit einem »Das ist mein Papa« in Fees Richtung.

Mein Papa. Ich musste kurz an die komische Mail denken, die ich vor ein paar Tagen bekommen hatte.

»Ja, weiß ich«, konterte Fee empört und setzte hinzu: »Ich hab auch einen Papa. Einen sehr, sehr schönen Papa.«

Oh nein, das wurde aber jetzt unangenehm. Ich gab mein Detektivprojekt mit den Pinnwandfotos auf und ging zu den dreien hinüber, um notfalls eingreifen zu können.

»Mein Papa ist söner als deiner«, stieg Julius in die Diskussion ein.

Alex warf mir einen verschmitzten Seitenblick zu.

»Du kennst meinen Papa doch gar nicht«, meinte Fee erbost.

»Wir haben ihn schon mal gesehen, als er dich in den Kindergarten gebracht hat. Er ist aber auch wirklich toll«, antwortete Alex an Julius' Stelle.

Wie er ihn wohl wirklich fand? Affig wahrscheinlich.

»Ihr habt beide sehr schöne Papas«, warf ich nun resolut ein, um das peinliche Thema zu beenden, und wagte es nicht, Alex dabei anzusehen. »Und jetzt malt was Schönes auf eure Leinwände, wir Erwachsenen müssen ein bisschen arbeiten.«

»Mein Papa, Lulia«, warnte Julius mich vorsichtshalber noch mal und zeigte auf seinen Vater.

»Ganz genau«, bestätigte ich etwas peinlich berührt und richtete dann schnell eine Frage an Alex: Woher er denn die Leinwände habe, ob er auch male?

»Nein, eine Freundin, die Malerin ist, gibt mir immer ihre Reste für Julius. Das Bild da ist von ihr.« Er deutete auf das große weiße Bild mit den roten Strichen, das über dem Sofa hing.

Na super, noch eine Frau, mit der er sich ganz toll verstand. Bestimmt begriff sie als Künstlerin auch viel besser, worum es bei seinen Werken ging, und sagte großartige Dinge über seine Skulpturen. Dinge, die Alex' Gedanken, die er so ungern formulierte, vorwegnahmen, sodass er gar nichts sagen musste, was total angenehm für ihn war.

»Ich rühre jetzt mal das Latex an«, meinte Alex.

Beim Stichwort Latex musste ich sofort an Kondome denken. Also echt.

»Ich probiere in der Zeit ein bisschen herum, von welcher Seite ich gleich am besten filme«, sagte ich, um nicht nur untätig rumzustehen.

Während er mit den ihm eigenen geschmeidigen Bewegungen die Masse zusammenrührte, lief ich hochprofessionell um ihn herum und machte einige Testaufnahmen, die ich mir bestimmt heute Abend am Rechner alle noch mal sehnsüchtig anschauen würde ...

Rummms. Machte es in diesem Augenblick. Julius hatte auf Alex zulaufen wollen und sich dabei den Kopf an der Kante der Werkbank gestoßen. Er schrie und schluchzte irgendetwas Unverständliches, das sehr nach einer Anklage klang.

Alex nahm ihn auf den Arm und murmelte begütigend auf ihn ein. Er ging zu dem kleinen Kühlschrank neben der

Kaffeemaschine und entnahm ihm ein paar Eiswürfel, die er in ein Geschirrtuch wickelte und an Julius' Stirn hielt.

Ich fragte Fee, was denn geschehen sei.

»Ich hab Julius' Pinsel gebraucht«, erklärte sie.

»Aber du hast doch eigene bekommen«, wandte ich ein.

»Aber nicht so einen breiten.«

»Dann kannst du ihn Julius aber trotzdem nicht einfach wegnehmen«, erklärte ich ihr.

»Ich wollte ihn doch nicht wegnehmen, ich wollte ihn nur *haben!*«, belehrte sie mich, als wäre ich etwas begriffsstutzig.

Alex, der unsere Unterhaltung offenbar verfolgt hatte, lachte ob dieser bestechenden Argumentation. Dann kam er mit Julius auf dem Arm zu uns rüber und raunte mir ins Ohr, ich konnte seinen Atem spüren: »Wenn ich diese unangenehm kalten Eiswürfel auflege, fühlt er sich immer sehr schnell wiederhergestellt.«

Verwirrt grinste ich ihn an. Meine Knie waren Pudding.

Vater und Sohn gingen wieder zu Julius' Leinwand, der Kleine bekam noch mal sein Arbeitsmaterial zurechtgerückt und einen weiteren breiten Pinsel, und die Kinder vertieften sich erneut in die künstlerische Produktion.

Alex hantierte weiter mit der Latexmasse, während ich ihn einfach nur fasziniert beobachtete. Irgendwann meinte er, er sei so weit und würde jetzt die Form von seiner Holzbüste abnehmen.

Ich hatte gerade die Videofunktion meines Smartphones eingeschaltet, da rief Fee, sie sei fertig mit ihrem Bild, Alex könne jetzt den Rahmen dafür bauen. Julius wollte nicht nachstehen und versicherte schnell, er sei ebenfalls fertig. Erwartungsvoll sahen die beiden Kinder Alex an.

Der erklärte, das mit den Holzrahmen würde ein bisschen Zeit in Anspruch nehmen. Er werde es gleich morgen erledigen, wenn Fee ihm ihre Leinwand hierließe. Denn jetzt müsse er erst mal schnell mit seiner Abdruckmasse weiterarbeiten, die sonst eintrockne.

»Manno!«, schimpfte Fee. »Du hast es aber versprochen.«

»Hat er nicht«, sprang ich Alex zur Seite. »Er hat nur gesagt, er macht es, aber nicht, wann.«

»Rahmen bauen!«, ergriff Julius nun für Fee Partei.

»Rahmen bauen!«, wiederholte Fee lauter.

»Rah-men bau-en! Rah-men bau-en!« Die Forderung wurde jetzt gemeinschaftlich im Sprechchor vorgebracht. »Rah-men bau-en! Rah-men bau-en! Rah-men bau-en!« Beide Kinder befeuerten sich gegenseitig und schrien begeistert aus vollem Halse.

Alex lachte wieder, schaute dann aber etwas hektisch erst auf seine trocknende Latexmasse, dann zu mir, und unser beider Blick fiel auf mein Tablet, das auf dem Tischchen vor dem Sofa lag.

»Also, ich würde Julius das ja in einem solchen Fall geben«, bemerkte er.

»Absolut. Ich auch«, stimmte ich zu und dachte, wie gut wir als Eltern harmonieren würden. Ich griff nach dem Gadget und schaltete den Kindern den kleinen Maulwurf ein.

Einträchtig hockten sich die beiden vor den Bildschirm.

Alex ging zurück ans Werk, und ich schaltete die Kamera wieder ein, ging um ihn herum, näher heran und dann wieder weiter weg, während er auf seine ruhige Art vor sich hin arbeitete. Ich trat noch einen Schritt zurück, um ihn in seinem Atelier in der Totalen zu zeigen, und stieß dabei rückwärts gegen eines der Regale, die an der Wand standen.

Eine Betonkugel, die darin gelagert war, geriet ins Rollen, plumpste herunter und genau auf meinen Fuß.

Schmerzerfüllt schrie ich auf. Der getroffene Zeh war jener, der seit dem Tritt gegen Jörgs Reifen ohnehin etwas empfindlich war.

Den Kindern war ich egal, die saßen gebannt vor dem Display, aber Alex stürzte sofort herbei. Ich dachte nur an die Kugel, von der bei dem Sturz ein Stück abgesprungen war. Sie war bestimmt wichtig und sauteuer, jetzt erkannte ich nämlich, dass sich darauf reliefartig die Kontinente abzeichneten. Oh mein Gott, das waren bestimmt Stunden um Stunden an Arbeit gewesen, die so maßstabsgetreu aus dem Holz herauszuarbeiten, dann abzuformen und in Beton zu gießen!

»Ich bin haftpflichtversichert, sag mir einfach, wie groß der Schaden ist«, erklärte ich panisch und ließ mich zu Boden sinken, um den malträtierten Fuß zu entlasten.

Allerdings war ich ja mit dem Jahresbeitrag in Verzug, und außerdem wusste ich nicht, ob so ein Arbeitsunfall überhaupt im Leistungsumfang enthalten war. Ich hatte schließlich nur eine Privathaftpflicht. Aber ich müsste ja der Versicherung nicht sagen, dass ich beruflich bei Alex gewesen war. Dazu würde ich ihn dann aber entsprechend instruieren müssen ... Wirklich kein Thema, das ich mit ihm besprechen wollte.

»Die Kugel ist ganz egal, ich weiß gar nicht, warum sie noch hier lag. Sie ist schon uralt, und inzwischen ist die Arktis viel kleiner. Ich wollte das Ding eigentlich schon wegschmeißen. Stattdessen hab ich es hier so dumm gelagert, dass es dir auf den Fuß fällt. Hoffentlich ist nichts passiert. Tut es sehr weh?« Erst jetzt drang Alex' Stimme an mein Ohr.

Er hatte sich neben mich gehockt, und seine warmen runden Augen sahen mich mit ernsthafter Sorge an.

»Bist du dir sicher?«, hakte ich nach. »Ich melde das wirklich gerne meiner Versicherung.«

»Zieh lieber mal deinen Schuh aus, Julia«, sagte Alex sanft.

Ich gehorchte und entledigte mich meines dünnen Leinensneakers und der Socke. Zum Glück hatte ich mir auch heute die Beine rasiert, und die Strümpfe waren frisch. Aber der Zeh tat wirklich weh. Ich verzog das Gesicht. Das Gelenk war gerötet und etwas geschwollen, das war aber seit der Sache mit dem SUV ohnehin schon so gewesen.

»Hm«, meinte Alex ratlos. »Das sieht schon übel aus. Vielleicht ein bisschen Eis, damit es schnell vorbeigeht?« Er grinste.

Ich grinste zurück, wenn auch etwas schief, weil es in meinem Zeh so pochte. »Das hilft ja erfahrungsgemäß schnell.«

Er ging zum Kühlschrank und wickelte wie eben für Julius ein paar Eiswürfel ins Küchenhandtuch. Dann kam er zurück und kniete sich vor meine ausgestreckten Beine.

»Kannst du den Zeh bewegen?«, fragte er.

Ich wackelte damit. »Aua. Aber ja.«

Er umfasste meinen Knöchel und legte meinen Fuß auf seinen Oberschenkel. Er tat das mit den gleichen präzisen, selbstverständlichen Bewegungen, mit denen er alles andere erledigte. Mein Herz begann wild zu klopfen, als ich erst die Wärme seiner Hand und dann die seines Beines spürte.

Sekunden später traf aber leider schon das Eispack meinen Fuß, und ich verzog wieder das Gesicht. Die Kälte schien meine Zehen auf der Stelle einzufrieren.

Ich versuchte, tapfer auszuharren, dann aber zog ich meinen Fuß zurück. »Danke, danke, bin genesen«, behauptete ich, zog Socke und Sneaker an und stand humpelnd auf.

»Das war der Plan«, meinte Alex und lächelte mich an. »Aber jetzt mal im Ernst, es tut mir wahnsinnig leid, dass die Kugel da so instabil im Regal lag.«

»Mach dir keine Vorwürfe, deine Kugel ist gar nicht unbedingt schuld an meinem lädierten Zeh. Ich hab mit dem Fuß kürzlich ... ähm ... gegen das Auto von meinem Ex treten müssen, danach war der Zeh vermutlich schon angeknackst.«

»Wie leidenschaftlich.« Alex sah mich forschend an. »Aber apropos dein Ex ...« – du meine Güte, was kam denn jetzt? – »... ist der nächstes Wochenende wieder mit Fee dran? Dann würde ich Julius am Sonntag noch mal bei meinen Eltern vorbeibringen, und wir vertagen das mit dem Filmen bis dahin? Vielleicht arbeiten wir ohne Kinder effektiver. Jetzt hat das Latex sowieso nicht mehr die richtige Konsistenz, und du solltest am besten für den Rest des Tages deinen Fuß hochlegen.«

Er schmeißt mich raus, bestimmt hat er gleich noch was vor, dachte ich im ersten Moment.

Dann: Er will nächsten Sonntag mit mir allein sein und sorgt sich um meine Gesundheit!

»Ich kann euch nach Hause fahren«, bot er an.

»Vielen Dank, das wäre nett«, sagte ich. Aus professioneller Sicht fand ich es zwar nicht optimal, nach dem ersten erfolgreichen Posting zwei Wochen Zeit verstreichen zu lassen, aber es ließ sich wohl nicht ändern.

Fee und Julius brachen zunächst in lautes Wutgeheul aus, als wir den kleinen Maulwurf abwürgten, aber irgendwann hatten wir sie beide in Alex' Auto bugsiert. Und wie ich so neben ihm saß, während er den Wagen steuerte, und beim Schulterblick ein Hauch seines warmen, weichen Dufts zu mir herüberwehte, war ich mir ziemlich sicher, dass ich nie wieder in Versuchung kommen würde, mich auf den Beifahrersitz von Jörgs Panzer zu wünschen.

Ich hatte gerade die Haustür aufgeschlossen und wollte mit Fee zu unserer Wohnung hinuntersteigen, da bemerkte sie etwas.

»Mama, guck mal, hier hat jemand einen Puppentisch gedeckt!«

Tatsächlich, unter den Briefkästen stand ein niedriges Tischchen – beziehungsweise nein, bei genauerem Hinsehen war es ein Milchkarton, wie man ihn im Supermarkt in der Papiertonne findet – mit einem Spitzendeckchen darüber. Darauf standen ein Schnapsglas mit einer rötlichen Flüssigkeit, ein herbstliches Blumenarrangement aus Astern und rotem Laub sowie ein Tellerchen mit einem Mini-Milky Way und einem Mini-Bounty.

»Das ist bestimmt für mich, Mama!«, rief Fee aufgeregt.

»Äh, nein, Schatz, ich glaub nicht. Das ist bestimmt von Frau Schmitz für unseren Hausgeist.«

Fee staunte. »Lebt ein Hausgeist bei uns?«

»Wahrscheinlich nicht, aber Frau Schmitz glaubt es. Und sie will ihn mit diesen Gaben freundlich stimmen, damit er gut aufpasst, dass in unserem Haus nichts kaputtgeht.«

Fee hockte sich vor den kleinen Altar und betrachtete alles eingehend. »Ich glaub nicht, dass hier ein Hausgeist wohnt. Sonst hätten wir ihn doch schon mal gesehen.«

»Vielleicht ist er unsichtbar«, meinte ich.

»Quatsch, Mama, so was gibt's nicht. Das ist gegen die Naturgesetze.«

Von kindlich-magischem Denken hielt meine Tochter wohl nichts. Eigentlich ein bisschen schade. Nicht dass ich besonders esoterisch veranlagt gewesen wäre, aber so eine kleine Zwei-Prozent-Resthoffnung hegte ich ja doch, dass Frau Schmitz' magische Fähigkeiten mich vor weiteren Einsätzen als Hausmeisterin bewahrten.

»Na komm«, meinte ich zu Fee. »Lass uns runtergehen, ich will meinen Fuß hochlegen.«

Unten in der Wohnung verschwand Fee erst mal in ihrem Zimmer, und ich setzte mich längs aufs Küchensofa, den Fuß auf die Lehne gelegt. Mit gemischten Gefühlen dachte ich an die letzten Stunden zurück. Es war nicht direkt ein Nachmittag gewesen, der für uns als Patchworkfamilie warb. Fee und Julius hatten ja, wenn überhaupt, erst gegen Ende harmoniert – vereint in der Opposition gegen uns Eltern. Und Alex und ich hatten gar nicht viel miteinander gesprochen. Wenn es diesen zauberhaften Moment mit meinem verletzten Fuß nicht gegeben hätte, wäre ich jetzt wohl ein bisschen frustriert. Aber: Vielleicht war das auch bloß eine ganz subtile Art gewesen, sich über mich lustig zu machen? Weil Alex nämlich merkte, dass ich mich zu ihm hingezogen fühlte? Erst ein zärtlicher Blick, dann der Griff an mein Fußgelenk mit seiner kräftigen, warmen Hand und dann – zack – der Eisbeutel.

Mein Herz zog sich zusammen. Ich fragte mich, mit wem er wohl in seinem Atelier eisgekühlte Drinks zu sich nahm, und dachte an die schöne Blondine mit dem Baby und die vollbusige Künstlerdiva auf den Fotos, an die Freundin, die ihm Leinwandreste schenkte, an Celine und an Leocadias

Assistentin – und fühlte mich zunehmend schlechter. Ein verkaufter Schmetterling und eine schwarze Bluse machten mich noch lange nicht zu einem Teil des Künstlermilieus. Ich war bloß eine ganz profane Marketingmaus – natürlich, bodenständig und witzig – und noch dazu so ungeschickt, dass wir unseren Termin nun wiederholen mussten. Andererseits war Alex bereit, den nächsten Sonntagnachmittag mit mir zu verbringen. Das war doch schon mal was. Und ich wusste, worauf ich mich die nächsten sieben Tage freuen konnte.

Am Abend bumperte es schon weniger in meinem Zeh, und ich räumte, nachdem Fee eingeschlafen war, noch etwas auf. Als ich die Essensreste von ihrem Abendbrotteller in den Müll werfen wollte, sah ich in dem Eimer zwei Silberpapiere glitzern. Eine Milky Way- und eine Bounty-Verpackung! Also Fee war doch wirklich kühn, um nicht zu sagen: unverschämt. Und der Hausgeist würde jetzt mit dem Schnaps vorliebnehmen müssen. Wenn das mal kein Unglück brachte …

#SCHICKISCHLAMPE

Anfang der Woche schrieb ich Sonya wie geplant eine Mail und fragte noch mal nach dem Vertrag. Sie antwortete mir, sie habe ihn gerade von ihrem Anwalt bekommen, sähe ihn jetzt noch mal durch und spätestens Montag sei er bei mir. Sie plane, dann auch direkt mit der Promotion loszulegen, damit mein Label bereits einen gewissen Bekanntheitsgrad bei ihren Followern genieße, wenn ihre eigene Armbandedition herauskäme. Es lief also alles nach Plan, und ich konnte schon für die kommende Woche mit deutlich höheren Absatzzahlen rechnen.

Entsprechend gut gelaunt und zuversichtlich brach ich am Sonntag zu Alex auf. Im Treppenhaus kam mir Frau Schmitz entgegen und erzählte, dass der Hausgeist ihre Opfergabe angenommen habe. Ich behielt für mich, dass es in diesem Fall kein Hausgeist, sondern eine Hausfee gewesen war, die sich an der Gabe gütlich getan hatte.

Auf ihre Frage hin, wofür ich mich so hübsch gemacht habe, berichtete ich, ich sei auf dem Weg zu einem beruflichen Termin mit dem Bildhauer, der früher gegenüber gearbeitet habe. Vielleicht erinnere sie sich an ihn.

»Ja, aber sicher. Dä Schönling mit singem Vogelhäuschen!« Frau Schmitz war begeistert und sah mich vielsagend an.

»Ja, genau der«, sagte ich lachend.

»Wenn Sie vielleischt meinen Schnaps mitnehmen wollen?«

»Nein, danke, ich glaube, das wäre komisch, wie gesagt, das ist ein Arbeitstreffen!«

»»Op Kölsch jibt's für alles ein Wort, nur för die Liebe nit«, zitierte Frau Schmitz ein prominentes Karnevalslied. »Und dann nennt man es stattdessen ›Arbeitstreffen‹.«

Ich lachte erneut, war aber auch etwas beunruhigt. Sah man mir denn schon an der Nasenspitze an, dass meine Absichten nicht rein geschäftlicher Natur waren?

»Frau Schmitz, Sie torpedieren mein professionelles Auftreten mit Ihren Bemerkungen«, erwiderte ich augenzwinkernd. »Und jetzt muss ich weiter. Drücken Sie mir die Daumen, dass es gut läuft!«

Und das tat es dann auch. Der einzige Wermutstropfen an dem ganzen Nachmittag waren die beiden unbekannten Schönheiten, die uns von Alex' Pinnwand aus beobachteten.

Ich drehte nicht nur wie geplant den Film von seiner Arbeit, sondern er fotografierte auch umgekehrt mich, wie ich in seinem stilvollen Werkstattambiente auf dem Arbeitstisch sitzend einen Tee trank und sehr ästhetisch in einen Cookie biss. Im Hintergrund war wieder das Selbstbildnis zu sehen. Das Foto wollten wir direkt im Umfeld des Videos posten. Vielleicht diente es uns aber auch nur als Vorwand dafür, nach dem Filmen noch nicht gleich wieder auseinanderzugehen. Dadurch, dass wir für die Fotos so tun mussten, als wären wir alte Freunde, fühlte es sich auch wirklich ein bisschen so an. Es war ein gleichzeitig aufregender wie auch rundum angenehmer Nachmittag. Mein Zeh tat fast gar nicht mehr weh, Alex war wunderschön wie immer, das Atelier gut geheizt, das Sofa weich. Der Tee duftete, Alex lachte über meine Witze, und das Gespräch war zwar oberflächlich, aber inspiriert und lustig – wie mit einem alten Freund eben. Na ja, mit einem extrem heißen alten Freund. Ich war ein bisschen aufgedreht, fühlte mich aber geistreich und hübsch dabei.

Als ich abends auf Instagram Komplimente zu einigen neuen Fotos verteilte, die meine Kundinnen unter dem Hashtag #braceletta gepostet hatten – allesamt Bilder von meinen Armbändern an ihren Handgelenken –, hielt das gute Gefühl noch immer an. Ich hätte mich daran gewöhnen können.

Es war eine neue E-Mail von pocahontas4@gmx.de, die dem Hochgefühl ein jähes Ende bereitete:

> Antworte du dreckige schicki schlampe wenn du dich nicht meldest geht die geschichte von dir und deinem papa raus dann sollst du mal sehen dann bleibt dir dein keks im halse stecken und lass die finger von meinem mann wir bruachen deine almosen nicht

Ich las die Nachricht mehrere Male, und mein Herz klopfte bis zum Hals. Es handelte sich offenbar doch nicht um eine Verwechslung. Und aus der Mail sprach blanke Aggression. Irgendwo da draußen musste es eine Frau geben, die mich hasste, meinem Instagram-Account folgte und dort das Foto aus Alex' Werkstatt mit dem Cookie gesehen hatte. Eine Frau, die wollte, dass ich ihren Mann in Ruhe ließ.

Alex' Frau? Ich atmete schwer. Was war hier los? Konnte es denn sein, dass Alex eine Frau hatte, die solche Mails schrieb? Ohne Punkt und Komma und in diesem Tonfall? Aber warum hatte er dann jedes Wochenende Zeit für mich und brachte seinen Sohn immer zu seinen Eltern? War ich hier vielleicht unversehens in eine moderne Version von Charlotte Brontës *Jane Eyre* geraten? Wo die arme, einsame Jane eine Arbeit bei dem attraktiven, geheimnisvollen Mr Rochester erhält, der sie trotz gegenseitiger Liebe nicht heiraten kann, weil er noch an seine bösartige, verrückte Ehefrau gebunden ist?

Das ergab doch alles keinen Sinn.

Mit einem mulmigen Gefühl im Bauch stand ich auf und zog den Spalt zwischen den Vorhängen sorgfältig zu. Schon als wir eingezogen waren, hatte ich damit gehadert, dass eine Wohnung im Souterrain für eine alleinstehende Frau mit Kind vielleicht nicht optimal wäre. Aber die Möglichkeit, auf dem Hof eine kleine Terrasse für uns einzurichten, hatte mich dann doch überzeugt. Und natürlich der Preis. Immerhin schien Pocahontas nicht klar zu sein, wo ich wohnte, sonst würde sie mich wohl nicht als »schicki schlampe«, die in Saus und Braus lebte, beschimpfen.

Ich prüfte nach, ob ich die Wohnungstür abgeschlossen hatte, ging in Fees Kinderzimmer, schloss dort das Fenster und lauschte eine Weile ihrem leisen, friedlichen Schnorcheln. Sie war etwas verschnupft. Bestimmt würde sie heute Nacht aufwachen, zu mir ins Bett kriechen und nach Nasentropfen verlangen. Meine Süße.

Leise schlich ich zurück in die Wohnküche. Ich fühlte mich, als würde mich jemand beobachten, was natürlich absurd war, denn unser Flur hatte ja gar keine Fenster. Mein Blick fiel auf Fees Leinwandgemälde an der Wand, das Alex uns wie versprochen am Tag nach unserem Besuch im Atelier fertig gerahmt mit in die Kita gebracht hatte. Er war so großartig. Oder lag ich da falsch? Ich kannte ihn ja eigentlich immer noch viel zu wenig. Vielleicht war er nicht der, für den ich ihn hielt?

Mein Laptop stand auf dem gelben Europaletten-Tisch. Das Display strahlte hell in dem ansonsten nur durch eine kleine Stehlampe beleuchteten Raum. Darauf prangte immer noch die böse E-Mail, wie eine Mahnung, mich bloß nicht zu früh zu freuen.

Abends arbeitete ich gerne in der Küche vom Sofa aus, wenn ich nicht gerade mit Elifs Netflix-Account eine Serie schaute. Jetzt kam ich mir selbst vor wie in einer Mystery-Serie, aber es fühlte sich überhaupt nicht spannend an, sondern einfach nur beängstigend. Am liebsten hätte ich auch das Foto, auf dem ich auf Alex' Tisch den Keks aß, wieder gelöscht. Aber es war schon vielfach geherzt und kommentiert worden, und außerdem kamen darauf meine Armbänder sehr schön raus. So leicht wollte ich mich nicht ins Bockshorn jagen lassen.

Wenn die Frau im gleichen Tonfall wie bisher irgendeine hanebüchene Geschichte über meinen Vater ins Netz stellen würde, konnte das beruflich kaum gefährlich für mich werden. Höchstens unangenehm. Sicherheitshalber notierte ich mir aber aus dem Gedächtnis den Wortlaut der gelöschten ersten Mail. Sollte die Frau irgendwann mit einer konkreten Drohung oder Geldforderung auf mich zukommen, würde ich wohl zur Polizei gehen müssen.

Am nächsten Morgen schniefte und hustete Fee ganz erbärmlich, und ihre Stirn war etwas heiß. So konnte ich sie nicht in die Kita bringen, also meldete ich sie bei Frau Ponanski krank. Dann machte ich ihr ein Hörspiel an und versuchte sie davon zu überzeugen, im Bett zu bleiben. Ich schmierte ihr ein Brot, kochte einen Tee mit viel Honig und brachte ihr beides auf einem Tablett. Mit etwas Glück hatte ich damit ein Stündchen Ruhe zum Arbeiten. Ich verzog mich mit dem Laptop an den Wickelschreibtisch.

In gewisser Weise war ich froh, dass wir heute nicht in die Kita mussten. Dort hätte Alex mir begegnen können, der immer noch mit minimalen Fortschritten an Julius' Eingewöhnung arbeitete. Vergangene Woche hatte er zwei Mal das Gebäude verlassen können, während Julius auf Celines Arm zurückgeblieben war. Zwar hatte der Kleine dabei nicht gerade glücklich ausgesehen und Celine mehrmals darüber in Kenntnis gesetzt, dass Alex sein Papa sei. Aber er hatte weitgehend ohne zu weinen durchgehalten, bis Alex eine Stunde später wiedergekommen war. Alex war über diese Entwicklung schon sehr froh gewesen.

Mir war klar, dass ich mit ihm über die E-Mail reden sollte, ihn fragen, ob jemand aus seinem Umfeld etwas damit zu tun haben könnte. Gleichzeitig hatte ich keine Ahnung, wie ich dieses Gespräch beginnen könnte. »Du, ich hab ja versucht, dich anzubaggern, aber es scheint eine Frau zu geben, die etwas dagegen hat. Bist du zufällig mit einer unverschämten, paranoiden Person zusammen, die keine Rechtschreibung beherrscht und auch vor Erpressung nicht zurückschreckt?« Das hieße nun wirklich, mit der Tür ins Haus zu fallen. Mir musste was Besseres einfallen.

Bei jeder neuen E-Mail hoffte ich, dass es sich nicht um Pocahontas' nächste Hasstirade handelte, sondern um eine Armbandbestellung – oder besser noch um Sonyas Vertrag.

Das Arbeiten mit der kranken Fee zu Hause klappte nur mäßig. Sie war zwar zu erkältet für den Kindergarten, aber nicht so krank, dass sie tatsächlich die ganze Zeit im Bett geblieben wäre. Eher etwas unausgelastet und quengelig. Als dann gegen Abend endlich Sonyas heiß ersehnte Mail mit dem Vertrag im Anhang eintraf, rief ich meine Mutter an und bat sie, am nächsten Nachmittag nach der Arbeit vorbeizukommen und mir Fee für zwei, drei Stunden abzunehmen. Um den Vertrag durchzugehen und gegebenenfalls kommentiert zurückzusenden, würde ich Ruhe brauchen. Außerdem musste ich ja mal raus zur Post, die Bestellungen verschicken.

Als meine Mutter am nächsten Tag gegen fünf Uhr bei uns eintraf, schlief Fee noch. Es ging ihr eher schlechter als gestern, und sie hatte den ganzen Tag über schlapp und verschnupft herumgelegen. So hatte ich wenigstens das Nötigste an Arbeit schaffen und auch den Vertrag schon mal durchsehen können.

Ich machte meiner Mutter einen Kaffee, erkundigte mich nach dem Stand im Büro, um schließlich vorsichtig zu jenem Thema überzuleiten, das ich angesichts der jüngsten Ereignisse wohl doch mal ansprechen musste: meinen Vater.

»Fee stellt ja viele Fragen«, tastete ich mich vor. »Wenn sie demnächst mal etwas mehr über meine Herkunft wissen möchte …«

Meine Mutter verspannte sich, wie immer, wenn wir das Thema auch nur am Rande streiften – wenn irgendwo im Bekanntenkreis von einem Opa die Rede war oder Ähnliches. Wir redeten nicht darüber. Früher nicht, und heute auch nicht. Schon als Kind hatte ich gespürt, dass es meiner Mutter Kummer bereitete, an meinen Vater erinnert zu werden. Und ich hatte zwei, drei Mal zu spüren bekommen, dass sie bereit war, ihre Grenze mit Zähnen und Klauen zu verteidigen, wenn ich mich nicht zurückhielt. Ich war damals noch recht jung gewesen, aber die Szenen hatten sich in mein Gedächtnis eingebrannt.

Einmal waren wir auf dem Weg zur Kirmes gewesen, und ich hatte drei Mark bekommen. Ich sollte selbst entscheiden, wofür ich sie ausgeben wollte. Ich erinnerte mich noch, wie ich mit meiner Hand in der Jackentasche immer wieder die drei Münzen umeinanderkreisen ließ. An meine freudige Erwartung.

Wir hatten dann auf der Kirmes zwei Freundinnen von mir getroffen, die mit ihren Familien gekommen waren. Ihre Väter fuhren mit ihnen Autoskooter. Meine Mutter aber wollte nicht in den Autoskooter. Vielleicht fand sie es für eine Frau nicht passend oder hätte sich als alleinstehende Mutter irgendwie vorgeführt gefühlt. Vielleicht mochte sie es auch einfach nicht. Jedenfalls konnte auch ich nicht fahren, denn alleine war ich noch zu jung. Ich war furchtbar enttäuscht und übertrat deswegen unsere unausgesprochene Regel.

»Das ist so gemein!«, hatte ich geheult. »Ich will auch einen Papa!«

»Du weißt ja überhaupt nicht, was du dir da wünschst«, hatte meine Mutter wütend geantwortet und mich daraufhin an der Hand wieder heimwärts gezerrt. Ich erinnerte mich noch daran, wie mir ihre Handtasche dabei immer wieder gegen den Kopf geschlackert war, ich mich aber nicht getraut hatte, zu protestieren, weil sie so aufgebracht war. »Er hat seine Entscheidungen getroffen, und damit müssen wir leben. Und das ist weiß Gott nicht schwer. Dir fehlt es an nichts. Du hattest drei Mark in der Tasche, und es gab eine Schiffsschaukel, ein Kettenkarussell und eine Geisterbahn. Aber was willst du? Autoskooter fahren mit deinem Vater!

Nun, das ist das Einzige, was ich dir nicht ermöglichen kann. Dann müssen wir eben nach Hause gehen. Gib mir das Geld zurück!«

Zu Hause hatte ich mich in mein Zimmer zurückgezogen und geweint, und meine Mutter hatte mir nur noch wortlos das Abendessen gebracht. Am nächsten Tag war sie dann wieder ganz normal und tat so, als wäre nichts passiert. Und ich hütete mich fürs Erste, meinen Vater noch einmal zu erwähnen.

Erst Jahre später, schon als Teenager, hatte ich noch mal all meinen Mut zusammengenommen und um ein Foto von ihm gebeten. Ich war in einem Alter, in dem mir mein Aussehen langsam wichtig wurde. Und ich wollte wissen, woher ich die aschblonden Haare hatte, von denen meine Freundin Sabine meinte, ich solle sie doch braun färben. Nicole hingegen plädierte für Blond, während meine Mutter, die mit ihrem schönen Naturrot gut reden hatte, keins von beidem erlaubte.

Und hatte ich von meinem Vater auch die kleine, etwas spitze Nase, die meinem Aussehen das Mausige verlieh – an grauen Tagen das Graumausige? Meine Mutter trug eine klassische Charakternase im Gesicht. All das beschäftigte mich damals sehr, und ich fand es unfair, dass sie mich so kurzhielt mit Informationen über meinen Erzeuger.

Sie hatte dann sehr gefasst auf meine Frage reagiert.

»Wenn du meinst«, sagte sie nur, verschwand in ihrem Schlafzimmer und kehrte mit einem Foto zurück. Mir fiel auf, dass sie auf Anhieb wusste, wo sie es aufbewahrte.

Der Mann, der mein Vater war, stand auf dem Bild in einem offenen rosa Hemd und einer weißen Jeans vor dem Netz, das einen Tennisplatz umgab. Und tatsächlich sah er aus wie ein etwas mausiger Don Johnson, mit seinem zurückgeworfenen Haar, dessen Farbe der meinen ähnelte.

Ich hatte ihn dennoch als sehr fremd empfunden, aber auf eine weltmännische Art. Das Bild passte zu dem jungen Mann aus gutem Hause, der sich entschieden hatte, uns im Stich zu lassen.

»Er kam ja aus gutem Hause?«, führte ich dann auch etwas unsicher das Gespräch weiter, denn das gehörte zu dem Wenigen, was meine Mutter stets betonte, wenn sie genötigt war, zu dem Thema Stellung zu nehmen.

»Ja«, antwortete sie kurz angebunden. »Aber er war ein unangenehmer Mensch. Wir können froh sein, dass er sich entschieden hat, nicht bei uns zu bleiben.« Diese Sätze kannte ich auch schon.

Es waren die gleichen Informationen, mit denen sie mich schon immer abgespeist hatte. Er kam aus gutem Hause, aber er war ein unangenehmer Mensch. Ich hatte im Laufe der Jahre immer wieder gerätselt, was das im Duktus meiner Mutter wohl bedeutete.

Die Antworten, die ich auf diese Frage fand, hatten sich mit der Zeit gewandelt: Als kleineres Kind hatte ich mir vorgestellt, dass er seine Sachen herumliegen lassen, mit dem Stuhl gekippelt und seine Ellbogen beim Essen auf den Tisch gestützt hatte. Vielleicht war er auch durch den Flur gerannt oder hatte zu viel gesprochen. Später dann mutmaßte ich, dass er unpünktlich zum Essen nach Hause gekommen, noch später hielt ich es für möglich, dass er untreu gewesen war.

Ich war jahrelang hin- und hergerissen zwischen meiner Wut auf den Unbekannten, der sich kein bisschen um seine Tochter scherte, und einer unbestimmten Sehnsucht. Die trat besonders dann in den Vordergrund, wenn meine Mutter und ich unsere Konflikte hatten. Dann stellte ich mir vor, wie mein Vater käme, um mich zu holen. Wie wir gemeinsam das Leben führten, das ich mir für Leute »aus gutem Hause« so vorstellte. Er würde mir viel mehr erlauben und mir coole, teure Skater-Kleidung kaufen anstatt der spießigen Röcke und Blusen, die meine Mutter immer im Ausverkauf bei Benetton für mich fand. Er würde mir dann erzählen, wie gerne er als Vater für mich da gewesen wäre, wenn nicht meine anstrengende Mutter verhindert hätte, dass er sich mit seiner lockeren, unkonventionellen Art an meiner Erziehung beteiligte.

Und doch schwang in meinen Fantasien auch immer die Furcht mit, dass da mehr war. Dass es vielleicht einen guten Grund gab, warum meine Mutter ihn so ablehnte. Deshalb hatte ich bis auf gelegentliches ergebnisloses Googeln seines zu häufigen Namens auch nie ernsthafte Bemühungen unternommen, ihn zu finden.

Jetzt saß meine Mutter also hier an meinem Küchentisch, die Arme vor dem Twinset verschränkt, und war sofort in höchster Alarmbereitschaft.

»Wenn Fee fragt, dann sagst du ihr das, was wir beide wissen.«

»Und das wäre?«

»Er kam aus guter Familie. Aber er war ein unangenehmer Mensch und hat sich nicht um uns geschert. Wir können froh sein, nichts mit ihm zu tun zu haben.«

Die innere Krisen-PR-Abteilung meiner Mutter schien sich vor Jahren einmal für diese Sprachregelung entschieden zu haben und jetzt konsequent dabei zu bleiben.

»Hast du denn je wieder etwas von ihm gehört? Weißt du, was er jetzt macht?«, fragte ich.

»Nein«, erwiderte sie hart. »Warum willst du das wissen?«

»Nur so«, log ich. Ich wollte sie nicht unnötig mit Pocahontas' E-Mails beunruhigen.

»Du denkst doch wohl nicht daran, ihn zu suchen?« Streng sah sie mich an.

»Nein. Obwohl das so ungewöhnlich nicht wäre. Die meisten Menschen wissen nun mal gerne, woher sie stammen.« Ich klang leicht zickig und ärgerte mich darüber. Das hier war nun wirklich nicht meine Schuld.

»Nun, schade, dass ich dir nicht ausreiche.« Jetzt war meine Mutter beleidigt. Auf diese Weise hatte sie es noch immer geschafft, mir ein schlechtes Gewissen zu machen. »Ich sage es dir, er ist wirklich unangenehm«, wiederholte sie dann noch einmal eindringlich.

Ich überlegte gerade, ob ich sie, wo wir nun ohnehin schon dabei waren, endlich mal fragen sollte, was genau »unangenehm« eigentlich heißen sollte, da hörte ich Fees Zimmertür quietschen und ihre nackten Füße, die sich mit schnellen Schritten näherten. Ihre hochroten Wangen verrieten, dass sie immer noch Fieber hatte, aber der Schlaf schien ihr gutgetan zu haben.

»Omi!«, rief sie erfreut, als sie meine Mutter erblickte, und kletterte auf ihren Schoß.

Omi wirkte ebenfalls sichtlich erfreut über die Unterbrechung, und so zeigte ich ihr nur noch, wo der Hustentee und der Honig standen, ermahnte Fee, sich gleich Strümpfe anzuziehen, und zog mich dann mit meinem Laptop zurück.

Ich las Sonyas Vertragsentwurf ein weiteres Mal sehr sorgfältig durch und mailte ihn dann mit ein paar Anmerkungen zurück. Im Wesentlichen ging es mir um die Zahlungstermine. Der Entwurf sah dafür nur alle halbe Jahre vor. Ich war aber wegen des Kredits darauf angewiesen, dass das Geld schneller in meine Richtung floss – am besten monatlich. Das würde wohl hoffentlich kein Problem sein.

Ich war gerade mit den Bestellungen auf dem Weg zur Post, als Elif anrief. Sie weinte. Ich setzte mich mit meinem Handy in einen Hauseingang neben ein sehr anspruchsloses Graffiti der FC-Ultras.

»Der Samenspender hat mir einen Korb gegeben«, berichtete sie schluchzend, und obwohl sie mir furchtbar leidtat, war ich spontan erleichtert.

»Wie kann das denn sein, er kennt dich doch gar nicht?«, fragte ich.

»Nee, ach, es ist wohl irgendwas wegen einer eventuellen Disposition für eine Erbkrankheit, die jetzt erst ans Licht gekommen ist. Ich hab es nicht ganz verstanden.«

»Und gibt es eine Alternative? Wir fliegen doch schon übermorgen.«

»Nein, das kann ich doch so kurzfristig gar nicht entscheiden. Mir ist das alles zu viel! Ich muss gleich versuchen, die Flüge zu stornieren. Zum Glück hab ich eine Reiserücktrittsversicherung abgeschlossen.«

»Geh zu Doktor Müller und sag, du hast Magen-Darm.«

»Da spricht der Profi«, meinte Elif und musste sogar ein bisschen lachen. »Es stimmt auch fast. Mir ist übel, und ich find's zum Kotzen! Ehrlich, Julia, ich fühl mich fast, als ob der Typ mich betrogen hätte. Oder ein bisschen wie nach einer Fehlgeburt. Wobei, na ja, das ist bestimmt noch wesentlich schlimmer, da will ich gar nicht dran denken. Aber jetzt muss ich wieder einen Monat warten, obwohl ich doch ohnehin immer so viel mit dem Ganzen hadere. Ich wollte jetzt endlich mal Nägel mit Köpfen machen.«

Sie war völlig fertig. Ich schlug vor, sie solle abends vorbeikommen, wenn Fee im Bett war. Dann könnten wir in Ruhe über alles reden.

Als es so weit war, kam Elif nicht allein, sondern mit einer Flasche Haselnusslikör.

»Ich muss was nachholen. Den ganzen verdammten Zyklus lang hab ich mich ausgewogen ernährt und nichts getrunken, um optimale Voraussetzungen zu schaffen, und jetzt das! Alles für den Arsch!«

»Genau«, meinte ich. »Dein Arsch sieht toll aus nach dem ganzen Obst und Gemüse.«

Elif lachte widerstrebend, stellte die Flasche auf den Boden neben meinem Küchensofa und verlangte nach Gläsern. Ich holte zwei rosa Plastikpinnchen, die ich noch vom Junggesellinnenabschied unserer Freundin Berrit übrig hatte. Andere besaß ich nicht.

Wir tranken, und Elif redete sich noch mal ihren Schmerz von der Seele.

»Andere Männer haben auch schöne Kaulquappen«, versuchte ich sie zu trösten und malte ihr aus, dass der dänische Spender bestimmt entsetzlich stark behaart und »Manager« in diesem Fall ein Euphemismus für Zuhälter gewesen war.

»Ich wollte doch nur ein winziges Spermium von ihm und nicht sein schmutziges Rotlichtgeld.«

»Na gut, okay. Aber bestimmt hat er als Einziger in der Familie die braunen Haare. Dein Kind hätte ausgesehen wie ein Wikinger, und man hätte dir beim Kinderarzt nie geglaubt, dass du die Mutter bist.«

»Ich hätte mich ja ausweisen können.«

Wie man es auch drehte und wendete, es war wirklich

doof für Elif. Ich sah es ein und versuchte dann einfach, das Übel mit ihr zusammen auszuhalten. Der Likör tat sein Übriges dazu, jedenfalls für heute Abend.

Morgen würde ich einen Schädel haben. Aber das war nicht schlimm. Fees Fieber war zwar weiter gesunken und sie schien auf dem Weg der Besserung, aber ich würde sie sicher noch zwei Tage zu Hause behalten müssen. Wir würden morgen einfach beide ein bisschen schlapp herumhängen.

#ENTREPRENEURSWEEKEND

Da wir durch den abgesagten Kopenhagen-Ausflug unverhofft ein freies Wochenende hatten, beschloss ich, mal wieder ein richtig gutes Foto in Angriff zu nehmen. Es sollte in meinem Designatelier spielen, in dem ich angeblich meine wunderbaren Bracelets entwarf. Fee war weitgehend wieder gesund, hustete kaum noch, nur die Nase lief ununterbrochen weiter. Aber körperlich war sie fit und mit Feuereifer bei der Sache. So rollten wir den bunten Teppich ein, der sonst die schäbigen Küchenfliesen verdeckte, und stattdessen eine Bahn PVC in Fischgrätparkett-Optik aus. Unser selbst gebautes Tischunikat stellten wir in die Mitte des Raumes. Ich positionierte meine Fotolichter so, dass sie den Tisch gut ausleuchteten und den Kram, den wir beiseitegestellt hatten, im Schatten ließen. Bei Bedarf konnte Elif die Bildränder später noch via Bildbearbeitung im Unscharfen verschwinden lassen. Im Hintergrund sollte man nur schemenhaft Fenster und Tür zum Hof sehen.

Auf dem Tisch platzierte ich einige Kordelmuster in den möglichen Farben für die nächste Kollektion. Ich wollte meine Follower dazu befragen und ihnen damit das Gefühl geben, an meinem Schaffensprozess beteiligt zu sein. Ein Armband, für dessen Farbe man selbst abgestimmt hatte, musste man doch einfach kaufen, oder?

Fee schichtete einige Verschlussdiamanten zu einer Pyramide auf, die im Licht des Fotoscheinwerfers nur so glitzerte. Ich legte noch unsere Haarschere sowie ein Teppichmesser auf den Pseudo-Ateliertisch. Fee steuerte stolz die große Lupe aus ihrem Detektivkoffer bei. Jetzt sah es wirklich sehr authentisch nach Arbeit aus.

Ich spannte mein Handy in der richtigen Position in das Stativ ein und aktivierte den Selbstauslöser.

Fee saß in einer süßen hellblauen Tunika und einer weiten beigefarbenen Samthose, die ich nächste Woche wieder umtauschen würde, schon auf dem Tisch. Sie war angehalten, konzentriert mit einer der Kordeln zu spielen, und machte das sehr gut. Ich wischte ihr noch mal schnell die Nase ab, dann beugte ich mich in meiner engen Jeans und einem hellblauen Hemd – Ton in Ton mit Fees Tunika – über den Tisch. Mit der Lupe führte ich gewissenhaft eine Qualitätskontrolle an einem der Bänder durch. Das Hemd hatte ich – inspiriert von der Künstlerin an Alex' Pinnwand – vor dem Bauch geknotet. Darunter trug ich weiße Shapewear, die aus der Entfernung nicht danach aussah. Man würde mich auf dem Bild im Halbprofil sehen.

Es knipste mehrmals, und als ich das Ergebnis kontrollierte, war ich sehr zufrieden. Mindestens ein tolles Foto war dabei. Ich schien darauf ganz in meine Arbeit versunken, gleichzeitig hatte ich aber den Po so schön rausgestreckt, dass er geradezu knackig wirkte, und auch mein Dekolleté machte was her. Die Farben der Kordeln kamen gut raus, und Fee sah ohnehin entzückend aus. Ich löschte alle anderen Aufnahmen, behielt nur die beste und bearbeitete sie noch ein wenig. Ich würde sie gleich so posten, Elif brauchte gar nichts mehr daran zu machen.

Danach nahm ich erst mal meine Kontaktlinsen heraus,

weil mir wohl ein Mascara-Partikel darunter geraten war. Ich löste die pikenden Haarnadeln aus meinem Dutt und zog das Hemd aus, damit es nicht dreckig wurde. Dann versetzte ich die Küche wieder in ihren Ursprungszustand, während Fee um mich herumspielte. Anschließend postete ich das Foto und schaltete dann das Handy aus. Ich hatte meiner Tochter einen handyfreien Spielnachmittag versprochen. Den hatte sie sich mehr als verdient, so toll, wie sie heute Morgen mitgearbeitet hatte.

Erst abends, als Fee schlief, wollte ich mein Smartphone wieder einschalten, um zu schauen, wie mein heutiges Foto performte. Da klingelte es.

Ich schrak zusammen. Es war nach neun und stockdunkel draußen. Elif war meines Wissens mit Berrit auf einem Konzert und meine Mutter um die Uhrzeit bestimmt nicht mehr unterwegs. Wer also konnte das sein?

Ich dachte an Pocahontas, und ein kalter Schauer kroch meine Wirbelsäule empor.

Es klingelte noch einmal. Also keine Verwechslung und wohl auch kein Klingelstreich.

Zögernd nahm ich das Schälmesser in die Hand, mit dem ich Fee zum Abendessen eine Gurke aufgeschnitten hatte, und ging damit die Kellertreppe hoch in Richtung Haustür.

Eben noch hatte ich Frau Schmitz' vertraute, geschäftige Schritte im Erdgeschoss über mir gehört. Sie würde mich doch wohl hören, sollte ich schreien? Hoffentlich trug sie ihr Hörgerät.

Einfach nicht zu öffnen war keine Option. Wenn ich nicht erfuhr, wer hier etwas von mir wollte, würde ich mich nur den buntesten Fantasien darüber hingeben. Die Wirklichkeit konnte kaum schlimmer sein. Ich musste nachsehen.

Durch die Scheibe in der Tür ließen sich die Umrisse des nächtlichen Besuchers erahnen. Von Größe und Statur her sah das eher nicht nach einer Frau aus. Ich ballte hinter meinem Rücken die Faust um den Messergriff. Dann zog ich die Tür vorsichtig einen Spaltbreit auf, bereit, mich im Notfall sofort mit vollem Gewicht dagegen zu werfen und zu schreien.

Als ich erkannte, um wen es sich handelte, beschleunigte mein Herz noch einmal seinen Rhythmus.

Denn es war Alex, der da stand, zwei Schnapsgläser in der Hand. Schlagartig fiel die Anspannung von mir ab, und gleichzeitig stieg das dringende Bedürfnis in mir auf, mich an seine Brust zu werfen.

»Entschuldige, ich wollte dich nicht erschrecken«, sagte er und lächelte mich an. Aber lag da auch so etwas wie Sorge in seinem Blick?

»Ist schon okay«, stammelte ich.

»Sicher?«

»Warum denn nicht? Es ist nur immer etwas spannend, wer vor der Tür steht, weil ich keine Gegensprechanlage hab.«

»Immerhin bist du bewaffnet.« Er blickte auf die Hand mit dem Messer, die ich unwillkürlich hatte sinken lassen.

»Ach so, nein, ich hab gerade eine Gurke für Fee geschält.«

»Ist sie noch wach?«

»Nein.«

»Aha.« Er musste mich für komplett idiotisch halten.

»Ähm … ich frag nur ungern selbst, aber: Willst du mich vielleicht reinbitten? Oder komme ich ungelegen?«

»Nein, eigentlich nicht … äh … komm rein. Oder vielmehr runter.«

Ich ließ ihn vorbei und deutete auf die Kellertreppe, dann sah ich an mir herab. Ich trug meine graue Schlabberhose und eine dicke Strickjacke. Na ja, was wollte man erwarten an einem Samstagabend allein zu Haus? Immerhin hatte ich noch die Reste des Make-ups von heute Morgen im Gesicht.

»Ich hab versucht, vorher anzurufen. Aber dein Handy war den ganzen Tag ausgeschaltet«, erklärte Alex, während er unnachahmlich lässig die steile Treppe hinunterlief, und das, obwohl er dabei den Kopf einziehen musste.

»Ja, ich hatte Fee heute einen handyfreien Nachmittag versprochen.«

Ich wies ihm den Weg durch den Flur in die Wohnküche und deutete dort auf den bequemsten Stuhl. »Setz dich doch.«

Er sah sich ungeniert um, während er seine Jacke auf den Stuhl neben sich legte. »In den unscheinbarsten Häusern sind immer die gemütlichsten Wohnungen«, meinte er dann freundlich.

Das war so nett von ihm.

»Willst du einen Haselnusslikör?«, bot ich an, und als er nickte, schenkte ich die Gläschen voll, die er mitgebracht und vor sich auf den Tisch gestellt hatte. So ein Zufall, dass ich heute diesen Schnaps dahatte, wo er doch offenbar gern welchen trank.

»Entschuldige, dass ich mich so aufdränge«, begann er, und ich schaute ihn betört an, wie er da höchstpersönlich in meiner Küche auf meinem Stuhl saß, und dachte nur, dass er sich aufdrängen durfte, sooft er wollte. »Ich hab mir Sorgen um dich gemacht. Erst wart ihr nicht in der Kita, und Frau Ponanski meinte, Fee sei krank, und dann das Foto ...«

»Welches Foto?«

»Das du heute Morgen gepostet hast.«

Moment mal, gab es vielleicht einen Grund dafür, dass er die Gläser mitgebracht hatte?

»War darauf etwa die Schnapsflasche zu erkennen?«, fragte ich verwirrt. »Hast du deswegen die Gläser dabei?«

Das wäre natürlich peinlich und passte nicht so richtig zum Image von Julia Braceletta. Hätte Elif doch lieber mal einen guten Whiskey mitgebracht anstatt dieser süßen Plörre ...

»Ja, die Flasche stand in deiner Küche, und ich dachte, du könntest vielleicht angesichts der ganzen Kommentare etwas Gesellschaft gebrauchen und ... einen Doppelten.«

Ich ließ mich auf den Stuhl ihm gegenüber sinken. »Hilfe, was redest du denn da? Küche? Das Foto sollte doch in meinem Designatelier spielen. Sah das etwa doch nach Küche aus? Und was ... was ... steht in den Kommentaren?« Schnell kippte ich meinen Likör auf ex herunter.

»Also, nach Atelier sah es nicht aus. Vielleicht schaust du es dir mal an.« Alex wirkte jetzt auch etwas hilflos.

»Oh Gott, ich trau mich gar nicht. Beschreib mal das Foto.«

»Es sieht eben aus, wie es aussieht, wenn eine Frau in einem weißen Unterhemd in ihrer Küche ein Fotoset auf- oder abbaut und sich dabei unbeobachtet fühlt.«

»Das muss ja schrecklich aussehen.«

»Finde ich nicht, aber ich dachte mir schon, dass du das

so einschätzen würdest.« Er lächelte mich entschuldigend an.

Hektisch nahm ich mein Handy zur Hand und schaltete es ein. »Ich muss das sofort löschen – oder warte. Wie viele Leute haben sich schon dazu geäußert?«

»Hm, so vor zwei Stunden, als ich es gesehen hab, lagen die Herzen im vierstelligen Bereich. Bei den Kommentaren hab ich irgendwann aufgehört, nach unten zu scrollen, aber es waren ziemlich viele.«

»Oh nein, was mach ich denn jetzt?« Ich stöhnte. »Dann kann ich es auch nicht mehr löschen. Zumindest nicht sofort, solange es noch auffällt.« Nervös legte ich das Handy wieder auf den Tisch, stand auf und starrte aus dem Fenster in die Dunkelheit. Hart schluckte ich die Tränen herunter. »Damit würde ich erst recht einen Shitstorm provozieren. Scheiße, ich fürchte, dieses Foto hält schon jetzt einen Aufmerksamkeitsrekord. Ich bin erledigt!«

Entkräftet setzte ich mich wieder hin und legte das Smartphone umgekehrt auf den Tisch, ohne es zu entsperren. Eine Weile sagte ich nichts.

Auch Alex schwieg, aber ich spürte, dass er mich ansah.

»Ich guck es mir morgen an. Das schaff ich jetzt nicht«, meinte ich schließlich. Nicht in Alex' Gegenwart. Vermutlich würde ich hemmungslos zu heulen anfangen, und da wollte ich ihn nicht dabeihaben. Dass er wieder ging, wollte ich allerdings auch nicht.

»Wie konnte das denn passieren?«, fragte er vorsichtig.

Da hatte ich inzwischen so eine Ahnung …

»Während ich nach dem Shooting alles wieder aufgeräumt hab, wollte Fee mal mein Telefon haben, um sich Fotos anzuschauen. Offenbar hat sie stattdessen welche gemacht. Ich hab nicht groß auf sie geachtet. Außerdem hatte ich beim Posten meine Kontaktlinsen nicht an. Ich hab einfach das letzte Bild genommen, in der Annahme, das müsste das richtige sein. Den Text hatte ich schon vorbereitet, hab ihn nur kurz rüberkopiert und dann auf Senden geklickt. Voilà, das war's, Existenz ruiniert. Was dagegen, wenn ich mir noch mal einschenke?«

»Überhaupt nicht. Aber warte mal ab, bevor du gleich verzweifelst. Ich als Laie würde meinen, ein falsches Foto im Jahr müsste man sich doch leisten können? Und es haben ja viele Menschen auf das Herz darunter geklickt. Ich übrigens auch.« Wieder lächelte er.

»Oh, vielen Dank«, antwortete ich und verdrängte den Gedanken daran, dass er mich in meinem weißen Shapewear-Unterhemd gesehen hatte. »Aber du hast das leider falsch verstanden. Das Herz bei Instagram bedeutet einfach nur: Ich hab's gesehen. Schließlich kann man nur das Herz anklicken oder gar nichts. Wenn es auch einen Galgen gäbe, hätten die meisten bestimmt den gewählt. Es herrscht manchmal ein rauer Ton im Netz. Außerdem stehe ich gerade vor einem wichtigen Geschäftsabschluss, da kann ich so was noch weniger gebrauchen.« Völlig geplättet starrte ich auf meine Hände, die ich vor mir auf dem Tisch gefaltet hatte.

Alex machte eine kurze Bewegung, als ob er sie ergreifen wollte, tat es dann aber doch nicht. Oder hatte ich mir das nur eingebildet?

Stattdessen strichen seine Künstlerfinger nun über meine Tischplatte. »Hast du den selbst gemacht?«

»Ja. Wenn du von dem Katastrophenfoto aus ein Stück nach unten scrollst, kannst du dir angucken, wie.«

»Werde ich. Du bist sehr kreativ, wirklich.« Aus seinem Blick sprach echte Anerkennung. »Und deswegen wird dir bestimmt auch was einfallen, wie du aus dem Fotoschlamassel wieder rauskommst. Wenn es in zwei Tagen überhaupt noch jemanden interessiert.«

»Hoffentlich hast du recht. Lass uns für heute Abend nicht mehr drüber reden. Ich werd mich dem Fauxpas morgen mit frischer Kraft stellen.« Ich gab mir Mühe, optimistisch zu klingen. Nur zu gern wollte ich so kreativ und zupackend sein, wie er mich sah. Ich versuchte es mit einem Themenwechsel. »Wie läuft's denn bei dir?«

»Auf unser Video hin hat sich eine Dame gemeldet, die an dem Selbstbildnis interessiert ist. Sie kommt nächste Woche vorbei und guckt es sich an.«

»Das ist ja großartig! Aber du wirst bei dem Termin wohl nicht darum herumkommen, ihr etwas über deine Arbeit zu erzählen«, zog ich ihn ein bisschen auf.

»Genau das ist der Haken daran. Ich übe in Gedanken schon die ganze Zeit.«

»Sag Bescheid, wenn ich dich abhören soll.«

»Bloß nicht.« Alex lachte.

»Gib dir Mühe. Ich zähl auf dich. Nach dem Imageschaden von heute werde ich die Provision nämlich dringend brauchen.«

»Ich gebe mein Bestes und setze den Preis extra hoch für dich an. Und ob ich will oder nicht, ich werde ja auf die Tränendrüse drücken müssen ...« Er zögerte.

»Wie meinst du das?«

»Na ja, die Skulptur bringt die Trauer um meine Freundin zum Ausdruck. Ich werde nicht umhinkommen, das zu erwähnen.«

Trauer um seine Freundin? In meinem Gehirn begann es zu rattern, und ich wurde ganz flattrig.

»Deine ... Freundin ist tot?« Irgendein schäbiger Teil von mir empfand spontan tatsächlich so etwas wie Freude. Oder wenigstens Erleichterung.

»Ja. Julius' Mutter. Verzeihung, ich hatte gehofft, du hättest das im Kindergarten irgendwie mitbekommen. Tut mir leid, ich wollte dich damit nicht überfallen.«

Und jetzt legte er wirklich seine Hände auf meine. Nur kurz, eine warme, wunderbare und völlig unnötige Geste der Entschuldigung.

»Das ... tut mir leid. Wirklich, mir tut das ganz schrecklich leid.« Tränen traten mir in die Augen. Und ich fühlte mich völlig überfordert von den widersprüchlichen Gefühlen, die gerade über mich hereinbrachen. »Wa... wann war denn das?«

»Julius war noch ein Baby, wenige Monate alt.«

»Und was ist mit ihr passiert?«

»Sie ist mit Julius zu ihren Eltern gefahren, im Winter über eine kurvige Landstraße. Es war glatt ...« Er stockte. »Eine Woche lang hat sie im Krankenhaus um ihr Leben gekämpft ... am Ende hat sie verloren.« Während er das sagte, wurde seine Stimme immer leiser.

Ich hingegen konnte gar nichts mehr sagen, starrte ihn nur an. Seine Schultern in dem dunkelgrünen, dünnen Strickpullover. Den Schmerz in seinen warmen Augen, in denen jetzt ebenfalls Tränen glitzerten. Ich wollte ihn in den Arm nehmen und auch wieder nicht, denn ich hätte es nicht in aller Unschuld tun können. Und ich konnte doch nicht diesen Moment ausnutzen, um Julius' toter Mutter nach dem Mann zu trachten.

Doch genau das tat ich. Sehr heftig tat ich das gerade. Ob durch den Alkohol, durch die unerwartete Berührung seiner Hände oder weil ich so aufgewühlt war von seiner Eröffnung und meiner eigenen Katastrophe.

Meine kleine Fotokatastrophe, die gegen die seine so ausnehmend lächerlich erschien. Dennoch war er hierhergekommen, um mir beizustehen, um zu fragen, wie es mir ging.

Und ich hatte mich immer darüber gefreut, wenn ich hörte, dass Julius nicht bei seiner Mutter war, sondern bei den Großeltern. Hatte gehofft, dass Alex allein wäre, dass seine Partnerin nicht plötzlich auf der Bildfläche erschien. Fast fühlte ich mich jetzt schuldig am Tod der unbekannten Frau.

Nervös rutschte ich auf meinem Stuhl hin und her und goss uns beiden noch mal das Schnapsglas voll. Dabei stieß ich unter dem Tisch versehentlich mit meinem Fuß gegen seinen. Ich zuckte zurück.

»Und was war mit Julius?«, fragte ich.

»Er war völlig unversehrt. Zumindest körperlich.« Alex zögerte. »Aber manchmal denke ich, dass seine Anhänglichkeit etwas mit dem frühen Verlust seiner Mutter zu tun haben könnte. Oder mit meinem Umgang damit.« Der Gedanke schien ihm zuzusetzen.

»Hm, es ist ja für die meisten Kinder erst mal schwer, sich von ihren Eltern zu trennen. Du gehst aber besonders sensibel damit um. Ich finde das bewundernswert. Julius hat wirklich großes Glück mit dir. Das hab ich sofort gedacht, als ich euch beide zusammen gesehen hab.«

Alex freute sich über meine Worte, das konnte ich ihm ansehen.

»Und wie kommst du selbst damit zurecht?«, fragte ich weiter.

»Mal besser, mal schlechter. Das ist es, was die beiden Gesichter der Büste zeigen. Aber die besseren Tage und Augenblicke überwiegen zunehmend. Drei Jahre ist es jetzt her.«

»Die Statue auf deiner Homepage ... Da war es noch ganz frisch, oder? Du im Schock und plötzlich allein mit dem Baby, das allem zum Trotz so zuversichtlich daliegt. Das eine geborgene Kindheit verdient.«

»Ja, genau so war es.« Sein Blick war jetzt warm und klar. »Und natürlich versuche ich, so gut ich kann, sie ihm zu geben. Dennoch hat Julius irgendwann gemerkt, dass alle anderen Kinder Mütter haben. Ich hab ihm dann erklärt, dass seine Mama immer bei ihm ist und ihn sehr lieb hat. Dass aber ihr Körper bei einem Unfall kaputtgegangen ist und sie daher jetzt in allem weiterlebt, was ihn umgibt: dem Himmel, den Bäumen und den Tieren. Bei jedem Vogel stellt er sich jetzt vor, dass seine Mutter darin lebt und ihn besucht. Dir sind die ganzen Vogelhäuschen vielleicht schon aufgefallen. Ich weiß nicht, ob das ein Trauerratgeber so empfehlen würde, aber die Vorstellung scheint Julius zu gefallen.« Unsicher sah Alex mich an.

»Mir gefällt sie auch«, sagte ich.

»Und wie kommst du mit dem Alleinsein zurecht? Gehst du immer mit Messer an die Tür oder erst nach neun?« Offenbar wollte nun er das Thema wechseln.

»Ähm, nein ... Ich hab nur in den letzten Tagen zwei komische Mails bekommen. Ziemlich aggressive Mails mit zweifelhafter Rechtschreibung. Von jemandem, der denkt, ich würde wirklich so ein High-Society-Leben führen, wie es auf Instagram aussieht – äh, korrigiere: aussah. Jedenfalls schreibt eine Frau, die sich Pocahontas nennt, unter anderem, ich solle ihren Mann in Ruhe lassen. Ehrlich gesagt ... weil ich sonst gar nicht mit so vielen Männern zu tun hab ... hatte ich schon überlegt, ob es jemand aus deinem Umfeld sein könnte.« Ich biss mir auf die Lippe. »Eine Ex oder so, die irgendwie mehr in unsere Arbeitsbeziehung reininterpretiert.«

Aufmerksam und ziemlich selbstbewusst sah Alex mir in die Augen. »Ja, wirklich, nicht dass da jemand mehr reininterpretiert.«

Mein Herz fing wie wild an zu schlagen, und ich konnte seinem Blick nicht standhalten.

»Du kannst mich jederzeit anrufen, wenn irgendwas ist. Wir wohnen ja nicht weit weg, und Julius kommt dann in seiner Polizeiuniform vorbei.«

Ich atmete aus. Damit bewegten wir uns wieder auf sicherem Terrain.

Wir unterhielten uns, bis der Haselnusslikör leer war. Was am Vormittag passiert war, war mir mittlerweile fast egal, und als ich zwischendurch mal aufs Klo musste und in den Spiegel sah, fand ich mich wirklich schön, mit meinen vom Alkohol und dem angeregten Gespräch geröteten Wangen.

Beim Abschied, kurz nach Mitternacht, küsste Alex mich auf die rechte davon. Das war kein Kunstszeneküsschen, registrierte ich mit einem leichten Schwindelgefühl. Seine Lippen berührten meine Haut sanfter als normal, und länger. Bestimmt zwei herzklopfende Atemzüge lang.

Dann wandte er sich zum Gehen und sagte: »Wir sehen uns, Julia«, während ich gar nichts sagen konnte, sondern nur schnell die Tür hinter ihm schloss. Von innen lehnte ich mich dagegen und lauschte seinen Schritten, die ihn, offenbar immer zwei Stufen auf einmal nehmend, die Kellertreppe hinaufführten.

Nachdem die Haustür leise ins Schloss gefallen war, ging ich, erfüllt von einem verwirrenden Hochgefühl, ohne Zähneputzen ins Bett.

Am nächsten Morgen erwachte ich mit einem Kater. Fee kam angeturnt und bohrte mir ihre Knie in den Brustkorb. Gleichzeitig senkte sich bleischwer die Erinnerung an das Desaster auf mich herab, das mich auf Instagram erwartete.

»Morgen, Maus«, seufzte ich. »Geh bitte runter von mir. Ich muss jetzt sofort arbeiten. Kannst du was in deinem Zimmer spielen?«

»Ich war doch schon die ganze Nacht in meinem Zimmer«, protestierte Fee empört.

»Dann bist du ja schon in Übung.«

»Ich will nicht in mein Zimmer.«

»Dann geh in die Küche.«

»Mit dir!«

»Okay, ich komm mit, und wir frühstücken kurz, und dann lässt du mich eine Weile arbeiten, abgemacht?«

Ich konnte ihr kein Einverständnis entlocken.

Während ich zwei Honigbrote schmierte, Fee einen Früchtetee und mir einen Kaffee kochte, begann sie, unter dem Tisch mit Besteck ihren Namen zu legen. Der Anblick der sauberen Messer und Gabeln auf dem weit weniger sauberen Fußboden war nicht gerade das, was ich jetzt gebrauchen konnte. Aber ich ließ sie gewähren, um nicht reden zu müssen.

Die zwei Schnapsgläser, die Alex mir dagelassen hatte,

standen noch auf dem Tisch. Ich räumte sie ab, spülte meines und stellte seines zur Seite. Es sollte noch ein bisschen ungespült mit seiner männlichen DNA daran in meiner Küche stehen dürfen. Der vergangene Abend war ja unerwartet berückend gewesen. Jetzt, bei grauem Tageslicht und Nieselregen, kam er mir allerdings fast unwirklich vor. Nur die Gläser zeugten davon, dass er wirklich stattgefunden hatte ...

Allerdings hatte Alex mir, nüchtern betrachtet, auch nicht gerade ewige Liebe geschworen. Ich hatte mir ein paar nette Blicke eingebildet und am Ende einen Abschiedskuss bekommen. Auf die Wange. Weil er angetrunken war und ich ihm leidtat, wie ich da in einem zu engen Unterhemd im Netz hockte und mich beschimpfen lassen musste.

Ich griff jetzt doch nach seinem Glas, spülte es aus und räumte es zusammen mit dem zweiten ins Regal.

Das Teewasser kochte, ich goss es in die Tasse mit dem Beutel, die schon auf dem Tisch stand, und stellte die Brote dazu. Dann schenkte ich mir einen Kaffee ein.

»Frühstück ist fertig, setzt du dich bitte hin?«, sagte ich zu Fee.

»Ich bin noch nicht fertig.«

»Du kannst gleich weitermachen.«

»Nein, ich kann gleich frühstücken.«

»Von mir aus, dann bin ich aber schon am Schreibtisch.«

»Schreibtisch, Schreibtisch, Schreib-tisch, Schreieieieibtisch«, sang Fee auf die Melodie von *Alle meine Entchen,* machte aber keine Anstalten, sich hinzusetzen. »Mama, wie schreibt man Schreibtisch? Ich will auch noch Schreibtisch schreiben.«

Gerade wollte ich zu einer Zurechtweisung ansetzen, da witterte ich meine Chance und ergriff sie. Ein großer Biss ins Brot, dann schlug ich mit vollem Mund vor: »Okay, ich schreib es dir auf, und dann machst du das. Und wenn du fertig bist, setzt du dich an den Tisch und isst. Ich leg dir ein Buch dazu hin.«

»Tablet«, verlangte Fee.

Ich zögerte. »Tablet«, bestätigte ich dann.

In Großbuchstaben schrieb ich SCHREIBTISCH auf ein Post-it, klebte es unter mir auf den Fußboden, legte das Tablet neben ihren Teller, biss noch einmal in mein Brot und eilte dann mit Kaffeetasse und Handy ins Schlafzimmer.

Ich fröstelte, es war kalt hier. Ich drehte die Heizung auf, lehnte mich mit dem Rücken daran und schlang die Arme um die Knie, das Handy in der Hand.

Ich könnte mich einfach nie wieder einloggen. Ich würde Elif meine Zugangsdaten geben und sie bitten, den Account für mich zu löschen. Dann wäre Braceletta einfach verschwunden und mit ihr die Scham und die Peinlichkeit und die ganzen Gemeinheiten, die sich vermutlich über sie ergossen hatten. Als hätte es sie nie gegeben. Eine verlockende Lösung – aber leider unrealistisch.

Denn Julia Braceletta war eben nicht nur eine Kunstfigur, sondern auch ein Teil von mir, und sie war meine Existenzgrundlage. Wenn sie verschwand, war es mit meinem Geschäft vorbei.

In manchen schlauen Artikeln zum Thema Achtsamkeit und Psychohygiene klang es so, als existierten getrennt voneinander zwei Welten: eine Social-Media-Welt und eine echte. Meistens wurde Erstere dann als oberflächlich, unverbindlich und sogar schädlich für die Psyche kritisiert, während die echte Welt die wahrhaftige wäre, auf die man seinen Fokus legen sollte.

Ich hatte vielmehr den Eindruck, dass die beiden Welten nicht zu trennen waren. Nicht bei mir und nicht bei anderen. Hinter jedem Facebook-Profil – jetzt mal abgesehen von Bots – steckte ein Mensch, der bewusst etwas klickte oder schrieb und damit ein Gefühl oder vielleicht eine Hoffnung verband. Menschen freuten sich über Likes, manche waren vielleicht sogar süchtig danach. Aber war es wirklich verwerflich, an einem grauen Tag, an dem man sich allein fühlte, eine schöne Mahlzeit anzurichten, ein Bild davon zu posten und sich dann über ein paar Herzen, Likes oder Kommentare zu freuen? Was war falsch daran, sich auf Instagram von seiner besten Seite präsentieren zu wollen? Im Urlaub den Sonnenuntergang zu zeigen und nicht die schimmelnde Duschkabine? Die Menschen hatten doch auch früher schon die hässlichen Schnappschüsse in den Papierkorb geworfen und die schönen in den Flur gehängt.

Ich hatte das Stilgefühl, die Ideen und die Vision – und Braceletta die Möglichkeit, all das zu zeigen. Meiner Ansicht nach waren der Mensch und das, was er im Internet von sich präsentierte, eine Einheit. Nicht deckungsgleich natürlich, sondern manchmal eher im Sinne zweier Seiten ein und derselben Medaille.

Und meine Medaille hatte jetzt leider unfreiwillig ihre unpolierte Seite nach oben gekehrt. Zittrig schaltete ich mein Smartphone ein und presste mich noch fester an die Heizung, als die Startmelodie des Betriebssystems ertönte wie der Titelsong zu meinem persönlichen Horrorfilm. Noch während ich die PIN eingab, trudelten unter anhaltendem Gebrumme und großem Pingping die gesammelten schlechten Nachrichten ein.

Die gesammelten schlechten – und eine gute. Denn Alex

hatte mir eine SMS geschickt. *Damit das Erste, was du heute Morgen siehst, nicht das missglückte Foto ist,* hatte er geschrieben, und ich spürte, wie sich trotz allem ein Lächeln in meinem Gesicht ausbreitete. Er dachte auch heute Morgen noch an mich!

Dadurch ein wenig gestärkt, klickte ich auf die Push-Nachricht von Instagram, die mir mitteilte, dass Zwergenmami, Minimaus1980 und 782 weitere Personen mein Bild kommentiert hatten.

Instagram-Post von **Julia Braceletta**

Das Bild zeigt mich im Halbprofil, wie ich gerade das Fischgrät-PVC wieder einrolle. Darunter kommen unsere etwa im Jahr 1992 verlegten weißlichen Fliesen zum Vorschein. Ich trage Jeans und das weiße Shapewear-Unterhemd, das aber aufgrund meiner gebückten Haltung mit dem Shapen überfordert ist. Mein Gesichtsausdruck ist etwas angespannt, ich sehe müde aus, und meine Frisur ist einfach nur merkwürdig. Im Hintergrund sieht man auf der Anrichte der Küchenzeile Marke Sperrmüll die halb leere Flasche Haselnusslikör und zwei eingerissene pinkfarbene Plastikpinnchen.

Daneben steht eine Flasche Ketchup, kein Bio. Wenn man heranzoomt, kann man im Regal ein zerfleddertes Kochbuch mit dem Titel *Mit 20 Euro durch die Woche* und einen Stapel angekatschte Teller erkennen. Die Kordelmuster liegen wild durcheinander auf dem zur Seite geschobenen Tisch herum. Nur die Verschlussdiamanten glitzern, als wäre nichts.

julia_braceletta Heute sind die neuen Kordelmuster in meinem Atelier eingetroffen! Was meint ihr, welche Farben sollten in der neuen Kollektion nicht fehlen? Sonnengelb, dunkelrot, tiefschwarz? Oder eine andere Farbe? Ihr könnt auch gern Vorschläge machen, wie ich die Farben nennen soll! Wenn

ich euren Vorschlag übernehme, bekommt ihr das entsprechende Bracelet natürlich geschenkt 🩶
#workingmomstyle #entrepreneursweekend #quality #familienunternehmen #blessed #braceletta

#IRRENISTPEINLICH

Voller Entsetzen ließ ich das Foto auf mich wirken. Ich zoomte ran und wieder raus, betrachtete meinen Hüftspeck und das Sparkochbuch und was sonst noch so rumstand, und die Scham schnürte mir die Kehle zu.

In diesem Moment kam Fee hereingestürmt und beschwerte sich, dass wir nicht mehr genug Besteck für das Wort SCHREIBTISCH hatten.

»Dann musst du eben das Besteck von deinem Namen dazunehmen«, sagte ich, bis zum Anschlag genervt.

»Nein, du musst mehr Besteck kaufen!«

»Ich kaufe gar nichts!« Mein Frust brach sich jetzt ungebremst Bahn. »Wirklich überhaupt nichts! Ich KANN gar nichts kaufen! Gewöhn dich dran! Nimm deine Buntstifte oder irgendwas anderes, aber lass mich jetzt mal zwei Minuten in Ruhe!!«

Fee sah mich erstaunt an, ich starrte zurück und hatte jetzt noch einen Grund mehr, mich zu schämen.

»Hast du eigentlich zufällig gestern mit meinem Handy Fotos gemacht?«, fragte ich sie, um Beherrschung bemüht.

Sie dachte kurz nach, dann fiel es ihr wieder ein. »Ja«, antwortete sie begeistert. »Willst du sie sehen?«

»Tu ich gerade.«

»Und, willst du eins posten?«

»Hab ich schon, Maus«, antwortete ich ergeben.

Zufrieden nickte sie mir zu und verschwand wieder.

Ich stand kurz auf und schloss die Tür hinter ihr. Dann kauerte ich mich wieder vor die Heizung und widmete mich den Kommentaren.

Von einem einfachen *Ups* über ein spitzfindiges *Also, ich hätte gern ein Bracelet in der Farbe der Kacheln #dirtywhite* bis hin zu einfallslosen Ausfälligkeiten wie *du willst uns wohl verarschen, du fette sau* war alles dabei. Ich gab sie mir alle, doppelt und dreifach, und zwischendurch schaute ich mir immer wieder das Foto an.

Ich war erledigt.

Was um alles in der Welt sollte ich jetzt bloß tun?

Ein lehrbuchmäßiger Umgang mit einem solchen Shitstorm verlangte Kommunikation und Offenheit. Aber was sollte ich denn sagen?

Ich ging erst mal meine E-Mails durch. Eine stach mir sofort ins Auge. Pocahontas hatte sich wieder gemeldet. Im Betreff stand: *Jetzt tust du so arm. Bist ja ne ganz rafinierte.*

Auch das noch! Ich hatte in den letzten Tagen gehofft, sie hätte von mir abgelassen. Aber war ja klar, dass das neue Foto sie wieder auf den Plan rief.

Als könnte die Nachricht einen giftigen Pfeil enthalten, der beim Öffnen auf mich abgeschossen würde, kauerte ich mich noch mehr zusammen, bevor ich draufklickte.

Die E-Mail war bis auf die Betreffzeile leer.

Als ich den Blick hob, fiel er auf meinen Kaffee, den ich auf dem Schreibtisch abgestellt hatte. Schwerfällig erhob ich mich und holte ihn mir. Er war längst kalt. Ich kippte ihn herunter wie eine bittere Medizin, die Klarheit in meinem Kopf schaffen sollte.

Klar war aber nur, dass das Foto möglichst schnell nach

unten rücken und von neuen überlagert werden musste. Dann konnte ich es in ein paar Tagen löschen.

Am Ende fiel mir nichts Besseres ein, als das Bild heute so zu posten, wie ich es ursprünglich geplant hatte. Als Erklärung für das gestrige Foto schrieb ich dazu, dass ich meine Atelierräume ganz frisch vom Vormieter übernommen hätte und dort erst noch einiges weggeräumt und dann saniert werden müsste. Man möge meiner Tochter verzeihen, dass sie – eben ganz die Mama – mit dem Smartphone gespielt und so für Verwirrung gesorgt habe. Und welche Farben gefallen euch jetzt am besten? Die besten Farbnamen gewinnen! #irrenistmenschlich #workingmom #sorry #nameyourcolour.

Und wo ich schon mal dabei war, die Scherben zusammenzufegen, schickte ich auch Pocahontas eine Antwort. Danach würde sie ihren Irrtum hoffentlich einsehen und mich in Ruhe lassen.

> Sie müssen mich verwechseln. Ich habe keinen Vater, jedenfalls keinen, der irgendetwas für mich getan hätte. Ihren Mann kenne ich auch nicht. Und da Sie meinen Instagram-Account so aufmerksam verfolgen, wissen Sie ja jetzt, dass ich keineswegs in Saus und Braus lebe.

Die neue Woche begann ich mit einer Charmeoffensive auf Instagram – fleißig herzte und kommentierte ich die Fotos befreundeter Fashion-Bloggerinnen und treuer Follower. Außerdem produzierte ich Postings in Serie. Am Morgen gab ich einen Ausschnitt des Köln-Mülheimer Stadtgartens in den schönsten Herbstfarben als meinen Vorgarten aus. Am Abend bastelten Fee und ich aus Sellerie, Kartoffel, drei

Knoblauchzehen und Sekundenkleber exquisite weiße Trüffelknollen, die ich angeblich zu einem Dinner für unsere erlesenen Gäste verarbeitete. Im Hintergrund stand schon der Champagner kalt – eine leere Flasche, deren Hals ich für solche Zwecke immer wieder neu mit Goldfolie umwickelte.

In den nächsten Tag startete ich mit einer Joggingrunde im Lacoste-Outfit und legte dabei eine kurze Fotopause auf einer idyllisch gelegenen Bank ein. Abends warf ich mich in meinem Ankleidezimmer (aka Elifs Schlafzimmer mit dem großen Spiegelschrank) für eine erfundene Charity-Veranstaltung in ein expressbestelltes Cocktailkleid. Immer ergänzten meine Bracelets in elegantem Understatement meinen Stil.

Aber meine Follower reagierten sehr zurückhaltend auf die Bilder. Vielleicht lag es daran, dass in der Kommentarspalte immer noch einige Trolle unterwegs waren, die mit ihrem *Verschon uns* oder *Wen willst du eigentlich verarschen?* die Stimmung verdarben. Klar, die eine oder andere Kundin war mir immer noch wohlgesinnt, aber es war deutlich zu merken, dass man mir meine Story nicht so wirklich abgekauft hatte. Ich konnte nur hoffen, dass nach einiger Zeit Gras über die Sache wachsen und mein Kanal wieder Fahrt aufnehmen würde.

Doch diese langfristige Hoffnung nutzte mir wenig, weil schon sehr kurzfristig die zweite Rate an Jörg fällig war. Und Sonya ließ sich Zeit mit dem veränderten Vertrag. Ich wollte jedoch nicht nachfragen und damit gerade jetzt ihre Aufmerksamkeit auf mein Profil lenken.

Als ich Mitte der Woche noch mal meinen Kontostand kontrollierte, war natürlich kein Wunder geschehen. Er sah zwar nicht allzu schlimm aus, aber nur, weil ich die Miete für diesen Monat und einige Rechnungen erst mal zurückgestellt hatte, bis das erste Geld von Sonya eingehen würde. Außerdem fand ich wiederum eine Überweisung über 300 Euro von Alexander Merckheimer, Verwendungszweck dieses Mal *Hashtag Brokenearth.*

Jetzt überwies er mir auch noch Geld dafür, dass ich die Erdkugel heruntergestoßen hatte? Das lieferte mir jedenfalls einen guten Grund, ihn zu kontaktieren.

Ich hatte ihn nämlich diese Woche noch nicht gesehen und nichts von ihm gehört. Auf seine aufmunternde SMS am Sonntag hatte ich nur mit einem schwachen *Danke* geantwortet. Und weil im Moment so viel zu tun war, brachte ich Fee immer früh in die Kita und holte sie erst spät wieder ab. Alex' Bring- und Abholrhythmus war offenbar ein anderer.

Sehr häufig allerdings war ich in Gedanken bei seinem Abschiedskuss. Wieder und wieder versuchte ich, dieses Sehnen in der Bauchgegend wiederzubeleben, das er in mir verursacht hatte. Mit der Zeit verlor das Szenario jedoch seine Wirkung.

Ich schrieb Alex also eine SMS: *Wenn ich dir noch mal was aus dem Regal kicken soll, melde dich. Alternativ mache ich auch Social-Media-Marketing.*

In den Stunden, bis er antwortete, war ich zu nichts zu gebrauchen. Das merkte auch meine Mutter, die an dem Nachmittag zu Besuch war.

»Julia, jetzt lass doch mal dein Handy. Das ist ja furchtbar«, ermahnte sie mich. »Was ist denn mit dir los?«

»Nichts, ich bin nur ein bisschen gestresst.«

»Wegen deinem Job? Ich sag dir ja, so eine Selbstständigkeit ist nichts in deiner Situation. Geh ins Büro, such dir was Bodenständiges, eine Assistenz irgendwo, dann habt ihr euer Auskommen.«

Bei ihr hatte das funktioniert. Mehr oder weniger. Mit dem Auskommen war das nämlich auch so eine Sache gewesen, zumindest am Anfang. Aber das hatte sie wohl inzwischen verdrängt. Verdrängt hatte sie auch, wie unangenehm es ihr immer gewesen war, abwechselnd bei den Nachbarinnen zu fragen, ob ich nach dem Kindergarten mit dorthin gehen könnte. Schon während der Grundschulzeit war ich dann oft einige Stunden allein gewesen, bis sie nach Hause kam. Heute gab es zwar bessere Betreuungsmöglichkeiten, aber dafür hatte sich das ganze Berufsbild verändert. Für die heutigen Assistentinnen gab es eher kein nine to five mehr. Und für eine Anfängerin wie mich bestimmt keine lukrative Teilzeitstelle in dem Bereich.

Außerdem: Wie oft hatte ich meine Mutter damals im Schlafzimmer Selbstgespräche führen hören, in denen sie ihrem Chef endlich mal die Meinung sagte – was sie sich tagsüber im Büro nie erlaubt hätte. Aber diese Diskussion wollte ich jetzt sicher nicht führen.

»Mama, ich bin dafür nicht ausgebildet. Außerdem mag ich meinen Job. Aber ausnahmsweise denke ich gerade gar nicht daran.«

»Woran denn sonst?« Plötzlich schien der Groschen zu fallen. »An einen Mann etwa?« Sie sah entsetzt aus.

»Und wenn es so wäre?«

»Ja, es ist doch noch so frisch!«

»Ähm, Mama, du weißt schon, dass ich keine trauernde Witwe bin? Ich bin nicht verpflichtet, ein pietätvolles Anstandsjahr einzuhalten, bevor ich mich für einen anderen Mann interessiere. Jörg hat mich eiskalt sitzen lassen – *er* hat *mich* sitzen lassen!« Ich musste an Alex denken und daran, dass sein Anstandsjahr auch längst vorbei war.

»Ja, schon, aber in deiner Situation! Du solltest dich erst mal auf deine berufliche Konsolidierung konzentrieren. Denk doch auch mal an Fee!«

Jetzt wurde ich wirklich sauer. »Ich denke immerzu an Fee! Und du solltest mich dabei unterstützen, glücklich zu sein. Das ist nämlich auch gut für Fee.«

»Ich hoffe, du weißt, was du tust. Hat der Mann denn wenigstens eine solide Stellung?«

»Kommt drauf an, was du darunter verstehst. Er ist Bildhauer. Wir sind aber überhaupt nicht zusammen oder so. Ich finde ihn einfach nur attraktiv.«

Mist, wie war ich nur in dieses Gespräch reingeraten? Meine Mutter hatte nun mal ihre Vorstellungen.

Entsprechend fiel auch ihre Antwort aus. »Ein Künstler, Gott bewahre! Da würdet ihr ja ein großartiges Pleitenpaar abgeben.«

»Er hat Wohneigentum«, sagte ich verzweifelt, um Alex' Renommee zu retten, und ritt ihn damit nur noch weiter rein.

Meine Mutter horchte auf. »Ach ja, was denn, wo denn?«

»Eine Wohnung und drei Garagen hier in Mülheim.«

»Eine Wohnung und drei Garagen in Köln-Mülheim. Na, wer sagt's denn! Er wartet wohl auf die Gentrifizierung? Da kann er aber lange warten.«

Es war hoffnungslos.

Aber als hätte es Alex während unseres Gesprächs in den Ohren geklingelt, schickte er mir in diesem Augenblick eine SMS: *Liebe Julia, Fototermin bei mir wieder am Samstag, 14 Uhr? Einen guten Tag dir, Alex.*

Ungemein erleichtert bestätigte ich den Termin. Wenigstens an dieser Front lief es.

An der Mutter-Tochter-Front schaffte ich es schließlich, das Thema zu wechseln und mich mit Verweis auf meine berufliche Konsolidierung zu entschuldigen.

Wenn ich meine Rechnungen weiterhin ignorierte, auch für den kommenden Monat unsere Miete nicht zahlte und mein Konto darüber hinaus bis zum Äußersten überzog, würde ich die zweite Rate an Jörg überweisen können. Aber sollte ich das wirklich machen? Ich riskierte damit Ärger an so vielen anderen Stellen.

Ich beschloss, dass Stress mit meinem Ex in dem Fall das kleinere Übel war, und ließ den vereinbarten Termin verstreichen.

Als jedoch schon am darauffolgenden Tag ein offenbar persönlich eingeworfenes Schreiben von Jörg Bierstedt, lic. oec. HSG, in meinem Briefkasten lag, in dem er Mahngebühren geltend machte und mit einem Inkassoverfahren drohte, knickte ich ein und überwies. Da stand ich nun, mit einem vierstellig überzogenen Konto, mehreren unbezahlten Rechnungen und bald zwei Monatsmieten im Rückstand.

Instagram-Post von **Julia Braceletta**

~~Fake it until you make it:~~ Ich liege mit einem nachtblauen Armband der Farbe #epicevening und farblich passendem seidenem Negligé dekorativ quer auf unserem edlen Boxspringbett. ~~Das Preisschild juckt am Rücken, aber ich kann es ja nicht abmachen.~~ ~~Verbissen~~ lächelnd sehe ich auf dem Tablet meine Verkaufszahlen durch. ~~Sie sind grottig, ich war diese Woche nur zwei Mal bei der Post, und das mit nur wenigen Päckchen.~~ Auch im kalten Licht des Tablet-Bildschirms sehe ich wahnsinnig hübsch aus. ~~Elif hat scherzhaft einen Aufschlag für diese unmögliche Aufgabe verlangt. Im Ernst hat sie dann aber lieberweise auf ihr Honorar verzichtet, bis es bei mir wieder besser läuft.~~ Auf einem der Nachttische liegt eine ~~dekorativ zerknitterte~~ intensiv gelesene Ausgabe der *Financial Times*. Daran kann jeder ablesen, dass ~~die Zeitung nicht von Jörg ist, der kann nämlich~~ nur ~~sehr schlecht Englisch und liest höchstens Focus Money~~ die einzigen Nächte, die ich je allein verbringen muss, jene sind, in denen mein vielbeschäftigter Ehemann auf Dienstreise ist.

julia_braceletta Ich danke euch so sehr für eure Treue. Diese Woche durfte ich wieder unglaublich viele Armbänder an euch verschicken – und doch

habe ich jedes einzelne mit Liebe verpackt. Ich hab wirklich den schönsten Beruf der Welt!
#epicevening #bedtime #blessed #salesrecord #braceletta

#TEENAGEHELL

Am Freitagmorgen löschte ich das brisante Foto. Ich fand, es war jetzt weit genug nach unten gerutscht. Mit einem kleinen Gefühl der Befreiung brachte ich Fee in den Kindergarten. Ich war etwas später dran als an den anderen Tagen dieser arbeitsamen Woche, und so hing Julius' Jacke schon an seinem Haken.

Der Kleine saß mit Frau Ponanski am Frühstückstisch und ließ sich erzählen, welche Früchte uns der Herbst bescherte und was man daraus alles machen konnte. »Kastanien« hörte ich, und »dein eigenes Laubbild«. Julius hatte aber ebenso wie ich mal wieder nur Augen für seinen Vater.

Der stand ein paar Meter weiter am Fenster und war in ein Gespräch mit Celine vertieft. Es wirkte vertraut und einvernehmlich, ein Anblick, der mir einen Stich ins Herz versetzte. Eigentlich grundlos – schließlich war ich es, die morgen mit Alex verabredet war. Und ich war es auch, bei der er am vergangenen Samstag unangemeldet aufgetaucht war, weil er sich Sorgen gemacht hatte. Warum sollte ich eifersüchtig auf eine Achtzehnjährige sein? Auch wenn sie bei Heidi Klum bestimmt gute Chancen auf ein Foto gehabt hätte.

Fee kämpfte noch mit ihren Hausschuhen. Leise trieb ich sie an, sich zu beeilen. Ich wollte schnell wieder gehen, um keinen uninspirierten Smalltalk zwischen Tür und Angel mit Alex führen zu müssen, womöglich mit Celine und Frau Ponanski als Publikum. Ich würde ihn ja morgen allein und in aller Ruhe wiedertreffen.

Als Fee geräuschvoll von der Bank sprang, um mich mit Anlauf aus dem Raum zu schubsen – unser Abschiedsritual –, sah Alex zu uns herüber. Freundlich, aber, wie ich fand, recht beiläufig nickte er mir zu. Ich winkte kurz zurück und ging.

Umso stärker fieberte ich unserem Treffen entgegen.

Als Jörg und Leocadia am nächsten Tag kamen, um Fee abzuholen, war ich schon fertig gestylt.

»Na, hast du ein Date mit deinem Gönner?« Jörg konnte es sich offenbar nicht verkneifen. Warum ließ er mich nicht einfach in Ruhe? Er hatte doch schon meinen letzten verfügbaren Cent bekommen.

»Nein, mit einem Auftraggeber«, antwortete ich möglichst kühl, um die Situation vor Fee nicht eskalieren zu lassen.

»Soso, wer mag das denn sein?«

Ich hätte ihm nicht antworten müssen, das ging ihn ja überhaupt nichts an. Aber irgendwie, vielleicht weil ich selbst so gespannt, so voller Erwartung und Vorfreude war, musste die Antwort raus.

»Alexander Merckheimer, ein Künstler, du kennst ihn«, sagte ich und wandte mich dabei an Leocadia.

Die sah mich nun so überrascht an, als hätte sich gerade eine Obdachlose als CEO eines DAX-Unternehmens entpuppt. Ich fragte mich, wie Jörg mich wohl dargestellt hatte.

Dann antwortete Leocadia mit nie gesehener Lebhaftigkeit: »Tatsächlich, Alexander! Ein toller Typ, sehr kreativ.

Obwohl Leinwandkunst einfach besser läuft, kamen seine Arbeiten immer sehr gut an. Ebenso wie er als Typ, muss ich sagen. Insbesondere die Mäzen*innen*« – sie betonte die letzten Silben und zwinkerte mir dabei tatsächlich zu – »haben immer sehr gern von ihm gekauft. Er ist ja auch ein ganz netter, offener Typ. Außer wenn es um seine Arbeiten geht, leider. Wie kommst du damit zurecht?« Keine Spur von Missgunst lag in ihrer hohen, hektischen Stimme, sondern ehrliches Interesse, wie mir schien.

»Äh …«, sagte ich überrascht.

Aber Leocadia sprach schon weiter, während ihre spindeldürren Arme ausgreifend gestikulierten. »Zu dem Thema hat er bei den Vernissagen nie den Mund aufbekommen. Das Klappern gehört aber eben auch zum Geschäft. Na ja, das konnte ich ja noch für ihn übernehmen, aber er war auch sehr eigen. Wollte nicht das machen, was der Markt verlangte. Wollte sich nicht wiederholen oder etwas ein zweites Mal produzieren, obwohl ich es ein zweites Mal hätte verkaufen können. Das war auf die Dauer schwierig. Inwiefern arbeitet ihr denn jetzt zusammen?«

Ich war höchst erstaunt. Der längste Wortbeitrag, den Leocadia je zuvor an mich gerichtet hatte, war ein dürres »Guten Tag, ich bin Leocadia Lämmle, wir werden uns ab jetzt wohl öfter sehen« gewesen, als sie und Jörg das erste Mal hier aufgetaucht waren.

»Ach, ich berate ihn nur ein bisschen zum Thema Online-Marketing.«

»Das ist ja toll, freut mich, viel Erfolg!«

Jörg guckte biestig, aber verwundert über Leocadias plötzlichen Monolog schien er nicht zu sein. Vermutlich kannte er sie so. Natürlich kannte er sie so. Ich hingegen hatte sie immer nur als die arrogante Ziege wahrgenommen, die mir den Mann ausgespannt hatte. Eigentlich war es kaum verwunderlich, dass eine erfolgreiche Galeristin für ihr Thema brannte. Und offenbar betrachtete sie selbst sich gar nicht unbedingt als meine Rivalin. Sie hatte mich bloß bisher für einen langweiligen Wurm gehalten.

Und Alex war wohl auch gar nicht der bemitleidenswerte, geschasste Künstler, sondern hatte zum Ende der Zusammenarbeit mit Leocadia selbst beigetragen.

Genau genommen hatte er nie etwas anderes behauptet. Ich hatte nur das heimlich mitgehörte Gespräch zwischen Frau Ponanski und Celine so gedeutet. (Warum eigentlich genossen alleinerziehende Väter so viel mehr Aufmerksamkeit als alleinerziehende Mütter?)

Von »Mäzeninnen« hatte Leocadia gesprochen. Ich war wohl eine unter sehr vielen ...

Und dabei leider inzwischen hoffnungslos in ihn verliebt, wie ich mir eingestehen musste. Es verging kaum eine Minute, in der ich nicht an ihn dachte. Bei jedem Foto überlegte ich, was er von der ästhetischen Komposition halten würde. Oder ob er sich vielmehr abgestoßen fühlte von all den Lügen. Wenn ich Fee morgens ihre Brotdose für die Kita richtete, rätselte ich, was Alex wohl in Julius' Box packte. Ich wachte mit dem Gedanken auf, dass es Alex gab (wunderbar), und schlief mit dem Gedanken ein, wie es wäre, ihn zu küssen (ich würde wohl ohnmächtig werden).

Auch wenn es mir anmaßend vorkam: Ehrlich gesagt hegte ich die mit einer gehörigen Portion Muffensausen gepaarte Hoffnung, dass heute irgendetwas zwischen uns passieren würde.

Auf dem Weg zu Alex' Atelier kam mir Herr Erbslöh entgegen. Trotz der herbstlichen Temperaturen trug er einen leichtsinnig offenen Trenchcoat und darunter ein hellblaues Hemd, dessen oberster Knopf geöffnet war. Seine feinen weißen Haare hatte der Wind zu einer kühnen Tolle zerzaust. Er sah fast ein bisschen sexy aus.

»Wohin des Weges, junger Mann?«, rief ich ihm launig zu.

Herr Erbslöh lachte. »Ich mache nur meinen Fitnessspaziergang.« Das Wort klang fremd aus seinem Mund, und ich vermutete Frau Schmitz' Einfluss hinter der neuen Angewohnheit. Sie schien ihm gut zu bekommen.

»Na, dann will ich Sie nicht aufhalten. Bis bald!«

Er drohte mir scherzhaft mit seinem Stock, und seine Augen blitzten vergnügt.

Vielleicht war mit einem Mal alles ganz einfach, wenn man den Richtigen gefunden hatte. Man verliebte sich, es gab keine Fragen, keine Unsicherheiten, und das Leben war schön. Dann kam man abends unaufgefordert vorbei und verabredete sich noch mal und …

Halt! Ich sollte mich besser nicht allzu sehr hineinsteigern, schließlich waren Alex und ich zumindest vordergründig zum Arbeiten verabredet.

Stell dir vor, er wär 'ne Frau, schwor ich mich noch mal ein.

Stell dir vor, er wäre nackt, spukte mir plötzlich ein anderer Ratschlag im Kopf herum, der ängstlichen Rednern den übermäßigen Respekt vor ihrem Publikum nehmen sollte.

Oh nein, das machte es jetzt nicht besser!

Ich war fast da, bog gerade in die Sackgasse ab, in der Alex' Werkstatt lag. Da sah ich sie.

Celine.

Sie kam aus einer der Garagentüren. Ihre Wangen gerötet, ihr Pferdeschwanz etwas schief, ein versonnenes Lächeln im Gesicht. Ein bisschen so, wie ich im Badezimmerspiegel ausgesehen hatte, als Alex letztes Wochenende bei mir war.

Aber ich hatte mir nicht die Kleidung zurechtrücken müssen. Celine hingegen steckte gerade gedankenverloren ihr T-Shirt unter der kurzen Jacke wieder richtig in die Jeans.

Ich sprang hinter den Stamm einer Kastanie und hatte Glück. Celine sah nicht in meine Richtung.

Eine Blutdruckmessmanschette schloss sich um meinen Magen. Ich atmete aus, um den Druck abzulassen. Es funktionierte nicht.

Wie ein geprügelter Hund trollte ich mich, trottete mit gesenktem Kopf zurück in die Richtung, aus der ich gekommen war.

In einer nervösen Übersprunghandlung checkte ich immer wieder mein Handy, als könnte es mir eine Erklärung liefern. Vielleicht hatte Alex mir irgendetwas geschrieben. *Es ist nicht so, wie du denkst.*

Hatte er natürlich nicht. Warum sollte er mir auch so was schreiben? Ihm konnte es egal sein, was ich dachte. Er wusste ja noch nicht mal, dass ich Celine gesehen hatte. Und wenn schon: Es ging mich nichts an. Er konnte nicht ahnen, dass ich abgehalftertes Instagram-Starlet mir Hoffnungen gemacht hatte. Wie sollte er auch auf so eine Idee kommen, er spielte ja in einer völlig anderen Liga.

In der Jugendliga, dachte ich bitter. Und wahrscheinlich nicht nur dort. Ich hatte doch eigentlich die ganze Zeit geahnt, dass ein Mann mit seinen körperlichen Voraussetzungen so drauf sein würde. Laut einer Harvard-Studie neigen attraktivere Menschen zu häufigeren Partnerwechseln, hatte ich gelesen. Alex war sicher mit allen im Bett gewesen: mit Leocadias Assistentin, mit seinen gebotoxten Mäzeninnen, die ihren Körper mit täglichem Power-Yoga fit hielten, vielleicht sogar mit Leocadia selbst. Mit der rassigen Künstlerin an seiner Pinnwand, die ihn zum Dank immer noch mit Leinwänden versorgte, mit seiner Amanda-Seyfried-Freundin sowieso und jetzt gerade mit Celine.

Vielleicht hatte er auch mich angebaggert, vielleicht hatte ich mir nicht nur eingebildet, dass sein Abschiedskuss sanft und zärtlich gewesen war. Das war vermutlich seine Masche. In Elifs Online-Dating-Jargon hießen Männer wie er »Player«.

Letztes Wochenende hatte er mit mir gespielt wie die satte Katze mit der Maus, die sie nicht erlegen, sondern nur ein bisschen jagen will. Zugeschlagen aber hatte er bei Celine, deren Fleisch frischer und zarter war als meins.

Vielleicht hätte ich auch einfach das Maskottchen für seine Sammlung sein sollen. Zur Abwechslung mal eine bodenständige Ulknudel.

Mein Handy riss mich aus meinen Gedanken. Ich hatte eine neue E-Mail bekommen. Automatisch öffnete ich sie.

Liebe Julia,
es tut mir leid, aber ich muss von meinem Angebot zurücktreten. Dein Chic ist mir in letzter Zeit nicht mühelos genug, und mir scheint, die Zusammenarbeit mit dir würde ein unkalkulierbares Risiko für mich bergen.
Nichts für ungut und viele Grüße
Sonya

Mir wurde schwindelig. Gedanken und Gefühle verknoteten sich zu einem unauflöslichen Wirrwarr. Pech im Spiel, kein Glück in der Liebe.

Die letzten Meter bis nach Hause legte ich im Laufschritt zurück. Ich fühlte mich wie in einem Albtraum gefangen.

Dass das hier nur ein böser Traum sein konnte, bestätigte auch Herr Erbslöh, der im Hausflur stand und völlig untypischerweise einen herzhaften Fluch ausstieß.

»Sapperlot, jetzt schlägt's aber dreizehn!«, rief er und starrte ungläubig auf den Brief, den er gerade aus seinem Kasten geholt und schon aufgerissen hatte. Auch das war untypisch, normalerweise hätte er den Brief mit nach oben genommen und dort fein säuberlich mit einem goldenen Brieföffner aufgetrennt.

Als ich meinen eigenen Briefkasten öffnete, ahnte ich, warum Herr Erbslöh so wütend war. Ein Brief von der Hausverwaltung.

»Schauen Sie rein, schauen Sie nur rein, Frau Brass!« Herrn Erbslöhs Stimme zitterte vor Empörung. »Das haben Sie sicher auch nicht gewusst!«

Ich überflog das Schreiben. Die Hausverwaltung kündigte eine saftige Mieterhöhung an und mahnte meine ausstehende Zahlung an. Ich nahm es fast mit Desinteresse zur Kenntnis. Es passte zu diesem Tag und war jetzt auch schon egal.

»Warum sollte ich das gewusst haben? Nein, natürlich wusste ich von nichts«, erklärte ich schwach.

»Na, weil Sie doch für den Saftladen arbeiten. Entschuldigen Sie meine Ausdrucksweise, das ist selbstverständlich nicht gegen Sie persönlich gerichtet, das wissen Sie ja.«

Ach, stimmt, ich war ja hier die Hausmeisterin – das hatte ich ganz vergessen.

»Was Sie hier leisten können, ist ohnehin nur ein Tropfen auf den heißen Stein. Eigentlich müsste das ganze Haus saniert werden! *Dann* könnte man über eine *kleine* Mieterhöhung sprechen. Aber die sollen mich kennenlernen. Nicht mit mir! Nicht mit uns!«

»Entschuldigen Sie, Herr Erbslöh, ich muss runter.« Ich konnte jetzt nicht auch noch eine kämpferische Haltung vortäuschen.

»Kann ich irgendetwas für Sie tun, Frau Brass? Sie sehen ja gar nicht gut aus. Sind Sie krank?« Besorgt sah Herr Erbslöh mir jetzt ins Gesicht. »Verzeihung, ich wollte Sie mit meiner Wut nicht erschrecken.«

»Danke, es geht schon, ich bin nur etwas erschöpft.«

»Melden Sie sich, wenn Sie doch etwas brauchen. Ich bin oben und mache gern noch mal einen Spaziergang zur Apotheke für Sie.«

Ich bedankte mich und ging nach unten.

Dort setzte ich mich, ohne Schuhe und Jacke auszuziehen, an den Küchentisch. Auf den Stuhl, auf dem Alex vor einer Woche gesessen hatte. Als mir das auffiel, wechselte ich den Platz. Ich legte den Kopf auf die Tischplatte und brach in Tränen aus.

Mein Herz war mir schwer wie noch nie. Bei der Trennung von Jörg hatte sich nach dem ersten Schock neben aller Traurigkeit auch eine vorsichtige Aufbruchstimmung eingestellt. Wohl weil mir klar war, dass Jörg nur eine Entscheidung getroffen hatte, die ich mir sonst zehn oder zwanzig vergeudete Jahre später hart hätte abringen müssen. Außerdem hatte ich fest an mein Armbandgeschäft geglaubt. Das hatte ich bis vor einer Viertelstunde, bis ich Sonyas E-Mail gelesen hatte, immer noch.

Eigentlich hätte ich jetzt bei Alex sein sollen, flirtend, mit vor Glück geröteten Wangen. Ich schämte mich so für die dummen Hoffnungen, die ich mir gemacht hatte. Ja, vielleicht war mit einem Mal alles ganz einfach, wenn man den Richtigen gefunden hatte. Aber Alex war leider nicht der Richtige für mich. Vielleicht gab es den auch gar nicht.

Mir fiel ein, dass ich Alex gar nicht abgesagt hatte. Ich schrieb ihm ein kühles *Sorry, ich muss absagen, mir ist was dazwischengekommen.*

Sollte er mich doch ruhig für unzuverlässig halten.

Nach der ersten Lähmung erfasste mich einige Stunden später eine Rastlosigkeit. Das kannte ich schon von mir. Nervös tigerte ich in der Küche herum. Immer wieder umrundete ich den gelben Tisch und versuchte mich an einer Bestandsaufnahme.

Also: Das mit Alex musste ich so betrachten, als hätte es nie irgendwelchen Anlass zur Hoffnung gegeben. Hatte es ja auch nicht, hatte ich mir nur eingebildet. Das war also kein Grund zur Verzweiflung. Ich hatte nichts verloren, denn ich hatte nie etwas gehabt.

Verloren hatte ich dagegen meine Glaubwürdigkeit auf Instagram und in der Folge den Deal mit Sonya. Das war schlimm, aber ich durfte nicht aufgeben. Ich musste weiter posten, jetzt gleich, nicht nachlassen, das war meine einzige Chance. Vielleicht gab es ja einen anderen Promi …

Aber jetzt ein Set herrichten und mein rot verschwollenes Gesicht in die Kamera halten?

Stattdessen durchforstete ich meine Handybilder, vielleicht hatte ich ja noch irgendwo einen alten Schnappschuss, aus dem sich etwas machen ließ.

Nachdem ich immer weiter nach unten gescrollt hatte, wurde ich fündig. Ja, hier, das war doch perfekt!

Ein Strandfoto, das bei einem herbstlichen Wochenendtrip mit Jörg ins holländische Domburg entstanden war. Er hatte eine andere Touristin gebeten, uns zu fotografieren. Mir war es etwas peinlich gewesen, aber das Foto war schön. Wir standen im Gegenlicht, und Jörg hatte seine Hände um mein Gesicht gelegt. Er küsste mich, während ich meinen Arm mit dem orange-gelben Kombiarmband – #sundowner und #beachlive – auf seine Schulter gelegt hatte. Das würde die vorwitzigen Follower beruhigen, die schon vor meinem Foto-GAU nachgefragt hatten, warum denn mein Mann gar nicht mehr in persona zu sehen sei. Und von der orangefarbenen Kordel hatte ich sowieso noch zu viel auf Lager.

Ich legte noch einen romantischen Filter über die Aufnahme, dann stellte ich sie mit den Hashtags #kurztrip, #zeeland, #lovelyman, #rauesmeer, #sundowner und #beachlive ins Netz.

Alex hatte mir auf meine Absage nicht geantwortet. Nun, es waren ja auch keine Fragen offen gewesen. Ich überlegte. Eigentlich konnte ich es mir nicht leisten, mir aus verletzten Gefühlen heraus eine potenzielle Einkommensquelle entgehen zu lassen. Ich tippte also eine SMS: *Hallo Alex, wir können den Fototermin am Mittwoch nachholen, wenn du Zeit hast. Jörg passt derweil auf Fee auf.*

Am Mittwoch war nämlich wieder Jörgs Vaternachmittag.

Die Antwort ließ bis zum nächsten Tag auf sich warten und fiel kurz und sachlich aus: *Das passt. 15 Uhr? A.*

#ZWEISINDEINEZUVIEL

Seit ich Celine bei Alex erwischt hatte und Sonyas Absage gekommen war, hatte ich dieses Engegefühl in der Brust, das alles abschnürte. Lachen, Freude, Appetit und sogar ein bisschen mein Gefühl für Fee. Natürlich liebte ich sie immer noch über alles. Aber wir gerieten andauernd aneinander. Sie war mir angesichts meiner ganzen Sorgen einfach zu laut, zu fordernd, zu unordentlich.

Nachdem ich im Flur auf ein kleines Legogebäude getreten war, kickte ich es wütend in ihr Zimmer. Manchmal hätte ich sie am liebsten einfach dort eingesperrt und abgeschlossen. Denn je schlechter ich drauf war, desto unverschämter reagierte sie.

Nur als ich einmal in Tränen ausbrach, weil ich es nicht auf Anhieb schaffte, ihr nach einem unserer Postgänge die engen Gummistiefel auszuziehen, da streichelte sie mir mit ihren kleinen weichen Händen den Rücken und sparte nicht mit Trostküsschen. Und ich fühlte mich umso schlechter, weil ich meine Tochter in meine Malaise mit hineinzog.

Dann kam auch noch eine neue Mail von pocahontas4 @gmx.de:

> Jawohl hast du nen Papa peter brass er passt dir nur nicht du schlampe du hörst von mir. Und deine schickimicki schnüre kannst du behalten

Diesmal war ich ernsthaft schockiert. Und zwar nicht nur, weil ich davon ausgegangen war, die Frau inzwischen los zu sein. Schließlich hatte sie sich seit einigen Tagen nicht mehr gemeldet. Sondern vor allem, weil der Name stimmte: Peter Brass. Es steckte also offensichtlich mehr hinter der ganzen Sache, als mir lieb war.

Einigermaßen fassungslos schrieb ich zurück:

> Was ist denn mit meinem Vater (den ich übrigens nicht mehr gesehen hab, seit ich zwei war)?

Es dauerte nicht lange, bis die Antwort eintraf:

> Er hat mal einen fehler gemacht und war im Knast jetzt wollen die leute für die er im knast war 8000 euro von ihm sonst gehts ihm schlechtr ich kann es ihm nicht geben aber du. Blut ist dicker als Waser. sie hören von mir

Das war doch absurd. Fast musste ich lachen. Aber nur fast. Jetzt hatte ich nicht nur einen Haufen unbezahlter Rechnungen hier liegen, einen Kredit abzuzahlen, ein schlecht laufendes Geschäft und kein Liebesleben – sondern auch noch eine unprofessionelle Erpressung über 8000 Euro an der Backe. Und auf irgendeine Weise hing diese mit meinem unbekannten und offenbar tatsächlich unangenehmen Vater zusammen. Meinem Vater, dem Knasti?

Ich musste dringend mit meiner Mutter sprechen. Musste wissen, was sie wusste. Und zwar dieses Mal alles.

Vielleicht war Pocahontas ja sogar mein Vater selbst, schoss es mir durch den Kopf.

Wer sind Sie??, schrieb ich, nun ziemlich außer mir.

Aber die Antwort blieb aus. Offenbar musste Pocahontas sich über die weitere Vorgehensweise erst klar werden. Vermutlich wusste sie (oder er?) nicht so recht, wie das mit der Geldübergabe konkret ablaufen sollte.

Ich rief meine Mutter an und lud sie für den übernächsten Nachmittag ein, mal vorbeizukommen. Worüber ich mit ihr sprechen wollte, sagte ich ihr lieber noch nicht.

Zuerst stand aber noch mein Treffen mit Alex an. Jörg sollte Fee an diesem Tag von der Kita abholen und sie erst nach dem Abendessen wieder bei mir vorbeibringen.

Bestens gestylt, aber dieses Mal ganz ohne Vorfreude brach ich am Nachmittag auf. Obwohl wir ja eigentlich noch die gleiche Geschäftsbeziehung hatten wie zuvor, wusste ich jetzt überhaupt nicht mehr, wie ich Alex gegenübertreten sollte. Denn für mich hatte sich eben doch einiges geändert.

Schließlich stand ich neben dem Nistkasten vor der Garage, klopfte – und musste daran denken, wie Alex in seinem grünen Pullover in meiner Küche gesessen, so offen über den Tod seiner Freundin gesprochen und dann seine Hände um meine geschlossen hatte. Ich fühlte mich wie eine waidwunde Hirschkuh, die sich für den Gnadenschuss zur Jagdhütte geschleppt hatte.

Ich hörte Schritte, schluckte den Kloß in meinem Hals herunter, dann ging eine der Türen auf.

»Hi«, sagte Alex, ließ mich hinein, die Hand noch an der Klinke, und schloss die Tür hinter mir wieder. Es war kalt heute.

»Hi«, erwiderte ich, ohne ihn anzusehen, ging direkt zum Werktisch und legte meine Tasche darauf ab, sodass es zu keiner Begrüßungsumarmung kommen konnte, selbst wenn Alex Anstalten dazu hätte machen wollen.

Er lehnte sich von innen gegen die Tür, ich einige Meter von ihm entfernt an den Tisch.

Als ich ihn ansah, musste ich sofort wieder daran denken, dass er etwas mit der achtzehnjährigen Celine angefangen hatte. Die beiden sahen sicher schrecklich ästhetisch aus beim Sex. Mit dieser Vorstellung quälte ich mich seit Samstag immerzu.

Ich durchbrach das unverwandte Schweigen mit einem einfallslosen »Wie geht's?«.

»Schon okay. Und dir?«

»Ja, auch okay.«

Er zögerte, dann sagte er: »Du hast letztes Wochenende ja dann eine Lösung gefunden für dein Missgeschick.«

Meinte er damit meine neuen Fotos?

»Ja, ich hab viel gepostet in der letzten Zeit«, antwortete ich lahm. »Ähm … und hast du eine bestimmte Vorstellung, was wir heute inszenieren wollen?«

»Nein, ich dachte, du hättest eine. Du hast den Termin schließlich vorgeschlagen.«

»Ja, klar, ich dachte nur … Wie wäre es denn, wenn wir rausgehen und diesen BMW fotografieren, den du für die Autowerkstatt gegossen hast?«

»Können wir machen, aber der steht natürlich nicht zum Verkauf.«

»Das macht nichts, das zeigt einfach die Bandbreite deiner Werke. Und grundsätzlich mögen meine Followerinnen schöne Autos.«

»Gut, wenn du meinst.« Alex machte einen Schritt auf mich zu. »Was soll ich tun?«

Küss mich, dachte ich spontan. »Hol dir eine Jacke, und dann gehen wir raus«, sagte ich.

Als er an mir vorbei zum Garderobenhaken ging, warf er mir einen schrägen Blick zu. Gelächelt aber hatte er kein einziges Mal, seit ich gekommen war.

Wahrscheinlich wünschte er sich, bald mit mir fertig zu sein, damit Celine kommen konnte.

»Hat deine Pocahontas eigentlich noch mal geschrieben?«, fragte er, als er die Jacke übergezogen hatte.

»Leider ja.« Ich zögerte kurz. »Sie deutet an, etwas über meinen Vater zu wissen. Ich kenne ihn gar nicht, er hat mich und meine Mutter auf Nimmerwiedersehen verlassen, als ich zwei war. Zunehmend beunruhigend, das Ganze.«

»Hm«, antwortete Alex nur, aber für einen kurzen Moment lag wieder etwas Wärme in seinem Blick. »Was will sie denn von dir?«

»Dass ich ihren Mann in Ruhe lasse, meinen Schickimicki-Schmuck behalte und 8000 Euro für meinen Vater bezahle, der aufgrund seiner kriminellen Machenschaften unschuldig in Schwierigkeiten steckt.«

»Oh. Das klingt völlig verquer. Ist das denn vorstellbar, das mit deinem Vater, meine ich?«

»Ehrlich gesagt, ich hab keine Ahnung. Laut meiner Mutter kam er aus vermögenden Verhältnissen, aber was heißt das schon? Ich treff mich morgen mit ihr und frage sie. Sie war immer sehr verschlossen, was das Thema angeht, aber jetzt muss sie mir einfach erzählen, was sie weiß.«

»Du solltest vorsichtshalber zur Polizei gehen.«

»Ach nein, das halte ich für übertrieben. Pocahontas hat ihre Forderung ja nur so vage in den Raum gestellt.«

»Dann versprich mir aber, dass du immer mit dem Messer an die Tür gehst, wenn du niemanden erwartest«, sagte Alex nun ansatzweise scherzhaft.

Ich musste ein bisschen lachen. »In Ordnung, ab jetzt mach ich das sogar, wenn ich jemanden erwarte.«

»Von mir aus«, antwortete er, und schon wirkte er wieder ernst und verschlossen. Und dabei hatte ich gerade kurz gedacht, das Eis wäre etwas geschmolzen. Meine vermeintliche Unzuverlässigkeit am vergangenen Wochenende schien ihm wirklich missfallen zu haben. War er wohl nicht gewohnt, dass eine Frau ihn versetzte.

Ich griff nach meiner Tasche. Alex öffnete das Tor, und wir gingen hinüber in Richtung Autowerkstatt, wo das BMW-Cabrio mit dem kleinen Fahrer darin stand.

»Wo ist denn Julius?«, fragte ich, um irgendetwas zu sagen.

»Meine Eltern haben ihn von der Kita abgeholt. Er bleibt den Nachmittag über bei ihnen. So, und jetzt?« Wir waren inzwischen bei der Werkstatt angelangt.

»Lehn dich doch hinter dem Cabrio an die Wand und posier ein bisschen. Ich knipse einfach drauflos.«

»Posieren?«

»Stell dich dahinter, die Hände von mir aus in den Hosentaschen, du bist ein introvertierter Künstler an einem kalten Herbsttag. Und dann schau in meine Richtung. Du darfst ruhig ein bisschen lächeln, es ist ja eine fröhliche Statue. In die Linse, hier zu mir.«

Er tat wie geheißen. Und sah dabei gleich wieder so liebenswürdig aus. Aber ich wusste ja, dass es nur um das Foto ging.

»Äh, wäre es okay für dich, wenn du ein Herrenarmband von mir tragen würdest?« Ich hatte mich angesichts der kühlen Atmosphäre, die zwischen uns herrschte, bisher nicht getraut zu fragen. Aber da es ohnehin nichts mehr zu verlieren gab, konnte ich wenigstens für mein Geschäft versuchen rauszuholen, was ging.

»Von mir aus. Wenn kein großer goldener Totenkopfanhänger dran baumelt.«

»Ich bitte dich. Braceletta ist tussig, nicht prollig.«

Wieder erschien ein Grinsen auf seinem Gesicht, wenn auch nur ein kleines. Ich zog ein Armband der Farbe #militarymud aus der Tasche und warf es ihm zu. Er enttäuschte mich nicht und fing es auf. Da er links eine Armbanduhr trug, versuchte er, es am rechten Handgelenk zu befestigen, scheiterte als Rechtshänder allerdings am Verschluss.

»Soll ich dir helfen?«, fragte ich unsicher, nachdem er eine Weile daran herumgefriemelt hatte.

»Ja, bitte.«

Alex reichte mir das Armband und hielt mir sein Handgelenk hin. Dabei streckte er den Arm aus, als wollte er nicht, dass ich ihm zu nahe kam. Eine Armlänge Abstand. Andererseits fühlte es sich schon intim genug an, sein Handgelenk zu berühren. Die Pulsader, die sich unter der Haut abzeichnete, als ich seinen Arm umdrehte, um den Verschluss zu schließen. Die Wärme seiner Haut, die ich dabei unter meinen Fingern spürte.

Damit man das Schmuckstück auf dem Foto auch sehen konnte, schob ich, als ich fertig war, noch ein wenig den Ärmel seiner Jacke nach oben.

»Äh, den anderen Ärmel kannst du auch noch etwas schoppen«, meinte ich. »Für die Symmetrie.«

Gehorsam schob Alex seinen linken Ärmel ein Stückchen nach oben.

»So gut?«, fragte er.

Ich nickte, ohne ihm ins Gesicht zu sehen, und nahm schnell wieder meinen Platz hinter der Kamera ein.

»Jetzt wieder lächeln, wie eben«, sagte ich und schoss ein paar Bilder.

Sie waren großartig, stellte ich fest, als ich sie anschließend durchsah. Der grobe, abblätternde Putz, an den der Künstler mit seinem gewinnenden Lächeln und seinen sexy Handgelenken sich lehnte, im Vordergrund das Werk mit den liebevollen Details.

Als wir nebeneinander wieder reingingen, erkundigte ich mich, warum ich für die ruinierte Weltkugel auch noch bezahlt worden war. Alex berichtete, dass er sie mithilfe einiger Drähte wieder repariert hatte. Einer Sammlerin, die schon häufiger etwas bei ihm gekauft hatte, hatte das Konstrukt gefallen, weil es ihrer Ansicht nach die Zerbrechlichkeit unseres kollabierenden Planeten symbolisierte.

Zu diesem Deal hatte mein Instagram-Marketing zwar nicht beigetragen. »Aber wenn du die Erde nicht heruntergestoßen hättest, würde sie immer noch im Regal einstauben«, erklärte Alex. »Außerdem wollte ich dich für den lädierten Zeh entschädigen.«

»Danke, aber das wäre natürlich nicht nötig gewesen.« Sehr hilfreich war es allerdings schon, doch das wollte ich nicht zugeben.

»Kann ich mir vorstellen.« Lag da eine Spur Sarkasmus in seiner Stimme? Jedenfalls hatte er jetzt wieder diesen etwas unwirschen Gesichtsausdruck.

»Aber es ist natürlich trotzdem sehr nett«, versicherte ich.

»Ich kann mir nicht helfen, so bin ich wohl«, meinte

Alex, zuckte mit den Schultern und sah mich auf seine ungenierte, direkte Weise an.

Ich wurde einfach nicht schlau aus ihm. Es war sehr anstrengend, sich zu unterhalten und gleichzeitig jedes Wort wie eine Simultanübersetzerin zu interpretieren.

Was das Nettsein betraf, so hatte er womöglich recht, ging mir plötzlich auf. Er war wirklich immer sehr nett zu mir gewesen. So nett, dass ich mir falsche Hoffnungen gemacht hatte. Aber dafür konnte er ja nichts.

Und er konnte natürlich ins Bett gehen, mit wem er wollte. Celine war volljährig, und dem Gesichtsausdruck nach zu urteilen, mit dem sie das Atelier verlassen hatte, war das Date auch für sie erfreulich verlaufen. Das tat weh, aber es war nicht Alex' Schuld. Ich hatte wirklich überhaupt keinen Grund, sauer auf ihn zu sein.

Im Gegenteil, als professionelle Geschäftsfrau wäre es an mir gewesen, mich noch mal nachdrücklich zu entschuldigen. Schließlich hatte ich meinen Auftraggeber einfach versetzt. Abgesehen davon, dass so etwas ohne meine höchst private Eifersucht überhaupt nicht vorgekommen wäre, hätte ich in einem solchen Fall normalerweise vielmals um Verzeihung gebeten, Blumen mitgebracht und einen Pflaumenkuchen gebacken.

Angesichts der Umstände war er wirklich entgegenkommend – und die Zusammenarbeit mit ihm war eine potenzielle Einnahmequelle.

»Hör mal, es tut mir wirklich leid, dass ich am Samstag nicht gekommen bin. Ich mach so was sonst nicht«, sagte ich daher.

»Was genau meinst du?« Alex sah mich gespannt an.

»Einen Termin so kurzfristig absagen.«

»Ach so. Ich war erstaunt, aber du wirst deine Gründe gehabt haben.«

Ob er doch ahnte, was in mir vorging?

»Sollen wir noch ein Foto machen? Oder ein Video? Von dir dieses Mal, mit dem Armband, das du trägst?«, schlug er vor.

»Gern, aber nicht ohne eins deiner Werke im Bild.«

»Dann such dir eins aus.«

Ich entschied, noch mal den sicher hochpreisigen januskköpfigen Alex zu inszenieren. Beim letzten Mal hatte er ja schon das Interesse einer potenziellen Käuferin geweckt, vielleicht würde dieses Mal jemand zuschlagen.

Ich ging – Bauch rein, Brust raus – um den inzwischen in Neonfarben angemalten Beton-Alex herum und gab vor, ihn eingehend zu betrachten. Der echte Alex folgte mir dabei und filmte mich mit meinem Handy, bis das Gerät in seiner Hand plötzlich klingelte.

»Jörgi-Hasi«, las Alex mit Blick auf mein Display und hochgezogener Augenbraue vor und reichte mir das Telefon.

Ich hatte den Eintrag nie geändert, am Anfang aus Sentimentalität, später aus einer Art boshaftem Witz heraus.

Peinlich berührt entschuldigte ich mich und nahm den Anruf an.

»Julia, ich bring dir Fee jetzt sofort vorbei, ich hab noch einen sehr wichtigen Termin reinbekommen.« Jörg sprach in dem geschäftigen Tonfall, den er auch seinen Mitarbeitern gegenüber gern anschlug und der deutlich machte, dass Widerspruch nicht vorgesehen war.

Ich hätte kotzen können. Er fragte noch nicht mal, ob mir das passte. Aber da ich Alex keinen Einblick in unseren Rosenkrieg gewähren wollte, zwang ich mich zu einem ruhigen

»Alles klar, bring sie vorbei«, nannte Jörg die Adresse und wies ihn an, an eins der grünen Garagentore zu klopfen.

»Bist du bei deinem Steineklopper?«

»Ja, bis gleich«, säuselte ich in den Hörer. Dann wandte ich mich an Alex: »Jörg hat noch einen dienstlichen Termin, er bringt Fee gleich hier vorbei. Das ist doch okay, oder?«

»Natürlich. Ich mag Fee«, antwortete Alex.

Ich lächelte, war aber jetzt noch angespannter als vorher. Jörg hier, das passte nicht.

Ich reichte Alex mein Handy und posierte mit erzwungenem Lächeln wieder vor der Büste. Bestimmt bot ich einen furchtbaren Anblick, so steif und nervös, wie ich mich fühlte.

»Das reicht, ich kann nicht mehr«, sagte ich und drehte mich ruckartig um.

Alex gab mir das Handy zurück, und dann standen wir etwas unentschlossen da und sahen uns an.

»Willst du was trinken?«, fragte Alex.

»Ich weiß nicht, ob sich das noch lohnt. Jörg ist bestimmt gleich hier.«

»Du musst auch nicht unbedingt austrinken«, meinte Alex etwas spöttisch.

»Ich nehme ein Wasser. Falls ich nicht fertig werde, kannst du deine Pinsel darin auswaschen.«

»Ich würde es auch noch trinken.« Kurz grinste er mich an. Dann ging er zu dem Regal mit den Gläsern, schenkte mir ein Glas Sprudel ein und reichte es mir.

In nervösen, gierigen Schlucken kippte ich das Wasser hinunter und stellte das Glas auf der Werkbank ab. Als ich kurz darauf von der Kohlensäure aufstoßen musste, übertönte glücklicherweise ein aggressives Klopfen das Geräusch.

»Oje, der Termin muss aber wirklich wichtig sein«, sagte Alex, wiederum mit leichtem Spott.

Da ich näher am Tor stand, spurtete ich hin und öffnete es.

Eine Wolke Rasierwasser wurde in den Raum geweht, gefolgt von meinem Ex, der mir einen Kuss auf die Wange hauchte. Was sollte das denn?

»Julia, wärst du so gut, Fee und ihre Sachen aus dem Wagen zu holen? Ich muss asap eine sehr wichtige Mail abschicken.«

Ich starrte Jörg hinterher, der jetzt wie der Held in einer Tom-Clancy-Verfilmung, dessen Eingreifen in letzter Sekunde den weltweiten Aktienindex vor dem Absturz bewahrt, mit wehendem Tweedmantel auf den überraschten Alex zustürmte und ihm die Hand drückte. Extrem fest, wie es aussah.

»Bierstedt«, stellte er sich vor.

»Angenehm, ich bin Alex«, sagte Alex.

Ich tat wohl besser schnell, was Jörg sagte, ich wollte ja nicht Elend und Chaos für Milliarden von Menschen auf dem Gewissen haben. Außerdem sollte er lieber jetzt als gleich wieder von hier verschwinden. Gott, war der peinlich!

Ich trat nach draußen. Der SUV mit der breiten Scheinwerferleiste stand direkt vor dem Tor, aufdringlich leuchtete der Warnblinker. Ich öffnete die Tür zum Fond des Wagens. Darin thronte Fee und guckte auf dem großen Display, das in die Rückseite des Beifahrersitzes eingelassen war, eine Folge *Yakari*. Der Anblick meiner vertrauten Tochter in dieser fremden, noch neu riechenden Luxuskarosse irritierte mich. Sie würdigte mich auch lediglich eines kurzen Seitenblickes und starrte dann gebannt weiter auf den Bildschirm.

»Hallo, mein Schatz. Kommst du? Schaffst du es, dich selbst abzuschnallen?«

»Nein, ich will noch nicht raus!«, zeterte Fee statt einer Begrüßung. Immerhin, so kannte ich sie.

»Weißt du, wie die Folge heißt? Du kannst sie am nächsten Wochenende bei Papa zu Ende gucken.«

»Nein jetzt, Mama!«

»Das geht leider nicht, Papa muss sofort weg.« Ich beugte mich über meine protestierende Tochter, schnallte sie ab und zog sie aus dem Wagen.

Wahrscheinlich musste Jörg gar keine Mail schreiben, er hatte nur keine Lust, die schimpfende Fee aus dem Auto zu holen.

Ich öffnete den Kofferraum und nahm Fees Tasche und ihre Jacke heraus. Fee selbst war in der Zwischenzeit schnell wieder ins Auto geklettert und starrte erneut aufs Display. Um zu verhindern, dass ich sie wieder heraushob, klammerte sie sich vorsichtshalber am Gurt fest.

Wenn Alex nicht gewesen wäre, wäre ich jetzt einfach in die Garage gegangen und hätte Jörg gesagt, er solle seine Tochter gefälligst selbst holen. So aber versprach ich ihr, dass ich die Folge gleich auf YouTube suchen würde, damit sie sie zu Ende gucken konnte.

Bereitwillig hüpfte Fee daraufhin aus dem Auto und hinein in die Werkstatt. Als ich hinterherkam, reichte Alex Jörg gerade einen Becher Kaffee.

Jörg setzte ihn vorsichtig an die Lippen und nippte. »Schöne Bohne«, sagte er auf eine künstlich kumpelhafte Art. »Wenn auch kein Blue Mountain«, fügte er dann mit einem dämlichen Lachen hinzu.

»Nein, den Blue Mountain gibt's nur sonntags«, gab Alex

zurück, und seinem Gesichtsausdruck war nicht zu entnehmen, ob er sonntags womöglich wirklich Edelkaffee in seinem Atelier ausschenkte.

Jörg nickte und begann dann mit ernster Miene auf dem Handy herumzutippen, während er sich in Richtung Ausgang bewegte.

Fee hingegen baute sich vor Alex auf und verlangte sein Tablet. »Meine Mama hat gesagt, ich kann jetzt bei dir *Yakari* gucken.«

»Ja, wenn das so ist«, meinte Alex erstaunt und warf mir einen Seitenblick zu.

»Sie hat im Auto eine Folge angefangen und wollte nicht aussteigen«, erklärte ich entschuldigend.

Alex holte sein Tablet.

»Ciao, Süße!«, rief Jörg, bevor er das Atelier verließ, und es blieb unklar, ob er Fee oder mich damit meinte.

»Ciao!«, rief ich zurück, erleichtert, dass er gleich weg sein würde.

Alex zeigte Fee indessen auf dem Sofa, welche *Yakari*-Folgen zur Auswahl standen. Glücklicherweise war die richtige im Angebot, und Alex suchte nach der passenden Stelle, bis Fee zufrieden war.

»Mit der Arbeit waren wir durch, oder?«, fragte er an mich gewandt und stand auf.

»Ja, ich denke schon. Ich pass beim Posten auch gut auf, dass nichts schiefläuft.«

»Wird schon klappen. Ich hol jetzt mal Julius ab. Ihr könnt einfach das Tor hinter euch ins Schloss fallen lassen, wenn ihr hier fertig seid.« Er prüfte kurz, ob sein Schlüsselbund in seiner Jackentasche steckte, und klemmte sich dann die Jacke unter den Arm.

»Äh, in Ordnung, alles klar.«

»Tschüss, ihr beiden, und danke für die Zusammenarbeit.« Noch ein Nicken in meine Richtung, dann war er verschwunden.

Während Yakari auf Kleiner Donner durch die Prärie galoppierte, stand ich etwas vor den Kopf gestoßen da. Ich wusste zwar nicht so recht, was ich erwartet hatte, aber diesen schnellen Abgang jedenfalls nicht. Aufgewühlt tigerte ich hin und her, sah Alex vor mir, wie er in die Linse gelächelt und wie er geschaut hatte, als Jörg ihm die Hand gab. Erst als mein Weg mich an der Pinnwand vorbeiführte, blieb ich wie angewurzelt stehen.

Denn neuerdings hing dort auch Celine, die strahlend mit Julius auf dem Arm neben einer Schaukel stand.

Abends, als Fee schlief und ich Foto und Video noch etwas aufgehübscht und gepostet hatte, rief Elif an. Sie wollte wissen, wie das Treffen mit Alex gelaufen war. Ich erzählte von seiner kühlen Art und Jörgs Auftritt.

»Jörg hat dich auf die Wange geküsst? Ja, das passt doch«, meinte Elif.

»Wieso passt das? Er macht sich doch ansonsten nur über mich lustig und unterstellt mir, ich hätte einen Liebhaber, der meine Raten zahlt.«

»Genau. Ganz offensichtlich ist er eifersüchtig.«

»Eifersüchtig?«, fragte ich ungläubig. Diese Möglichkeit hatte ich noch gar nicht in Betracht gezogen.

»Er hat dich verlassen, deshalb hast du um ihn zu trauern. In seiner Welt warst du bisher wahrscheinlich immer noch verfügbar für ihn. Jetzt geht ihm auf, dass das eventuell nicht mehr so ist, und das muss er erst mal verkraften.«

»Der Allerärmste!« Ich dachte nach. Es konnte tatsächlich sein, dass Elif recht hatte. So wie Jörg gestern von meinem »Steineklopper« gesprochen hatte.

»Mein Mitleid hält sich in engen Grenzen«, meinte Elif. »Was mich mehr interessiert ist, wie es dir geht.«

»Ich hab immer noch dieses Engegefühl in der Herzgegend. Seit ich Celine bei Alex gesehen habe, geht es gar nicht mehr weg. Aber genau genommen hatte ich das auch vorher schon hin und wieder, nur nicht so stark. Vielleicht ist es doch was Organisches, ich sollte mal einen Termin beim Arzt machen.«

»Mach das vorsichtshalber. Auch wenn ich glaube, dass es mit deiner Situation zu tun hat. Es war ja nicht leicht für dich in letzter Zeit. Und dann noch diese Sache mit Pocahontas. Wie ist denn da der Stand?«

»Sie hat mich als Schicki Schlampe beschimpft. Mit Leerzeichen dazwischen.«

»Hört sich an wie eine feministische Indie-Band mit radikalen deutschen Texten.«

»Stimmt. Wenn Braceletta vollkommen den Bach runtergeht, werde ich da Leadsängerin. Und wenn der *Rolling Stone* mich dann zu dem Bandnamen interviewt, hab ich eine tolle Story zu erzählen.«

»Und weißt du inzwischen mehr über Alex und Celine?«

»Sie hängt jetzt schon neben seiner verstorbenen Freundin an der Pinnwand.«

»Oh«, sagte Elif.

Denn dazu fiel leider selbst meiner klugen Freundin nichts mehr ein.

#DARKESTNIGHT

Am nächsten Nachmittag kam wie vereinbart meine Mutter vorbei. Damit wir in Ruhe reden konnten, hatte ich Fee mit ihrer Freundin Maja verabredet. Majas Mutter würde die beiden von der Kita abholen.

Für eine gute Gesprächsatmosphäre hatte ich die Laura-Ashley-Tischdecke, die meine Mutter mir geschenkt hatte, über unseren Palettentisch gelegt und Earl Grey aufgebrüht.

»Das duftet ja sehr angenehm hier«, meinte sie, als sie die Küche betrat.

»Setz dich, Mama.« Ich rückte ihr den guten Stuhl zurecht, schenkte uns beiden eine Tasse Tee ein und nahm ihr gegenüber Platz. »Leider kann es nicht ganz so erfreulich weitergehen.«

Meine Mutter wurde bleich. »Es ist was mit deinem Vater«, sagte sie tonlos.

»Ja«, bestätigte ich. Obwohl ich mir vorher natürlich überlegt hatte, wie ich ihr das Ganze beibringen sollte, fiel es mir jetzt unendlich schwer. »Also, es ist so ... Seit einiger Zeit bekomme ich anonyme Mails von einer Frau, die sich Pocahontas nennt.« Ich erzählte meiner Mutter, was Pocahontas geschrieben hatte und dass sie den Namen meines Erzeugers kannte.

Meine Mutter saß mir mit verschränkten Armen gegenüber, rührte den Tee nicht an und bemühte sich um Fassung.

»Mama, ich muss jetzt wirklich wissen, was damals passiert ist. Ich muss das wissen, um Fee und mich schützen zu können«, schloss ich.

»Er war ein Hochstapler«, presste meine Mutter widerstrebend heraus.

»Was bedeutet das?«

»Herrgott, dass jetzt diese alten Geschichten hochkommen müssen!« Missbilligend sah sie mich an.

»Ich hab mir die Mails nicht selbst geschrieben. Also, was bedeutet Hochstapler?«, erwiderte ich kühl.

»Alles Mögliche. Er hat gelogen, sobald er nur den Mund aufgemacht hat. Mir hat er vorgemacht, er käme aus vermögenden Verhältnissen. Aber alles, was er beruflich machte, waren Betrügereien. Tatsächlich war seine Familie sehr gut situiert,« – an dieser Stelle wurde ihr Gesichtsausdruck trotz allem immer noch etwas gravitätisch – »nur hatte sie ihm seinen pflichtgemäßen Erbteil schon vorzeitig ausgezahlt. Das Geld hatte er längst verprasst. Er dachte wohl, mich als gute Partie könnte er schröpfen. Aber meine Eltern haben uns nicht unterstützt – und später auch mich nicht.« Letzteres musste sie sehr verletzt haben, ich konnte es ihr deutlich ansehen. Aber darum ging es jetzt nicht – sie hätte mir längst von alldem erzählen sollen.

»Wann, später?«, fragte ich daher weiter.

»Als er im Gefängnis war.«

»Er war früher schon mal im Knast? Dann kann es also stimmen, was Pocahontas schreibt?«

»Es wäre schon möglich.«

»Jetzt lass dir doch nicht alles aus der Nase ziehen! Erzähl! Warum war er im Gefängnis? Ich hab ein Recht darauf, es zu wissen, ich bin seine Tochter!« Ich war laut geworden und hörte selbst die Panik in meiner Stimme.

»Schrei mich nicht an, Julia! Als du zwei warst, ist er wegen Anlagebetrugs im Gefängnis gelandet. Und er hat uns beiden einen Haufen Schulden hinterlassen, die ich jahrelang abbezahlt habe. Du erinnerst dich vielleicht, dass Geld in deiner Kindheit immer ein großes Thema war.«

Ihre Stimme brach, und ich wusste, dass ich jetzt zu ihr rübergehen und sie in den Arm hätte nehmen sollen. Aber ich konnte es nicht. Ich war zu schockiert und auch zu wütend. Auf sie und vielleicht auch auf alles andere, was in der letzten Zeit passiert war.

»Ja, daran erinnere ich mich nur zu gut. Und alles, was du mir immer erzählt hast, war, dass er aus gutem Hause kam. Das Gleiche, womit er dich geködert hat! Das ist doch absurd!«

»Ich fand es schöner für ein Kind.« Sie klang trotzig, obwohl sie wahrscheinlich getroffen war.

»Aber ich bin kein Kind mehr, schon sehr, sehr lange nicht mehr. Ich hätte ein Anrecht darauf gehabt, die Wahrheit zu wissen!«

»Anrecht, Anrecht ... Jetzt sei bloß nicht so dumm, zu versuchen, über diese Pocahontas Kontakt zu ihm aufzunehmen!«

»Das nennst du also dumm? Dass ich wissen will, wer mein eigener Vater eigentlich ist?«

»In dem Fall schon. Er war ein unangenehmer Mensch.« Da war es wieder.

»Und das Unangenehme waren seine Lügen und Betrügereien?«

»Ja, das auch. Und sein … Temperament.«

»Er war also temperamentvoll«, meinte ich ironisch, um sie weiter aus der Reserve zu locken.

»Er hat mich geschlagen. Wenn er wütend war, ist er auf der Autobahn gerast. Wirklich gerast. Mit dir auf dem Rücksitz.« Eine Träne lief ihr übers Gesicht. »Insofern war ich beinahe froh, als er verhaftet wurde.«

Ich nahm ihre Hände, drückte sie kurz und legte sie um die warme Teetasse. So leid es mir tat, das war alles, was ich gerade für sie tun konnte. In mir tobte ein Sturm.

»Ich hab ihn ein Mal im Gefängnis besucht, aber da hat er sich schon wieder aufgespielt und von neuen geschäftlichen Möglichkeiten gefaselt, die ihn erwarteten, wenn er wieder rauskäme. Als er dann entlassen wurde, ist er noch ein einziges Mal bei uns vorbeigekommen. Mit seiner Englischen Bulldogge. Er hatte immer eine Vorliebe für Rassehunde, hat sich aber nicht um ihre Erziehung gekümmert. Als du geboren wurdest, hab ich daher durchgesetzt, dass er den Rottweiler, den er bis dahin hatte, weggab. Jedenfalls warst du gerade vier und hast geschlafen, er wollte dich aber gar nicht sehen. Er hat mich beschimpft, weil ich ihn nicht öfter besucht habe, und der Hund hat die ganze Zeit gebellt. Dann hat er mir eröffnet, er hätte mich nie geliebt, aber bitter enttäuscht hätte ich ihn trotzdem. Jetzt sei er mit einer wunderbaren, warmherzigen Frau zusammen, die er aus dem Gefängnis kenne. Selbstverständlich würde er trotzdem großzügig Unterhalt zahlen. Danach ist er untergetaucht. Das war's. Mehr weiß ich nicht. Ich hab nie wieder etwas von ihm gehört. Bis heute sozusagen. Wir wurden auf mein Betreiben hin in seiner Abwesenheit geschieden.« Ihr Kinn zitterte.

»Das sind ja Abgründe«, brachte ich heraus.

»Ja. Diesen Hang zum Abgrund, den hatte er.«

Ein Hang zum Abgrund ... Jetzt wusste ich also Bescheid. Nur wer Pocahontas war, das konnte meine Mutter mir auch nicht sagen.

Als wir uns verabschiedeten, umarmten wir uns wortlos, aber länger als sonst.

An diesem Abend startete ich einen neuen Anlauf, meinen Vater zu googeln. Die Suchbegriffe *Peter B., Gefängnisstrafe* und *Anlagebetrug* führten mich schließlich zu einem Artikel aus dem *Kölner Stadtanzeiger*, der etwa drei Jahre alt war. Aus ihm ging hervor, dass der Kerl wohl bis vor wenigen Monaten erneut eine Haftstrafe wegen krummer Geschäfte mit angeblichen Goldreserven hatte absitzen müssen. Das passte zu dem, was Pocahontas geschrieben hatte.

Nur die Geschichte mit den Komplizen und seiner Unschuld erschien mir im Lichte der neuen Informationen mehr als unwahrscheinlich. Er hatte einfach das getan, was er schon immer erfolglos getan hatte: andere Menschen um ihr Geld betrogen.

Ich schickte Pocahontas einen Link zu dem Artikel. Gleichzeitig warnte ich sie davor, zu glauben, was Peter Brass ihr offenbar erzählt hatte. Das wäre alles eine Masche von ihm, er sei schon immer ein Hochstapler gewesen. Hoffentlich war ich sie damit los, wer auch immer sie war.

Aber das war beileibe nicht meine größte Sorge. Auch die Sache mit Alex war wenigstens für heute Abend völlig verblasst.

Die Frage, die ich mir seit dem Gespräch mit meiner Mutter immer wieder stellte, war: Trug auch ich diesen Hang zum Abgrund in mir? Sah ich nicht nur aus wie Peter Brass, sondern war auch wie er?

Ich war doch auch eine Hochstaplerin.

Ich scrollte durch meine letzten Instagram-Posts und widerte mich selbst an. Himmel, ich hatte aus Gemüse und Sekundenkleber Alba-Trüffel gebastelt, um an Geld zu kommen. Ging es noch würdeloser?

Ich sah mein falsches Lächeln, meine retuschierten Oberschenkel, meine ganzen Lügen und wollte irgendwer anders sein.

Dann griff ich nach dem Billigrum, der eigentlich nur zum Backen im Regal stand, kippte etwas davon in ein Glas und ein bisschen Cola light hinterher. Ich trank aus und schenkte nach, mehrmals.

Ich möchte betonen, dass ich dieses Zeug davor und auch danach nie wieder roh verzehrt habe. Aber an diesem Abend schien es mir nötig. Und es tränkte meine Situation in so viel Pathos, dass ich mich zu einem Posting animiert fühlte.

Instagram-Post von **Julia Braceletta**

Das Foto ist ein Selfie, das ich an diesem Abend in meiner Küche aufgenommen habe. Ich stütze meinen schweren Kopf in die Hand, ein schwarzes Armband ziert mein Handgelenk. Ich habe seine Farbe in #darkestnight umbenannt. Meine geschwollenen Augen zeugen von den Tränen, die ich zuvor vergossen habe. ~~Die zerlaufene Wimperntusche fototauglich zu korrigieren und meine Haare kurz im Spiegel zu richten hab ich natürlich auch in betrunkenem Zustand noch hingekriegt.~~ Mein Gesichtsausdruck ist ernst, erschöpft, verunsichert. Im Hintergrund sieht man, wenn man nur nah genug ranzoomt, tatsächlich meine Raufasertapete.

Gefällt 740 Mal

#thatsit #reallife #existentialcrisis #darkestnight #braceletta

27 Kommentare

stylishe_sabine So schön, mal diese Seite von dir zu sehen.

karlottavonschlick Wer ist das?

muddi_vom_dienst Wenn du reden will, schreib mir ne PN

nastynadja #existentialcrisis – sag bloß. Ist etwa der Schampus alle? Ich starte eine Crowdfunding-Kampagne für dich

kuriosus Heul doch, du Feldmaus

gastroenterologische_schwerpunktpraxis_koeln Das Leben ist eine Sinuskurve, geht auch wieder aufwärts

...

...

#LEERLAUF

Der Wecker erlöste mich aus einem wirren, bedrohlichen Traum. Ich stand darin gerade vor einer Gefängniszelle und fotografierte durch die Klappe in der Tür meinen Vater, der selbstherrlich mit zwei Goldbarren im linken und Celine im rechten Arm für ein Foto posierte. Ich wälzte mich noch eine Weile von einem bohrenden Kopfschmerz gequält im Bett herum, bis ich dem Traumbild entkommen war.

Als ich es schließlich schaffte, mein Handy einzuschalten, verkündete es mir, dass zwei Leute das Armband in der Farbe #darkestnight bestellt hatten. Nicht schlecht, angesichts der Uhrzeit, zu der ich das Foto gepostet hatte.

Mein Posting ... Ich konnte mich erinnern, dass ich es gestern Abend als Befreiungsschlag empfunden hatte. Ich hatte eine tragische Würde darin gesehen, derer ich mir heute Morgen leider nicht mehr so sicher war.

Ich sah es mir noch mal an. Nun ja. Es fühlte sich komisch an, mich so zu sehen. Das war wirklich ich, während ich es doch eigentlich gewohnt war, nur Julia Braceletta zu präsentieren.

Ich könnte das Bild wieder löschen. Nicht sofort, aber nach ein paar Tagen. Das stand mir noch offen, so viel hatte ich ja nicht verraten. Nur dass ich mich auch mal schlecht fühlte. Dass irgendetwas Unschönes in meinem Leben passiert war. Ich könnte eine plausible Erklärung dafür erfinden, die auch zu Bracelettas Luxusleben passte. Ein Todesfall oder so. Das würde ich mir noch überlegen.

Die Kommentare hätten auch schlimmer ausfallen können, und es waren deutlich weniger als bei meinem Waterloo vor anderthalb Wochen. Insgesamt musste ich feststellen, dass die Welt sich weiterdrehte, auch vor Raufasertapete.

Nur den Gedanken an den Grund für meinen Absturz verdrängte ich. Ich nahm eine Aspirin und weckte dann Fee, um mit unserer morgendlichen Routine zu starten.

Als ich auf dem vertrauten Rückweg von der Kita einen älteren Mann mit seiner Enkelin vor einem Schaufenster stehen sah, traf mich plötzlich wie ein Schlag die Erkenntnis, dass mir jederzeit mein Vater entgegenkommen konnte. Köln war seine Heimatstadt, hier war er verurteilt und sicher auch inhaftiert gewesen. Würde ich ihn wohl erkennen? Würde ich denken: Oh, das bin ja ich, nur fünfundzwanzig Jahre älter und mit Glatze und Bart?

Ich hatte keinerlei Erinnerung an ihn. Und ich hatte auch nie ein Foto gesehen, das uns beide zusammen zeigte. Ich kannte nur dieses eine, auf dem er allein vor dem Tennisplatz stand. Ansonsten war er eine totale Leerstelle für mich. Dafür hatte meine Mutter gesorgt. Und doch hatte er uns beide all die Jahre hindurch sehr geprägt, fürchtete ich.

Ich kramte mein Handy aus der Tasche und wählte Elifs Nummer.

»Findest du mich authentisch? Und hast du das Gefühl, mich wirklich zu kennen?«, platzte ich heraus, ohne sie zu begrüßen.

»Ja, in- und auswendig. Ich wette, du hast gerade Fee weggebracht und jetzt hast du Zeit, mit deiner Herkunft zu hadern.« Elif lachte, und dafür war ich ihr sehr dankbar. Sie wusste, was ich von meiner Mutter erfahren hatte, wir hatten gestern noch ein paar Nachrichten ausgetauscht.

»Das beruhigt mich. Ich bin also keine Fake News verbreitende Mogelpackung?«

»Doch, aber nur beruflich. Und selbst Braceletta hast du ja nicht als Fake geplant. Als du sie ins Leben gerufen hast, hast du wirklich noch stilecht in Rodenkirchen gelebt und die Blumen auf deiner Dachterrasse arrangiert.«

»Danke für die Erinnerung. Ich bin gerade so sauer auf meine Mutter, weißt du? Es wäre viel leichter für mich gewesen, wenn ich mich früher an den Gedanken hätte gewöhnen können, wer und wie mein Vater war. Vielleicht wäre dann einiges in meinem Leben anders gelaufen. Besser. Vielleicht hätte ich mich niemals zu einem Aufschneider wie Jörg hingezogen gefühlt.«

»Dann hättest du Fee aber nicht«, warf Elif ein.

»Ja, gut …« Ich überlegte. Wahrscheinlich zeigte dieses Beispiel, wie müßig das Hadern mit der Vergangenheit war. Weil im Leben immer alles mit allem zusammenhing und man nie einen einzelnen Strang isoliert betrachten konnte. »Aber muss ich dafür jetzt meiner Mutter dankbar sein?«

»Nein, bloß sauer solltest du lieber auf deinen Vater sein.«

Elif hatte recht. Es war nur einfacher, die Schuld bei jemandem zu suchen, den ich kannte.

»Okay. Sie ist mit der Situation wohl so gut umgegangen, wie es ihr eben möglich war«, räumte ich ein.

Sicher hatte meine Mutter zum Teil gelogen, weil das leichter für sie war. Hatte mir ein Leben ermöglichen wollen, das sich nicht so nah am Abgrund abspielte.

Als ich längst aufgelegt hatte, zu Hause angelangt war und die Küche aufräumte, dachte ich weiter über all das nach. Über meinen Vater, den krankhaften Hochstapler. Meine Mutter, die jahrzehntelang den Schein gewahrt hatte. Die vielleicht nicht ganz von ungefähr anfällig für seine Lügen gewesen war. Und über mich, die ich weiter an meiner Braceletta-Existenz festhielt, obwohl sie längst Geschichte war. Hatte ich den Schein auf Instagram wirklich nur gewahrt, um meine Kunden nicht zu verlieren? Oder konnte es vielleicht sein, dass ich einfach selbst nicht davon ablassen wollte?

Es klopfte. Hier unten im Keller, direkt an meiner Wohnungstür.

Ich schrak zusammen, griff mir wieder ein Messer von der Anrichte und schlich durch den Flur in Richtung Tür.

Da hörte ich Herrn Erbslöhs Stimme. »Keine Angst, Frau Brass, ich bin's nur, Ihr alter Nachbar.«

Erleichtert und gleichzeitig ein bisschen enttäuscht öffnete ich ihm.

»Entschuldigen Sie, ich konnte leider nicht klingeln.«

»Wie – nicht klingeln? Warum nicht?«, fragte ich verständnislos.

»Die Klingel ist kaputt.«

»Meine Klingel?«

»Die ganze Klingelanlage. Ich belästige Sie ja nur sehr ungern damit und hoffe doch sehr, dass es Ihnen besser geht?«

»Ja, ich bin so weit wiederhergestellt. Die Klingeln gehen also im ganzen Haus nicht mehr?«

»Richtig. Die Briefträgerin kommt nicht mehr an die Postkästen, die Paketboten müssen unsere Pakete wieder mitnehmen, etwaiger Besuch braucht ein Mobiltelefon, um uns zu erreichen ...« Herr Erbslöh klang aufgeregt.

»Verstehe. Da ist dann wohl mein Einsatz gefragt.« Im Stillen verwünschte ich unseren Hausgeist. Und Fee, die ihm die Schokolade weggegessen hatte. »Danke fürs Bescheidgeben. Ich werde gleich mal nach dem Rechten sehen.«

Ich holte mein Handy und ging vor Herrn Erbslöh her nach oben ins Erdgeschoss. Im Hausflur war so ein Kasten, der vermutlich schon in den Achtzigern seine Abdeckung verloren hatte und von dem ich vermutete, dass er mit der Klingelanlage in Verbindung stand. Ich leuchtete mit dem Handy hinein und musterte eingehend die Verkabelung, während ich verständige Laute von mir gab. Schließlich schoss ich ein paar Fotos.

»Die brauche ich, um die richtigen Ersatzteile zu besorgen«, erklärte ich Herrn Erbslöh.

»Vielen Dank, Frau Brass. Der Vermieter und die Hausverwaltung, das ist ja wirklich ein Lumpenpack. Aber Sie, Sie sind ein Engel!«

Mit diesen Worten verließ er das Haus für seinen Fitnessspaziergang. Der Engel stand derweil ganz schön unter Druck.

Erst mal schaute ich nach, ob vielleicht die Sicherung für die Klingel herausgesprungen war. War sie leider nicht, das wäre ja zu einfach gewesen. Dann postete ich ein Foto von unserem Klingelkasten in einem Elektroforum. Dort entspann sich daraufhin zwischen verschiedenen Besserwissern eine hitzige Diskussion über Messleitungen, den Multimeter und das Läutwerk, die den beteiligten Usern sicher den Tag versüßte, mir aber nicht weiterhalf.

Drei neue Funkklingeln hätte ich zwar im Baumarkt bekommen, aber das war finanziell leider nicht drin. Außerdem wollte ich die lieber nicht ohne Erlaubnis draußen auf dem Putz anbringen.

Ich beschloss, es für Herrn Erbslöhs Dachgeschosswohnung vorerst mit Fees altem Babyfon zu versuchen, das ich in einer nicht ausgepackten Umzugskiste im Keller fand.

Am Nachmittag gestalteten Fee und ich ein reich verziertes Schild, das etwaige Besucher von P. Erbslöh aufforderte, laut hineinzusprechen. Es erklärte außerdem: *Wer das hier klaut, bleibt heute ungeküsst.* So was Ähnliches hatte ich mal an einem Straßenverkaufsstand mit Kunsthandwerk gelesen und hoffte, es würde auch für den Babyfonsender funktionieren.

Für uns und Frau Schmitz malten Fee und ich ebenfalls bunte Schilder, die darum baten, feste an unsere Fenster zu klopfen, weil die Klingel defekt sei.

Mithilfe meines Handystativs machte ich ein Foto von dem kreativen Setting, auf dem wir zwischen Farbkasten, Filzstiften, Schere und Kleber am gelben Palettentisch saßen, unsere Armbänder im Bild. Der Ausschnitt verriet zwar nicht allzu viel über unsere Wohnung, und ich war vorteilhaft von oben fotografiert, aber das Motiv war weniger inszeniert als sonst. Es fühlte sich gut an, es zu posten.

Als wir Herrn Erbslöh seine Babyfon-Station hochbrachten, erklärte ich ihm, dass ich die Hausverwaltung bisher leider nicht wegen einer Übernahme der Reparaturkosten hätte erreichen können. Das Babyfon sei so eingestellt, dass es nur anspringe, wenn jemand draußen vor der Haustür wirklich direkt hineinspreche.

Ich schickte Fee hinunter, und sie schrie testweise »Ich will dich besuchen, Herr Erbslöh« ins Babyfon, was seine

Empfangsstation glasklar übertrug, sogar inklusive Video. Herr Erbslöh fand die Lösung gar nicht schlecht.

Abends trieb ich mich im Netz herum und entdeckte neue Seiten: Alleinerziehenden-Foren, Blogs von gestressten Müttern, von Comedians, Journalistinnen und Leuten, die einfach witzig aus ihrem Beruf und ihrem Alltag berichteten. Denen, die mir sympathisch waren, folgte ich auf Instagram. Vielleicht könnte ich in Zukunft mein Netzwerk erweitern und verändern?

Als ich anschließend eine Bestandsaufnahme meiner Verkaufszahlen machte, stellte ich fest, dass sie in den letzten Tagen ganz in Ordnung gewesen waren, jedenfalls gab es keinen besonderen Ausreißer nach unten. Meinen betrunkenen Lebenskrisenpost ließ ich erst mal stehen.

Die nächste Arbeitswoche begann ich mit einer E-Mail an die Sozialwerkstatt, die meine Armbänder produzierte und nun schon eine Weile darauf wartete, dass ich die letzte Rechnung beglich. Ich verwies auf die lange und zuverlässige Zusammenarbeit und bat für dieses Mal um einen Aufschub, da ich einen Engpass hätte. Zum Glück erwies sich das Unternehmen auch mir gegenüber als sozial und kam meiner Bitte nach.

Meine Postings beschränkten sich in dieser Woche auf herbstlich inszenierte Aufnahmen zweier Armband-Kombinationen. Vor Bildern von mir oder meinem Leben scheute ich zurück. Ich wusste nicht mehr so recht, wie ich mich darstellen sollte.

Alex begegnete ich nicht, und das war auch gut so. Wenn ich an ihn dachte, war das kein belebender Gedanke mehr, sondern ein deprimierender. Und wenn ich in der Kita mit

Celine konfrontiert wurde, wie sie mir freundlich und etwas übereifrig eine Info gab oder einfach nur Fee begrüßte, drehte sich mir jedes Mal der Magen um.

Eines Morgens saß ich dort in der Garderobe auf der Bank und wartete auf Fee, die mir unbedingt ein Bild zeigen wollte. Drei Haken weiter hing Julius' Jacke. Fee ließ sich Zeit, und die Jacke zog mich magisch an. Ich rückte etwas in ihre Richtung und atmete tief ein. Hatte ich da schon einen Hauch Alex-Duft wahrgenommen? Ich rückte noch ein Stück näher, bis meine Nasenspitze fast die kleine grüne Steppjacke berührte. Ja, jetzt konnte ich den Geruch deutlich vernehmen. Ich verharrte in der Position und schloss die Augen, während ich von Erinnerungen geflutet wurde. Alex, wie er mir ins Ohr geraunt hatte, dass der Eisbeutel Julius ganz schnell wieder fit machen würde. Wie ich neben ihm auf dem Beifahrersitz gesessen hatte …

»Na, lecker Lenor?« Frau Ponanskis spöttische Stimme riss mich aus meinen Träumen.

»Äh, ja … oder … nein.« Prompt wurden die sehnsuchtsvollen Erinnerungen von der Hitze verdrängt, die mir in den Kopf stieg. »Das heißt: Ich weiß es nicht. Ich wollte es gerade herausfinden. Wir … äh … brauchen neues Waschmittel.«

So ein Schwachsinn. Als ob man hier an den Jackenhaken Duftproben nehmen könnte wie in der Parfümerie.

»Ist ja nicht so schwer zu bekommen. Apropos, Frau Brass …«

»Ja?«

»Fees Kuscheldecke für die Ruhezeit müsste dringend gewaschen werden. Wenn Sie die bitte mal mitnehmen möchten?«

»Heute passt es nicht, aber demnächst kann ich sie gern

mal waschen«, gab ich möglichst hoheitsvoll zurück und war ausgesprochen froh, dass jetzt Fee mit ihrem Bild angerannt kam.

»Tschö, Frau Brass, und viel Erfolg noch!«, verabschiedete sich Frau Ponanski in süffisantem Tonfall, und es blieb unklar, ob sie meinen Arbeitstag, den Waschmittelkauf oder meine Vorliebe für die Familie Merckheimer meinte, von der sie vielleicht gerade eine Ahnung bekommen hatte.

Mein Nachhauseweg führte mich wie immer an einem Internetcafé vorbei. Das Schaufenster war mit Werbung für günstige Telefonate nach Afrika und in den Nahen Osten zugekleistert. Gedankenverloren musterte ich die Aushänge und überlegte, ob solche Telefonate mit dem eigenen Handy wohl wirklich teurer waren. Da erblickte ich in einer Lücke zwischen den Plakaten eine vertraute Silhouette. Ein weißblond ondulierter Lockenkopf starrte konzentriert auf einen Bildschirm.

Spontan beschloss ich, den Laden zu betreten und kurz Hallo zu sagen. Ich grüßte das Mädchen hinter der Theke und trat dann hinter Frau Schmitz – und Herrn Erbslöh, der neben ihr saß, wie ich jetzt erkannte.

»Guten Morgen, was machen Sie beide denn hier?«

»Wir informieren uns über unsere Mieterreschte«, antwortete Frau Schmitz, während Herr Erbslöh, nachdem er mich freundlich willkommen geheißen hatte, wieder ein dem Thema angemessenes, grimmiges Gesicht aufsetzte.

»Das ist ja eine gute Idee! Aber vielleicht rufen wir einfach mal beim Mieterschutzbund an?« Ich hoffte insgeheim, dass die beiden das übernehmen würden und ich mich einfach dranhängen konnte.

»Haben wir längst«, entgegnete Herr Erbslöh.

»Die sind dem Pitter nit radikal jenug.« Frau Schmitz lachte. Für sie schien die Angelegenheit eher ein willkommenes Abenteuer zu sein. »Die Jesetzeslage ist nit so eindeutig auf unserer Seite, wie der Pitter sich dat wünscht.«

»Nur drei Prozent Mietminderung sind für eine defekte Klingelanlage vorgesehen. Damit locken wir diese Halunken sicher nicht hinter dem Ofen hervor«, bestätigte Herr Erbslöh. »Ich plädiere für mindestens 25 Prozent.«

»Wenn se uns wenigstens joldene Wasserhähne einjebaut hätten«, warf Frau Schmitz ein. »Aber so ... Dat sehen wir nit ein!«

»Die Marie hat mir ja außerdem auch anvertraut – ich hoffe, das war Ihnen recht –, dass Sie für Ihren großartigen Einsatz nur so wenig Geld bekommen. Diese Halsabschneider!«, echauffierte mein alter Nachbar sich weiter.

»Ja ... sonderlich zufrieden bin ich mit der Bezahlung nicht. Es ist schon wirklich, äh, wenig.«

»Wollten Sie nicht sogar kündigen?«, schaltete Frau Schmitz sich ein und zwinkerte mir verschwörerisch zu.

Jetzt begriff ich. Offenbar traute Frau Schmitz ihrer guten Beziehung zu unserem Hausgeist nicht mehr so ganz und hatte schon mal geschickt vorgebaut, falls mir einfallen sollte, meinen vermeintlichen Hausmeisterjob an den Nagel zu hängen.

Auch wenn es mir für Herrn Erbslöh sehr leidtat, ergriff ich meine Chance. »Ja, die Kündigung ist schon getippt. Ich muss sie nur noch einwerfen.«

Aber Herr Erbslöh nahm die Nachricht geradezu erfreut auf. »Das wird denen eine Lehre sein, wenn ihnen jetzt sogar das Personal davonläuft«, meinte er kämpferisch. »Haben Sie denn schon etwas Neues in Aussicht?«

»Nicht im Facility-Management. Aber ich verkaufe ja nebenbei auch Armbänder. Unsere gemeinsame Freundin hier«, ich deutete auf Frau Schmitz, »hat eines an.«

Frau Schmitz hob ihren Arm, um das Schmuckstück zu präsentieren.

»Alle Achtung, das ist ja todschick! Wie kommen Sie denn an Ihre Kunden?«, wollte Herr Erbslöh wissen.

»Vor allem übers Internet. Ich hab eine Webseite und eine Seite bei Instagram, auf der ich Werbung für meine Kollektion mache.«

»Dat Instagram, dat interessiert mich«, schaltete Frau Schmitz sich ein. »Ich kenn dat aus der *Bunten*. Wo Se schon mal hier sind, Frau Brass, zeigen Se uns dat doch mal.«

Herr Erbslöh bot mir seinen Stuhl an, den ich natürlich ablehnte. Ich beugte mich über meine beiden Nachbarn und rief meinen Account auf. Als ich durch die Bilder scrollte, staunten sie nicht schlecht.

»Frau Brass, Sie sehen ja aus wie ein Mannequin!«, meinte Herr Erbslöh.

»Und unsere alte Hütte wie nach der Luxussanierung, die nit stattjefunden hat«, ergänzte Frau Schmitz.

»Ja, das war bisher so meine Strategie«, erklärte ich.

»Wer teuer aussieht, kann teuer verkofen.« Frau Schmitz hatte das Prinzip sofort erfasst. »Aber jetzt zeigen Se uns doch mal, wie sich die Hautevolee präsentiert.«

»Wen wollen Sie denn sehen?«

»Michelle Obama«, meinte Frau Schmitz zu meiner Überraschung. Ich hatte eher mit Andrea Berg oder Marie-Luise Marjan gerechnet.

Wir sahen uns zusammen die Bilder an, hier und da übersetzte ich die Kommentare, und Frau Schmitz fasste für

Herrn Erbslöh noch mal Michelle Obamas beeindruckenden Werdegang vom Arbeiterkind zur erfolgreichen Anwältin und First Lady zusammen.

»Guck dir mal diese Muckis an, Pitter! Und wer interessiert dich?«

»Immer nur du, Marie«, kam prompt die charmante Antwort.

Als ich mich verabschiedete, versicherte ich den beiden noch mal, dass ich bei allen Kürzungsmaßnahmen gegenüber der Hausverwaltung unbedingt dabei wäre.

Einige Tage später hatte ich morgens in der Satteltasche meines Fahrrads Platz für die Kuscheldecke geschaffen, die gewaschen werden sollte.

Fee stürmte gleich in den Gruppenraum und auf ihre Freundin Maja zu, während ich mich erfolglos nach dem Fach mit der Decke streckte. Die Kita hatte ein Platzproblem, deswegen wurde auch der Stauraum ganz oben genutzt.

Ich stieg gerade auf die Garderobenbank, da beugte sich jemand von hinten über mich, griff in das Fach und hüllte mich in diesen mir wohlbekannten leichten Duft ein.

Das war zu viel und zu plötzlich für mich. Meine Knie gaben nach, und als ich nach hinten sackte, wurde ich von zwei Männerarmen aufgefangen und auf die Füße gestellt.

Ich drehte mich um und sah in Alex' braune Augen. Er aber hob lediglich eine Augenbraue und reichte mir die Decke.

»Danke«, brachte ich heraus.

»Bitte«, antwortete er und wandte sich dann Celine zu, die gerade leichtfüßig herangetänzelt war.

»Du kommst dann heute Abend um sieben?«, fragte er sie, während ich angestrengt Fees Kuscheldecke faltete. Am liebsten hätte ich auf der Stelle draufgekotzt.

»Ja, klar«, flötete Celine. »Tschüssi!«

Erst als Alex schon ein paar Minuten weg war und ganz sicher nicht mehr draußen sein Fahrrad aufschloss oder in der Bäckerei gegenüber ein Brötchen kaufte, traute ich mich, die Kita ebenfalls zu verlassen. Ich redete mir ein, mein kleiner Schwächeanfall wäre dadurch verursacht worden, dass ich heute Morgen nicht gefrühstückt hatte, kaufte mir selbst ein Brötchen und radelte dann nach Hause.

Daheim angekommen, klopfte ich zunächst an Frau Schmitz' Tür und, als dort niemand öffnete, oben bei Herrn Erbslöh. Als ich schon durch die Wohnungstür Frau Schmitz' Lachen hörte, wusste ich, dass ich hier genau richtig war.

Langsame Schritte näherten sich, und Herr Erbslöh öffnete die Tür, auch heute wieder mit etwas zerzaustem Schopf, aber das Seidentuch um den Hals saß perfekt.

»Guten Morgen, Herr Erbslöh! Ich möchte gar nicht lang stören, sondern nur mal nachhören, was wir in Sachen Mietminderung weiter unternehmen wollen«, sagte ich.

Herr Erbslöh hatte angestrengt sein Ohr in meine Richtung gehalten, während ich sprach, und dabei ganz gequält geguckt. Als er meinen verwunderten Blick bemerkte, erklärte er etwas zu laut: »Einen wunderschönen guten Morgen auch! Verzeihen Sie, die Marie justiert gerade mein Hörgerät, und es jault ganz schrecklich in meinem Ohr. Das müssen wir erst einmal in den Griff kriegen. Aber kommen Sie doch herein, und setzen Sie sich zu uns.« Er ging vor mir her, wies mir den Weg ins Wohnzimmer und bedeutete mir dann, auf einem der Cocktailsessel Platz zu nehmen.

Ich spürte den harten Federkern unterm Po, während Herr Erbslöh eine Tasse aus seiner hübschen Nussbaumholz-Vitrine holte und mir aus der Warmhaltekanne, die auf dem lederbezogenen Couchtisch stand, einen Kaffee eingoss.

Dann setzte er sich wieder neben seine Marie und hielt ihr auffordernd sein Ohr hin. Zärtlich strich sie ihm die Haare zurück, nahm das kleine Gerät heraus und tüftelte daran herum.

Ich trank in kleinen Schlucken den heißen Filterkaffee und sah mich um. Die für die Fünfzigerjahre zuständige Kuratorin einer Ausstellung für zeitgeschichtliche Innenausstattung hätte dieses Wohnzimmer nicht besser einrichten können. Und ich kam hier in Herrn Erbslöhs bundesrepublikanischer Aufgeräumtheit tatsächlich etwas zur Ruhe. Wir schwiegen alle, aber es war ein angenehmes, einvernehmliches Schweigen. Für einen Moment wünschte ich mir, ich wäre auch schon alt und in Rente und hätte das meiste hinter mir.

Schließlich schob Frau Schmitz das Kistchen vorsichtig wieder in Herrn Erbslöhs Ohr und gab ihm einen Kuss auf die Schläfe. »Hörst du das?«, fragte sie neckisch.

Herr Erbslöh lächelte. »Glasklar. Und es klingt wunderbar.«

Ich räusperte mich, und die beiden wandten sich mir zu.

»Also, Frau Brass ist ja noch mal wegen der Mietminderung gekommen«, erklärte Herr Erbslöh. »Wollen wir drei denn dazu jetzt einen Beschluss fassen?«

»Ich geh da gern in die Vollen«, meinte ich. Schließlich war ich ohnehin schon zwei Monatsmieten im Rückstand.

Aber das sagte ich nicht. Sonst hätte ich am Ende noch eine großzügige Nachbarschaftshilfe auf den Plan gerufen.

Herr Erbslöh nickte zufrieden. »Das hör ich gern.«

»Der Pitter freut sich schon darauf, den Brandbrief dazu zu tippen.« Frau Schmitz lachte.

»Sie kennt mich so gut.« Scherzhaft resigniert zuckte Herr Erbslöh mit den Schultern. »Ich komme dann mit dem Schreiben bei Ihnen vorbei, wenn es fertig ist. Und sofern Sie einverstanden sind, unterschreiben wir alle drei als Hausgemeinschaft.«

Frau Schmitz hob ihre Kaffeetasse, und wir stießen miteinander an.

»Auf diesen mutigen Akt zivilen Ungehorsams!«, sagte ich.

»Nicht doch, sonst spaziert der Pitter gleich doch noch mit dem Überweisungsträger zur Bank!«, scherzte Frau Schmitz, und wir lachten alle drei.

»Tatsächlich erkenne ich mich seit einiger Zeit kaum wieder«, meinte Herr Erbslöh immer noch lächelnd. »Aber es fühlt sich gut an. Die Marie hat mich einfach auf ganzer Linie verzaubert.«

Bei diesen Worten zeigte sich auf Frau Schmitzens Gesicht ein Anflug schlechten Gewissens. Denn Herrn Erbslöh war wohl kaum bewusst, wie zutreffend der Satz war …

#ERFOLGSGESCHICHTE

Einige Tage später hatte ich plötzlich wieder mehr Geld auf dem Konto. Und zwar von Alex. Richtig viel. 1800 Euro! Er hatte offenbar dank meines Postings seine Büste verkauft.

Ich war sehr erleichtert und auch etwas stolz. Jetzt konnte ich die Rechnung der Sozialwerkstatt bezahlen und zumindest einen Teil meines Mietrückstands.

Ich zögerte kurz, dann schrieb ich Alex eine Nachricht: *Glückwunsch zum Deal. Vielleicht sollten wir diese Erfolgsgeschichte fortsetzen?*

Ungeduldig wartete ich auf die Antwort. Fast bereute ich, gefragt zu haben, und dann auch noch so offensiv. Ich hatte genauso viel Angst vor einer Zusage wie vor einer Ablehnung. Außerdem davor, mit Alex allein in einem Raum zu sein, wo mich seine Nähe neuerdings schon an den Rand der Ohnmacht führte. Aber ich brauchte das Geld. Für Fee und für mich. Denn seit der Geschichte mit meinem Vater fühlte ich mich, was meine Armbänder und die Fotos auf Instagram betraf, total blockiert und verunsichert. Ich konnte nicht mehr weitermachen wie bisher, doch für einen neuen Auftritt fehlte mir die Idee oder vielleicht noch mehr der Mut.

Ja, ich hab noch eine Menge Holz hier rumstehen, schrieb Alex einige bange Stunden später zurück. Dass er sich immer so viel Zeit mit dem Antworten lassen musste. Wahrscheinlich lag sein vorsintflutliches Gerät immer stundenlang irgendwo in der Ecke, während er und Celine …

Stopp, nicht daran denken.

Morgen Vormittag? Am Wochenende sind wir in Kopenhagen, antwortete ich und war froh, dass ich mich damit ein bisschen interessant machen konnte. Ich war keinesfalls eine abservierte, ruinierte, frustrierte Verbrechertochter und Ex-Ulknudel, sondern eine vielbeschäftigte Frau, die Wochenendtrips unternahm.

Dieses Mal ließ seine Antwort nicht auf sich warten: *Na dann. Morgen gegen 10?*

Als ich in Alex' Atelier eintraf, war ich wieder mal völlig geblendet davon, wie gut er in Jeans, T-Shirt und einer Trainingsjacke mit Farbflecken aussah. Der Effekt war zwar nicht neu, nutzte sich aber leider nicht ab.

Alex begrüßte mich zwar nicht gerade herzlich, aber immerhin nicht so nahezu unfreundlich wie bei meinem letzten Besuch.

»Es wird wohl Winter. Da tummeln sich ja schon ganz schön viele Piepmätze um die Futterhäuschen«, smalltalkte ich.

»Ich bin eben gut zu Vögeln. Um mal einen primitiven alten Witz zu bemühen«, sagte Alex und grinste.

Die Hitze stieg mir ins Gesicht. »Äh, ja, ich weiß … also, bestimmt. Ähm, du hast geschrieben, du hättest eine Menge Holz hier?«

»Ja, von meinen Prototypen hab ich in letzter Zeit nicht viel verkauft.«

»Die sind auch für den Außenbereich geeignet, oder?«

»Genau. Ich behandle sie so, dass sie wetterfest sind und

in der Sonne nicht ausbleichen. Ich hab lange mit verschiedenen Materialien herumprobiert, bis ich es geschafft habe, dass die Oberfläche wirklich zuverlässig konserviert wird. Kaffee oder Tee?«

»Ein Wasser gern.«

Alex ging zu seinem Barregal, öffnete zischend eine Flasche Mineralwasser und goss ein großes Glas für mich voll. Als er es mir reichte, berührten sich unsere Fingerspitzen, meine waren ganz kalt.

Er sah mich an. »Hast du eigentlich deinen Erpressungsfall inzwischen gelöst?«

Ich setzte mich auf die Werkbank, er mit etwas Abstand daneben.

»Nein. Aber es gibt Neuigkeiten …«, begann ich und überlegte, wie viel ich erzählen wollte.

Eine Pause entstand.

»Aber du willst lieber nicht darüber reden?«, fragte er. »Musst du natürlich nicht, ich war nur neugierig.«

»Schon okay. Allzu viel will ich tatsächlich nicht darüber reden. Es ist … nicht so schön …« Meine Stimme war etwas wacklig geworden, und ich spürte, wie immer bei dem Thema, die Tränen in meine Augen steigen.

Alex sagte nichts, schaute mich einfach nur an.

»Also zusammengefasst: Ich hab meine Mutter gefragt, was an Pocahontas' Geschichte dran sein könnte. Und sie könnte tatsächlich stimmen. Mein Vater hat uns damals in Richtung Knast verlassen. Er war ein … Betrüger.« Das Wort *Hochstapler* wollte mir vor Alex nicht über die Lippen. Zu sehr rang ich noch mit der Frage, ob ich vielleicht mehr von meinem Erzeuger in mir trug, als mir lieb war. »Jedenfalls … Wenn meine Mutter von ihm als einem unangenehmen

Menschen spricht, dann scheint das noch reichlich untertrieben zu sein. Nach unserem Gespräch habe ich noch mal recherchiert und herausgefunden, dass er vor Kurzem wieder einmal aus dem Knast entlassen wurde.« Ich atmete tief aus und stellte mein Wasserglas ab.

»Das ist harter Tobak. Für dich ... und auch überhaupt.« In Alex' Blick lag jetzt mehr Mitgefühl, als ich aushalten konnte, und ich spürte, wie sich eine Träne löste.

Er rückte prompt näher, legte einen Arm um mich und zog mich tröstend zu sich heran. Eine Weile verharrten wir so, und ich bildete mir ein, ich könnte seinen langsamen, beruhigenden Herzschlag hören. Die Tränen versiegten, und als Alex mir sanft, aber nachdrücklich über den Rücken strich, gewann ein anderes Gefühl die Oberhand.

Mach das noch mal, dachte ich. *Bitte.*

Aber die Hand bewegte sich nicht mehr.

»Und Pocahontas?«, fragte Alex, der anders als ich immer noch beim Thema war, in die Stille hinein.

»Der hab ich all das geschrieben.«

»Könnte dein Vater selbst dahinterstecken?«

»Darüber hab ich auch schon nachgedacht. Aber wenn, dann weiß er jetzt auch, was ich von ihm halte, dass ich ihm die Mär von seiner Unschuld nicht abnehme und ganz sicher keine 8000 Euro zahlen werde.« Ich richtete mich wieder auf, blieb aber dicht neben Alex sitzen.

»Hast du deine Mutter gefragt, ob diese Mails vom Schreibstil her typisch für ihn wären?«

»Nein«, sagte ich, erstaunt, dass ich darauf nicht selbst gekommen war. »Ich bin auch wirklich völlig vernagelt, was das Thema betrifft. Danke für den Hinweis, ich werde sie fragen.« Ich überlegte kurz. »Am besten jetzt gleich.«

Ich stand auf, holte mein Handy aus der Tasche und schrieb meiner Mutter eine Nachricht.

Danach wandte ich mich wieder Alex zu und sagte betont zupackend: »Aber jetzt genug von meinem blöden Familienkram. Lass uns anfangen zu arbeiten.«

»Gern«, stimmte er zu, sprang ebenfalls auf, holte aus verschiedenen Ecken und Regalen einige Skulpturen herbei, allesamt aus Holz, und stellte sie auf den Arbeitstisch.

Ich erkannte die Prototypen des Vogels, der Janusbüste und der großen Statue mit den beiden vogelgesichtigen Golfern, die ich alle in der Betonversion kannte. Neu war mir ein Nagetier – es war nicht sicher zu sagen, ob Maus oder eher Hamster –, das in einem aus dünnen Zweigen geflochtenen Laufrad gefangen war und dort zwei Hunderteuroscheinen hinterherzurennen schien.

Ich stupste das Rad an. Es bewegte sich wirklich. Wie Alex das geschafft hatte, war mir unbegreiflich. Das Gebilde war einfach genial. Die Hamstermaus hatte keine Chance, an das Geld zu kommen, denn die Scheine waren ebenso wie das Tierchen selbst in dem Rad festgeklebt.

Alex sah mich gespannt an.

»Wahnsinn!«, sagte ich. »Ein Abbild unserer Gesellschaft. Oder des Alltags der weniger privilegierten Bevölkerung. Wie heißt das gute Stück?«

»Weiß ich noch nicht«, sagte er ausweichend.

Ich fragte nicht weiter, er redete ja nicht gern über seine Arbeit, und das war heute auch nicht nötig, denn ich hatte schon eine Idee, wie wir alles zusammen inszenieren könnten.

»Wir machen mit den Figuren eine Art Familienaufstellung wie in der Therapie«, erklärte ich. »Viele meiner Followerinnen werden sich davon angesprochen fühlen. Der Dreiklang aus Yoga, Hyaluron und Besuch beim Psychiater gehört für gewisse Kreise ja sozusagen zum guten Ton.«

»Das ist zwar ein bisschen gemein und auch etwas kurz gegriffen, aber trotzdem schön gesagt«, kommentierte Alex.

Gemeinsam stellten wir die Figuren in verschiedenen sinnigen und unsinnigen Konstellationen auf.

Einmal hing der Vogel über den beiden Golfern, sodass der Eindruck entstand, er würde ihnen gleich auf den Kopf kacken. Die besser gestimmte Seite des Januskopfes sah dem Geschehen sozusagen schadenfreudig zu. Der Künstler selbst beobachtete das Geschehen aus einiger Entfernung.

Dann bedauerte der traurige Janus den armen Mausehamster, wie er sich in seinem Rad abmühte, während die fiesen Golfer Abstand zu dem Geschehen hielten und sich über den nächsten Cum-Ex-Coup zu unterhalten schienen.

Und so weiter. Mal war Alex, der wieder ein Armband von mir trug, mit im Bild, mal nicht. Die Arbeit und dieses Spiel mit den verschiedenen Arrangements, für die wir selbst da, wo es beim besten Willen keine gab, eine Bedeutung erfanden, machte einen Mordsspaß. Und ich lernte dabei auf eine zwanglose Weise Alex' gesellschaftspolitische Positionen besser kennen und er die meinen, auch wenn wir längst nicht immer einer Ansicht waren. Während er ziemlich idealistisch dachte, sah ich die Dinge oft etwas pragmatischer.

Später würde ich die Bilder zu einer Story zusammenmontieren und mit den entsprechenden Hashtags versehen auf Instagram anpreisen.

Als wir gerade nebeneinanderstanden und uns auf meinem Handydisplay die Ergebnisse des Shootings ansahen, traf eine neue Nachricht von meiner Mutter ein. Ich öffnete sie und las Alex, der sich höflich abwandte, vor: »*Nein, dein Erzeuger war schriftlich wie mündlich sehr gewandt. Jetzt lass doch das Thema endlich ruhen!!!*«

Alex wunderte sich. »Du hast doch gerade erst davon erfahren.«

»Na und?«, gab ich zurück. »So sind wir Brasse eben. Alles, was nicht passt, wird verdrängt, totgeschwiegen und nicht abgebildet. Aber jetzt lass uns lieber weiter die Fotos angucken.« Ich hatte vorhin schon viel zu viel erzählt. Das war ja keine Therapiestunde hier.

Alex stellte sich erneut neben mich, um auf das Display sehen zu können, und er roch wieder so gut, dass ich die Bilder vor meinen Augen gar nicht mehr richtig wahrnahm. Meine Sinne waren voll ausgelastet mit Alex, seiner Wärme, seiner Stimme so nah an meinem Ohr, wenn er hin und wieder ein Bild kommentierte, und den leichten Bewegungen seines Arms.

»Julia? Alles klar?«, drang es in diesem Moment zu mir durch.

»Was?«

»Ich hab dich was gefragt.«

Ich drehte den Kopf, um ihn anzusehen, und blickte in seine fragenden braunen Augen.

»Ach so. Die Antwort ist ja«, sagte ich und hoffte, dass das auf seine Frage passte, die ich überhaupt nicht mitbekommen hatte. Wenn es eins gab, was ich von Jörg gelernt hatte, dann das: Man musste die Dinge nur selbstbewusst genug vertreten.

»Das hatte ich jetzt nicht erwartet.«

»Ist aber so.« Ich musste grinsen.

Er auch. »Echt?« Ihm war offenbar aufgegangen, dass ich bluffte.

»Hundertprozentig.«

»Und wo warst du mit deinen Gedanken? Bei deinem Vater?«

»Nein ... eigentlich nicht«, antwortete ich ehrlich, obwohl es eine willkommene Ausrede gewesen wäre.

»Sondern?«

Fahrig rückte ich ein Stück von ihm ab. »Sag ich nicht.«

»Was ist denn los?« Er vergrub die Hände in den Hosentaschen und schaute etwas verwirrt drein. Fast sah es aus, als würde ich ihn auch ein wenig ... nervös machen?

Wie magnetisch angezogen und ohne selbst so recht zu wissen, was ich da tat, trat ich wieder einen Schritt auf ihn zu und strich ihm über den Arm.

Es war, als hätte er nur darauf gewartet.

Mit dem anderen Arm zog er mich zu sich heran, schaute mir prüfend ins Gesicht, zögerte ein wenig – er schien über etwas nachzudenken, während ich hoffte, dass er mein heftig klopfendes Herz nicht bemerkte –, und dann senkte er seinen Mund auf meinen. So weich und gleichzeitig besitzergreifend, dass ich mein Herzklopfen vergaß, weil so vieles andere in mir noch viel stärker pochte.

Ich erwiderte seinen Kuss, während er mir wieder über den Rücken streichelte. So eng, wie er mich dabei umschlungen hielt, konnte ich spüren, dass er mich genauso wollte wie ich ihn. Und ob ich für ihn ein Maskottchen war, war mir in diesem Moment völlig egal. Etwas, das sich so gut anfühlte, konnte nicht falsch sein.

Ich zog ihm die Trainingsjacke aus. Sie fiel zu Boden, während wir uns weiterküssten, während Alex' Hände den

Haaransatz in meinem Nacken streichelten, als wären sie genau dafür ausgebildet.

Und dann gab sein Handy einen altmodischen Klingelton von sich.

Wir hielten kurz inne, und er murmelte, seine warmen Lippen noch auf meinen: »Egal, hör nicht hin, ich ruf nachher zurück.«

Aber das nervtötende Piepen hörte nicht auf.

»Entschuldige, ich guck doch mal, wegen Julius.« Bedauernd sah er mich an, seine Augen dunkler als sonst.

Die aufgeregte Stimme am anderen Ende der Leitung drang durch das Handy bis zu mir: »... geht es gar nicht gut ... Ich kann hier nicht weg ...«

Celine.

Der Gedanke an sie hatte mich vorhin zwar ganz kurz gestreift, doch dann hatte ich mir gesagt, dass sie jung war, dass es egal war, dass sie einen Freund in ihrem Alter haben sollte und das mit Alex für sie ohnehin keine Zukunft hatte. Dass ich diejenige war, die ihn verdient hatte.

Ja, ich hatte ihn verdient. Und zwar offenbar leider diesen Anruf, der mich nach einem kurzen Ausflug in ein Paralleluniversum wieder in die Realität zurückholte.

»*Mein* Papa?«, zitierte ich in einer letzten galgenhumorigen Anstrengung den kleinen Julius, aber der frustrierte Unterton in meiner Stimme konnte Alex kaum entgangen sein.

»Sieht so aus. Es tut mir so leid, Julia, aber ich muss ihn aus der Kita abholen. Er hat offenbar Fieber. Willst du ... hier warten?«

»Nein. Wir fliegen wie gesagt übers Wochenende weg, und ich hab noch nicht gepackt. Wir sind ja hier auch durch.« Ich bemühte mich um Sachlichkeit und klang doch eher beleidigt.

»Also dann, viel Spaß bei eurem Familienausflug!« Das klang jetzt irgendwie auch nicht mehr so nett.

»Danke«, erwiderte ich kühl und korrigierte ihn nicht, weil ich zum Hintergrund unserer Reise keine Fragen beantworten wollte. Elif hatte außer unserer Freundin Berrit noch niemandem von ihrem Vorhaben erzählt.

»Julia ... Ich mach so was sonst nicht«, meinte Alex etwas unsicher und fuhr sich durch die Haare. Sie waren in den letzten Wochen länger geworden.

Was meinte er damit? Frauen küssen, während er gleichzeitig mit einer anderen was am Start hatte? Dafür hatte er eben aber ziemlich souverän gewirkt. Er sollte sich bloß nicht einbilden, ich würde das nicht durchschauen.

»Ich mach so was schon hin und wieder«, antwortete ich cool, was natürlich eine glatte Lüge war.

»Okay, ja, also ... dann ... ist ja nichts Besonderes passiert.«

»Es kommt nicht wieder vor, keine Sorge.«

Irritiert sah Alex mich an. »Gut, ich geh dann jetzt. Wir sehen uns. Lass uns ein anderes Mal drüber reden.« Er nahm seine Jacke vom Haken und öffnete eine der Garagentüren.

Ich wusste nichts zu antworten.

»Oder auch nicht«, fügte er hinzu, und dann fiel die Tür hinter ihm ins Schloss.

Ich war allein, und in der plötzlichen Stille merkte ich, wie sehr noch immer jede Faser meines Körpers in Aufruhr war. Ich ließ mich aufs Sofa fallen und versuchte etwas runterzukommen.

Nach einiger Zeit kamen schließlich die Tränen.

Was für ein verkorkster Vormittag! Was für ein verkorkstes Leben! Warum konnte Alex jetzt nicht mehr hier sein, um mich in den Arm zu nehmen? Was war das für ein hinterlistiger Trick vom Schicksal, mich einmal kurz vom Baum des Lebens kosten zu lassen, um mir dann wieder unmissverständlich klarzumachen, dass seine Früchte nicht für mich bestimmt waren? Erst jetzt fiel mir auf, wie fahl das Novemberlicht durch die Dachfenster fiel.

Um mir den Rest zu geben, stand ich auf und ging zur Pinnwand. Celine lächelte mir immer noch unschuldig entgegen, und über ihr, schöner noch, Julius' Mutter.

Die Erinnerung daran, wie Alex damals in meiner Küche von seiner »Freundin« gesprochen hatte, war schmerzhaft. Diese Zugehörigkeit, die es für mich nicht gab. Und jetzt durfte sie für immer jung und hübsch in seinem Atelier hängen.

Sogleich schämte ich mich für den Gedanken. Eifersucht auf eine verbleichende Fotografie in Alex' Garage war nun wirklich das Letzte.

Und ich sollte jetzt gehen, nicht dass Alex und Celine mich doch noch hier vorfinden würden.

Als ich wenig später daheim die Taschen für Fee und mich packte, war ich immer noch völlig durch den Wind und darüber hinaus erschrocken von der sinnlichen Naturgewalt, die vorhin aus mir herausgebrochen war. So kannte ich mich gar nicht.

#KOPENHAGEN

Unter uns lag die Ostsee. Wir passierten gerade einen Offshore-Windpark und überflogen dann eine lange Brücke.

»Das muss die Öresundbrücke sein, die Kopenhagen mit dem schwedischen Malmö verbindet«, erklärte ich Fee, die auf dem Fensterplatz saß, und beugte mich über sie, um besser sehen zu können.

Ein der Küste vorgelagertes Inselchen mit etwas Sand und einem Streifen Grün kam in Sicht, und dann sahen wir schon den Flughafen. Mit einem tiefen Seufzer atmete ich aus.

»Was ist, Mama?«, fragte Fee.

»Ich bin einfach froh, dass wir drei zusammen hier sind«, antwortete ich.

Tatsächlich hätte Elifs per Hormongabe unterstützter Eisprung auch für mich nicht besser terminiert sein können. Es tat so gut, mal rauszukommen. Auch wenn der November nicht unbedingt die bevorzugte Zeit für eine Skandinavienreise war. Immerhin hatte die Pilotin gerade verkündet, es sei trocken draußen.

Nicht auszudenken, ich hätte dieses Wochenende ohne Programm mit Fee im verregneten Köln verbringen müssen – im Kopf Alex auf Dauerschleife. Hier und jetzt ging es um Elif und Fee und darum, eine schöne Zeit mit ihnen zu verbringen. Dass ich vor Fee nicht über die Sache mit Alex reden konnte, würde mich dazu zwingen, den Gedanken an ihn für drei Tage zu verdrängen. Von ihm selbst hatte ich nichts mehr gehört, seit er gestern Vormittag das Garagentor hinter sich geschlossen hatte.

Als wir die Gangway hinuntergingen, hielt ich die Nase in den kalten Wind, der von der nahe gelegenen See herüberblies. Dieser Moment, wenn man an einem fremden Ort aus dem Flugzeug oder Auto stieg, die fremden Gerüche wahrnahm und das veränderte Klima spürte, war doch immer wieder etwas Besonderes.

Als wir schließlich am Bahnsteig standen und die selbstfahrende Metro einfuhr, die uns zu unserer Unterkunft bringen sollte, stiegen wir ganz vorne ein, um durch das Panoramafenster blicken zu können.

Fee übernahm die Steuerung – jedenfalls in ihrer Vorstellung. Im gelangweilten Tonfall eines Fahrers der Kölner Verkehrsbetriebe tönte sie laut in Richtung unserer Mitreisenden: »Bitte machen Se die Türen frei, damit wir unsere Fahrt zeitnah fochtsetzen können.«

Niemand fühlte sich angesprochen, manche guckten etwas pikiert.

Fee wurde ungeduldig. »Jetzt machen Se bitte die Türen frei! ... Na gut, dann eben nicht. Ich für meinen Teil werd ja auch fürs Halten bezahlt.«

Elif und ich guckten aus dem Fenster und gaben grinsend vor, dieses Kind nicht zu kennen.

Fees Ansage zum Trotz schlossen sich die Türen, und die Bahn fuhr an. Fee guckte etwas verdutzt, stellte sich aber schnell um und übernahm das fiktive Steuerrad. Hin und wieder drückte sie mit wichtiger Miene einen imaginären Knopf.

Ich konnte verstehen, warum sie hier die Kontrolle übernehmen wollte. Es war schon ein komisches Gefühl, nach vorne durch die Frontscheibe zu sehen, während die Bahn führerlos lossauste und so einige Kurven nahm.

»Wie eine Achterbahn für Senioren«, kommentierte Elif.

Ich grinste sie an. »Danke, Elif, ganz im Ernst, vielen Dank«, erwiderte ich und meinte damit das ganze lange Wochenende, das vor uns lag.

Meine Freundin hatte darauf bestanden, wirklich komplett alle Kosten zu übernehmen. Sie war der Meinung, dass unsere Kost und Logis nun mal zu den Fixkosten einer Samenspende dazugehörten.

Den neuen Spender hatte Elif über ein sogenanntes Fotomatching gefunden. Die Mitarbeiter der Samenbank hatten einen Fotovergleich vorgenommen und ihr eine Auswahl von Spendern an die Hand gegeben, die ihr selbst ein wenig ähnlich sahen. Aus dieser Liste hatte sie sich dann für einen Kandidaten entschieden. Er hatte eine Zahntechnikerausbildung, interessierte sich für Literatur und war bereit, am achtzehnten Geburtstag des Kindes seine Identität preiszugeben, falls das gewünscht war.

»Ich hab ein gutes Gefühl. Und du?«, fragte ich und stand dieses Mal wirklich dahinter.

Elif lächelte. »Ich auch.«

Das letzte Stück bis zu unserem Hostel mussten wir zu Fuß zurücklegen. Nicht nur die Metro war modern hier, sondern auch die restliche Infrastruktur. Es gab eigene Verkehrsadern für Radler, die exzessiv genutzt wurden. So was in Köln, und alle Feinstaubdiskussionen würden der Vergangenheit angehören. Auch die Kinder wurden hier offenbar nicht im SUV transportiert, sondern in hübschen dreirädrigen Lastenfahrrädern. Wir standen an einer Ampel, und ich blickte auf die beeindruckende Masse an Hollandradbesitzern aller Altersgruppen. Fee, nicht entsprechend sozialisiert, war ein bisschen zu weit nach vorn gegangen und auf den Fahrradweg getreten. Sie sprang erschrocken zurück, als die Armada sich in Bewegung setzte.

»Turist«, sagte ein dänischer Hipster kopfschüttelnd und mit niedlich gerolltem R, als er uns passierte, schaute mich dabei aber freundlich an.

Ich lächelte zurück und antwortete mit dem »Jä«, das ich mir vorhin im Flugzeug angelesen hatte.

Die Straßen, die wir entlanggingen, erinnerten mich mit den vielen hohen Altbauten etwas an Berlin, nur dass hier mehr roter und bräunlicher Klinker verbaut war. Unser Hostel allerdings war ein hässliches vierstöckiges Gebäude aus einer nicht näher zu identifizierenden Epoche in der zweiten Hälfte des 20. Jahrhunderts. Innen war es offenbar vor nicht allzu langer Zeit in typisch cleaner Hotelmanier renoviert worden. Elif kämpfte fluchend mit dem Automaten fürs selbstständige Einchecken, während Fee und ich uns in orange- und silberfarbenen Plastikdesignersesseln um uns selbst drehten. Außer uns warteten hier einige gut gelaunte Asiaten in Turnschuhen. Ein Ständer mit Werbebroschüren für die »Turister« stand neben einem weiteren Automaten, an dem man für vierzig Kronen eine Flasche Wasser ziehen konnte. Das entsprach ungefähr fünf Euro, rechnete ich um. Für uns würde das Wasser aus dem Hahn reichen.

Weiter hinten schloss sich ein separater Barbereich an die Lobby an, der im krassen Gegensatz zum sonstigen Design stand und an einen Bierkeller erinnerte. Anstelle von normalen Tischen waren dicke Fässer aufgestellt, die Wände waren mit Holz verkleidet oder sahen zumindest so aus –

kurz musste ich an mein Fischgrät-PVC denken –, und aus einer Reihe von Zapfhähnen floss abends das Craft Beer, wie eine mit Kreide beschriftete Tafel mitteilte.

Elif schien es geschafft zu haben. Sie kam auf mich zu und drückte mir eine der Plastikkarten in die Hand, die als Zimmerschlüssel dienten.

Sofort rannte Fee herbei und riss sie mir aus der Hand. »Ich mach das schon, Mama.«

Wir fuhren mit dem Aufzug in den zweiten Stock, wo meine Tochter routiniert die Karte durch das dafür vorgesehene Kästchen zog und die Tür öffnete. Ich wollte schon an Hochbegabung glauben, da fiel mir ein, dass sie ja am Wochenende des Öfteren mit Jörg und Leocadia unterwegs war.

Drinnen sagte Fee mit einem verschmitzten Gesicht, das nur allzu deutlich verriet, dass sie etwas im Schilde führte: »Mach doch mal das Licht an, Mama, es ist so dunkel hier.«

Das stimmte zwar nicht, aber ich tat ihr den Gefallen, betätigte erst einen, dann alle Lichtschalter im Flur und rief schließlich empört aus: »Das kann doch nicht wahr sein, jetzt sind wir den ganzen Weg hierhergeflogen, und dann funktioniert das Licht nicht. Ich gehe zur Rezeption und beschwere mich! Ach nee, es gibt ja keine Rezeption. Ich geh runter und schrei den Automaten an!«

Fee lachte begeistert über meine kleine Schauspieleinlage und steckte dann mit großer Geste die Schlüsselkarte in den dafür vorgesehenen Schlitz im Flur. Und es wurde Licht.

Ein Scheinwerfer erstrahlte über der mitten in den Raum eingebauten gläsernen Duschkabine.

Elif staunte. »Fancy.«

Wir einigten uns darauf, dass Fee und ich das Doppelbett nehmen würden und Elif das Klappbett an der Wand. Der obligatorische Matratzentest fiel so positiv aus, dass Elif und ich erst mal liegen blieben. Fee übernahm gern den Auftrag, die Doppelkekse, die Elif als Proviant mitgenommen hatte, aus der Tasche zu holen. Es war herrlich, einfach hier zu liegen, nichts tun zu müssen und Schokokekse zu essen. Andererseits …

»Draußen wartet ja eine europäische Metropole darauf, von uns erkundet zu werden«, gab ich zu bedenken.

»Quatsch, die wartet nicht auf uns. Die hat genug Touristen. Die leidgeprüften Künstler in Christiania appellieren schon an die Urlauber, bitte nicht einfach so in ihre Ateliers reinzugucken, sondern sich den geführten Touren anzuschließen.«

»Hör mir auf mit Künstlern. Auch ins Museum will ich keinesfalls«, sagte ich. »Am Ende sehe ich noch eine Skulptur.«

Wir blieben also liegen.

»Und ich muss mich entspannen«, sagte Elif. »Sonst wird es schwierig mit dem Schwangerwerden.«

Ich guckte zu Fee hinüber, die gar nicht wusste, dass wir nicht nur zum Spaß hier waren. Wir hatten uns darauf verständigt, ihr nur so viel wie nötig zu erklären, und das so beiläufig wie möglich. Einerseits wollte ich ihr nicht vermitteln, dass es irgendwie anstößig war, ein Kind ohne Vater zu bekommen. Andererseits war es aber schon etwas ungewöhnlich. Daher wollten wir das Thema in ihrer Gegenwart möglichst umschiffen, damit sie es später zu Hause nicht unbedingt überall herumerzählte. Es war ein Balanceakt. Aber Fee spielte mit den Lichtschaltern und beachtete uns gar nicht.

»Sagt wer?«, fragte ich.

»Alle. Berrit zum Beispiel. Kannst du aber auch überall nachlesen.«

»Ach, ist das mit dem Schwangerwerden so ähnlich wie bei der Partnersuche? Wenn man es zu sehr will und verbissen rangeht, dann klappt es nicht? Weil die Eier dann geradezu darum betteln, befruchtet zu werden, und die Spermien es extra nicht machen? So wie die Junggesellen, die angeblich von verzweifelten Singlefrauen nichts wissen wollen?«

»Ja, genau so.« Elif lachte und sah dabei zum Glück tatsächlich recht entspannt aus.

»Du hast dir sicher schon gedacht, dass das Unsinn ist, oder?«

»Ich war mir nicht sicher …«

»Lass dir gesagt sein, es ist Unsinn. Ich könnte dir Mütter zeigen, da ist es vollkommen ausgeschlossen, dass sie jemals entspannt waren.«

»Da weißt du aber nicht genau, was die Henne und was das Ei ist. Vielleicht waren die bis zur Ankunft der Kinder völlig relaxed«, wandte Elif ein.

»Das wäre natürlich möglich«, musste ich zugeben. »Trotzdem, glaub mir. Entgegen landläufiger Annahmen schmälert es die Empfängnischancen auch nicht, wenn man viel googelt oder sich den ganzen Tag in Kinderwunschforen herumtreibt. Meiner laienmedizinischen Beobachtung nach ist das mit dem Schwangerwerden so wie mit einem Linienbus in einem Urlaubsort im Süden. Du stehst an der Haltestelle. Vielleicht gibt es einen Fahrplan, aber er hängt da nicht. Du versuchst mit dem Smartphone etwas herauszufinden. Irgendwann schaust du hoch – kein Bus zu sehen. Noch mal – immer noch kein Bus. Dann schaust du wieder hoch – und da kommt er. So ist das auch mit dem Schwangerwerden.«

»Geniale These, Julia. Ich hoffe aber, ich schau gleich beim ersten Mal im richtigen Moment hoch. Und wenn Braceletta nicht mehr zu retten ist, sattelst du auf Gynäkologin um.«

So blödelten wir weiter herum, bis es Zeit zum Abendessen war, für das Elif in einem vom Reiseführer empfohlenen Smörrebröd-Restaurant einen Tisch reserviert hatte.

Der Laden, in dem wir kurze Zeit später ankamen, war ein im skandinavischen Industriedesign eingerichtetes Loft. Viele verschiedene Lampen hingen von der hohen Decke, und an der Wand stand eine drei Meter hohe und mindestens ebenso breite Vitrine. Große Zimmerpflanzen sorgten für Gemütlichkeit und unterstrichen außerdem, dass es hier maximal natürlich zuging. Alle Lebensmittel wurden in Bioqualität serviert und waren so unverarbeitet wie möglich. Tatsächlich sahen die Brote mit dem hoch aufgetürmten Belag ebenso bunt wie gesund aus. Eine Kellnerin, die mich mit ihrer brünetten Ponyfrisur an eine moderne Asta Nielsen erinnerte, zeigte uns drei Plätze an einem langen Tisch, der ansonsten schon voll besetzt war. Es war laut und betriebsam hier – optimale Bedingungen für ein Essen mit einem lebhaften Kind.

Ich entschied mich für Vollkornbrot mit mariniertem Hering, schwarzen Johannisbeeren, geräucherter Rote Beete, Kapern und dänischem Käse. Fee würde ihr Weißbrot mit Frikadelle, gebratenem Kohl, Preiselbeeren und Petersilie hoffentlich auch mögen, und Elif wollte sich am Kabeljau-Rogen mit Räucherkäse, Kartoffeln, Endivien, Schnittlauch und Bottarga probieren.

»Wenn ich erst mal schwanger bin, darf ich ja keinen rohen Fisch mehr essen«, meinte sie optimistisch.

»Genau. Neun Monate keinen Kaviar für dich, das wird hart.«

»Willst du ein Baby kriegen?«, schaltete Fee sich ein.

»Ja, das würde ich gern«, bestätigte Elif.

»Dann musst du dich entspannen.« Fee hatte uns vorhin offenbar doch mit halbem Ohr zugehört und genau das Falsche behalten. »Ich zeig dir zu Hause eine Entspannungsübung, die Frau Ponanski mit uns macht, wenn wir zu laut sind. Mama, kann ich davon auch ein Baby bekommen?«

»Nein, Maus, das ist ausgeschlossen, du bist noch zu jung.«

Als unser Essen kam, sah unser Tisch so schön aus, dass ich beschloss, ein Bild davon zu posten. Elif machte ein Foto, auf dem unsere drei Teller sowie Fee und ich mit unseren Armbändern zu sehen waren. Das Besteck hielten wir startbereit in den Händen, und im Hintergrund konnte man die stylishe Umgebung erahnen.

Nach dem reichhaltigen Smörrebröd verzehrten wir alle noch eine Zitronenmousse mit Müsli, Granola und Estragon, und dann ging's zurück ins Hostel. Nachdem Elif mir noch ein paar Rötungen aus dem Gesicht gezaubert hatte, postete ich unser Foto.

Für Fee war es Zeit, ins Bett zu gehen, und dazu legten wir uns solidarisch alle drei hin. Fee rezitierte für Elif Frau Ponanskis entspannende Fantasiereise, bei der sie beim leisen Plätschern des sanft anbrandenden Meeres selbstvergessen eine Sandburg baute, und schlief auf halbem Wege ein.

Elif beschloss, in der pseudo-urigen Hostelbar noch ein

dänisches Craft Beer zu trinken. »Ist ja vermutlich auch für neun Monate das letzte Mal«, erklärte sie.

»Gute Einstellung. Wenn unser Babyfon nicht gerade Herrn Erbslöh als Klingel dienen würde, könnte ich mitkommen.« So aber musste ich an Maddie McCann denken und blieb lieber oben bei Fee.

Ich nutzte die Gelegenheit, um unbeobachtet zu duschen. Dann legte ich mich im Dunkeln auf Elifs Bett und schaltete meinen beleuchteten E-Reader ein. Auf der Hinreise hatte ich eine sehr romantische Komödie zu lesen begonnen, und die Zeit verging wie im Flug.

Als ich wieder auf die Uhr sah, stellte ich fest, dass Elif schon fast zwei Stunden weg war. War das Craft Beer so lecker, dass sie sich nicht dazu entschließen konnte, wieder hochzukommen? Ich beschloss nach einem Blick auf Fee, die tief und fest schlief, mal nachzusehen.

Ich nahm das Handtuch vom Kopf und schnappte mir meine Karte, schloss die Tür hinter mir, lief die Treppe hinunter und durch die Lobby hindurch. Am Eingang der Bar blieb ich stehen und suchte nach Elif. Alle Fässer waren voll besetzt, der Laden schien gut zu laufen.

Da entdeckte ich hinten in einer Ecke an einem Zweiertisch meine Freundin. Ihr gegenüber saß ein attraktiver dunkelhaariger Mann, das Glas vor ihr war voll und trug noch seine Schaumkrone. Die beiden saßen ziemlich eng beieinander, der Mann sagte irgendetwas, und Elif sah ihn an und lächelte.

Ich auf meinem Beobachterposten lächelte auch. Ich konnte offenbar beruhigt wieder hochgehen.

Oben lag Fee immer noch in der gleichen Position in ihrem Bett. Ich putzte mir die Zähne, legte mich zu ihr und las weiter. Als die Buchstaben vor meinen Augen verschwammen, schaltete ich aus und schlief sehr bald ein.

Ich weiß nicht, wie spät es war, als ich davon geweckt wurde, dass ein Lichtstrahl auf mein Gesicht fiel. Elif war zurück, wie gut. Sie schloss die Zimmertür, zog sich die Schuhe aus und ging ins Bad. Ihre etwas holprigen Bewegungen verrieten, dass sie mehr als nur das eine Bier getrunken hatte.

Als sie aus dem Bad kam und sich in ihr Bett legte, flüsterte ich: »Ich bin wach. Wer war der Mann?«

Elif kicherte. »Woher weißt du davon?«

»Ich hab zwischendurch heimlich nach dir gesehen.«

»Danke, Mami. Und, hat er deine Gunst?« Sie kicherte wieder.

»Solange er deine hat. Jetzt erzähl schon.«

»Ich weiß eigentlich nicht viel über ihn. Er ist vor einigen Jahren aus einem Kriegsgebiet geflohen, wollte aber nicht darüber reden. Wir haben geknutscht.«

»Schöne Zusammenfassung.«

»Ja, schön war's. Und es fühlt sich jetzt ein bisschen so an, als hätte ich mit diesem Kuss mein Baby gezeugt. Wirklich sehr schön.« Sie seufzte leise.

»Aber du willst das Kind nicht zufällig von ihm machen lassen?«, wisperte ich.

»Beim Allmächtigen! Ganz bestimmt will ich mir das Sorgerecht nicht mit einem dänischen Einwanderer teilen. Kannst du dir vorstellen, was für ein bürokratischer Aufwand das wäre?« Elif blieb auch unter Alkoholeinfluss immer pragmatisch. Das war mir zu Studentenzeiten des Öfteren zugutegekommen. »Außerdem hat er es auch nicht vorgeschlagen.«

»Ihr habt über deinen Plan geredet?«

»Ja, natürlich.« So klar fand ich das nicht, aber Elif sprach schon weiter: »Das Beste weißt du ja noch gar nicht.«

»Dann sag's mir!«

»Er kennt wahrscheinlich meinen Spender.«

»Nein!«, entfuhr es mir.

Fee wälzte sich neben mir hin und her.

»Erzähl«, sagte ich leise, als sie wieder ruhig atmete.

»Er ist mit einem Landsmann befreundet, der Zahntechniker ist. Er muss seine Ausbildung hier in Dänemark aber erst anerkennen lassen und dafür einige Qualifaki…« Elifs schwere Zunge stolperte über die Silben. »Qualifaki… also wie auch immer, so ein bisschen was nachholen. Um das zu finanzieren, jobbt er und spendet seinen Samen.«

»Und interessiert er sich auch für Literatur?«

»Er hat sogar zwei Romane geschrieben.«

»Dann kannst du ihn ja googeln«, meinte ich aufgeregt. »Hat dein neuer Bekannter dir den Namen von dem Mann verraten?«

»Nein, das wollte er nicht ohne dessen Einverständnis. Aber er hat mir seinen eigenen Namen gesagt und meinte, den könnte ich meinem Kind nennen, wenn es schon vor dem achtzehnten Lebensjahr etwas über seinen Vater herausfinden möchte. Er würde dann nach bestem Gewissen vermitteln. Er selbst hat einen sehr seltenen Namen, den man immer wird finden können, meint er.«

»Das hört sich alles so schicksalhaft an, Elif …«

»Find ich auch. Hoffentlich hab ich alles richtig verstanden. Wir haben uns auf Englisch unterhalten.« An dieser Stelle kicherte sie wieder. »Er meinte, sein Freund sei sehr schön, innen wie außen. Genau wie ich.«

Mir traten Tränen der Rührung in die Augen, während Elif sogleich abwiegelte: »Da war aber bestimmt auch ein bisschen orientalische Blumigkeit dabei. Jetzt schlaf mal schön weiter, Mami. Und lass uns morgen ein bisschen die Stadt erkunden.«

Sie drehte sich um, und schon bald hörte ich sie regelmäßig atmen, während ich mich nach diesen Neuigkeiten erst noch mal mit meiner Liebeskomödie müde lesen musste.

Am nächsten Morgen war Fee früh wach. Elif hingegen drehte sich nur unwillig grunzend von einer Seite auf die andere. Um ihr noch etwas Ruhe zu gönnen, brachen Fee und ich zu einem Morgenspaziergang durch das spätherbstliche Kopenhagen auf. Es war noch dunkel, und so früh an einem Sonntag war fast niemand unterwegs. Ich hatte das Gefühl, die ganze Stadt gehöre uns.

Fee stellte sich vor, wie die Kopenhagener hinter ihren schmucken Fenstern in ihren Betten schnarchten, und wies mich gleichzeitig auf jede schon erleuchtete Wohnung hin. Ich hatte von jeher ein Faible dafür, im Dunkeln in anderer Leute beleuchtete Fenster hineinzuschauen, die Einrichtung zu begutachten und mir vorzustellen, wer dort lebte. Viele Wohnungen hier in diesem Viertel sahen mit ihren hohen Decken, dem hellen Holz und den sanften Farben aus wie aus einem skandinavischen Wohn-Fashion-Blog. Umso gemütlicher wirkte das Szenario dann jedoch, wenn unverhofft die Herrin des Hauses mit zerknittertem Schlafgesicht und zu Berge stehendem Haar den Raum betrat.

Als es langsam dämmerte, liefen wir in den riesigen Faelledparken hinein, und Fee stürmte freudig auf einen menschenleeren Spielplatz. Während sie das Klettergerüst eroberte, las ich auf dem Handy, dass der Quantenphysiker Werner Heisenberg bei einem nächtlichen Spaziergang im Jahr 1927 hier die entscheidende Idee für seine Unschärferelation gehabt hatte. Ich legte das Handy beiseite, starrte in den grauen Himmel und wartete darauf, dass auch ich meinen persönlichen Geistesblitz bekam. Doch da war nichts als relative Unschärfe in meinem Hirn.

Auf dem Rückweg ins Hostel kaufte ich eine leckere Auswahl an Backwaren, mit denen wir Elif überraschen wollten. Wir frühstückten im Bett und entschlossen uns dann zu einer Fahrt mit dem Hafenbus, der uns an einigen der bekanntesten Sehenswürdigkeiten der Stadt vorbeischipperte. Wir sahen die Bronzestatue der kleinen Meerjungfrau, die Fee schon aus dem Andersen'schen Märchen kannte. Während wir Christianshavn und die Königliche Oper passierten, dachte ich an meine alten Nachbarn und dass diese Tour den beiden auch gefallen würde.

Dann fuhren wir zum Strand in Østerbro, um auch noch ein bisschen Seeluft zu schnuppern, wo wir schon mal hier waren. Fee und ich legten uns euphorisch in den nassen Sand und machten einen Schneeengel – oder besser, einen Sandengel –, und Elif filmte uns dabei. Ich ließ das Video rückwärts laufen, sodass es aussah, als würden wir den Sand durch unsere Bewegungen wieder glätten und postete das Ergebnis gleich auf Instagram.

Und dann war Elifs großer Tag gekommen.

Als wir in der Kinderwunschklinik eintrafen, war ich überrascht. Sie sah nämlich kaum aus wie eine Klinik. Eher wie eine auf Wellness ausgerichtete Hebammenpraxis oder auch wie eine der Wohnungen, in die Fee und ich gestern

Morgen hineingespäht hatten. Total hyggelig! Die inzwischen weltbekannte dänische Gemütlichkeit machte unsere nordischen Nachbarn ja angeblich zu den glücklichsten Menschen der Welt. Ich hoffte von Herzen, dass dieser Besuch in Dänemark auch Elif zu einem noch glücklicheren Menschen machen würde. Oder sich doch immerhin ihr langjähriger Wunsch nach einem Baby bald erfüllte.

Die Hebamme, die uns begrüßte, würde Elif durch den ganzen Prozess begleiten. Sie sprach sehr langsam und in gutem Deutsch mit einem niedlichen dänischen Akzent, der sich insbesondere in dem gelispelten S niederschlug. *Sssamenssspende.* Während ich ihr so zuhörte, fühlte ich mich immer wohliger. Ich hoffte, dass es Elif auch so ging.

Fee hatte ich erklärt, dass Elif einen Termin beim Frauenarzt hatte. Das kannte sie von mir, und so war sie mit der Erklärung zunächst mal zufrieden. Sollte sie weitere Fragen stellen, würden wir spontan darauf reagieren.

Während Elif mit der Hebamme verschwand, vertrieben Fee und ich uns die Zeit bei Tee und Gebäck im Wartezimmer. Ich las ihr ein Buch auf Dänisch vor, und sie lachte sich kaputt.

#SEZUAN

Zurück im Kölner Alltag musste ich konstatieren, dass die Bilder von Alex' Holzfiguren nicht den erwünschten Erfolg gebracht hatten. Es war zwar ein großer Spaß gewesen, ging aber vermutlich doch etwas an der Zielgruppe vorbei.

Allerdings war dadurch ein Herr auf Alex aufmerksam geworden, der zwar keines der geschnitzten Werke, aber dafür so ein Auto wollte, wie wir es Wochen zuvor gepostet hatten. Ich googelte den Mann und fand heraus, dass er Vorstand bei einem DAX-Konzern und damit sicher in der Lage war, gut zu zahlen. Darauf musste sich Alex einfach einlassen. Ich traute mich aber nicht, ihn anzurufen.

Heute, am 11.11., begann die Karnevalssession, und Fee und ich durften auf unserem Rückweg von der Kita mit ansehen, wie jugendliche SWAT- und SEK-Einheiten grölend gegen die Hauswände pinkelten. Die Trommelgruppe aber, die vor einer Kneipe auf der Straße stand, machte uns prompt Lust mitzufeiern. Wir blieben ein bisschen stehen und wippten und sangen mit.

Als wir weitergingen, stellte ich mir vor, wie ich heute Abend rausgehen und auf einen verkleideten Alex treffen würde. Ich würde ihn nicht erkennen, weil er, wie wir bei einer unserer ersten Begegnungen gewitzelt hatten, sein Kinn mit Modelliermasse verbreitert und mit einem Spalt versehen hatte. Er ginge als John Travolta. Und ich wäre zufälligerweise mit einer üppigen braunen Lockenperücke und viel buntem Make-up als Siebzigerjahre-Discostar verkleidet. Völlig unbeschwert würden wir tanzen, knutschen und erst zu spät merken, dass wir beide es waren, die das Schicksal schon wieder zusammengeführt hatte …

Da sah ich auf der anderen Straßenseite Celine, die gerade rechts abbog. Das war der Weg zu Alex' Wohnung. Also lief das immer noch mit den beiden. Na ja, warum auch nicht?

Ich hatte heute Abend sowieso keine Zeit, in irgendeine Kneipe zu gehen, sondern musste bei Fee bleiben.

Zwei Tage später begegneten Alex und ich uns beim Abholen in der Garderobe – ohne Spalt im Kinn oder Lockenperücke. Ein schüchternes »Hi« von beiden Seiten, bei mir verbunden mit einem flauen Gefühl im Magen und dem Groll darüber, dass er so ein Playboy war. Dennoch hatte ich das Gefühl, dass wir beide bemüht waren, unseren Kindern synchron die Jacken und Schuhe anzuziehen, damit wir gleichzeitig fertig wären. Als es so weit war, hielt Alex mir die Tür auf.

Draußen schrie Fee Julius an: »Komm, wir rennen zum Spielplatz!«

Und ich rief hinterher: »Aber bleibt an der nächsten Straßenecke erst mal stehen!« Dann wandte ich mich an Alex, der neben mir herging, die Hände in den Hosentaschen. »Hat sich nach unserem Holzfiguren-Posting irgendein Käufer bei dir gemeldet?«

»Nein, bei dir?«

»Nein, jedenfalls nicht wegen der Holzfiguren. Aber ein ziemlich vermögender Sammler begeistert sich für deine

Autoskulptur. Er möchte so was als Porsche.« Ich sah, wie sich Alex' Miene verschloss. Oje, ich hätte das vielleicht irgendwie anders einleiten sollen.

»Ich mache keine Auftragsarbeiten.«

Scheiße. Er könnte mindestens 10 000 Euro dafür nehmen. Das wären 1500 für mich, die ich dringend brauchte.

Wir hatten inzwischen Fee und Julius eingeholt, die an der nächsten Kreuzung brav stehen geblieben waren. Wir überquerten gemeinsam die Straße, dann rannten die beiden wieder los. Man konnte den Spielplatz schon sehen.

Ich nahm unser Gespräch wieder auf. »Warum denn nicht? Auch Goethe und Leonardo da Vinci haben Auftragsarbeiten angenommen.«

»Das ist aber schon 'ne Weile her, und die haben damit auch keinem Konzern gehuldigt, mit dessen Philosophie sie so gar nichts anfangen konnten.«

»Na toll.« Ich sah meine Felle davonschwimmen. »An der Unternehmenspolitik von VW wirst du aber auch nichts ändern, wenn du die Figur nicht machst.«

»Blödes Argument«, meinte Alex. »Es muss ja nicht jeder seine Seele verkaufen. Apropos: Wie war denn euer Kurzurlaub?«

»Sehr schön war der.« Was hatte denn jetzt unsere Reise damit zu tun? Und was meinte er bitte mit »Seele verkaufen«? So eine Unverschämtheit!

Mein aufgestauter Frust brach sich plötzlich ungebremst Bahn. »Du sitzt ja auch schön saturiert in deiner Eigentumswohnung. Klar – da hast du gut reden.«

»Ja, da hast du recht, da sitze ich manchmal. Und ja, ich mache mir nicht so viele Sorgen. Nicht um Geld und nicht um anderes. Ich hab einfach die Erfahrung gemacht, dass es immer irgendwie weitergeht, auch wenn man denkt, es geht nicht mehr.«

»Na großartig, jetzt kommst du mir auch noch mit so einem Totschlagargument. Du ... du superweiser Witwer!« Tränen der Wut traten mir in die Augen, und ich musste weitersprechen, auch wenn ich wusste, dass ich hier gerade völlig pietätlos alles niedertrampelte. »Klar, für dich ist es leicht, so eine edle künstlerische Einstellung zu haben. Hast du schon mal Brechts *Der gute Mensch von Sezuan* gelesen?«

»Ja. In der Schule.« Alex schaute mich irritiert an, während er unseren Kindern das Tor zum Spielplatz öffnete und hinter uns wieder schloss.

»Ich auch«, gab ich zu und musste unfreiwillig grinsen. Schnell sprach ich weiter, um das zu überspielen. »Dann weißt du ja, dass es leicht ist, so eine edle Einstellung zu haben, wenn die Kohle stimmt.«

»Ja, und? Willst du mir jetzt vorwerfen, dass ich gelegentlich gut verdiene? Mich beschleicht fast das Gefühl, du machst mich irgendwie für dein finanzielles Wohlergehen verantwortlich. Das finde ich ziemlich absurd. *Wir* sind ja schließlich kein Paar oder so, das ist dir vermutlich aufgefallen, oder?« Seine schönen Augen sahen mich kühl und durchdringend an.

»Ja, das ist mir klar«, sagte ich und wandte mich ab, damit er nicht sah, dass eine der Tränen jetzt meine Wange hinunterrann. Abrupt stand ich auf. »Ich muss gehen.«

Nein, wir waren kein Paar. Er und Celine waren eines, sie war diejenige, für die er vermutlich alles bezahlte. Mit ihrem Praktikantinnengehalt konnte sie ja eher wenig zu ihrer tollen Bedarfsgemeinschaft beitragen.

Ohne Alex anzusehen, ging ich zu Fee, die hoch über

Julius auf dem Klettergerüst saß. Mit dem Ärmel wischte ich mir unauffällig die feuchte Spur aus dem Gesicht. Dann teilte ich Fee mit, dass wir leider nicht bleiben konnten. Zu meiner großen Überraschung kam sie sofort folgsam herunter. Vielleicht hatte sie meinen Gesichtsausdruck gesehen oder an meinem Tonfall gehört, dass irgendwas überhaupt nicht in Ordnung war.

Ich verabschiedete mich von Julius, rief Alex noch ein schnödes, verkrampftes »Tschö« zu. Und dann bekam ich das verdammte Tor nicht auf. Es klemmte.

Schon war Alex bei mir, um zu helfen, und fast hatte ich den Eindruck, dass er sich dabei ein kleines Lachen verkniff. Der Arsch. Natürlich bekam er das Tor sofort auf, und kurz machte es den Anschein, als wollte er mich zum Abschied in den Arm nehmen. Zögernd blieb ich stehen. Aber er schien es sich anders überlegt zu haben und sagte nur: »Wir sehen uns.«

»Ja«, sagte ich. Und ging.

Als ich mich zwanzig Meter weiter noch einmal verstohlen umguckte, stand Alex immer noch an der gleichen Stelle und sah mir nach. Vermutlich musste er erst mal verarbeiten, was ich ihm an den Kopf geworfen hatte.

Im Hausflur roch es ganz frisch nach Zitrone. Frau Schmitz wischte gerade den Boden, und ich versuchte, auf Smalltalk umzustellen.

»Hallo, Frau Schmitz, das duftet ja! Und, wie klappt es mit dem Klopfen an Ihr Küchenfenster?«

Oben bei Herrn Erbslöh lief es ganz gut mit dem Babyfon, dessen hatte ich mich bereits versichert und am Sender draußen auch schon öfters die Akkus ausgetauscht.

»Ich glaub, dat läuft. Wen ich hören will, den hör ich, sach ich mal. Und wen ich nit höre, der kann ja wiederkommen.« Sie lachte.

»Und Ihnen und dem Pitter geht's auch gut?«

»Ja, von den janzen Zipperlein mal abjesehen, isset prima. Und bei Ihnen?« Als sie weitersprach, senkte sie die Stimme, damit Fee, die schon am Treppengeländer nach unten hing, uns nicht hörte. »Tut sich da wat mit dem Vogelschützer? Er ist doch bestimmt ganz hinjerissen von Ihnen, so hübsch wie Se sind ...«

»Von wegen. Da bräuchte ich wohl auch ein Zaubermittelchen«, erklärte ich unglücklich.

»Nä, dat mach ich nit mehr«, lehnte sie kategorisch ab. Ich hatte meine Bemerkung ja auch gar nicht ernst gemeint. »Ich hab dat bitter bereut, beim Pitter. Ich hatte irjendwann so ein schlechtes Jewissen, dat ich ihm dat mit dem Zauber jebeichtet hab. Der Pitter hät zwar nur gesacht: ›Mariechen, wenn es ein Zauber war, dann nimm ihn bloß nicht zurück. Ich fühle mich so lebendig wie schon seit dreißig Jahren nicht mehr.‹« Frau Schmitz konnte offenbar auch Hochdeutsch, wenn sie wollte. Ihre Imitation von Herrn Erbslöhs ausgesuchter Sprechweise war beeindruckend. Doch jetzt ging es op Kölsch weiter: »Aber isch werd nie wissen, ob er mich ohne den Zauber auch jeliebt hätte. Ich will mich nit beschweren, aber optimal is anders.«

»Optimal gibt's nicht, Frau Schmitz, nicht in der Liebe. Da muss man sich entscheiden: Spatz in der Hand oder gar nichts.«

»So zynisch schon in Ihren jungen Jahren! Warten Se mal ab ... Ich bin sicher, dat Leve hält da noch wat für Sie bereit. Ich werd einen Rosenkranz für Sie beten.«

Am Abend bekam ich eine SMS von Alex: *Ich mach dem Mann seinen Porsche. Er soll mir das Modell sagen, ich bestimme den Rest. Wenn er ihn dann nicht will, muss er ihn nicht nehmen. Kosten: 15 000 Euro.*

Aha. Ich wusste nicht recht, ob ich mich darüber freuen sollte oder nicht. Dieses »Ich bestimme den Rest« machte mir Sorgen. Außerdem war der Preis, den Alex angesetzt hatte, ziemlich happig. Doch immerhin waren wir im Gespräch, wenn auch der Ton nicht gerade freundlich war. Aber wenn der Deal wirklich zustande kommen sollte, wäre ich der Rückzahlung von Jörgs letzter Rate ein gutes Stück näher.

Ich mailte dem Interessenten Alex' Bedingungen, fügte noch eine gefällige Bemerkung über Künstler und ihre Eigenheiten hinzu und wartete.

Die Antwort kam postwendend und fiel knapp, aber zustimmend aus. Im Anhang war ein Bild von dem Wagen, den es nachzubilden galt.

#GASSiGEHEN

Ich war mal wieder auf dem Weg zur Post, als mir der Verpackungschef entgegenkam. Ich wollte unauffällig die Straßenseite wechseln, doch er hatte mich bereits gesehen. Aufgeregt winkte er mir zu. Ob er wieder einen Styling-Tipp für mich hatte?

»Entschuldigung«, sagte er, als wir auf einer Höhe waren. »Muss dir was sagen.«

»Aha«, erwiderte ich unwillig.

»Hab das gern gemacht mit den Paletten.«

»Ich hab mich ja auch schon bedankt.«

»Recht so, Mädel. Aber da nicht für.«

»Also, was gibt's? Schießen Sie los.« Ich war ungeduldig. Und keinesfalls wollte ich den Typen zu weiteren Vertraulichkeiten ermutigen, indem ich zu höflich war.

»Meine Frau hat das Armband gesehen.«

»Und, gefällt es ihr? Will sie auch eins?« Ich machte Anstalten, meines abzunehmen, das ich am Arm trug. Sollte er es nehmen und dann verschwinden.

»Nein, nein!«, erwiderte er heftig.

»Hören Sie, ich muss weiter, es fängt sicher gleich an zu regnen.« Ich deutete auf eine kleine graue Wolke.

»Sie verstehen nicht. Sie hat das Armband gesehen und gedacht …« Der Mann sah zu Boden und zündete sich dann hastig eine Zigarette an.

»Was hat sie gedacht?«

»Wir hätten eine Affäre.« Er sah an mir vorbei.

»Diesen Verdacht konnten Sie ja sicher schnell zerstreuen.«

»Geht so. Hatte schon ein oder ... zwei Mal eine. Aber sie auch! Also, meine Frau.«

»Gut, das geht mich ja nichts an.«

»Doch«, widersprach er. »Ich hab in ihr Handy geguckt und die E-Mails gesehen.«

»Welche E-Mails?«

»Die sie Ihnen geschrieben hat.«

Jetzt dämmerte mir etwas. »Sagen Sie bloß!« Eine Pause entstand, in der ich ihn entgeistert anstarrte und er zu Boden sah. »Mag Ihre Frau zufälligerweise Disney-Filme?«, fragte ich.

»Ja, wieso? Ach so.«

»Okay, jetzt bitte die ganze Geschichte.«

»Also, mal eins vorweg: Sie ist ’ne gute Frau. Sie ist sehr eifersüchtig, aber ’ne gute Frau. Sie wollte nur helfen.« Er blies den Rauch aus.

»Offenbar dem Falschen. Aber jetzt erzählen Sie bitte!«

»Ja, also, sie hat das Armband gesehen, und ich hab ihr erzählt, wo es herkommt. Sie hat’s mir nicht so richtig geglaubt. Und dann hat sie den Namen gegoogelt, der auf dem Säckchen stand. Sie haben uns ja zu den Armbändern so ein Säckchen dazugegeben. Und dann haben wir ja den Hund ...«

»Den Hund?«

»Mit dem geht meistens meine Frau raus. Ich mach es auch manchmal, aber sie macht es öfter.«

»Also, das müssen Sie unter sich ausmachen. Aber woher kennt Ihre Frau bitte meinen Vater?«

»Ja, vom Gassigehen.«

»Hat er auch einen Hund?«

»Einen sehr schönen arabischen Windhund, sagt meine Frau. Wir wohnen ja drüben am Sülzgürtel, da geht sie auf die Hundewiese.«

»Während mein Vater seinen arabischen Windhund dort ausführt?«

»Sie hatten immer den gleichen Gassi-Rhythmus, sagt meine Frau. Er hat sich ihr vorgestellt wie ein richtiger Gentleman, meint sie.« Dem Mann war anzusehen, dass ihm das überhaupt nicht passte. »Aber jetzt geht sie immer zu 'ner anderen Zeit. Das haben wir so besprochen.«

»Toll, dass Sie das klären konnten. Aber was sagt Ihre Frau über meinen Vater? War das mit der Erpressung seine Idee?« Bitte nicht. Ein Vater, der sich nie gekümmert hatte, war das eine. Einer, der seine eigene Tochter erpresste, noch mal etwas anderes.

»Nein, er weiß gar nichts davon, glaub ich. Das hat sie sich ausgedacht, sie wollt halt helfen.«

»Großartig!« Das fand ich sogar wirklich. »Aber was hat er ihr erzählt?«

»Dass er unschuldig verurteilt wurde, weil er von jemandem reingelegt wurde. Und die Leute wollen jetzt Geld von ihm. Ich weiß ja nicht, ob das stimmt.«

»Sicher nicht. Man kann in der Zeitung nachlesen, wofür er verurteilt wurde. Das hab ich auch Ihrer Frau geschrieben.«

»Okay. Jedenfalls, meine Frau ist 'ne gute Frau, sie hat es geglaubt und gefragt, ob er denn nicht Verwandte hat, die ihm helfen können. Da hat er gesagt, doch, eine Tochter. Aber die trägt ihre Nase jetzt ganz hoch, wie ihre Mutter, und will nichts von ihm wissen.«

»Und da hat es bei Ihrer Frau dann ganz laut klick gemacht, und ihr ist eingefallen, dass eine Schicki-Schlampe mit demselben Nachnamen ihr ja auch den Mann ausgespannt hat?«, erwiderte ich spitz.

»Ja, genau.« Der Typ wirkte, als sei er auch noch stolz drauf. »Sie hat ihn gefragt, ob seine Tochter nicht zufällig Julia heißt, und das hat er bestätigt.«

»Hat sie denn inzwischen verstanden, dass sie in jeder Hinsicht falschliegt?«

»Ja, machen Sie sich keine Sorgen. Ich regel das«, versicherte er großspurig.

»Das hoffe ich. Aber verraten Sie mir noch, wann genau mein Vater immer Gassi geht, und wo?«

Der Mann überlegte und trat die Zigarette auf dem Boden aus. »Das müsste so kurz nach vier am Nachmittag sein. Auf der Hundewiese im Beethovenpark.«

»Danke und tschüss«, sagte ich und ließ ihn stehen.

Während des Gesprächs hatte ich mich äußerst taff gegeben, doch in Wirklichkeit war ich völlig durcheinander. Zwar wusste ich jetzt, wer Pocahontas war, diese heldenhafte Mittlerin zwischen den Fronten, und dass vermutlich keine Gefahr von ihr ausging. Aber ich wusste nun auch, wo ich meinen Vater treffen konnte. Theoretisch noch heute, in etwa drei Stunden. Das war extrem beängstigend.

Aber das Thema würde nicht zur Ruhe kommen, wenn ich mich ihm nicht stellte, das spürte ich.

Die Gelegenheit war einigermaßen günstig, denn es war Freitag, und Fee würde das Wochenende bei Jörg verbringen. Ich rief ihn an und bat so freundlich, wie es mir ihm gegenüber möglich war, ob ich Fee schon etwas früher bringen könne. Was Familiäres, fügte ich noch hinzu. Nicht dass mir tatsächlich noch seine Eifersucht, von der Elif gesprochen hatte, einen Strich durch die Rechnung machte.

Jörg wollte kurz mit seiner Mutter abklären, ob sie Fee nehmen konnte, bis er aus dem Büro kam. Als er kurz darauf zurückrief und den Plan bestätigte, war ihm deutlich anzumerken, wie großmütig und kooperativ er sich dabei vorkam. Wahrscheinlich würde er das ganze Wochenende damit prahlen.

Ich zog Turnschuhe und eine dunkle Jacke mit Kapuze an. Dann machte ich mich mit Fees Wochenendtasche auf den Weg zur Kita.

Fee freute sich, als ich ihr sagte, dass sie noch ein bisschen bei Oma bleiben würde, bis Papa sie dort abholen käme. Wir nahmen die Bahn auf die andere Rheinseite, und als ich Fee abgeliefert hatte, wurde es ernst.

Noch ein Stück weiter mit der Bahn, ein weiteres zu Fuß, und dann lag der Park vor mir. Die Grünfläche mit den kleinen Hügeln und Wegen war gesäumt von halb kahlen Bäumen, und im Hintergrund konnte ich den weißen Turm der Waisenhauskirche mit seinem orientalisch anmutenden schwarzen Dach sehen. Ich blieb stehen und versuchte mich zu sammeln. Es war nicht viel los an diesem Spätnachmittag im November. Ein paar Fußgänger waren vermutlich auf dem Heimweg von der Arbeit und nahmen die Abkürzung durch den Park. Einige Jugendliche hockten auf den Lehnen der Bänke. Und dann gab es die Hundebesitzer.

Ich setzte meine Kapuze auf und hatte prompt das Gefühl, die Verbrecherin hier wäre ich. Mit klopfendem Herzen ging ich in Richtung Hundewiese. Ich hatte mir vorher im Internet angeguckt, wo sie lag. Ich musterte die Leute, die mir entgegenkamen, und scannte gleichzeitig alle, die ich von Weitem sah. Dass mein Vater einen so seltenen Hund hatte, machte es mir etwas leichter. Der arabische Windhund konnte zwar verschiedene Fellfarben haben, aber immer war er dünn und hatte diese charakteristischen langen Beine, hatte ich gelesen. Außerdem war er teuer und ein Statussymbol. Vielleicht sollte ich Jörg vorschlagen, sich auch so einen zuzulegen.

Bisher war niemand zu sehen, der meinem Vater, so wie ich ihn von dem Foto kannte, ähnlich sah. Kein gealterter Don Johnson mit grauer zurückgestrichener Mähne, aber auch kein schlecht rasierter Knasti mit wirrem Gesichtsausdruck. Ich hatte ja keine Ahnung, was mich erwartete. Einen stolzen Rassehund sah ich auch nicht.

Ich setzte mich auf eine Bank, die mir einen guten Ausblick auf die Hundewiese bot.

Und dann kam er doch. Als ich ihn sah, wusste ich sofort, dass er es war. Und allein das schockierte mich. Ob doch eine frühkindliche Erinnerung in mir erwachte? Oder lag es einfach nur daran, dass er immer noch dem Mann auf dem Foto ähnlich sah und noch dazu einen unverwechselbaren Windhund an der Leine führte? Ich würde es wohl nie ganz ergründen können.

Er ging zwischen einer Gruppe hoher schlanker Pappeln hindurch. Auf den ersten Blick war das Bild, das sich mir bot, durchaus ansehnlich: Ein gut gekleideter älterer Herr mit seinem rassigen Tier unter Alleebäumen. Allerdings schien es, als führte der schlanke Hund mit dem ebenmäßigen hellbeigen Fell eher sein Herrchen an der Leine als andersherum. Das vor ihm her trabende Tier schien auf jeden Fall das Tempo vorzugeben.

Und ja, er war gut angezogen, eigentlich sogar etwas zu schick für einen normalen Abendspaziergang mit dem Vierbeiner. Sein Lodenmantel war Ton in Ton mit dem Hundefell, was irgendwie lächerlich aussah. Aus der Tasche neben seinem Revers ragte ein Einstecktuch heraus. Dazu trug er einen Schal, den er sich etwas dramatisch umgeworfen hatte. Unter dem Mantel sah ich eine dunkle Stoffhose und Lederschuhe. Im Näherkommen konnte mein modisch geübtes Auge allerdings erkennen, dass die Klamotten farblich nicht so richtig zusammenpassten, was dem Aufzug etwas von einer Verkleidung gab. Aber vermutlich wäre das jemandem, der die Biografie des Mannes nicht kannte, kaum aufgefallen.

Die etwas dünn gewordenen grauen Haare trug er tatsächlich noch wie früher nach hinten gestrichen, und er hatte einen Dreitagebart, bei dem schwer zu sagen war, ob er als Statement gemeint oder durch Nachlässigkeit entstanden war. Insgesamt schien er mir wie ein Mittelding zwischen dem Lebemann in seinen besten Mannesjahren und dem Knastbruder, die ich mir beide hatte vorstellen können.

Sein Blick wirkte leicht gehetzt, und jetzt erkannte ich, dass er und sein Hund doch immerhin das gleiche Ziel verfolgten: eine Dame in den Fünfzigern mit ihrem Dackel.

Als sie stehen blieb, damit ihr Hund sein Geschäft verrichten konnte, sprach er sie an. Ich konnte nicht genau verstehen, was er sagte, aber seine Geste in Richtung des roten Abendhimmels legte nahe, dass es irgendwas über das Wetter oder das schöne Licht war. Die Stimmlage und die Art, wie er gestikulierte, verrieten genau die Eloquenz, von der meine Mutter gesprochen hatte. Er wirkte sehr engagiert, für meinen Geschmack allerdings – selbst aus einer Entfernung von etwa zwanzig Metern – ein wenig over the top. Die Frau schien freundlich, aber nicht sonderlich interessiert zu antworten. Sie holte eine Tüte aus ihrer Jackentasche und griff nach dem Häufchen ihres Dackels. Dann setzten alle vier ihren Weg in meine Richtung fort. Während mein Vater auf die Frau einredete, hatte er deutlich Mühe, seinen Hund an der Leine zu halten.

Als sie die Bank passierten, auf der ich saß, hielt ich den Atem an. Der Blick meines Erzeugers streifte mich, schien jedoch durch mich hindurchzugehen. Er war ganz auf das Gespräch konzentriert, das gerade um den Stammbaum seines vierbeinigen Statussymbols kreiste.

Bei genauerer Betrachtung meinte ich in seinem Gesichtsausdruck eine gewisse Verschlagenheit wahrzunehmen. Ich hatte das Gefühl, erkennen zu können, dass irgendwas mit ihm nicht stimmte. Auch wenn die Frau des Verpackungsmanns das offenbar nicht gesehen hatte. Erleichtert beobachtete ich schließlich, wie sich das Grüppchen an einer Weggabelung zweihundert Meter weiter wieder trennte.

Ich blieb noch eine Weile auf meiner Bank sitzen. Ich vermochte nicht zu sagen, ob es jetzt gut war, dass ich meinen Vater tatsächlich gesehen hatte, oder nicht. *Er ist ein unangenehmer Mensch. Du willst ihn doch nicht etwa kontaktieren?*, hallte die Stimme meiner Mutter in meinem Kopf nach.

Immerhin darüber hatte ich Klarheit gewonnen. Nein, ich wollte ihn nicht kontaktieren. Denn ja, er war unangenehm. Niemals hätte ich gewollt, dass dieser Mann mit Fee in einem Raum war.

Irgendwann merkte ich, wie kalt mir war. Zitternd erhob ich mich und trat die Heimfahrt an. Das Neonlicht in der Straßenbahn schmerzte in meinen Augen, mein Kopf dröhnte, und meine Brust fühlte sich wieder wie zugeschnürt an.

Zu Hause wählte ich Elifs Nummer und erzählte, was geschehen war.

»Ich hätte der Frau am liebsten gesagt, dass sie ihm kein Wort glauben soll. Aber ich war wie gelähmt, als ich da auf der Bank saß.«

»Kein Wunder. Du hattest ja auch gerade das erste Mal seit Jahrzehnten deinen Vater gesehen.«

»Ich hätte die Frau warnen müssen. Zum Glück sind sie am Ende getrennter Wege gegangen. Und dann wiederum denk ich auch, dass ich meinen Vater nicht einfach so herumlaufen lassen kann ...«

»Wie denn, mit Einstecktuch und einem 10000-Euro-Köter? Er kommt offenbar zurecht. Und du bist nicht für ihn verantwortlich. *Er* hätte Verantwortung für *dich* gehabt. Die hat er nicht wahrgenommen. Außerdem: Was willst du für ihn tun? Und wie willst du verhindern, dass er schon morgen die Nächste anquatscht?«

Das wusste ich auch nicht.

»Also: Du bist nicht für ihn verantwortlich«, wiederholte Elif eindringlich.

Und ich versprach, es mir zu merken.

Instagram-Post von **Julia Braceletta**

Das Video zeigt zwei aneinandergeschnittene kurze Schwenks durch meine Küche. Die erste Szene ist von der Tür aus gefilmt: mein Sofa mit dem bunten Überwurf und den vielen Kissen, mein gelber Palettentisch und die Stehlampe, dann die Küche und meine Regale, in denen sich das Geschirrsammelsurium stapelt. Hier und da steht oder liegt etwas rum. Es sieht nach einer einfachen, aber gemütlichen kleinen Wohnküche aus. Die zweite Szene beleuchtet einige Details etwas näher. Das Deckenlicht ist eingeschaltet. Die Kamera fokussiert die Ecke meiner Küchenzeile, wo das Furnier abgeplatzt ist und die Spanplatte herausschaut, erfasst den wackligen Standfuß der billigen Stehlampe, macht dann noch mal eine kurze Fahrt über die Kacheln, die meine aufmerksamen Follower schon kennen, und schwenkt schließlich auf mein lächelndes Gesicht und meine zur Siegerfaust erhobene Hand. Ich trage ein Armband der neuen Farbe #powerofauthenticity, ein leuchtendes Mint mit stahlgrauem Einschlag, das diese Saison sehr en vogue ist.

julia_braceletta Mein Instagram-Account ist in den letzten Monaten mit meinem Leben nicht mehr so ganz mitgekommen. Es tut mir leid, wenn ich einige von euch damit verletzt haben sollte. Das, was ihr hier seht, ist die Realität. Ein Grund zum Schämen? Was meint ihr? Ich meine: Echtheit rockt!

#reallife #bracelettaunplugged #powerofauthenticity

#EHRLICHEWOCHE

So sah mein Einstieg in eine neue Strategie aus. Noch einmal kräftig durchgerüttelt durch den Anblick meines Vaters hatte ich das ganze Wochenende darüber gebrütet. Am Ende hatte ich beschlossen, alles auf eine Karte zu setzen.

Ich benannte alle meine Kordelfarben um. Sie sollten jetzt die Gefühle transportieren, die in meinem Leben wirklich vorkamen. Aus #lovingred wurde #puterrotewut, #golfgreen wurde zu #grünvorneid und #lovelylilac zu #letzterversuch.

Gleichzeitig baute ich mein inzwischen breiter gefächertes Netzwerk weiter aus und ließ meine alten und neuen Follower an meinem Leben teilhaben. Klar, ich inszenierte immer noch. Aber anders als früher verdichtete ich in meinen Aufnahmen nur das, was wirklich war, was ich wirklich fühlte.

Ich stieg montagmorgens mit einem Bild ein, auf dem ich am Küchentisch saß, Kopf und Oberkörper erschöpft auf der Tischplatte abgelegt, einen Arm ausgestreckt, daran ein Bracelet der Farbe #erledigt (vormals #artyacid). Um mich herum lagen die Hinterlassenschaften der Schlacht, die Fee und ich uns jeden Morgen lieferten, damit wir einigermaßen pünktlich in der Kita ankamen und Frau Ponanskis Tadel entgingen. Das Wasserglas, das auszutrinken Fee sich geweigert hatte. Das Kerngehäuse des Apfels, der jetzt in ihrer Brotdose lag. Ein paar Gurkenschalen. Die Stofftiere, die sie immer aus ihrem Zimmer schleppte, damit sie ihr dabei zusehen konnten, wie sie im Schneckentempo den Schlafanzug auszog oder so lange damit wartete, bis ich das entnervt übernahm. Der Schlafanzug selbst, getränkt von meinem umgeschütteten Kaffee. Darunter schrieb ich:

> 9 Uhr. Kind in die Kita geschafft. #braceletta #erledigt #reallife #powerofauthenticity #diehaertestezeitdestages #unddanachsollichjetztauchnocharbeiten

Ich bekam viel Zuspruch von Eltern, sogar von solchen, bei denen ich das nicht erwartet hätte. *Selbst meine Entlassungsgespräche sind nicht herausfordernder als die Aufgabe, meine müden Söhne morgens pünktlich um 8 Uhr in die Schule zu befördern,* kommentierte karlottavonschlick. Ich hoffte, dass ihre Ex-Mitarbeiter das nicht lasen.

Ob mein neuer Stil allerdings auch Armbänder verkaufte, würde sich erst noch zeigen müssen. Jedenfalls wurde das Bild einige Tage später in einen viel gelesenen Online-Artikel zum Thema Care-Arbeit eingebunden. Eine prominente junge Journalistin beschäftigte sich sehr plakativ mit der Problematik, dass familiäre Verpflichtungen wie Kinderbetreuung und häusliche Pflege ein unbezahlter Wirtschaftsfaktor waren. Mir bescherte das viele Klicks.

Am Nachmittag karikierte ich eins meiner alten Bilder. Fee und ich spazierten in den Mülheimer Stadtgarten. An der Stelle, an der ich vor wenigen Wochen in Fitness-Blogger-Manier und dem geliehenen Lacoste-Outfit posiert hatte, fotografierte Fee mich nun, wie ich neben einem

Hundehaufen und einem Spritzenbesteck eine übertriebene Dehnübung ausführte. Elifs Oberschenkelretusche ließ ich dieses Mal ausfallen.

In ähnlicher Manier parodierte ich andere sexy Bilder, wie ich sie früher gemacht hatte. Es kostete immer Überwindung, sie zu posten, aber ich verlangte es von mir. Ich wollte mit der Brass'schen Familientradition brechen, Fee ein gutes Vorbild sein und diesen riesigen Bruch zwischen Schein und Sein nicht mehr in meinem Leben haben. Entweder meine neu gewonnene Authentizität zahlte sich aus, oder Braceletta würde endgültig den Bach runtergehen.

Einige meiner Kundinnen waren sauer, ich konnte das verstehen. Es gab ätzende Kommentare, von vielen Seiten. Die ganz schlimmen, die unter die Gürtellinie gingen, löschte ich. Es waren deutlich mehr als zuvor, als ich mich noch nicht angreifbar gemacht hatte. Aber ein großer Teil der Community schien meine Offenheit zu schätzen und lustig zu finden, und man zollte mir Respekt dafür. Und nicht zu unterschätzen: Der Zuspruch meinte jetzt wirklich mich und nicht eine Kunstfigur. Das fühlte sich sehr gut an. Ich musste mich nur noch etwas daran gewöhnen, mich nicht mehr hinter der perfekten Julia Braceletta verstecken zu können.

Die nächste Woche begann dann mit einer großartigen Nachricht: Elif war schwanger! Meine Freundin kam abends vorbei, und wir feierten euphorisch bei Pfefferminztee und Pistazien. Dazu schwelgten wir in Erinnerungen an unser Wochenende in Kopenhagen.

Als sie weg war, ging ich in die Waschküche, um meine Sachen aus der Maschine zu holen. Dort traf ich auf Frau Schmitz, die gerade die ihren von der Leine nahm.

»Ach, hallöschen. Wollen Se so spät noch hier in unserer knüseligen Waschküche ein Foto aufnehmen?«, fragte sie mich und warf sich gekonnt in Marilyn-Monroe-Pose.

Ich lachte. »Eigentlich wollte ich nur meine Wäsche aufhängen.«

»Ich dachte nur. Weil Sie ja gerade diese ehrlische Instagram-Woche machen ...«

»Das haben Sie gesehen?«

»Ja, dä Pitter und ich gehen jetzt öfters ins Internetcafé.«

»Passen Sie auf, dass Sie nicht süchtig werden«, scherzte ich.

»Dat wohl nit. Aber der Pitter hat schon Probleme mit dem Ärm, der sitzt nämlich immer rechts an der Maus. Während ich besser tippen kann.«

»Sie machen das also arbeitsteilig am Rechner? Ist das denn effektiv?«

»Nee, jar nit. Aber schön.« Sie lachte, und als sie alle Kleidungsstücke gefaltet hatte, ging sie mit ihrem Wäschekorb wieder nach oben.

Ich hängte meine Wäsche über die frei gewordene Leine. Dabei hallte das Gespräch noch in mir nach. Auch Frau Schmitz hatte also meine »ehrlische Instagram-Woche« schon bemerkt. Ob wohl auch Alex ...

Halt!

Mir schoss plötzlich eine Idee durch den Kopf. Die Unterhose, die ich gerade auf die Leine hängen wollte, ließ ich wieder in den Korb fallen.

Ehrliche Insta-Woche, das war ein Hashtag! Das war die Kampagne, die den echten Bildern, wie ich sie jetzt schon seit etwas mehr als einer Woche postete, einen Rahmen geben würde!

Eilig warf ich die restlichen Klamotten und Handtücher über die Leine, setzte mich mit dem Laptop an meinen Wickelschreibtisch und entwarf eine Art Kettenbrief für eine neue Challenge, die ich ins Leben rufen wollte:

Hübsch, glatt, schlank, gesund und aufgeräumt kann jeder. Die wahre Herausforderung ist die ungeschönte Wahrheit. Mach es wie Julia Braceletta und poste eine Woche lang jeden Tag ein authentisches Foto oder Video! #ehrlicheinstawoche #braceletta #powerofauthenticity

Ich fügte ein Foto hinzu, das Fee am Abend von mir und dem Chaos in der Küche gemacht hatte, während ich gleichzeitig versucht hatte, unser Abendessen zuzubereiten und noch eine Charge Armbänder einzupacken. Dann ergänzte ich meinen Text noch um die Aufforderung, fünf Freunde zu der Challenge einzuladen.

Und tatsächlich traf ich damit einen Nerv. Ich war ja durchaus nicht die Erste, die den typischen Instagram-Stil entlarvte oder aufs Korn nahm. Aber vielleicht war der Umstand, dass ich selbst sozusagen vom Instagram-Saulus zum Instagram-Paulus geworden war, besonders interessant. Oder die Zeit war einfach reif.

Jedenfalls griffen Tausende meine Hashtags #ehrlicheinstawoche und #powerofauthenticity auf und posteten aus ihrem unglamourösen Alltag, auch auf Facebook. Es gab viele Wäscheständer in Wohnzimmern zu sehen und ungepflegte Gärten, Screenshots vom miserablen #kontostand und weinende Gesichter von Menschen mit #liebeskummer. Besonders engagierte Frauen posteten das Rezept für die Creme gegen ihren #scheidenpilz, und Männer zeigten ihre untrainierte weiße #trichterbrust beim Gewichtheben. Natürlich sprangen auch viele auf den Zug mit auf, die doch nur ihre Designerküchen mit ein paar versprengten Granatapfelsamen vom letzten Smoothie in Szene setzten. Aber auch das sollte mir recht sein.

Ich selbst bereicherte die Kampagne unter anderem mit einem Video von unserem Badezimmer, in dem ich demonstrierte, dass Fee und ich uns im wahrsten Sinne des Wortes noch nicht einmal mehr umdrehen konnten, wenn wir zusammen darin waren. Das Katastrophenfoto, auf dem ich in meiner Shapewear das PVC einrollte, stellte ich in einer Vorher-Nachher-Collage zusammen mit dem damals eigentlich geplanten Fake-Foto wieder online.

Das Networking ging mir leichter von der Hand denn je, und oft ertappte ich mich dabei, wie ich vor mich hin kicherte, wenn ich neue, alberne Hashtags erfand. Es entstresste einfach ungemein, dass mein Bild in den Sozialen Medien und das, was dahintersteckte, nicht mehr so weit auseinanderklafften. Bei mir war es einfach zu krass gewesen.

Aber man musste natürlich auch bereit dafür sein. Ich hoffte ehrlich gesagt, dass auch die anderen, die sich jetzt auf meine Initiative hin so offen präsentierten, es waren. Dass sie mit dem unvermeidlichen Gegenwind und den gehässigen Kommentaren umgehen konnten. Und dass sie bedacht hatten, dass eine Berufsunfähigkeitsversicherung sie in Zukunft vielleicht ablehnen würde, wenn sie ihre Gebrechen allzu freizügig auf Instagram gepostet hatten.

Meine Armbänder hatten inzwischen zwar den Nimbus des Exquisiten verloren, aber das, was dadurch an Käufern verlustig ging, wurde durch meine neue Bekanntheit mehr als ausgeglichen. Ende der Woche schaffte ich es mit der Aktion sogar in die Zeitung, und zwei Online-Magazine führten ein Interview mit mir.

Natürlich versuchte ich, meine Bilder jeweils mit einem meiner Armbänder zu verknüpfen. Ich wollte ja schließlich nicht moralisieren, sondern vor allem verkaufen. Ich beobachtete, welche Hashtags in Kombination mit #ehrlicheinstawoche besonders beliebt waren. Nach denen benannte ich dann die Farben meiner Kordeln. Der #liebeskummer zum Beispiel bekam ein eigenes dunkelgraues Armband. Und weil beim #liebeskummer ja die #eifersucht nicht fernlag, zeigte ich außerdem, wie sich die dunkelgraue Kordel zusammen mit der giftgrünen an einem Schmuckdiamanten machte. So ließen sich Liebeskummer und Eifersucht doch sehr kleidsam tragen.

Mein eigener Liebeskummer indes war durch meinen Erfolgsrausch ziemlich in den Hintergrund getreten. Ich fragte mich zwar immer noch manchmal, ob Alex wohl verfolgte, was auf meinem Account geschah. Doch ich gewöhnte mich an den Gedanken, dass er einfach nicht der Richtige für mich war. Wenn es den denn überhaupt gab.

Als ich eines Nachmittags mit gut gefüllten Satteltaschen und Fee an meiner Seite zur Post strampelte, bemerkte ich plötzlich, dass ich dieses Engegefühl in der Brust schon länger nicht mehr hatte. Ich brauchte also wohl doch keinen Arzttermin. Offenbar hatte es eine Menge Druck rausgenommen, mein Online- und Offline-Leben in Einklang zu bringen, und mich fürs Erste geheilt. Wie seltsam, dass mir das jetzt erst auffiel.

Aber so ist es ja eigentlich immer mit den guten Dingen. Wenn man sie hat, bemerkt man sie gar nicht.

#SITTENVERGEHEN

Am Tag nach dem ersten Advent waren die Fenster der Kita mit zahlreichen schiefen Papiersternen geschmückt worden. Ich betrat den Vorraum, und das Erste, was ich hörte, war Alex. Er unterhielt sich mit einem anderen Vater. Sophias, der Stimme nach zu urteilen. Sehen konnte ich die beiden nicht, sie standen um die Ecke herum im Gruppenraum.

»Was zahlst du Celine denn so?«, fragte Sophias Papa gerade.

Alex' Antwort konnte ich nicht verstehen.

Ich drückte mich in einen Winkel der Garderobe. Worum ging es denn da?

»Und meinst du, sie hätte noch hin und wieder Zeit?«

»Du kannst sie gern mal fragen. Für mich wär das okay.«

Ich starrte auf die Girlande aus Tannengrün, die das Regal mit den Kuscheldecken dekorierte. Kleine, aus Watte gebastelte Schneemänner hingen daran.

»Ich hätte ehrlich gesagt schon morgen Abend Bedarf. Oder ist sie da bei dir?« Das war wieder Sophias Vater.

»Nein, frag sie gern.«

»Also, du hast auf jeden Fall das Vorrecht, wenn wir uns zeitlich mal in die Quere kommen sollten.«

Es rauschte in meinen Ohren, während meine Gedanken rasten. Und als endlich der Groschen fiel, hatte ich das Gefühl, dieses Mal wirklich ohnmächtig umkippen zu müssen.

Konnte es denn sein, dass Alex noch viel schlimmer war, als ich gedacht hatte? Dass die beiden Herren sich noch nicht einmal schämten, das hier so offen im Gruppenraum zu besprechen?

»Ich ruf sie dann nachher an. Danke, Alex«, sagte Sophias Vater gerade.

»Nichts zu danken. Sie ist heute Nachmittag zu Hause, glaub ich.«

»Sie muss sich ja auch mal ausruhen. Sie leistet ja wirklich tolle Arbeit.«

Oh, wie verständnisvoll! Das war bestimmt genau die Anerkennung, die Celine brauchte. Vielleicht sollte man eher mal darüber nachdenken, dass auch Praktikantinnen in sozialen Berufen von irgendetwas leben mussten.

Wie zum Hohn drang jetzt aus der Küche der Duft von frischem Zimtgebäck in meine Nase.

Und ich war auch noch eifersüchtig auf die arme Celine gewesen. Es war einfach nicht zu fassen. Aber die Unterhaltung, die ich gerade mit angehört hatte, ließ leider keinen anderen Schluss zu, schließlich war ausdrücklich von Geld die Rede gewesen: Das arme Mädchen musste nach ihrem anstrengenden Praktikum auch noch ihren Körper anbieten!

Wie in Trance betrat ich den Gruppenraum und sah mich nach Fee um. Die beiden Männer hatten sich inzwischen ihren Kindern zugewandt. Alex saß neben Julius auf dem Bauteppich und sagte freundlich »Hallo«, als er mich sah. Ich konnte nicht verhindern, dass mir auch ein leises »Hallo« entschlüpfte. Es war eben einfach schwer, das gerade Gehörte mit seinem schönen Gesicht in Verbindung zu bringen.

Hastig ging ich weiter.

Ich fand meine Tochter auf dem Klo, und als sie fertig war und wir zusammen den Gruppenraum durchquerten, waren Alex und Julius schon weg.

»Warum guckst du so komisch?«, fragte Fee, als ich draußen vor der Tür mein Fahrrad aufschloss.

»Ach … Nur weil ich gerade gehört hab, wie hart Celine … arbeiten muss. Das tut mir sehr leid für sie«, antwortete ich.

Das Schloss sprang auf.

»Aber sie spielt doch den ganzen Tag mit uns.«

Ja, eben, dachte ich. Aber natürlich wollte ich Fee nicht desillusionieren und ihr erklären, dass die Erzieherinnen ihre Zeit im Kindergarten womöglich als Arbeit betrachteten.

»Sie ist ja schon erwachsen, daher braucht sie auch Geld«, erklärte ich stattdessen. »Als Praktikantin im Kindergarten verdient sie aber nicht viel. Ich glaube, Frau Ponanski kann ihr gerade mal das U-Bahn-Ticket ersetzen. Deswegen muss sie nach der Kita noch weiterarbeiten.«

»Aber da spielt sie doch mit Julius.«

Wohl eher mit seinem Vater, dachte ich. Und das ist auch kein Spiel.

»Das heißt Babysitting«, erklärte Fee. »Obwohl Julius kein Baby mehr ist. Er wird immer sauer, wenn jemand das sagt.«

Moment mal.

»*Was* hast du gerade gesagt?«

»Celine macht bei Julius Babysitting, wenn sein Papa arbeiten muss.«

Ich stützte mich schwer auf den Fahrradlenker, während mich eine Woge der Erleichterung durchflutete.

Offenbar musste ich noch mal ganz von vorn anfangen zu denken. Aber immerhin war meine Menschenkenntnis vielleicht doch nicht die schlechteste seit dem biblischen Holofernes.

War die ganze Affäre mit Celine von vornherein nur meiner schmutzigen Fantasie und meinen Komplexen entsprungen? Hatten Celines ramponierter Pferdeschwanz und ihr verrutschtes Top damals nicht daher gerührt, dass sie sich mit dem Vater in den Laken, sondern mit dem Sohn auf dem Spielteppich gewälzt hatte?

Als Fee und ich danach zu Hause die ersten Plätzchen backten, war ich ausgelassen wie lange nicht. Auch wenn wir es natürlich trotzdem schafften, uns dabei in die Haare zu kriegen.

Instagram-Post von **Julia Braceletta**

Das Foto zeigt Fee und mich, wie wir mit verzerrten Gesichtern in die Kamera schauen und ein eher dürftig belegtes Blech präsentieren. Das Mürbegebäck mit dem schlecht platzierten Marmeladenkern nennt sich laut Rezept »Engelsaugen«. Unsere Kekse sehen aber eher aus wie die blutunterlaufenen Augen eines Untoten aus einem Horrorfilm. Fee hat Teig im Gesicht, und einer der Rührstäbe des Mixers hat meine Haare erwischt. Der Adventskranz im Hintergrund steht ganz offen zu seiner Herkunft vom Discounter.

Gefällt 10204 Mal

#braceletta #weihnachtsbaeckereirunswild #reallife #ehrlicheinstawoche #zombieaugen #adventdesgrauens

375 Kommentare

muddi_vom_dienst Haha, so ähnlich sieht das bei uns auch immer aus.

femen_osnabrück Wer diese Kekse verzehrt, wird Teil der Armee des Grauens.

pitter_und_marie Liebe Frau Brass,
Pitters Enkel hat uns gezeigt, wie wir private Nachrichten schicken können. Nun wollen wir Ihnen auch auf diesem Wege noch mal Danke sagen, dass Sie uns eine so tolle Hausmeisterin gewesen sind. Sie sind eine wunderbare Handwerkerin, Geschäftsfrau, Nachbarin und Mutter!
Wir hoffen, dass der Schönling mit dem Vogelhäuschen das einsieht. Sagen Sie Bescheid, wenn Marie doch noch nachhelfen muss.
Herzliche Grüße,
der Pitter und die Marie von nebenan

PS: Schauen Sie doch auch mal in der Waschküche nach, ob der Nikolaus Ihnen da nicht einen Strumpf gefüllt hat.

…

…

pitter_und_marie? Ich sah mir das Profilbild an. Und tatsächlich: Darauf waren meine beiden Nachbarn zu sehen, wie sie, vermutlich vor der Bildschirmkamera im Internetcafé, die Köpfe zusammensteckten.

Ich kopierte ihren Kommentar und löschte ihn dann ganz schnell. Das mit den privaten Nachrichten hatten die beiden wohl doch noch nicht so ganz verstanden.

Ihr Profil enthielt noch weitere Fotos aus der Serie, aus der auch das Profilbild stammte. Sie alberten vor der Kamera herum, im Hintergrund sah man die anderen Bildschirme. Einmal lief hinter ihnen das Mädchen vom Tresen mit einem Automatenkaffee durchs Bild.

Ich verteilte Herzen, was das Zeug hielt, und dann lief ich in die Waschküche, um den Strumpf zu suchen.

Er lag ganz obenauf in meinem Wäschekorb, war aus roter Wolle mit einem weißen Rentier darauf und prall gefüllt. Die ganze Waschküche duftete weihnachtlich. Ursache war ein Duftsäckchen, das dem Geruch nach mit Nelken, Orangenschalen und weihnachtlichen Kräutern gefüllt war, die ich nicht genau benennen konnte. Dazu gab es jede Menge Schokolade und ein altes in Stoff gebundenes Büchlein mit klassischen Weihnachtsliedern.

Zwischen meiner Wäsche zog ich noch den zweiten Strumpf hervor, der das Paar komplett machte, und dann noch ein weiteres Paar, das genauso aussah wie das erste und perfekt an Fees Füße passen würde.

Die beiden waren doch wirklich zu goldig!

Zurück am Schreibtisch arbeitete ich, unterstützt durch die Schokolade aus dem Strumpf, konzentriert weiter. Generell arbeitete ich seit meiner Idee mit der ehrlichen Insta-Woche wie ein Derwisch, und auch in Mecklenburg-Vorpommern waren Überstunden angesagt, um der Nachfrage nach meinen Armbändern Herr zu werden. Allerdings konnte ich mir schon denken, dass das nicht immer so weitergehen würde. Der Hype um die ehrliche Insta-Woche war schon dabei abzuflauen, und ich musste die derzeitige Aufmerksamkeit unter anderem dazu nutzen, Beziehungen zu größeren Onlineshops zu knüpfen und meinen Boutiquenverkauf anzukurbeln. Außerdem wollte ich mir gern ein kleines finanzielles Polster anlegen, für den Fall, dass meine Armbänder irgendwann aus der Mode kamen und ich etwas Neues wagen musste.

Schon jetzt war ich jedenfalls so weit, dass ich Jörg die letzte Rate hätte zurückzahlen können, aber ich würde es keinen Tag vor Fälligkeit tun.

Es klingelte.

Moment. Es klingelte?

Ich lief nach oben, öffnete, und ein echter Hausmeister stand mir gegenüber. Richtig mit Blaumann und Arbeitsschuhen. In der Hand hielt er unser Babyfon und die Schilder, die Fee und ich gemalt hatten. Ob das mir gehöre? Er sei von der Hausverwaltung beauftragt worden, nach der Klingel zu sehen.

Offenbar hatte unser Graswurzelprotest Wirkung gezeigt. Ich nahm meinen Kram entgegen, bedankte mich und lief gleich weiter zu Frau Schmitz. Dort läutete ich Sturm, um die frohe Botschaft lautstark weiterzugeben und außerdem ein großes Dankeschön an den Nikolaus auszurichten.

Das Ping, das mein Smartphone machte, wenn eine Bestellung einging, war immer noch mein ständiger Begleiter.

Ping machte es schon wieder. Alexander Merckheimer hatte ein Armband der Farbe #liebeskummer in Herrengröße bestellt und etwas in das Bemerkungsfeld geschrieben:

> Liebe Julia, der Porsche ist fertig, und es gibt auch noch etwas anderes zu berichten. Hast du dieses Wochenende Zeit, vorbeizukommen? Gruß Alex.

Mein Herzschlag beschleunigte sich. Alex wollte, dass ich vorbeikam. Während er nicht mit Celine zusammen war. Nie mit Celine zusammen gewesen war.

Allerdings hatte er sich mir gegenüber immer wieder sehr kühl verhalten. Wahrscheinlich fand er mich einfach manchmal nervig mit meinem ganzen aufgesetzten Social-Media-Getue. Oder überhaupt. Daher hatte ich mich auch nach der Entdeckung meines Irrtums nicht bei ihm gemeldet. Was hätte ich schon sagen sollen? Änderte das alles überhaupt etwas?

Andererseits: Er hatte sich ein Liebeskummer-Armband bestellt. Er hätte mir auch einfach wie sonst eine SMS schreiben können.

Ich sagte zu, morgen, am Samstag, gegen drei bei ihm zu sein.

»Also, was gibt es zu berichten?«, platzte ich heraus, als ich in Alex' Atelier stand und meine Tasche auf seinem Arbeitstisch abstellte. Er hatte ausnahmsweise keine Farbflecken auf seinen Klamotten.

»Gar nicht so was Besonderes.« Er lachte und schloss das Tor hinter mir.

»Nicht?«

»Nein.«

»Warum dann diese seltsame Ankündigung?«

»Die war nicht seltsam, ich wollte einfach fragen, ob du vorbeikommst.«

»Ah ... okay.« Ich kramte angestrengt in meiner Tasche. »Du hast ja auch was bestellt.« Ich zog das bedruckte Säckchen mit dem Herrenarmband der Farbe #liebeskummer hervor und reichte es ihm. »Bitte sehr.«

Er zog das Band auf und schüttelte das Armband aus dem Säckchen. In der Herrenausführung war der Schmuckdiamant etwas kleiner und schlichter.

Alex legte sich das Bracelet an, und ich registrierte enttäuscht, dass er meine Hilfe dabei nicht mehr benötigte.

Dann wurde mir das Schweigen sehr lang. »Du hast ja schon per Paypal bezahlt«, sagte ich.

»Richtig«, bestätigte er. »Zum Glück. Ich hab gerade gar kein Geld im Haus.« Er sah mich an, und wieder entstand eine Pause.

»Also, was ist los?«, hakte ich nach.

»Jetzt guck mich nicht so erwartungsvoll an«, meinte er und schob etwas verlegen die Hände in die hinteren Taschen der Jeans.

»Hat es was mit deiner Arbeit zu tun?«, hakte ich nach.

»Ja, klar. Also ... machen wir es kurz: Ich hab einen

neuen Galeristen. Wir sind uns vergangene Woche einig geworden und passen gut zusammen, glaub ich. Du musst dir also nicht mehr die Mühe machen. Das ist ja vielleicht auch in deinem Sinne, wo du doch inzwischen anderweitig so viel zu tun hast.«

Da hatte ich nun jedenfalls die Antwort auf die Frage, ob er meinem Account noch folgte. Ich nickte und spürte einen Kloß im Hals.

»Der neue Galerist beschäftigt sich vorrangig mit Skulptur. Stammt eigentlich aus Berlin, aber eröffnet jetzt eine Dependance hier in Köln. Das passt alles optimal«, fügte Alex hinzu.

»Also dann: Glückwunsch. Das hört sich ja toll an«, sagte ich lahm. Ich war furchtbar enttäuscht, dass es nun keinen Vorwand mehr gab, Zeit mit ihm zu verbringen.

»Und ... zwischen uns ist es ja manchmal auch ein bisschen ... schwierig gewesen.«

Das konnte ich kaum leugnen. Nun, ich würde die Sache jetzt ebenfalls kurz machen. »Wo ist denn der Porsche?«

Ich hoffte, dass er keine Enttäuschung war. Wahrscheinlich hatte Alex das Auto völlig verfremdet und irgendein sozialkritisches Tier oder so reingesetzt, sodass der Sammler es auf keinen Fall nehmen würde. Ich brauchte mein Vermittlungshonorar zwar inzwischen nicht mehr so dringend, aber schade wäre es trotzdem. Und vielleicht auch ein bisschen peinlich für mich, weil ich dem Herrn das Werk ja trotzdem präsentieren musste.

»Steht da drüben.« Mit dem Arm, den mein Bracelet zierte, deutete Alex in Richtung Sofa.

Dort stand etwas, das von einer Tischdecke oder einem Bettlaken zugedeckt war. Ordentlich groß.

»Darf ich das Werk enthüllen?«, fragte ich unsicher.

»Bitte sehr.«

Und dann sah ich: mich.

Denn ich war es, die in dem Cabrio saß. Der Porsche war in einem dunklen Silbermetallic lackiert, ganz wie es der Kunde gewünscht hatte. Der Wagen sah, wiewohl aus einem Holzblock gehauen und dann in Beton gegossen, wirklich sehr, sehr echt aus. Ich hingegen war in Schattierungen von Gelb und Weiß gehalten und sah auf eine magische Weise gleichzeitig ätherisch und kraftvoll aus. Wie ein Erzengel, dachte ich staunend. Und doch gab es keinen Zweifel, dass ich das war.

Gab es nicht? Ich starrte die Figur noch eine Weile an, um auszuschließen, dass ich mich vielleicht doch irrte.

»Du ... hast mich als Muse benutzt?«, fragte ich dann völlig geplättet. Hilfe, so wie ich das formulierte, klang es fast unanständig.

»Nicht das erste Mal«, sagte Alex und grinste.

»Wann denn sonst noch?«

Er zeigte auf das Nagetier im Hamsterrad, das den Scheinen hinterherlief.

»Das ... bin auch ich?« Jetzt war ich entsetzt.

»Na ja, nicht direkt. Aber ...« Alex lehnte sich an die Werkbank und sah einen Moment zu Boden. »Also, ich hatte eine Weile lang das Gefühl, dass du vielleicht etwas für mich empfindest.«

Mein Herz setzte aus. Was kam denn jetzt?

»Aber dann bist du nach dem Foto, das du versehentlich gepostet hast, das im Unterhemd ... Danach bist du ja zu Jörg zurückgekehrt. Und nachdem ich den einmal hier erlebt hab ... Ich konnte es mir nicht anders erklären, als dass du dich mit diesem Schritt finanziell absichern wolltest.«

Moment mal, was redete der denn da?

»Also, abgesehen davon, dass ich überhaupt nicht zu Jörg zurückgekehrt bin: Du hast mich künstlerisch verarbeitet, und dann … ist dieses hässliche Nagetier dabei herausgekommen?«

»Na ja, es ist jetzt nicht so, dass du eins zu eins das Tier in dem Hamsterrad sein sollst. Du hast mich nur ein bisschen zu dieser Betrachtung inspiriert.« Er grinste.

Aha. Ich wusste nicht, was ich davon halten sollte. Nun, wahrscheinlich war jede Muse anders. Ich war als Muse auf jeden Fall sehr … vielseitig.

»Du siehst doch wirklich ein bisschen aus wie eine Maus«, meinte Alex. »Eine ganz süße Maus«, fügte er schnell hinzu.

Unter dem Blick seiner braunen Augen war mir auf die wohligste Art und Weise unbehaglich zumute.

»Und du bist wirklich nicht mehr mit Jörg zusammen?«

»Nein. Schon seit letztem Jahr nicht mehr.«

»Okay, das habe ich gehofft, nachdem ich gestern den Kommentar deiner Nachbarn unter dem Foto gelesen habe.«

»Den mit dem Schönling? Du glaubst also, da ging es um dich?« Das konnte ich mir nicht verkneifen.

»Ja«, bestätigte er selbstbewusst. »Aber natürlich nur wegen der Vogelhäuschen.« Er lächelte, stieß sich von der Werkbank ab und kam einen Schritt auf mich zu.

Ein Kribbeln kroch meinen Rücken hoch und breitete sich über den Nacken in meinem ganzen Kopf aus.

»Ich hatte ja kurzzeitig die Hoffnung, es hätte bei dir genauso eingeschlagen wie bei mir. Aber dann hast du mir abgesagt, um mit Jörg nach Holland zu fahren.«

»Aber ich hatte dir doch erklärt, dass ich auf Instagram so tue, als ob Jörg und ich noch zusammen wären«, sagte ich entgeistert.

»Du hast erklärt, dass du das mitschwingen lässt, obwohl er natürlich nicht mehr auf deinen Fotos zu sehen ist. Glaub mir, ich hab damals sehr genau hingehört ...«

»Oh«, sagte ich nur.

»Und dann war er nicht nur auf deinem Foto zu sehen, sondern ihr habt sogar geknutscht.« Alex kam noch einen Schritt näher. »Du hattest deinen Arm auf seiner Schulter. So ...« Er griff nach meinem Arm und legte ihn auf seine Schulter. »Und dann habt ihr euch geküsst. So ...« Er nahm meinen Kopf in die Hände, sah mir eine Weile prüfend ins Gesicht, wie um sich zu vergewissern, dass ich auch auf jeden Fall wollte, was er jetzt gleich tun würde.

Ich hob das Kinn etwas an, schloss die Augen und hoffte, dass das Antwort genug war, denn zu mehr war ich nicht mehr in der Lage.

Und dann spürte ich auch schon, wie seine warmen, weichen Lippen sich auf meine legten und eine Weile dort verharrten, wie für einen Fotokuss. Während ich äußerlich ganz still, fast andächtig dastand, tobte in meinem Inneren ein Aufruhr wie 1848 Unter den Linden.

Nach einer Weile gab Alex meinen Mund wieder frei und lächelte mich an, seine Lippen noch ganz nah an meinen. »So sah das aus«, murmelte er.

»Es hat sich aber völlig anders angefühlt«, flüsterte ich heiser. »Das Foto war alt. Ich hab es hervorgekramt, nachdem ...« Ich musste mich hinsetzen, zum Glück stand das Wildledersofa direkt hinter mir.

Alex setzte sich neben mich, legte seine schöne Hand auf

mein Bein und streichelte es sanft. Das machte es mir ziemlich schwer, weiterzusprechen.

»Es tut mir leid. Ich war so doof.«

»Warum?« Er wartete und sah mich an.

»Ich hab dir abgesagt, weil ich dachte, du wärst mit Celine zusammen«, stieß ich kleinlaut hervor.

»Mit Celine?!«, sagte er und guckte ganz konsterniert. Die Hand hielt inne.

»Ich war schon auf dem Weg zu dir, da kam sie mir entgegen.«

»Aber sie ist achtzehn!«

»Ja, eben. Es wäre erlaubt.«

Jetzt sah er aus, als würde er mich für etwas meschugge halten. »Was für eine absurde Vorstellung! Das würde Celine sicher bestätigen.«

»Na, ich weiß ja nicht.«

»Ich aber. Sie konnte sich anfangs noch nicht mal daran gewöhnen, mich zu duzen, obwohl sie eine Zeit lang, als Julius noch nicht so richtig in der Kita bleiben wollte, wirklich oft hier war, um auf ihn aufzupassen.«

Ich nickte. »Okay, ich hab's kapiert.«

»Sie hat einen Freund. Der ist erst sechzehn. Er ist sehr hübsch, aber ich glaube, er muss sich erst seit Kurzem rasieren. Celine findet ihn megasüß, wie sie sagt. Also, wenn ich nicht so verliebt in dich wäre, wäre ich sauer auf dich.«

Verliebt hatte er gesagt. Er. In mich.

»Aber sie hat bestimmt keine Schwangerschaftsstreifen«, wandte ich noch schwach ein.

»Und du hast welche?« Alex grinste. »Interessant, zeig mal.« Er gab vor, an meiner Hüfte nach den Streifen zu suchen.

»Willst du mir nicht lieber mal deine Wohnung zeigen?«, fragte ich, weil ich schon wieder diese sinnliche Naturgewalt aus mir herausbrechen fühlte.

Und das tat er dann. Er zeigte mir seine Wohnung, die genauso schön war wie sein Atelier, und sein Schlafzimmer, in dem ein selbst gebautes Bett stand. Ich durfte Alex' nackten Oberkörper, den ich den Sommer über von Weitem bewundert hatte, das erste Mal von Nahem sehen, und dann sah ich Alex pur, und wir schliefen miteinander. Und obwohl Alex das nach eigenen Angaben sehr lange nicht mehr gemacht hatte, konnte er es extrem gut.

Den Rest des Tages verbrachten wir im Bett, denn ich war so schwer vor Glück, dass ich glaubte, nie wieder aufstehen zu können. Irgendwann musste ich aber doch mal aufs Klo.

Auf wackligen Beinen ging ich den langen Flur mit der hohen Decke entlang und versuchte, mir jeden Augenblick so gut einzuprägen, dass ich ihn nie wieder vergessen würde. Ich sog ganz bewusst die Luft ein, diese köstliche Luft hier in Alex' höchstpersönlichem Flur, bewunderte die Bilder an den Wänden, Alex' Jacke an der Garderobe, seinen Schlüsselbund auf dem schmalen Regal und Julius' Fahrradhelm.

Auf dem Rückweg von der Toilette warf ich einen Blick in die große Küche, die auf eine gemütliche Art und Weise unaufgeräumt war. Durch die Balkontür fiel ein winterlicher Sonnenstrahl herein. Ich trat ein, suchte und fand zwei Gläser und goss etwas von dem Orangensaft hinein, der auf dem Tisch stand. Dann führte mich mein Weg noch an Julius' liebevoll eingerichtetem Kinderzimmer mit dem großen Hochbett vorbei, das gleichzeitig als Polizeiauto zu dienen schien. Außerdem an zwei geschlossenen Türen, bei denen ich mich darauf freute, in den kommenden Tagen und Wochen zu entdecken, was sich dahinter verbarg.

Und dann lief ich auch an Alex' Schlafzimmer vorbei, denn ich hatte am Ende des Flurs die Skulptur entdeckt, die ich von seiner Homepage kannte. Der gramgebeugte Alex mit dem Kind im Schoß. In der Absicht, sie genauer zu betrachten, kniete ich mich davor und stellte die Saftgläser ab. Zuerst strich ich dem Baby über die Wange, dann gab ich dem kalten, glatten Neon-Alex einen zärtlichen Kuss auf die Stirn.

Anschließend stand ich mit den Gläsern in der Hand wieder auf und ging zurück ins Schlafzimmer.

»Äh, ich war nicht die ganze Zeit auf dem Klo«, sagte ich, als ich den Saft auf dem Nachttisch abstellte. »Ich hab mir die Statue angeguckt.«

»Weiß ich, ich hab dich am Schlafzimmer vorbeilaufen sehen. Außerdem gibt's auf dem Klo keinen Orangensaft.«

Kurz zuckte ein Anflug von Scham in mir auf, weil ich nur eins von Alex' T-Shirts trug. Aber dann sah ich seinen liebevollen Blick und dachte, dass es okay war.

»Und ... wie war sie?«, fragte ich, als ich wieder in Alex' Armen lag, seinen Herzschlag im Ohr und vollkommen durchdrungen von seinem berückenden Duft.

Er wusste sofort, wen ich meinte. »Das ist keine leichte Frage ... mehr. Ich hab das Gefühl, sie entgleitet mir mit der Zeit. Natürlich kann ich mich noch an viele Begebenheiten erinnern, aber ich würde Julius wirklich gern vermitteln können, wie sie wirklich war, seine Mutter.«

Er verstummte, und ich streichelte langsam seine Brust.

Dann sprach er weiter: »Ich hab sie gar nicht so lange gekannt. Julius war nicht geplant, aber wir waren verliebt und wollten es miteinander versuchen. Sie ist erst kurz vor der Geburt bei mir eingezogen. Vorher hat sie für den Kulturteil der *Frankfurter Rundschau* geschrieben. Wir kannten uns von einer Ausstellung in Frankfurt. Die Frau, von der ein Foto an der Pinnwand im Atelier hängt und die auch das Bild über dem Sofa gemalt hat, das ist eine Freundin von ihr. Wir sind in Kontakt geblieben, auch für Julius ...«

Ich war froh, das zu hören.

»Aber, also, wie war seine Mutter ... Klug, interessiert an vielem, vor allem an Menschen. Sie war toll. Als du wieder zu Jörg zurück bist, oder vielmehr, als ich das geglaubt hab ... da hab ich mir eine Zeit lang eingeredet, es käme ohnehin niemand an sie heran.«

Alex machte erneut eine Pause, und auch ich sagte nichts.

»Du kommst auch nicht an sie heran«, fuhr er dann fort. »Ihr seid gar nicht zu vergleichen. Aber du bist an mich herangekommen. Und das irgendwie sofort, als ich dich im Kindergarten das erste Mal gesehen hab, mit deiner vollgepieselten Hose und deinem Mausegesicht.« Er lachte ein bisschen bei der Erinnerung, und mir war, als würde mein Herz vor Stolz und Glück über seine Worte zerspringen.

Wir schwiegen eine Weile und schmusten ein bisschen, und als ich wieder der Länge nach auf seinem nackten Bauch lag und die Küsse heißer wurden, hielt ich noch mal inne.

»Wir beginnen also jetzt unsere ... Beziehung damit, dass du von mir gedacht hast, ich würde mich des Geldes wegen einem schrecklichen Angeber an den Hals werfen, der mich noch dazu schon einmal abserviert hat.«

»Genau«, bestätigte er. »Während du gedacht hast, ich würde mit einer Achtzehnjährigen ins Bett gehen.«

Ich wurde rot. Und für eine Viertelstunde hab ich sogar

gedacht, du würdest sie dafür bezahlen, fügte ich in Gedanken hinzu. Aber das sprach ich lieber nicht laut aus.

»Okay, dann ist ja Gleichstand, und wir können weitermachen«, sagte ich stattdessen.

Immer wenn ich Celine in den darauffolgenden Tagen und Wochen in der Kita sah, musste ich mich doch sehr über mich selbst wundern. Denn plötzlich konnte ich das in ihr sehen, was Alex und Frau Ponanski und vermutlich alle anderen schon immer in ihr gesehen hatten: eine superengagierte junge Frau, die die Arbeit mit Kindern liebte. Und der man gelegentlich auf dem Klettergerüst anmerkte, dass sie vor gar nicht mal so vielen Jahren noch selbst darauf gespielt hatte. Da war nichts mehr übrig von dem Vamp, der es darauf anlegte, mir den Mann wegzunehmen.

Es war doch immer wieder erstaunlich, wie die Brille, die man trug, die Wahrnehmung anderer Menschen bestimmte.

#WEIHNACHTSEPILOG

Es war Heiligabend. Fee und ich schmückten am Vormittag zusammen unseren Minibaum, und ich rang mich dazu durch, tatsächlich ausschließlich den Salzteigschmuck aus der Kita daran zu hängen. Fee meinte, es sei der schönste Baum, den sie je gesehen habe. Ich postete ihn ganz ohne Hashtags, nur mit einem *Fröhliche Weihnachten allerseits!* auf Instagram und Facebook.

Dann bereiteten wir, so wie Fee es sich gewünscht hatte, eine Kürbissuppe vor, tauschten unsere orangefarben gesprenkelten Sachen anschließend beide gegen ein schickes Kleid und gingen in die Kirche. Danach war Bescherung. Das Christkind hatte sich während unserer Abwesenheit in Gestalt von Frau Schmitz hereingeschlichen, die Geschenke unter den Baum gelegt und die Lichterkette eingesteckt.

Fee war trotzdem misstrauisch, denn Maja hatte ihr erzählt, das Christkind arbeite für den örtlichen Spielwarenhändler. Und der sei doch dieses Jahr pleitegegangen. Da hatten die beiden wohl einiges aufgeschnappt und zu einer kühnen Theorie zusammengestrickt.

»Mama, bevor ich selbst ein Kind bekomme, musst du mir aber dann verraten, ob es das Christkind wirklich gibt«, sagte Fee, während sie ihre Karaokeanlage auspackte. »Denn wenn es das Christkind nicht gibt und ich mich drauf verlasse, hat mein Kind am Ende kein Geschenk.«

Gegen sieben, als alles ausgepackt und unsere Bäuche voll mit warmer Suppe waren, gab unsere neue Klingel ihr melodiöses Ding-Dong von sich. Ich ging ohne Messer zur Tür, denn wir erwarteten Besuch: Alex und Julius. Die beiden hatten bei Alex' Eltern gefeiert, aber danach wollten wir uns gern noch sehen.

Fee und Julius verschwanden sofort im Kinderzimmer, als wir ihnen mitteilten, dass in etwa einer Stunde Bettgehzeit wäre. Zwar butterte Fee Julius immer gnadenlos unter, aber sie tat es so liebevoll, dass er es sich mittlerweile gern gefallen ließ. Alex würde mit Julius in meinem großen Boxspringbett schlafen, ich mit Fee im Kinderzimmer, was diese ganz toll fand. Wir wollten die Kinder erst langsam dran gewöhnen, dass wir ein Paar waren.

Als die beiden im Bett waren, gab es noch eine zweite Bescherung. Für Alex ein gerahmtes Foto, das ich eines Nachmittags bei ihm in der Wohnung aufgenommen hatte. Es zeigte einen über beide Ohren strahlenden Julius, der auf einem ebenso strahlenden Alex herumturnte. Jedes Mal, wenn ich das Bild anschaute, hätte ich vor Rührung weinen können. Ich hoffte, dass es Alex immer daran erinnern würde, was für ein wunderbarer Vater er war.

Für mich hatte Alex einen sehr schön kalligrafierten Gutschein mitgebracht. Er war nach Bedarf gegen schnelle, zuverlässige Hausmeisterdienstleistungen einzulösen. Und dann schenkte er mir noch mal seinen Körper.

Als ich später auf der Gästematratze neben Fee lag, dachte ich, dass es doch fast nichts Schöneres geben konnte, als den Atemzügen meiner süßen Tochter zu lauschen und mich dabei nach Alex zu sehnen, der nur ein Zimmer weiter lag und vielleicht auch gerade an mich dachte.

Als ich morgens aufwachte, kam er schon aus der Dusche. Er roch nach meinem Shampoo und meiner Seife. Wie unkompliziert er war. Jörg hatte damals, als wir noch nicht zusammenwohnten, nie vergessen, sein markantes Herrenduschgel mitzubringen.

Ich deckte den Tisch mit allerlei Köstlichkeiten für einen ausgiebigen Weihnachtsbrunch, und dann klingelte es wieder. Dieses Mal erwarteten wir meine Mutter. Sie hatte mir vor einer Woche zu meiner Überraschung eröffnet, dass sie den Heiligen Abend nicht mit uns, sondern mit ihrer Kollegin Sieglinde verbringen würde. Sieglindes Mann war dieses Jahr gestorben, es sei schwer für sie.

Aber jetzt war sie da und sollte Alex und Julius kennenlernen. Den Brunch hatte ich extra für sie very british gestaltet, und Alex trug eine Cordhose und ein Oxford-Hemd. Er wirkte darin fast zu distinguiert für meine Küche. Meiner Mutter aber gefiel sehr, was sie sah, das merkte ich sofort. Und dann rückte ihr Alex auch noch den Stuhl zurecht.

Fee beeilte sich mit ihrem Frühstück, um möglichst bald mit den neuen Geschenken im Kinderzimmer zu verschwinden. Julius, dem meine Mutter auch ein kleines Päckchen mit Playmobil mitgebracht hatte, behauptete, ebenfalls keinen Hunger mehr zu haben, und lief ihr hinterher.

Nach dem ersten English-Breakfast-Tee und einem Scone mit Schlagsahne und Apfel-Zimt-Marmelade redete meine Mutter dann Tacheles: »Und Sie leben also als Bohème in Mülheim?« Sie schenkte Alex ein gekünsteltes Lächeln, das all ihre Vorbehalte sofort verriet.

»Bohème, mal überlegen ... Ich hab eine Zentralheizung, stehe morgens gegen halb acht auf, sitze äußerst selten mal in einem Café, und die freie Liebe praktiziere ich auch nicht.«

Alex grinste in meine Richtung. »Also, Mülheim stimmt, Bohème eher nicht. Ich arbeite allerdings als Bildhauer.«

»Ja, das hat mir meine Tochter erzählt. Hat das denn heutzutage noch Konjunktur?«

»Gerade in den letzten Jahren schon. Jedenfalls die dekorative Skulptur.«

»Lassen Sie mich raten: Die machen Sie aber nicht.«

»Eigentlich nicht.« Alex lachte. »Aber wenn es sein muss und Julia mich bittet, schon. Seien Sie ganz beruhigt. Abgesehen davon, dass ich nicht den Eindruck habe, dass Ihre Tochter einen Ernährer braucht, könnte ich in Notzeiten auch auf Grabsteine umsatteln.«

»Oh, da haben Sie recht, gestorben wird immer.« Der Gedanke entspannte meine Mutter sichtlich. Ich schenkte ihr noch mal Tee nach, und sie goss sich Milch hinein.

»Und was machen Sie beruflich?«, fragte Alex.

»Ich stehe dem Chefbüro eines hochspezialisierten Autozulieferers in Hürth vor.«

»Dann sprechen Sie ja wirklich direkt aus dem Herzen des deutschen Mittelständlers heraus. Da kann man es sich natürlich leisten, mal genauer nachzufragen.« Falls das ironisch gemeint war, merkte meine Mutter es wohl nicht. »Sie wünschen sich wahrscheinlich jemanden für Ihre Tochter, der nicht noch zusätzlich zur Belastung für sie wird?«, meinte Alex dann versöhnlich.

»Ganz genau. Vielen Dank, dass Sie mir die vielen Fragen nicht übelnehmen. Ich weiß eben einfach, wie es ist, allein die Verantwortung für ein Kind zu tragen.«

»Da haben wir wieder etwas gemeinsam. Ich bin ja auch schon ein Weilchen mit Julius allein. Auf keinen Fall würde ich Ihnen daher etwas übelnehmen. Lieber diskutiere ich mit Ihnen.« Jetzt griemelten sowohl er als auch meine Mutter.

»Da geh ich lieber mal raus …«, sagte ich und lief ins Kinderzimmer, um nach Fee und Julius zu sehen.

Als Mama und ich uns kurze Zeit später die Badezimmerklinke in die Hand gaben, raunte sie mir zu: »Das ist ja ein ganz feiner Mann! Und ich hab eben auf der Toilette die Galerie gegoogelt. Die haben sogar einen Ableger in London!«

»Wusste ich gar nicht«, antwortete ich.

»Aber ob du so einen halten kannst?« Skeptisch sah sie mich an. »Ich will mich nicht einmischen, aber … pass ein bisschen auf mit dem Essen.«

Als am frühen Nachmittag alle Besucher wieder weg waren, kamen Jörg und Leocadia, um Fee abzuholen. Jörg verbreitete wie üblich einen Wirbel, der wohl die Glorie ihres bevorstehenden Termins unterstreichen sollte. Dabei würden sie nur zum Kaffeetrinken zu Leocadias Eltern fahren.

»Der ganze Kofferraum ist voller riiiiiesiger Pakete, Fee! Da war das Christkind aber dieses Mal gaaaaanz besonders großzügig«, kündigte Jörg großspurig an.

Und dann sah ich, wie Leocadia die Augen verdrehte! Dieses Weihnachten war bisher schon nicht schlecht gewesen, aber hier passte jetzt wirklich einmal der Satz: You made my day.

Während Leocadia Fee anschließend sanft in Richtung Treppe schob, sagte sie dann doch tatsächlich: »Na komm, Süße!«

War das nur der Weihnachtsspirit, oder entwickelte sich vielleicht ein zartes Band zwischen den beiden? Ich wünschte es ihnen, wirklich.

Als ich allein war, setzte ich mich mal wieder an den Schreibtisch. Ich wollte zu einer Erweiterung meiner Produktpalette recherchieren. In Brooklyn waren gerade gemusterte Brustgurte der letzte Schrei, die man mithilfe eines Karabinerhakens an seine schicken Handtaschen klipsen konnte. So ließen sich auch ursprünglich kurzhenklige Taschen bequem quer über der Schulter tragen und damit im Alltag viel praktischer nutzen. Solche Gurte konnte man vermutlich auch in der Braceletta-Flechtung herstellen, und ich hatte schon ein paar schöne Ideen für neue Muster. Außerdem passten sie mit ihrer Funktionalität super zu meinem neuen Image als taffe Frau und Mutter, die sich dem #reallife stellte.

Ich würde mit der Sozialwerkstatt klären, ob sich aus meinen Kordeln solche Brustgurte machen ließen und wie das Material dafür noch etwas schmutzabweisender zu bekommen war. Vielleicht würde ich auch eine Kooperation mit einer Taschenmanufaktur eingehen, die eigens zu meinen Gurten die passenden Taschen produzierte.

Und wenn daraus nichts werden sollte, würde mir etwas anderes einfallen. Vielleicht konnte ich auch ein Buch über meine Geschichte schreiben? Alex fand mich doch so vielseitig und kreativ. Zumindest für den Moment teilte ich seine Einstellung und sein Vertrauen darauf, dass es immer irgendwie weitergehen würde.

Am zweiten Weihnachtstag kam Elif vorbei. Sie war inzwischen in der neunten Woche und hatte vor Weihnachten schon den Herzschlag ihres Babys gesehen. Wir saßen in der Küche auf dem Sofa und tranken weihnachtlich aromatisierten Schwarztee. Auf dem Tisch erlebte der trocken gewordene Adventskranz seine letzten Stunden.

»Ich bin so entsetzlich müde, Julchen, du kannst es dir nicht vorstellen«, erzählte Elif. »Allerdings weiß ich nicht, ob es von der Schwangerschaft kommt oder davon, dass ich den schwarzen Tee auf drei Tassen am Tag reduziert hab. Vielleicht leide ich einfach unter Teein-Entzug. Das hier wird für heute Nachmittag auch mein letzter sein.« Sie stellte den halbvollen Becher auf dem Boden ab.

»Wahrscheinlich kommt beides zusammen.«

»Schlecht ist mir dafür überhaupt nicht. Ich hab gegessen in den letzten beiden Tagen, auch das kannst du dir nicht vorstellen.«

»Doch.« Ich wusste, dass bei Elifs Familie immer ziemlich aufgetischt wurde, wenn an den Weihnachtsfeiertagen alle Verwandten zusammenkamen.

»Ich hab's übrigens doch schon erzählt.«

»Nein!«, rief ich überrascht aus. »Wie krass, ich dachte, du wolltest noch warten?«

»Wollte ich ja auch. Aber als ich dann am 24. abends mit meinen Eltern und meinen Brüdern beim Essen saß und alle so erzählten, konnte ich es irgendwie nicht *nicht* sagen.«

»Und, wie haben sie reagiert?«

»Sie sind natürlich aus allen Wolken gefallen. Erst mal haben mich alle nur angeguckt. Mein älterer Bruder hat sich zuerst gefangen und gelacht und gesagt, dass er seine Familienehre damit wohl endgültig knicken kann. Dann hat meine Mutter ein gepresstes ›Wir freuen uns für dich, Kind‹ hervorgebracht, und mein kleiner Bruder hat die Frage gestellt, die wohl wie der berühmte Elefant im Raum stand ...«

»Wer der Vater ist?«

»Genau. Ich hab's dann ein bisschen spannend gemacht und gesagt: ›Ich weiß es nicht.‹ Dann: ›Es ist von der Samenbank.‹ Und dann hab ich die ganze Geschichte erzählt, und am Ende hat mein Vater, der bisher gar nichts gesagt und nur totenbleich dagesessen hatte, gemeint: ›Eine Samenspende, maşallah.‹ Er hat ganz tief geseufzt. Dann hat er mir einen schnellen Kuss auf die Stirn gegeben und den Fernseher eingeschaltet.«

»Und was bedeutet das jetzt?«

»Er ist wohl froh, dass ich die Familienehre immerhin nicht mit einem außerehelichen Zeugungsakt beschmutzt habe.«

»Aus allen Wolken fällt man eben auch mal weich«, sagte ich, musste ein bisschen lachen und daran denken, wie es mir in letzter Zeit mit Alex ergangen war. »Für den Zeugungsakt hat bei dir ja einmal küssen gereicht«, scherzte ich dann.

»Hach ja …«, sagte Elif bei der Erinnerung an den Abend in der Kopenhagener Hostelbar.

»Und wie ging es weiter?«

»Am nächsten Tag war dann das große Familienhappening. Und mein Vater kam nicht umhin, die Neuigkeit ganz im Vertrauen brühwarm allen seinen Lieblingsverwandten zu erzählen. Eine Samenspende, maşallah. Obwohl ich gesagt hab, dass ich damit noch warten will, bis ich über die zwölfte Woche raus bin.«

»Bist du sauer?«

»Nein, eigentlich bin ich froh, dass er es ansatzweise mit Humor nimmt. Und da er es so vergleichsweise gut aufgenommen hat, kann sich meine Mutter auch freuen. Sie sagt, sie hätte es sich anders für mich gewünscht, respektiert aber meine Entscheidung und freut sich auf ihr erstes Enkelkind. Ich bin so froh, dass es raus ist.«

An dieser Stelle fing Elif an zu weinen, aber es waren Tränen der Erleichterung. Ich nahm sie in den Arm und weinte ein bisschen mit, weil mir das immer so ging bei ihr.

Einen Tag vor Silvester besuchte dann der Auftraggeber der Porscheskulptur Alex' Atelier, um sich das Werk anzusehen. Sie war ja mir zuliebe so gefällig geworden, dass ich keinerlei Zweifel hatte, dass er begeistert sein würde. Und so war es auch. Er ließ sich den Porsche mit Verweis auf seinen Ischias von Alex in den Kofferraum heben und zahlte gleich bar. Als er weg war, steckte mir Alex meine Provision in den Hosenbund, und Jörg bekam per Onlinebanking seine letzte Rate.

Dann brachen wir mit den Kindern zu einem Spaziergang um den Block auf, denn draußen hatte es tatsächlich zu schneien begonnen. Julius und Fee konnten das seltene Glück kaum fassen und rannten begeistert durch die dicken Flocken.

Wir waren schnell, schneller als das Pärchen mit dem Hund, das Hand in Hand vor uns herlief. Der Mann trug eine aufgeplusterte Daunenjacke mit großer Aufschrift auf dem Rücken und eine frisch gebügelte Jeans. Die Frau hatte dicke braune Zöpfe, trug eine Bommelmütze und eine goldene Handtasche über der Schulter. Als wir die beiden überholten, hörte ich sie streiten.

»Wer's glaubt, wird selig«, sagte sie gerade.

»Die interessiert mich überhaupt nicht!« Das war er.

»Aha! Und wer interessiert dich dann?«

»Na du!«

»Ich sag's ja, wer's glaubt, wird selig!«

Offenbar hatte Pocahontas ihren Mann heute von der

Arbeit abgeholt. Und wie es aussah, war bei den beiden alles im grünen Bereich.

Als wir den Park erreichten, lag vor uns eine noch fast unberührte Schneedecke. Fee und Julius liefen kreuz und quer darüber und erfreuten sich an ihren Spuren. Das Weiß verschluckte die Dezibel, die sie dabei erzeugten, ebenso wie die Geräusche der Stadt.

Alex und ich sahen den beiden eine Weile zu, bis Fee sich in Anna, die Schwester von Disneys Eiskönigin, verwandelte und mit einem imaginären Mikrofon in der Hand auf uns zu getanzt kam. »Willst du einen Schneemann baueeeen, los komm und spiel mit miiiir!«

»Ich sah dich schon so lang' nicht mehr, vermiss' dich sehr, was ist nur los mit diiiiir?«, fiel Alex hemmungslos, aber ziemlich schief mit ein – endlich etwas, das er nicht konnte – und drehte ebenfalls eine Pirouette.

Dann half er den beiden Kindern, einen Schneemann zu bauen und ihm mit Tannenzapfen und Zweigen ein freundliches Gesicht zu geben.

Ich lief mit leise knirschenden Schritten zu einer Bank, wischte den Schnee zur Seite und setzte mich, um ganz in Ruhe dieses Bild in mich aufzunehmen. Mein Handy allerdings ließ ich in der Tasche. Denn für Bracelettas neues Image war diese Szene viel zu schön.

DANKSAGUNG

Mein Dank geht zuvorderst an all die geistreichen, weisen, empathischen Autorinnen, deren Bücher meine tägliche Motivation und überhaupt die Grundlage für all das hier sind.

Dann danke ich von Herzen drei großartigen Lektorinnen vom Lübbe Verlag: Stefanie Zeller, ohne die es dieses Buch und überhaupt mich als Autorin nicht geben würde, Lena Schäfer, ohne die der Text holprig und voller Peinlichkeiten wäre, und Martina Wielenberg, die das Projekt später ebenso liebevoll wie kompetent unter ihre Fittiche genommen hat.

Das Gleiche gilt übrigens auch für meine nagelneue Agentin Petra Hermanns!

Großer Dank gebührt auch meinen Testleserinnen und Testlesern. Der Erste ist immer mein Mann, in dessen Haut ich nicht stecken möchte, wenn er unter strenger Beobachtung seines Gesichtsausdrucks die erste Fassung lesen muss, während ich ihm ständig den Laptop wieder wegreiße, um irgendwas zu verbessern. Danke für Dein Lachen an Stellen, an denen ich gar keinen Witz intendiert hatte.

Dann kommt Helene, deren nüchternes Urteil (»Kannste so schicken«) ich brauche, um sicher zu sein, dass ich mich nicht am Ende doch blamiere, Sarah, die mich so bejubeln kann wie keine Zweite (»Ich lese wie im Rausch, daher leider keine Anmerkungen«) und die hochtalentierte Kinderbuchautorin Eva Dax, die mit ihrem Blick fürs warmherzige Detail zuverlässig entscheidende Verbesserungsvorschläge liefert. Danke auch an Doreen, Heike, Karen, Markus und Tina, die das Manuskript alle in verschiedenen Stadien gelesen und mich auf ihre je eigene Weise angespornt haben.

Ihr alle zusammen seid dafür verantwortlich, dass nicht nur dieses, sondern bald auch schon ein zweites Buch von mir erscheinen wird. Ich bin sehr froh, dass es so gekommen ist ♥